教育部人文社会科学研究青年基金项目
（10YJC751092）成果

王志彬 著

山海的缪斯
当代台湾少数民族文学研究

中国社会科学出版社

图书在版编目(CIP)数据

山海的缪斯：当代台湾少数民族文学研究/王志彬著. —北京：中国社会科学出版社，2015.1
ISBN 978-7-5161-5768-8

Ⅰ.①山… Ⅱ.①王… Ⅲ.①少数民族文学—文学研究—台湾省—当代 Ⅳ.①I207.9

中国版本图书馆 CIP 数据核字(2015)第 055598 号

出 版 人	赵剑英
选题策划	陈肖静
责任编辑	陈肖静
责任校对	侯玲萍
责任印制	戴　宽

出　　版	中国社会科学出版社
社　　址	北京鼓楼西大街甲 158 号（邮编 100720）
网　　址	http://www.csspw.cn
发 行 部	010-84083685
门 市 部	010-84029450
经　　销	新华书店及其他书店
印　　刷	北京君升印刷有限公司
装　　订	廊坊市广阳区广增装订厂
版　　次	2015 年 1 月第 1 版
印　　次	2015 年 1 月第 1 次印刷
开　　本	710×1000　1/16
印　　张	16.5
插　　页	2
字　　数	239 千字
定　　价	52.00 元

凡购买中国社会科学出版社图书，如有质量问题请与本社联系调换
电话：010-84083683
版权所有　侵权必究

目 录

序言一 ·· (1)
序言二 ·· (3)
绪论 ·· (1)
   一 当代台湾少数民族文学的界定 ··· (1)
   二 当代台湾少数民族文学发展史略 ·· (9)
   三 当代台湾少数民族文学研究概述 ·· (12)
   四 当代台湾少数民族文学研究的缘由与意义 ··························· (17)

第一章 现代性视野下的台湾少数民族 ·· (21)
  第一节 台湾少数民族及其族群文化特征 ····································· (21)
  第二节 文化"他者"的历史想象与文学叙事 ······························· (29)
  第三节 战后台湾现代化进程中的"黄昏"民族 ··························· (38)

第二章 当代台湾少数民族文学的边缘崛起 ····································· (45)
  第一节 "原住民运动"与当代台湾少数民族文学的兴起 ··············· (45)
  第二节 战后台湾汉族作家的"跨族书写" ·································· (55)
  第三节 传播媒介与当代台湾少数民族文学创作 ··························· (63)

第三章　当代台湾少数民族文学的主题话语 ……………………(71)
　第一节　文化批判与民族现代性追求 …………………………(71)
　第二节　文化抗争与民族文学启蒙 ……………………………(79)
　第三节　文化返乡与民族文化建构 ……………………………(105)
　第四节　文化超越与审美追求 …………………………………(119)

第四章　当代台湾少数民族文学的审美品格 ……………………(129)
　第一节　山海世界的构筑与重现 ………………………………(129)
　第二节　生态伦理的反思与观照 ………………………………(143)
　第三节　多语思维下的汉语审美表达 …………………………(155)

第五章　当代台湾少数民族文学的书写困境 ……………………(171)
　第一节　创作主体的困境 ………………………………………(171)
　第二节　文本表达的困境 ………………………………………(179)
　第三节　文化价值取向的困境 …………………………………(191)

第六章　当代台湾少数民族文学的文学史意义 …………………(205)
　第一节　当代台湾少数民族文学与台湾文学格局 ……………(205)
　第二节　当代台湾少数民族文学与台湾文学史书写 …………(221)

结语 ………………………………………………………………(228)
附录一　当代台湾少数民族作家主要作品一览表 ……………(233)
附录二　当代台湾少数民族文学大事记 ………………………(239)
主要参考文献 ……………………………………………………(243)
后记 ………………………………………………………………(247)

序言一

王志彬博士的《山海的缪斯——当代台湾少数民族文学研究》就要出版了，这是一件值得庆贺的事情。

自20世纪70年代末以来，经过数代学人的辛勤耕耘，台湾文学的研究取得了丰硕的学术成果。在这些成果的推动下，包括台湾文学在内的世界华文文学学科由当年的蹒跚起步步入了而今较为成熟的时期，形成了老中青相结合结构合理的研究队伍，在作家作品、社团流派、文学思潮等研究领域和文学史撰写等方面都颇有建树，奠定了学科进一步走向成熟的坚实基础。这无疑是令人欣慰的。

正是从学科发展的角度来看，王志彬的这部《山海的缪斯——当代台湾少数民族文学研究》是很有建设意义的。20世纪80年代末和90年代初，黎湘萍和刘俊分别选择陈映真、白先勇两位台湾作家作为其博士论文的研究对象进行了深入细致的研究，相继出版了他们的博士学位论文《台湾的忧郁》、《悲悯情怀》。这些经过严格的学术训练、学养丰厚、学术视野开阔的青年学者给台湾文学研究吹来了一股清风。随后，越来越多的年轻人把自己的博士论文选题定为台湾文学，如赵小琪对台湾现代主义诗歌的研究，朱立立对台湾现代派文学的研究，杨学民对《现代文学》杂志的研究，都颇有创见。可以说，这一博士群体为台湾文学的研究注入了丰富的学术元素，他们系统而扎实的学术成果极为有力地推动了学科的发展。在他们的影响下，作为更年轻一代的学人，王志彬也将台湾文学作为自己博士论文的研究对象，选择了台湾少数民族文学进行了专门研究。现在的这部著作正是在其博士论文基础上，经过近三年的修改才完成的。

近年来，在海峡彼岸，由于政治和文化等各方面因素的影响，在族群关系中处于特殊地位的台湾少数民族文学的研究方兴未艾。遗憾的是，这一岛内研究的热点在祖国大陆却较少有研究者予以关注，研究成果零碎、很不充分。针对台湾文学研究中的这一薄弱环节，王志彬从做硕士论文开始就有志予以突破。他系统地搜集资料，曾两次专程赴台，尤其是2012年他花了几个月时间在台湾各大图书馆爬梳、整理相关资料，走访台湾少数民族作家。这对他进一步修改完善这部著作产生了重要的影响。我相信，经过艰苦努力推出的这部《当代台湾少数民族文学研究》，对于深化台湾少数民族文学的研究，对于丰富和推动整个台湾文学的研究，必将产生积极的意义和影响。

王志彬还很年轻，正处于学术研究最具活力最富有创造性的年龄。他稳重踏实，能吃苦，善于思考，事业心强，这些正是一个学者的可贵品质。期待他继续努力，不断推出新的高质量的学术成果，为台湾文学和整个世界华文文学的研究做出更大的贡献。

是为序。

方　忠

序言二

王志彬博士毕业的前一年，我离开学习生活和工作了35年的母校，南下祖国最南端的国际旅游岛，而且由于特殊的原因，也未能参加他的毕业论文答辩。在他学业生涯最需要指导与支持的关键时刻，我未能和他一起走过，作为指导老师，深以为愧。好在志彬有着扎实的专业理论基础，又一向努力自觉，还有方忠教授的悉心指导，我也比较放心，而他也确实不负众望，不仅顺利完成学业，还获得答辩老师的一致好评。毕业后，志彬与我天南地北，见面的机会少了，但联系却没有中断，主要是志彬为人忠厚实在，对老师颇为尊重，时不时地就会打电话给我，多数时候是问候一下日常生活起居，劝我保重身体，话虽不多，却让我心中充满暖意。有时候也在电话中谈谈他的工作与学问，不经意间，我发现他在学问上又有了很大进步，出了许多新的成果，自然也很为他高兴，给他一些鼓励。前些日子，他来电话说，他的博士论文修改之后准备在中国社会科学出版社出版，并嘱我为之写篇小序。得知这一消息我很高兴，虽然我很少为人作序，但志彬的要求我还是愉快地答应了。

无论是从文化还是地理空间意义而言，台湾都是中国不可分割的一部分，世居于岛内的台湾少数民族也是中国多民族大家庭的重要成员。与祖国大陆的一些少数民族一样，台湾少数民族虽然也有着自己光荣的历史，并且创造了属于自己的口传文学，但由于没有形成自己的民族文字，一直没有能够发展成为自己独特的、具有严格意义的民族文学。直至 20 世纪 60 年代，一批接受了汉语教育的少数民族知识分子开始尝试使用汉语创作，这才揭开了民族文字文学创作的序幕，实现了由口传文学向书面文学的转型，由集体创作向个体创作的过渡，由以神话传说、民间歌谣、英雄史诗为主体的说唱艺术形态向以小说、诗歌、散文为格局的现代文学形态发展。尽管这一时期的少数民族文学创作是在主流意识话语规范下生成的，但还是有效地推动了少数民族文学的现代性进程。80 年代以来，在台湾本土化运动和世界原住民运动的影响下，台湾少数民族的民族主体意识逐渐觉醒。为了反抗台湾当局对少数民族族群的政治压迫和现代文明对少数民族文化的冲击，一批少数民族知识分子以复兴族群文化为使命，以拯救族群命运为己任，借助汉语这个文字工具进行创作，开始了一场颇有声势的民族文学运动。少数民族文学的兴起，对当下台湾文学格局产生了重要的影响，也促进了台湾文学多元化的发展态势。台湾少数民族文学的迅速发展，也引起了学界的注意，兴起伊始，台湾客籍作家吴锦发就有意识地将少数民族文学研究引介至台湾学术界。此后，孙大川、巴苏亚·博伊哲努、瓦历斯·诺干等少数民族学者以及董恕明、魏贻君等汉族学者纷纷涉足这一研究领域，运用后殖民主义、后现代主义、文化哲学等学术观点，对台湾少数民族文学的存在和价值、现状和未来进行了较为全面的考察与反思。随后，又有魏贻君、吕慧珍等一批年轻学者通过辛勤的学术努力，提升了台湾地区少数民族文学研究的地位。虽然台湾学术界对少数民族文学表现出了很大的研究热情，但整体来看，其研究现状并不很乐观。研究者多为少数民族学者或边缘学者，具有主导地位的主流学者并未给予充分关注，同时研究者往往受困于政治意识形态和族群关系的干扰，很难以宏阔的学术视野和气魄去探讨少数民族文学。大陆自 20 世纪 70 年代以来，基于两岸关系与意识形态的变化，学术界对台湾文学的研究也表现出较高的积极性。但大陆学者对台湾文学的研究多集中在主流文学中的作家作品、社团流派和文学思潮上，对新兴的、尚处于"边缘状态"的台湾少数民族文学缺乏应有的关注，只有少数学者涉足这一研究领域。在两岸学界对台湾少数民族文学研究尚不充分的情况下，王志彬的这一成果，即使不是填补空白，也有着开创性的意义。

王志彬在这一领域有所成就并不是偶然的。早在攻读硕士学位的时候，他就在长期致力于中国现当代文学暨台港澳文学的研究、在海峡两岸文学关系研究卓有成就的方忠教授指导下完成了有关台湾少数民族文学研究的论文。攻读博士后，他曾一度想改变研究方向，但我从台湾文学研究的现状以及他的学术积累与研究基础两方面考虑，觉得他继续台湾少数民族文学研究还是大有可为的，因此建议他继续这方向的研究。经过慎重考虑，他最后还是接受了我的建议。为了完成这一研究课题，在有限的时间里，王志彬阅读了大量相关的文献资料。由于条件的限制，有些文献资料在大陆很难找到，为了搜集到尽可能多的文献资料，王志彬不惜人力物力，请台湾的朋友或去台湾的朋友帮忙购买或复印，功夫不负有心人，经过努力，终于有了大量的第一手资料。毕业以后，王志彬又通过相关部门申请到了赴台湾研修的机会，对台湾少数民族文学进行了半年多的考查访问，再次获得了大量的资料与感性认识。对台湾少数民族文学的深入了解与系统研究，是本书成功的关键。

尽管我与志彬一起经历了这部书稿从最初的设想、大纲的设计、初稿的形成和最终的定稿这样一个令人时而激动、时而沮丧、时而焦虑、时而兴奋的全过程，早就熟悉了这部书的内容，但当它今天出现在我面前的时候，我还是非常认真地重新阅读了一遍。值得高兴的是我对这部书稿的判断并未随着时间的推移而改变，我依然认为这是当代台湾少数民族文学研究中一部难得的力作。说它是一部力作，并非简单的溢美之词，因为我从这部书稿中发现了一种学术研究中非常宝贵的质素，那就是对历史现象的深度体悟。毫无疑问，《当代台湾少数民族文学研究》是一本学术性很强的研究专著，无论是概念的界定、历史的梳理、文本的论析，都十分严谨细密，有着内在的逻辑。但是一部优秀的学术著作仅仅具备这些基本的要求是不够的，它还应当体现出作者真诚的人文关怀与生命体验，只有这样才能对研究对象有深度的理解与发现，《当代台湾少数民族文学研究》就有这样的特点。作者将台湾少数民族文学置于台湾地区文学和中国少数民族文学的框架内进行审视，在文化全球化与现代化的视野下进行全面系统的观照，既保持着冷静、理性的历史态度，同时又有着对少数民族特殊境遇与非常命运的深切理解与同情，表现出了一个学者应有的人文关怀意识。不错，现代性的潮流不可阻挡，面对世界大势，台湾少数民族也毫无例外地被裹挟其中，主动也罢，被动也罢，都无法逆潮流而动。从某种意义上来说，这似乎是台湾少数民族走向进步、文明的必由之路，至少从物质的层面来说这是毫无疑义的。但对于台湾少数民族来说，这样的命运安排似乎并不是他们的自觉选择。从历史来看，台湾少数民族似乎总是被他人选择。先是从大陆来到海岛的汉族移民以其拥有的文化和生产技术上的优势，迫使世居于此的少数民族族群不得不放弃自己的母语与文化，被迫认同中原文化与汉人身份；继之入侵台湾的日本人强制推行"皇民化"政策，以暴力的方式改变了台湾少数民族传统生活方式，使他们不得不以丧失自己民族身份认同的代价踏进"现代化"的进程；再后来国民党主政台湾，台湾少数民族被迫纳入一个新的现代化经济体制中，在现代文明的不断冲击下，他们对自我文化价值和族群信仰产生了怀疑，族群认同与文化信仰发生了前所未有的危机。正是在这种不断被选择的不幸命运下，台湾少数民族的民族意识终于觉醒了。正如作者所说："无论是殖民者将身处化外的异族成为化内的少数民族，还是当权者将化内的少数民族'同化'为汉人，台湾少数民族一直是被'他者'设计的对象，而种种非科学化和反民主化的民族政策，都必然地把台湾少数民族推入濒临灭亡的境地。而一旦觉醒的台湾少数民族意识到民族困境时，抗争是一种必然的选择。"抗争作为台湾少数民族文学的起点与本书研究的基本线索，既是台湾少数民族文学研究中一个极其重要的发现，也是作者人文精神的一种体现，可以说，没有对台湾少数民族悲剧性命运的深刻理解，也不可能产生出这种智慧的思想火花。

当然，作为一部少数民族文学的研究著作，无论有何种理由，我们都不能弃"文学"于不顾。当代学界似乎有一种倾向，文学研究越来越变成了一种思想研究、文化研究。这当然也是一种学术开拓，但无论如何我们也不能忘记，文学研究的基础或者说其根本还在于它的文学性。尽管台湾

序言二

少数民族文学研究更有可能成为一种运动史、思想史、族群政治史的研究，事实上，这样的研究可能更容易出"成果"，更容易有"新意"，但志彬还是坚持住了文学的底线，努力进行"文学性"的发掘，也许在有些人看来太过实在，但我却认为这是难能可贵的。王志彬对台湾少数民族文学研究的贡献，我认为主要体现在这样几个方面：第一，系统地梳理了台湾少数民族文学的生成语境与发展脉络。台湾少数民族文学生成的历史并不很长，但生成语境却极其复杂。本书没有以通常的历史阶段式的方式进行分期梳理，而是以语境化的方式进行生成解析，应当说既符合台湾少数民族文学实际，又有很强的学术性意义。作者以"边缘崛起"为题，十分细致地分析与描述了"原住民运动"与少数民族文学之间的关系，汉族作家的跨族写作与台湾少数民族作家对其"误解"与"异化"的警觉，以及他们借助现代媒体力图找回自己的世界的努力，有一种重回现场的感觉，在我所见到的有关台湾少数民族文学的研究中，这无疑是最翔实也最有启迪性的一部。第二，细密地描述了台湾少数民族文学的主题话语及其内在的复杂性。任何一种话语的产生都有着复杂的文化语境，这也必然使其内部呈现出矛盾性与悖论性，不深入其中当然也就无法理解这些文学现象的复杂性。本书对台湾少数民族文学主题话语的研究，不仅注重对主题话语的概括与把握，而且特别注重从这种话语的相互矛盾变化中寻找其内在的原因，我觉得这一点是做得非常好的。为什么台湾少数民族文学会向主流意识形态主动靠近？从文化的自我批判到文化的回归的转折源自何处？这些极其微妙的变化过程在本书中都得到了很好的表现。第三，深入地发掘了台湾少数民族文学的审美品格及其背后的文化意味。曾经有学者认为，台湾少数民族文学更多的是一种政治抗争的手段，自身的审美品格并不很高，无法与台湾地区的主流文学相媲美，我也曾经有过类似的想法，事实证明这是不对的。台湾少数民族文学是在台湾少数民族文化基础上建立起来的，山海大地特殊的自然景观和多姿多态的人文景观塑造了台湾少数民族特殊的品性，也给了他们智慧的生存观念和朴素的艺术观念，而深受民族文化滋润的台湾少数民族作家也在文字世界中尽情展示出迷人的山海文化。美丽的山林海洋景观、丰富的民俗事象、尊重天地万物的思想、灿烂的口头文化，都使台湾少数民族文学在形式与内容上烙上了鲜明的民族性印记，只有站在台湾少数民族文学独特的山海文化的立场上才能深刻地理解台湾少数民族文学的审美品格，本书对台湾少数民族文学审美品格的研究，可以说抓住了台湾少数民族文学的山海文化本色，其对台湾少数民族文学品格的认识不仅准确，而且其细致的文本分析也让人深以为然，至少它对于人们纠正有关台湾少数民族文学的审美偏见是很有帮助的。第五，实事求是地分析了台湾少数民族文学的书写困境。台湾少数民族文学的产生本身就是在多种政治压迫之下产生的，抗争焦虑迫使他们使用文学的工具进行反抗，自然也抑制了民族文学的自由飞翔。这是一个民族在转型时期无法超越的历史阶段。尽管作者对台湾少数民族文学抱有很大希望，但他也清醒地认识到这是一种历史的局限。理性地指出这一切，无疑是一个学者应有的科学态度。

最后我想说的是，本书整体看来似乎有些过于朴实了，虽然非常完整而系统，但似乎缺少一种视觉上的冲击力，一如作者本人，朴实周正，却不是引人瞩目的人物。但是，这种朴实却正是志彬的风格。近十几年来，不少年轻的博士热衷于从西方学术界寻找新概念、新理论、新方法或新范式，以期在研究领域或研究对象上有所突破，这当然不失为一种新的路径，但是整体来说，预设一个理论框架然后生硬地套在研究对象身上，并不是特别有效的方法，事实上经常出现的情况是一篇好好的研究论文成了"两张皮"。1995年我在美国作访问学者的时候，曾去纽约哥伦比亚大学访问夏志清教授，在与他交谈的过程中，也谈到了这一问题，他说不少西方学者也经常会犯这样的毛病。夏志清认为，真正有见地的研究是从自己深入系统的阅读中得出来的，而不是套用别人的理论而生成的，他说他的《中国现代小说史》并不是根据某一理论研究出来的，而是自己在一段时间里大量阅读后的成果，如果说自己对这一成果还满意的话，就是他说的都是自己要说的话。志彬的这部书稿，我以为也有着这样的特点。他在研究初期，也曾为难以找到一个统领全篇的理论而苦恼，后来我告诉他，既然找不到一个合适的理论，那就干脆不用找了，扎扎实实地从材料出发，未必没有新的发现。这其实也是他本来的想法，只不过在流行新理论的时

序言二

代里,每个人都会自觉不自觉地产生一种理论焦虑而已。放下了心理包袱,也就有了新的感觉。可以说,这是一本更多地依靠自己的阅读体验与深入分析而不是依靠某种新理论而写出的学术著作,虽然它也使用了现代性、民族身份认同、土著文化等相关理论,但并没有受这些理论的束缚,有用则用,无用弃之,相信自己的阅读感悟与理性判断,虽然看起来普通平常,但细读之下就会发现里面有着不少原创性的见解和真知灼见。谓予不信,读者诸君不妨打开看一看,相信我说的一定不是虚言。

是为序。

房福贤

绪　论

一　当代台湾少数民族文学的界定

1949年新中国成立后，中国大陆少数民族文学逐步崛起并走向繁荣。不断发展壮大的各民族作家站在边地的位置，拥抱着高山、草原、雪域、大漠和森林，感受着民族灿烂的文明，体验着民族历史的悲痛欢喜。他们用淳朴的语言诉说着边地不同的自然风景、生态图景和人文地景，用真情的文字书写着民族大地的神性、人性和诗性，他们辉煌的文学成就为各自的民族赢得了崇高的文学声誉，此类少数民族作家的代表有彝族的吉狄马加、阿库乌雾，蒙古族的郭雪波、萨仁图雅，朝鲜族的南永前，达斡尔族的李陀，藏族的扎西达娃、阿来、梅卓，鄂温克族的乌热尔图，维吾尔族的麦买提明·吾守尔、巴格拉西，土家族的李传锋、叶梅，仫佬族的鬼子，壮族的凡一平，哈尼族的存文学、哥布，回族的张承志、石舒清、查舜，满族的叶广芩、关仁山、赵玫，白族的栗原小荻，东乡族的了一容等。而在隔海相望的祖国宝岛，台湾少数民族作家也在山海大地辛勤耕耘，同样取得了令人瞩目的文学成就。两岸少数民族作家以自我民族精神、民族文化为音符，共同谱写了一曲中国多民族辉煌的文学交响乐；民族作家们以"他们的民族气质、天然悟性、文学良知和优秀作品，拓展和扮靓了新中国的文学版图,见证了中国当代文学奋力前行和文明开放的脚步,成为中华文苑不可或缺的姿彩,蔚为中国文坛绚美的奇观"[①]。

和祖国大陆的一些少数民族一样,台湾少数民族历史上一直没有形成自己的民族文字[②],文学创作长期依赖口耳相传,因而也一直未能形成自己独特的、严格意义上的民族文学。20世纪60年代后,汉语成为各族群共同使用一致的书面文字系统,一批接受汉语教育的台湾少数民族知识青年开始成长起来,他们尝试用文字进行文学创作,并由此揭开了民族文字文学创作的序幕,台湾少数民族文学创作由此实现了从口头文学向书面文学的转型,从集体创作向个体创作的过渡,由以神话传说、民间歌谣等为主体的说唱艺术形态向以小说、诗歌、散文为格局的现代文学形态发展。但这一时期作家的创作并未产生足够的文学影响。20世纪80年代后,台湾社会、政治环境和文学环境发生变化,台湾少数民族的民族意识开始觉醒,为配合"原住民运动"和政治抗争,台湾少数民族知识分子积极在文学场域寻找诉求民族权益的机会,以排湾族的莫那能、布农族的拓拔斯·塔玛匹玛、泰雅族的瓦历斯·诺干以及达悟族的夏曼·蓝波安等为主体的一批山海作家群开始在文坛崭露头角,并催生了一股强劲的少数民族文学创作潮流,台湾少数民族文学创作也由此进入了历史新阶段。历经半个世纪的发展,多族群、多梯队的台湾少数民族作家队伍已经创作了一大批形式多样、色彩斑斓的文学作品。

对任何文学创作思潮的命名都是必要的。当代台湾少数民族文学在岛内文坛初露端倪时,尽管其民族个性和审美品质表现的尚不鲜明,但人们已开始从不同角度对其命名。岛内学者最初是以"山地文学"来指称的,1987年吴锦发在编选《悲情的山林》时,选取了布农族的田雅各、排湾族的陈英雄以及汉族的钟理和、古蒙仁、胡台丽等九位作家的11篇作品,这些作品都是以台湾少数民族为书写对象的,吴锦发称之为"山地小说"。1989年吴锦发在选编《愿嫁山地郎》时,又选取了八位少数民族作家和十六位汉族作家共25篇散文作品,冠之以"山地散文"。吴锦发当时有愿景要继续选编"山地诗歌"和"山地神话",以便汇编成周延的"山地文学"。吴锦发解释他之

---

① 包明德等:《新中国少数民族文学60年:拓展和丰富了共和国文学版图》,《文艺报》2009年10月1日第5版。

② 尽管有些族群如阿美族、布农族都认为其族曾有过文字,但邹族学者巴苏亚·博伊哲努(浦忠成)认为,依据相关考据,无法提出积极的证据证明各族群曾有过文字。

绪　论

所以使用"山地小说"和"山地散文"之名，一方面是其时的原住民尚被称为"山胞"，另一方面汉系作家以原住民为背景的小说，不能称为"原住民小说"。① 在台湾少数民族正名"原住民族"以及民族作家尚未发展壮大之前，"山地文学"也是被台湾少数民族作家所默认的。随着台湾少数民族民族主体意识觉醒以及作家队伍的发展壮大，以题材和地理空间而界定的"山地文学"，已不能凸显台湾少数民族文学所表现出来那种特有的民族文化经验和民族情感。对此，吴锦发做了调整，1989 年 7 月他在《民众日报》上发表《论台湾原住民现代文学》一文②，将"山地文学"调整为"原住民文学"，"山地文学"也仅指非少数民族"山地"题材书写。如此调整，吴锦发不仅将定义的内涵由"题材"向"身份"转向，而且也将台湾少数民族作家独立出来。当拓拔斯·塔玛匹玛的《最后的猎人》、莫那能的《美丽的稻穗》、瓦历斯·诺干的《永远的部落》、孙大川的《久久酒一次》等作品相继推出后，台湾少数民族文学便贴上"原住民文学"标签，在台湾文学的范畴中获得了自己的身份与地位。

但人们对于"原住民文学"的理解并不一致。《文学台湾》曾两次以"原住民文学"为专题讨论"原住民文学"的定义，学者叶石涛的理解是："第一，原住民文学包括山地九族、平埔族所写的文学，皆包括在台湾文学里面，但是原住民文学不包括日本人、汉人所写的原住民题材作品。第二，原住民文学是台湾文学里面，最具特异性的文学，因为它反映了原住民特殊的文化背景、历史传统和家族观念，和汉人不同，所以原住民文学应当发扬原住民的文化特色，并应兼顾语言的特色，磨炼文学表达的技巧，提高其文学品质。第三，原住民文学是原住民提高其族群地位，抗争手段的一部分，反映原住民所受的伤害、压迫，争取汉人的合作，以达成目标。第四，现阶段的原住民文学保留汉文创作有其必要，便于对外沟通，至于母语文学则需长期的努力和奋斗。第五，原住民文学是最有希望的文学，应可尝试结合全世界之弱小民族文学，站在同一阵线一起奋斗。"③ 显然，叶石涛是从创作主体身份、题材内容、语言特色、写作目的、写作语言等方面进行界定的。而瓦历斯·诺干则认为："追根究底，

---

① 吴锦发：《倾听原声：台湾原住民文学讨论会的发言》，《文学台湾》1992 年第 4 期。
② 吴锦发：《论台湾原住民现代文学》，见《民众日报》1989 年 7 月 21—26 日第 10 版。
③ 叶石涛：《"倾听原声：台湾原住民文学讨论会"的发言》，《文学台湾》1992 年第 4 期。

原住民文学的起点,就在于使用原住民以原住民族群文字,舍弃这个跑点,所谓的原住民文学,将永远是台湾文学的一个支脉,而无法道道地地的成为'中心文学'。""'原住民文学'乃是原住民族群文字,叙写原住民族社会的人文地理为题材,写原住民人民的作品。"① 他是从语言和题材两个方面进行界定的。而以语言为考量的界定则又受到了卑南族学者孙大川的质疑,孙大川从民族文学发展传播的角度指出:"台湾原住民族本来就不依靠'文字系统'传递民族经验,各族群之间的语言不能互通,族群内部的方言差异也相当大。台湾原住民既无文字符号,又没有胡适所定义的'民族语言'(各民族内部通用、都能懂的方言),怎么可能有'台湾原住民文学'?若以拼音符号创作原住民文学,那种母语文学只能流传于部落之内,成为最道地的'部落文学',完全与广大的台湾社会隔绝,不仅与主流社会的台湾文学无法交流,与源远流长的中国文学也无法汇通。很明显,以拼音符号创作原住民文学是一条真正的'窄路',别人无法与他同行,他也没有别的出路。"② 出于母族语言可能限制民族文学未来发展的考虑,孙大川认为:"我们不但要将原住民文学严格界定在具有原住民身份的作者的创作上,也应当将'题材'的捆绑抛开,勇敢地以第一人称主体的'身份',开拓属于我们自己的文学世界。"③ "严格意义下的原住民文学,当然应该是指由原住民作者第一人称身份所做的自我表白。他人的描绘、记录、揣摩,终究无法深入到我们的心灵世界。除非我们主动走出来,告诉别人我是谁,有什么感受,否则我们将永远无法相遇。"④ 布农族作家拓拔斯·塔玛匹玛也表示:"如果要提升原住民文学,最好是把原住民文学定位在具有原住民身份者所写的文学,这对我们会是很大的鼓励,会加强我们的信心和责任感。"⑤ 而邹族学者巴苏亚·博伊哲努(浦忠成)则基于台

---

① 瓦历斯·诺干:《番刀出鞘》,稻乡出版社1992年版,第129—133页。
② 林正三:《孙大川与台湾原住民族文艺复兴运动》,见孙大川编《台湾原住民族汉语文学选集》(评论卷下),INK印刻出版有限公司2003年版,第79—80页。
③ 孙大川:《原住民文学的困境——黄昏或黎明》,见孙大川编《台湾原住民族汉语文学选集》(评论卷上),INK印刻出版有限公司2003年版,第68页。
④ 孙大川:《原住民文化历史与心灵世界的摹导》,见孙大川编《台湾原住民族汉语文学选集》(评论卷上),INK印刻出版有限公司2003年版,第32—33页。
⑤ 田雅各:《"倾听原声:台湾原住民文学讨论会"的发言》,见《文学台湾》1992年第4期。

绪　论

湾少数民族人口少，所能产生作家有限的事实，认为若以"身份"严格界定，必将使台湾少数民族文学陷于狭隘的窘境，因此他认为："如果以创作作品的题材内容为区分标准，则可以超越前述以语言、身份认定的范围，不论以何种语言文字，也不论身份为谁，只要是描述或表达原住民的思想、情感或经验，则可归属于原住民文学的范畴。"[①] 此外，彭瑞金、吴家君、董恕明等人也从台湾少数民族文学的质地、内涵、价值等方面进行了种种界定。

然而事实上，无论是从语言、身份还是题材来界定台湾少数民族文学时，都会面临着困境。语言是一个民族存在的居所，也是一个民族传承民族文化、精神与生命观念的载体，母语创作在传达民族经验上固然精确、恰切，但这并不意味着"换母语"写作就放弃了对文学民族性的表现。在中国现当代文学史中，那些令人敬仰的少数民族作家如沈从文、老舍、端木蕻良、阿来、张承志、吉狄马加等，他们没有使用自己的民族文字进行创作，但同样向世界展示了他们的民族文化。徜徉于双重语言的智慧和美感中，沈从文展现了苗族文化，端木蕻良表达了满族情结。李陀在致乌热尔图的信中说："我以为你至今所创作的为数不是不多的小说却是地地道道的鄂温克族文学。它们绝不会和其他少数民族文学作家的小说相混同，也不会和任何其他用汉语写作的汉语作家的小说相混同，更不会和世界其他国家的小说相混同。因为你的小说深深地植根于鄂温克族的民族生活，这个很小的民族的生产和生活方式、风俗习惯、伦理观念、宗教意识、民族心理等等，都在你的小说中得到相当细致、准确的描绘和表现。"[②] 因此，并不是只有母语才能表达族人的经验与内在世界。同时，传播是文学的要义，只有实现传播作家的写作活动才算最后的完成，因为"只有通过个性化的传播，文学艺术才会产生共鸣，文学艺术的创造意义和审美功能才能得以最大化的实现"。一个民族的文学也只有在传播中才能获得生命、尊严和地位，也才能丰富多民族文学的形态，推动人类文明的发展进步。当代台湾少数民族大多数青少年已经接受了汉语教育，他们的交际语言是

---

① 浦忠成：《台湾原住民文学概述》，《文学台湾》1996 年第 20 期。
② 李陀、乌热尔图：《创作通信》，《人民文学》1984 年第 3 期。

汉语。假如一味地强调族语创作，台湾少数民族文学可能会成为一种没有读者或读者很少的文学。少数民族作家应该和自己的民族站在一起，笔下应该呈现的是民族文化、情感和富有风情的民族生活。但如果以"题材"来界定民族文学的话，认为只有书写本民族题材、思想或情感的作品才算"民族文学"的话，一方面会将本民族作家的非本民族题材的书写排除出去，另一方面又可能把非本民族的民族题材的书写归纳进来。纵观当代台湾少数民族作家的文学创作，大多作家都是以自己族群的生活为基础而进行文学创作的，夏曼·蓝波安和夏本奇伯爱雅表现了达悟飞鱼文化，巴代展示了卑南巫术文化，拓拔斯·塔玛匹玛和瓦历斯·诺干再现了猎人文化，亚荣隆·撒可努书写了山林文化，等等。当然，也有少部分作家是写其他民族的生活，如拓拔斯·塔玛匹玛的《兰屿行医记》写的是兰屿岛上的达悟族生活，排湾族女作家伊苞的《老鹰，再见》讲述的是作者在西藏旅行的见闻。倘若以题材而论，伊苞的创作只能归于藏族文学范畴，显然这并不现实。同时，历史上台湾少数民族经常被他族书写，如日本作家佐藤春夫的《女诫扇奇谭》、中村地平的《长耳国漂流记》、大鹿卓的《野蛮人》，以及汉族作家赖和的《南国哀歌》，钟肇政的《马黑坡风云》、《马利科湾英雄传》、《高山组曲》（《川中岛》、《战火》、《卑南平原》），钟理和的《假黎婆》，李乔的《山园恋》、《巴斯达矮考》，叶石涛的《火索枪》、《西拉雅族末裔潘银花》，吴锦发《燕鸣的街道》，林燿德的《一九四七高砂百合》等，恐怕这些作家作品也难以被称为台湾少数民族文学，因为他们的创作"显然都缺乏了像布农族作家田雅各短篇小说所展示的原住民独特的思维方式和心理动向"[①]。"如果把台湾少数民族文学界定在身份上，把'身份'（indentity）视作确立'原住民文学'不可退让的阿基米德点"[②]，也依然有值得反思的地方。少数民族作家有的忠实于生养自己的民族土地，热情地为民族而讴歌；有的作家完全生活在非本民族的文化环境中，民族身份意识较为淡薄；还有一些作家在特殊的环境和语境中，被动或主

---

① 叶石涛：《展望台湾文学》，九歌出版社有限公司1994年版，第22页。
② 孙大川编：《台湾原住民族汉语文学选集》（评论卷上），INK印刻出版有限公司2003年版，第67页。

绪　论

动地回避着自我民族身份，如排湾族作家陈英雄早期的创作。同时，"身份"是一个被建构的概念，正如学者陶东风所言："所谓身份、认同等都不是固定不变的，而是流动性的、复合性的。这一点在文化的交流与传播空前加剧、加速的全球化时代尤其明显。在这样一个时代，我们已经很难想象什么纯粹的、绝对的、本真的族性或认同。"① 随着环境等外在条件的变化，民族作家的身份认同可能也会随之改变，特别是一些双族裔的少数民族作家，他们的民族身份或认同可能会发生转向。

其实，当一个民族的文学发展到一定阶段的时候，其母语文学创作不仅不会消失，反而会更加繁荣。民族作家的主体意识不仅不会削弱，反而会更加鲜明。他们为民族的历史、文化书写，是基于"海洋朝圣者"（达悟族夏曼·蓝波安）的责任，也是"山林猎人"（泰雅族瓦历斯·诺干）的使命之所在。无论是对语言、身份还是题材的强调，皆是因为定义者的身份、价值取向、参照标准相异以及民族文学不同发展阶段的使命和意义不同而已。也正是因为论述者的身份、立场、角度不一，岛内形成了民族意义上的台湾少数民族文学、政治意义上的台湾少数民族文学以及文学史意义上的台湾少数民族文学。当代台湾少数民族文学是文学的，也是政治的。它是台湾乡土文学在山海大地的空间延伸，也是台湾族群政治斗争在文字场域的延伸。20世纪80年代台湾少数民族文学的出场并不是出于自觉的文学追求，而是政治斗争的衍生物，是"原住民运动"的附属品，"其实与原运几乎就是相同意义的词汇"②。2009年卑南族作家巴代出版了他的长篇小说《笛鹳》，书的封面赫然印着的是"卑南族第一部大河小说"。排湾族作家亚荣隆·撒可努在《走风的人》中指出，重建排湾族部落文化，必须将部落文化从鲁凯族文化中解放出来。"原住民族"这个曾经起到凝聚民族认同，召唤民族记忆，一个"想象共同体"式的概念逐步遭到了作家们的弃守，取而代之的是作家部落经验的表达和地方族群主体意识的觉醒。

从"原住民族"到卑南族，从民族现实的、政治的书写到族群自觉

---

① 王宁、薛晓源主编：《全球化与后殖民批评》，中央编译出版社1998年版，第196页。
② 浦忠成：《什么是原住民文学》，《中外文学》2005年第4期。

的文化寻根和审美追求,台湾少数民族文学半个世纪的发展、积累和沉淀,为我们科学、从容地对其界定提供了可能。目前,大陆学界对于中国少数民族文学有了新的界定,即:一、作家血统是民族的、创作语言是民族的、创作生活是民族的;二、作家血统是民族的、创作语言是他民族的、创作生活是民族的;三、作家血统是民族的、创作语言是他民族的、创作生活也是他民族的。这三种情况都应视为是少数民族文学范畴。三者互补,不应具有排他性。①尽管这样的论述也未必科学、严密和完整,但它为我们科学、严密和完整地界定"台湾少数民族文学"提供了参考和启示。作为中国多民族文学重要组成部分的台湾少数民族文学,它是由台湾少数民族各族群文学共同构成的,它是以"中国人"身份存在的、具有台湾少数民族族籍的作家所创作的文学。无论是生活在海峡两岸,还是漂泊异域,无论是个体创作还是集体创作,无论是以口头方式创作还是文字方式创作,无论是他民族为题材还是本民族为题材,只要有着"中国人"的身份,有着台湾少数民族的族籍,他的文学创作就属于台湾少数民族文学。我们之所以这样定义是因为,"民族的客观特征是共同的物质和精神文化特点,民族语言、民族题材,以及民族心理、民族意识等既是民族文化符号、民族文化因素,它们自然也是民族共同体及其审美创造物的重要特征"②。"民族"本身就是一个蕴涵语言、身份和题材等因素的标准。当我们从语言和题材的羁绊中解脱后,我们才能真正看清不同历史时期台湾少数民族作家的创作风貌,也才能更好地把握台湾少数民族文学的生命形态。在这样的界定下,我们理解的台湾少数民族文学应该有以下三个层面:从创作主体看,台湾少数民族文学包括集体创作的口传文学和个体创作的文字文学;从原创语言看,台湾少数民族文学包括汉语和族语创作的文学;从创作内容看,既包括本民族题材的书写也包括他民族题材的书写。由于台湾少数民族族语文学创

---

① 艾克拜尔·米吉提:《少数民族文学:迈过六十年辉煌历程》,《中国艺术报》2009年9月29日第16版。
② 徐其超:《回到何其芳——少数民族文学界定标准之反思》,《西南民族大学学报》(人文社会科学版)2008年第12期。

作目前数量较少,文学成就不算很高,本书主要探讨当代台湾少数民族作家的汉语文学创作,即20世纪60年代以后的台湾少数民族作家汉语文学创作。

二 当代台湾少数民族文学发展史略

经过近半个世纪的发展,台湾少数民族目前除撒奇莱雅等几个少数族群外,其余各族群都有了自己的作家,主要有:卑南族的孙大川、巴代(汉名林二郎)、董恕明,排湾族的陈英雄(族名谷湾·打鹿勒)、莫那能、亚荣隆·撒可努、利格拉乐·阿𡢃,达悟族的夏曼·蓝波安、夏本奇伯爱雅,布农族的拓拔斯·塔玛匹玛(汉名田雅各)、霍斯陆曼·伐伐、乜寇·索克鲁曼、沙力浪·达发斯菲芝莱蓝,鲁凯族的奥威尼·卡露斯盎、台邦·撒沙勒,泰雅族的瓦历斯·诺干(曾用名瓦历斯·尤干)、丽依京·尤玛、里慕伊·阿纪、启明·拉瓦、娃利斯·罗干、李永松,赛夏族的根阿盛,阿美族的阿绮骨,太鲁阁族的蔡金智,赛德克族的奋日界·吉宏等。在这些作家的努力之下,当代台湾少数民族汉语文学创作不断超越自我,走过了一条从单一到多元,从粗糙到精致,从文学自觉、政治自觉到文化自觉和审美自觉的发展行程。

一、文学自觉时期(1962—1982)。当代台湾少数民族汉语文学最早应该追溯到20世纪60年代排湾族作家陈英雄①。早在1962年4月他就在《联合报》副刊发表《山村》一文,其后又陆续发表了《蝉》、《高山温情》、《旋风酋长》、《觉醒》、《排湾族之恋》、《雏鸟泪》、《蛇之妻》等作品,1971年他将作品集结为《域外梦痕》进行出版。虽然陈英雄在创作中展示了排湾族的传统文化,但在《高山温情》、《域外梦痕》等作品中更多地表现出对当时政治话语的追随。这固然与其时台湾当局的"反共文艺"政策以及作者的城市生活经验有关,但我们从中也能感受到在"现代"城市文明和汉文化面前,一个弱势的少数民族作家所存有的文化自卑心态。对主流文化的认同,对政治文化的依附,让陈英雄无法站在民族主体位置

---

① 见王志彬《论陈英雄创作的文学史意义》,《民族文学研究》2010年第1期。

进行书写，因而回望乡土故园时，他看到更多的是故土的"荒芜"。乡村世界诗意之美的流失，很容易限制和遮蔽作家对民族性的展示，对生养部落的情感也就化为对"落后"乡土世界的批判。1978年阿美族作家曾月娥发表的《阿美族的习俗》，我们依然能从中深切感受到早期台湾少数民族作家的那种批判者的目光和卑微的写作姿态。虽然早期的台湾少数民族作家没有唱出"山海"民族特有的声音，但重要的是他们已经用"笔"歌唱，那"自我言说"的微弱声音是当代台湾少数民族汉语文学发展前行的基石。

二、政治自觉时期（1983—1991）。20世纪80年代台湾地区威权政治解体、民主风气渐开，在岛内"本土化"运动和世界原住民复兴运动影响下，台湾少数民族的民族主体意识逐步觉醒。为争取族群政治利益，保护族群传统文化，台湾少数民族知识分子以诉诸民粹的方式，开展了以"正名"、"还我土地"等为主题的系列街头运动，以求在岛内政治、经济和文化利益重新分配的角逐中，不再做历史的沉默者和缺席者。除开展街头运动以外，台湾少数民族知识分子还体认到文字的力量，积极开展文化抗争。以1983年力倡"民族自觉奋起"和"民族团结"的《高山青》创刊为起始，具有强烈主体意识的民族文学创作逐步兴起，莫那能、拓拔斯·塔玛匹玛、瓦历斯·诺干、台邦·撒沙勒等一批作家开始在文坛崭露头角。这些作家多是"原运"的领导者、参与者，因而这一时期文学创作事实上成为台湾少数民族争取民族权益斗争的另一场域。作家紧紧围绕"族群正名"、"还我土地"、"反核废料"、"救援雏妓"等攸关少数民族现实利益的主题进行文学创作。他们以悲悯的情怀、悲怆的声音，道出了台湾少数民族这个"黄昏民族"苦难的历史与无奈的现实。他们在创作中往往自觉充当民族的代言人，而弱势民族代言人的身份要求着他们启蒙民智、抗争强权，为民族悲苦历史疾呼，为不公不义的现实而战。莫那能的《美丽的稻穗》、路索拉门·阿勒的《大武山的呐喊》、田雅各的《最后的猎人》以及瓦历斯·诺干的《永远的部落》等都表现出启蒙者的战斗精神。

三、文化自觉时期（1992—2002）。不可否认19世纪80年代台湾少数

绪　论

民族作家都市街头运动和文学创作是隔着距离替族人思考的，并未得到部落民众的认同与响应。他们逐渐意识到必须回归部落，依靠草根的力量，才能实现民族的政治诉求。同时，现代化及其随之而来的文化全球化是人类社会发展必然趋势，也是任何一个民族或群体都无法回避的时代命题。少数民族并未因地理和文化上的边缘性而置身于这股洪流之外。相反，少数民族因文化的部落性、原始性、脆弱性而遭受的震荡会更为明显。台湾少数民族也同样受到现代化、全球化浪潮的冲击，民族传统文化的急遽流失，引起了台湾少数民族作家对保护、传承和发展民族传统文化的省思。出于保护民族传统文化和深耕基层的愿景，在"重返部落"的号召下，1992年，奥威尼·卡露斯盎、台邦·撒沙勒、夏曼·蓝波安、瓦历斯·诺干以及利革拉乐·阿𡟬等作家陆续返回部落，开始文化"寻根"与"扎根"之旅，台湾少数民族文学实际上形成了都市与部落两个互动的空间。都市的作家继续拓展政治抗争议题，而返乡作家们则致力于重建部落文化。回到兰屿的夏曼·蓝波安深感达悟族飞鱼文化的意义，创作了《八代湾的神话》和《冷海情深》；奥威尼·卡露斯盎根据鲁凯人的部落生活经验创作了《云豹的传人》；瓦历斯·诺干回到部落后开展田野调查，出于对泰雅文化的迷恋和对土地的关怀，以诗歌、散文、杂文、报道文学等体式先后创作了《想念族人》、《戴墨镜的飞鼠》、《番人之眼》、《伊能再踏查》；利革拉乐·阿𡟬以排湾族利革拉乐家族的故事和传说为题材，创作和编写了《谁来穿我织的美丽衣裳》、《红嘴巴的VUVU》、《穆莉淡——部落手札》等作品。都市与原乡、文化传承与政治抗争齐头并进，丰富了台湾少数民族文学的创作。90年代是当代台湾少数民族文学创作最为繁荣的时期。

四、审美自觉时期（2003年至今）。新世纪以后，台湾少数民族的利益诉求有所实现，民族的地位和作用也有所提高。在岛内政党斗争和选举政治中，台湾少数民族由被漠视的群体变成了"关键中的少数和少数中的关键"。同时，台湾少数民族作家也获得了主流社会的认可。民族利益的实现，民族地位的提升，使得民族文学创作也逐步偏离政治和文化抗争议题。2003年，孙大川将之前的台湾少数民族汉语文学创作进行了总结，推出了《台湾少数民族汉语文学创作选集》（五卷本）。此后，台湾少数民族文学创作逐步回到文学正常的轨道上来，民族作家们也将创作转向于对部落历史和族群文化的建构上，出现了一批颇具"山海"文化美学意蕴的作品，如：夏曼·蓝波安的《海浪的记忆》、巴代的《笛鹳：大巴六九部落之大正年间》、霍斯陆曼·伐伐的《玉山魂》、亚荣隆·撒可努的《走风的人》、乜寇·索克鲁曼的《东谷沙飞传奇》、夏本奇伯爱雅的《兰屿素人书》、里慕伊·阿纪的《山樱花的故乡》、伊替达欧索的《巴卡山传说与故事》、沙力浪·达岌斯菲芝莱蓝的《部落灯火》等。与此同时新生代作家如达德拉凡·伊苞、董恕明、阿绮骨、李永松、乜寇·索克鲁曼、亚荣隆·撒可努、伊替达欧索、沙力浪·达岌斯菲芝莱蓝等人开始成长起来，他们的生活经历和文学感受明显迥异于前行代作家，他们少有山海"原初"的生活经验，也没有参与民族政治斗争的深刻体验，他们不再沉湎于民族悲情的历史，不再局囿于对"山海"文化的反映和阐释，而是以开放的胸襟和审美超越的精神去开拓民族文学的新局面。

三 当代台湾少数民族文学研究概述

当代台湾少数民族文学在文坛兴起伊始，便引起了台湾岛内学者的注意，许俊雅、陈昭瑛、吴锦发、孙大川、浦忠成等学者纷纷涉足这一研究领域，他们自觉运用后殖民主义、后现代主义等理论开展研究，出版了以《21世纪台湾原住民文学》、《台湾原住民族文学史纲》、《战后台湾原住民族文学形成的探察》等为标志的一批研究成果。同时，董恕明、魏贻君、陈芷凡、吕慧珍等博士、硕士研究生也先后将当代台湾少数民族文学作为研究对象，撰写了《战后台湾原住民族的文学形成研究》、《九〇年代台湾原住民小说研究》、《边缘主体的建构——台湾当代原住民文学研究》等40篇左右学位论文[①]。由于岛内学者的推动，从20世纪80年代至今的30年间，台湾少数民族文学一度成为岛内重要的研究议题，研究理论、方法、观点不断推陈出新。在文学思潮研究方面主要有孙大川的《原住民文化历史与心灵世界的摹写——试论原住民文学的可能性》、彭小妍的《族群书

---

① 统计资料来自台湾各高校博硕士论文系统。

绪　论

写与民族/国家——论原住民文学》和吴家君的《台湾原住民文学研究》，等等。在作家作品研究方面有许俊雅的《山林的悲歌——布农族田雅各布的小说〈最后的猎人〉》、林奕辰的《原住民女性之族群与性别书写——阿媽书写的叙事批评》、谢惠君的《鲁凯族作家奥威尼·卡露斯盎之研究》、潘泠栶的《排湾族作家研究——以陈英雄、莫那能、利格拉乐·阿媽、亚荣隆·撒可努为对象》、廖婉如的《祖灵的凝视：瓦历斯·诺干作品研究》、侯伟仁的《拓拔斯·塔玛匹玛（Tuobasi·Tamapima）小说研究》以及简晓惠的《夏曼·蓝波安海洋文学研究》等，在文体研究方面有林秀梅的《台湾原住民报导文学作品研究》、吕慧珍的《九〇年代台湾原住民小说研究》，等等。从战后整个文学场域到具体作家作品，岛内学者的论述已涵盖了台湾少数民族文学研究的诸多方面。

"这些年来，岛内开始重视这方面的研究，或许可以理解为学界多年欠账如今拾遗补阙，但恐怕也不能避免有为了今天的政治诉求而做起历史的旧文章来。"[①] 不可否认，在台湾特殊的族群政治社会中，相当一部分学者的研究视野和批评观念受困于政治意识形态和族群关系的干扰，导致了他们难以宏阔的学术视野和气魄去探讨当代台湾少数民族文学。不同的利益诉求衍生出族群之争和党派之斗，进而使作为"本土化"象征和"关键少数"的台湾少数民族，在不同利益集团那里就有了"政治正确"、"文化正确"和"思想正确"的论述。这种现象必然显现在文学批评研究上，导致有些研究者将"原住民文学"与"原住民问题"等同起来，有些论者站在"第四世界"和"世界原住民"立场去思考台湾少数民族文学。自20世纪60年代的陈英雄到20世纪80年代的莫那能、田雅各、瓦历斯·诺干、夏曼·蓝波安再到新世纪以来的乜寇·索克鲁曼、沙力浪、阿绮骨等，台湾少数民族拥有一支为数不少的作家群体，他们的创作内容不同，写作风格迥异，文学追求不断超越，但岛内学者往往将注意力集中在80年代的那批具有浓厚政治抗争精神的作家作品上，而对前后期的作家多"视而不见"。政治的歧见必然会引发学术观念的偏见，政治以及族群利益追逐下

---

① 陈杰编：《台湾原住民概论》，台海出版社2008年版，第1页。

的文学批评与研究,也很难使论者做到心平气和、客观公允,台湾少数民族文学研究的政治化和功利化是显见的。同时,我们也看到尽管岛内对台湾少数民族文学表现出极大的研究热情,尽管台湾少数民族作家的努力获得不少赞誉和殊荣,尽管少数民族文学丰富、扩展了台湾文学的内容,但整体而言台湾少数民族文学并未引起岛内主流学者的充分关注,将台湾少数民族文学视作一个"集合名词"来处理的现象也时有发生。仅以泰雅族著名作家瓦历斯·诺干为例,其创作无论是诗歌、散文或评论都已获得不错的成果,但正如作家吴晟所指:"至今尚未见到文学学者或诗文评论家,对瓦历斯的创作历程、艺术成就、文学背景等等,有一篇较全面剖析探讨的论文,也就是说,虽然瓦历斯屡获文学奖,并没有相对的好的评论出现,和其他'族群'的文学作品,备受讨论比起来,这种漠视现象,一直令我纳闷不解。"① 岛内学者杨翠也指出:"关于台湾原住民书写的研究,比起汉族书写而言,一向是极其贫弱。"② 更有学者如陈芳明等虽宣称"自一九八○年以后,原住民文学渐渐在文坛上浮现,一个不同于汉人的历史记忆也随着加入拼图的行列。"③ 但其对台湾少数民族文学实际重视不够,在其八百余页的史著《台湾新文学史》中,论述台湾少数民族文学只有九页内容。如此,可以想见无论是"台湾文学经典"还是《台湾作家全集》甄选,台湾少数民族作家作品的缺席就不足为奇了。这其中固然与台湾少数民族作家汉语运用能力和艺术成就有关,但也与主流学者漠视与自大的心态有关。

当代台湾少数民族文学创作同样也引起了大陆学界的注意。早在 20 世纪 70 年代,以曾思奇的《台湾原住民的呼声》和李文甡的《70 年代以来台湾原住民族文学的若干特点》为起始,大陆地区便展开了对台湾少数民族汉语文学的研究。其后,吴重阳、岳玉杰、古继堂、曹惠民、朱双一、李瑛等学者有意涉足这一研究领域,并发表了《为台湾文学注入新血》、《九十年以来台湾高山族"山地文学"的发展》、《台湾原住民族文化心理

---

① 吴晟:《超越哀歌》,见瓦历斯·诺干《伊能再踏查》,晨星出版社 1999 年版,序文。
② 杨翠:《认同与记忆:以阿媳的创作试探原住民女性书写》,《中外文学》1999 年第 11 期。
③ 陈芳明:《后殖民台湾:文学史及其周边》,麦田出版城邦文化事业股份有限公司 2011 年版,第 121 页。

绪 论

的生动解析》、《从政治抗争到文化扎根》、《论台湾原住民作家对原住民生存价值的人文关怀》等多篇学术论文。近来,周翔、黄育聪、李娉、张晓妹等博士、硕士研究生也对这一领域表现出较高的研究热情,他们采用多种方法展开研究,发表了《当代台湾原住民作家的身份认同》等多篇学术论文,完成了《生态批评视野中的台湾原住民作家文学研究》等多篇学位论文。随着研究成果不断积累,一些台港文学史著作如白少帆的《现代中国文学史》、朱双一的《近二十年台湾文学流脉》、杨匡汉的《中国文化中的台湾文学》和古远清的《当今台湾文学风貌》以及何琼的《台港文学:民族文化的艺术透视》等也为台湾少数民族文学留置了一定的叙述空间。从早期的印象式评介发展到当下文化学、民俗学、生态学和语言学等跨学科方法的自觉运用,当代大陆地区的台湾少数民族文学研究已越来越深入。

台湾少数民族文学是中国少数民族文学重要组成部分,又是当代台湾文学的重要内容,其文学属性决定了这一领域的研究主体既有长期从事台港澳文学研究的,也有从事民族学研究的,还有致力于中国少数民族文学研究的。可以说大陆台湾少数民族文学是台港澳文学、民族学和中国少数民族文学在各自研究领域的拓展。由此而言,大陆台湾少数民族文学研究既得益于两岸频繁的文化交往所带来的便利条件,同时不同专业背景的学者融入到这块台港澳文学与中国少数民族文学"交叉"的文学地带,也开拓了大陆台湾少数民族文学研究视野,使得文学批评与研究深富生机与活力。

当然,大陆的台湾少数民族文学研究有其困难的一面。陈建樾在分析大陆台湾少数民族研究之困时,指出"中国大陆台湾'原住民'研究低迷长达 10 年之久的重要原因,就是国内学者缺乏台湾'原住民'的实地田野调查经历,这在客观上决定了大陆的相关研究只能围绕着台湾'原住民'历史问题做文章,而台湾'原住民'研究日趋史学化的现象反过来又使得大陆的台湾'原住民'研究越来越被弱化和边缘化"[①]。梁国

[①] 陈建樾:《台湾"原住民"历史与政策研究》,社会科学文献出版社 2009 年版,第 19—20 页。

扬也指出:"即使台湾原住民研究这件事没有那么复杂,那至少资料搜集有没有足够的来源,提出的观念能否得到史籍或考古的佐证,那些各具特色的民俗文化和神祇信仰能否有合乎生存规律的合理解释等等,都是研究者、撰稿人必须面对和回答的。"① 这都表明了资料在台湾少数民族及其民族文学研究中的重要性。大陆与台湾隔海相望,跨过政治与地理的鸿沟去开展台湾少数民族及其文学的研究,资料尤为重要。但囿于资料不足而现研究之窘的现象,不仅存在于台湾少数民族的民族学、人类学研究领域中,在台湾少数民族文学研究中也同样存在。缺乏田野调查,相关文献资料、文本资料尤其是大量网络文本资料的搜集困难,都会对研究主体、研究内容以及学术观念产生影响。目前的一个事实是,大陆台湾少数民族文学的研究人员,大都是由于各种客观因素可能接触和占有这方面研究资料的人。这和早期大陆从事台港澳文学研究人员的构成非常相似。资料的不易获得,也使这一领域存在由研究对象来选择研究者的现象,这与其他研究领域是不尽相同的。自20世纪70年代末以来,大陆学术界对台湾文学的研究表现出较高的积极性,也取得了丰硕的研究成果,但正是因资料的搜集困难或不足,致使大陆学者对台湾文学的研究多集中在主流文学中的作家作品、社团流派和文学思潮上,对新兴的、尚处于"边缘状态"的台湾少数民族文学关注不够。"应该说,由于我们对台湾的少数民族文学创作情况无法作实地深入地考察,掌握的材料不充分,因此,我们今天还不能对其发展历史及其在台湾现代文学中的地位、作用,作全面的、准确的判断,而只能就所涉猎的资料作一些简单的介绍和评述。"② 在实际的研究中,大陆学者多是把台湾少数民族文学视为文学新地景,或是视为80年代台湾多元文学思潮之一,或是将其与客家文学和眷村文学等族群文学置为一谈。弱化或"边缘化"的处置方式,难以将台湾少数民族文学上升至一个"民族文学"的层面予以研究。这些无疑都制约了对台湾少数民族文学研究的深度和高度。

---

① 陈杰编:《台湾原住民概论》,台海出版社2008年版,第1页。
② 吴重阳:《为台湾文学注入新血——台湾少数民族文学简谈》,《中央民族学院学报》1988年第2期。

四　当代台湾少数民族文学研究的缘由与意义

大陆与台湾民族同根、文化同源，在中国文学发展进程中，台湾文学以其独特的美学品质彰显了自身的魅力，并和大陆母体文学共同构成了现代中国文学的生命形态。台湾文学深受大陆母体文学影响，两岸文学交流互动源远流长。由于历史原因，两岸文学交流曾一度中断，直至20世纪70年代末，两岸才重启文学交流之门。随着两岸文化和文学交流日益频繁，台湾文学已跨过海峡进入内地。20世纪80年代以来，大陆学者注意到了台湾文学的创作成就与文学影响，他们表现出极大的研究热情。毋庸置疑，大陆的台湾文学研究开拓了大陆读者的文学视野，促进了华文文学学科的建设与发展，也为重绘中国文学地图提供了有力支撑。20世纪80年代以来的"重写文学史"在颠覆与消解传统文学史观念和既往文学秩序同时，更加注重了文学史的整体性建构。一些新的文学史观念如"20世纪中国文学"、"中国近百年文学"、"中国现当代文学"、"当代大中华文学"、"现代中国文学史"以及"汉语文学史"等相继提出，在这些观念指导下的文学史写作实践也有意对"大陆中心主义"文学史观进行了抵制和解构，注意到了台湾文学对现代中国文学格局的意义。

从1990年至今，孔范今主编的《二十世纪中国当代文学史》、张炯、邓绍基、樊骏主编的《中华文学通史》、黄修己主编的《20世纪中国文学史》、朱栋霖、丁帆、朱晓进主编的《中国现代文学史1917—1997》、王泽龙、王克宽主编的《中国现代文学》、董健、丁帆、王彬彬的《中国当代文学史新稿》、刘勇主编的《中国现当代文学》、朱寿桐主编的《汉语新文学通史》、丁帆主编的《中国新文学史》等近20部文学史都把台港澳文学作为文学史的建构内容。"80年代后期以来陆续出版的多种台湾文学史、香港文学史、澳门文学史，研究者都不把台港澳文学作为偶然的、孤立的现象来对待，而是把它放在中国文学历史进程的大背景中来透视和叙述，既揭示其与母体的文化精神与文学传统的渊源关系，也肯定其在特殊环境中的发展对中国文学的价值和意义，并注意把它们与大陆文学进行对照和比较。论者所讨论的对象虽是各别的，或台湾、或香港、或澳门，但所持的立场和视野却是全体的，是以整个中国文学在20世纪的发展作为背景的。"① 应该说台湾文学已经成为当代中国文学研究的重要对象。

中国自古是一个多民族国家，中国文学是多民族文学。从中国文学发展史来看，少数民族文学从未缺席过并一直是和汉族文学融合发展的，中国文学的出色成就也是由各民族共同创造的。茅盾曾指出："在少数民族中，文学并不是一片荒漠，它埋藏着瑰宝。"少数民族有悠久的民族文化，独特的民族思维、民族语言和民族文学传统，民族文学不断地发展壮大。早在1960年老舍在第二届全国人民代表大会第二次会议上发言强调："中国是个多民族的国家，而兄弟民族又各有悠久的文学传统"，"今后编写的中国文学史，无疑地要把各兄弟民族的文学史包括进去"②。虽然文学史曾对老舍、端木蕻良、萧乾、张承志、沙叶新和阿来等以汉语进行创作的作家进行观照，但他们毕竟只是少数中的少数。20世纪80年代以来，随着"中华民族多元一体"、"重绘中国文学地图"以及"中华多民族文学"等理念的确立，不断发展壮大的少数民族文学已越来越被人们所关注。学者杨义指出："因为在整个中华民族的民族共同体的历史进程中，文学的发展是多民族共同创造、互相碰撞、互相融合的结果，不研究这个过程中非常复杂、多姿多彩的相生相克、互动共谋的合力机制，是讲不清楚中国文学的真实品格和精神脉络的。"③ 学者关纪新认为："今天，再想撇开少数民族文学的存在而谈论中国文学，已经是不太可能的和不合时宜的了。'少数民族文学'与'汉族文学'相辅相成、交相辉映，已然成为中国文学总体格局内不可或缺的一个重要组成部分。"④ 当下，很难想象当代中国文学研究会忽略少数民族文学的存在。

---

① 刘登翰：《台港澳文学与文学史写作》，《复旦学报》（社会科学版）2001年第6期。
② 见老舍《兄弟民族的诗风歌雨》，《人民日报》1960年4月9日第15版。
③ 杨义：《重绘中国文学地图通释》，当代中国出版社2007年版，第5页。
④ 关纪新：《创建并确立多民族文学史观》，《民族文学研究》2007年第2期。

绪　　论

自 20 世纪 60 年代台湾少数民族开始出现汉语书面文学创作，经过半个世纪的发展，台湾少数民族文学已成为岛内重要的创作潮流。台湾少数民族文学的发展壮大也对台湾文学产生重要而深刻的影响，它一方面拓展了台湾文学的表现空间，丰富了台湾文学的文化内涵，塑造了台湾文学的本土风情和地域形态，呈现了台湾文学独特的地域风貌。另一方面又丰富了台湾文学的创作主题和创作方法，促进了台湾文学多元化格局走向。因此，无论从台湾文学还是从少数民族文学抑或是从台湾少数民族文学自身而言，台湾少数民族文学都应该是当下中国文学重要的研究对象。

开展台湾少数民族文学研究有着重要意义，首先，台湾少数民族文学是中国多民族文学的重要组成部分，它深刻反映了台湾少数民族的社会、历史和文化的发展变迁，丰富了祖国少数民族文学的内容。两岸政治体制不同，社会环境相异，但两岸少数民族先后被迫纳入文化全球化体系中去，共同经受着全球化、现代化和强势文化的冲击，相对而言台湾少数民族更早地经历了这些经验，因此开展台湾少数民族文学研究对当代大陆少数民族文学的发展有着重要的启示意义，从而使我们在普遍意义上开展中国少数民族的汉语写作研究。这对于深化中国少数民族文学研究，建构中国少数民族文学史和"重绘中国文学地图"等有着重要的文学史价值。其次，台湾少数民族文学是台湾文学的重要组成部分，汉族文化和文学对其发展有深刻影响。台湾少数民族文学走过了一条从口耳相传到文字书写，从政治自觉到文学自觉的发展进程，这一进程反映了当代台湾文学场域不同时期的状况。开展台湾少数民族文学研究，能够使我们更好地把握台湾地区文学的发展演变，深化对台湾地区文学的认识。再次，从文学的角度去考察一个民族的社会、历史和文化，从而跨过地理与政治的鸿沟去认识隔海相望的台湾少数民族，能够深化对台湾少数民族及其文化的认识，也有助于我们理解当前台湾的"族群政治"及其社会根源，有利于推进两岸人民的经济文化交流和整个中华民族的和谐发展。最后，当前在台湾学术界有少数人别有用心地利用台湾少数民族文学所谓的"本土"特性，操弄族群关系，挑唆族群对立，并极力推动台湾"文学本土化"，以进一步达到"文学台独"和"去中国化"的目的。开展台湾少数民族文学研究，能够有力回击"文学台独"论，有利于推动台湾族群关系和台湾文学健康和谐地发展。

第一章

现代性视野下的台湾少数民族

千百年来，乐天知命、敬山畏海的台湾少数民族就一直生活在台湾这个美丽的岛屿。在漫长历史进程中，他们创造了山海民族灿烂的文化。随着汉族移民进入，岛内由单一的民族演化为多族群生活共同体，各族群文化也在漫长的历史进程中相互融合，共同孕育了以"周文华夏的礼乐"为核心、中华文化为主轴的台湾地区文化体系。在历史发展的进程中，无文字的台湾少数民族成了来台文人的书写与观察的对象。历经荷兰、日本殖民者的野蛮统治，台湾少数民族自有的经济、文化体系遭受严重摧残，他们不断地由平原向山林退却，由中心向边缘滑落，并逐渐沦为这块土地上弱势群体。战后，台湾少数民族被迫纳入岛内现代化进程中，民族命运又遭受到前所未有的震荡。

第一节 台湾少数民族及其族群文化特征

台湾是中国领土的一部分。在不同历史时期，祖国大陆对台湾的称呼也不尽相同，有"夷州"、"流球"、"留求"、"小琉球"以及"台湾"等之称。汉文史料中关于台湾的记载，至少可以追溯至三国时期吴太守沈莹所著的《临海水土志》，其后隋朝的《隋书·流求传》以及明清时期台湾地方官员与中央政府间的往来文件、档案资料和渡海来台的文人笔记中,对台湾也多有记述。"在远古时代,台湾地区和大陆本是连接在一起的大陆板块,后来由于地壳运动,相连接的部分陆地下沉成为海峡,台湾变成了海岛。"① 但那湾"浅浅的海峡"并未阻止台湾与祖国大陆间的往来。"从史前时代开始,台湾与祖国大陆就已存在着密切的历史渊源关系。"② 历史记载,公元230年孙权"遣魏温、诸葛直将甲士万人,浮海求夷洲"。其后,隋朝将军朱宽、陈棱受命"自义安浮海之击琉球国"。到南宋时期,泉州知府汪大猷在澎湖起建房舍派军驻守。至元朝设立澎湖巡检司后,明清分别设立承宣布政司和台湾府等行政机构,对台湾行使管辖权。同时,隋唐以后随着民间交往的日渐活络,东南沿海居民不断移居台湾,他们和早期来台的先住民各族一道抵抗外侮,经营家园,胼手胝足、筚路蓝缕地耕耘这片美丽土地。在漫长的历史进程中,岛内各族人民用血汗和智慧谱写了台湾开拓发展的历史。因而,无论是历史文献抑或是历史事实都表明台湾是祖国大陆政治、经济和文化的海外延伸,是祖国不可分割的一部分。

"夷洲在临海东南,去郡两千里,土地无霜雪,草木不死。四面是山溪。"③ 台湾地处我国东南沿海,因其独特的地理位置和宜人的亚热带气候,很早就有多个种族从半岛西海岸及华南沿海陆续渡海来台,分散各地游牧狩猎、垦种田园,他们是台湾历史上最早的居民和开拓者之一。这些在汉族移民抵台之前就世代居于此的住民,就是今天台湾少数民族的祖先。历史上,台湾少数民族没有统一的自称,其族群命名大多都是"他族"站在文化高位上的命名,如"东夷"、"山夷"、"流求人"、"东番"、"土番"、"蕃"、"生番"、"熟蕃"、"蕃人"、"高砂族"、"山地山胞"等。台湾少数民族是1954年第一届全国人民代表大会根据民族识别政策确定的祖国第一批38个少数民族之一,那时大陆称之为高山族。由于当时国家在进行民族识别时是以较约略的方式划分的,因此对台湾少数民族之间的细

---

① 陈杰编:《台湾原住民概论》,台湾出版社2008年版,第160页。
② 廖杨:《台湾族群文化分析》,《贵州民族研究》2000年第4期。
③ (吴)沈莹编:《临海水土志》,中央民族大学出版社1998年版,第2页。

第一章　现代性视野下的台湾少数民族

部差别并不强调。大陆有学者认为"高山族"的称谓，是外部世界，尤其是汉文化对于台湾少数民族各族群缺乏深刻认知的背景下，附加于内涵复杂、文化多样的台湾少数民族上的概括性"符号"，没有反映少数民族各族群的自身认同、文化记忆，因而不属于严格意义上的"族称"。20世纪80年代后，台湾少数民族民族主体意识觉醒，积极推动正名运动，强烈要求以"原住民"取代"山胞"。他们认为，"山胞"是一个歧视性的落伍名称，这一称呼承袭了日本殖民者统治模式，根本否定了他们的"族群象征符号"和"民族地位"，体现了大汉族主义的同化政策，漠视"平埔族"的存在以达到分化少数民族的目的。① 夷将·拔路儿认为，之所以采用"原住民"（Aborigines，indigenes）是因为："土著"在汉语中有蔑视的意味，"少数民族"已被中国大陆使用，而"原住民"还未被正式使用。"高山族"、"山胞"两词虽被当局接受，但与实际情况不符，便决定以"原住民"称呼台湾的固有族群。② 他们的努力取得了成功，1994年4月台湾当局正式通过将"山胞"更名为"原住民"，1997年又明确为"原住民族"。③ 尽管两岸尚有"先住民"、"世居少数民族"、"高山族"、"原住民"、"原住民族"以及"台湾少数民族"等不同称谓，但"原住民族"称谓已被岛内

---

① 郝时远：《台湾少数民族称谓的变化》，《中国民族报》2006年，10月8日第6版。
② 台湾原住民族权利促进会：《原住民——被压迫者的呐喊》，台湾原住民族权利促进会1987年版，第27—30页。
③ 以"原住民"及"原住民族"统称岛内少数民族尚存科学性、公正性的疑义，其中既有人类平等观念也有政治性方面因素的考量。台湾著名人类学家李亦园认为，在台湾目前已将高山族改称为"原住民"，这是一种政治上的名称，学术界并不完全赞同，从考古学的发现而言，在高山族移入台湾之前已另有居民，而高山族并非最早属于台湾之族群，所以称之为原住民是不对的，而从民族平等的立场上来说，有"原住民"一词，就相对的会出现"非原住民"的想法，将来就易于产生土地主权之争。王甫昌也认为，在"原住民"概念内部，其实隐含着巨大的文化与社会差异，地理分布十分分散，甚至连相互沟通的语言都没有，在完全没有共同基础的情况下，如何将其放置在单一族群的构架内？……"原住民"的集合概念，完全只是为了对于、对抗"汉族"而成立的。所以，岛内学术界较倾向于采用较合适于族群专有名称的"台湾南岛民族"以取代"原住民"。也有学者认为"原住民族"这一称法并不适合作族称，因为这一称法并非民族的专有名称，也不能体现台湾少数的族属问题。认为统称"台湾少数民族"最为确切，既能体现台湾是一个多民族的地区，也有利于台湾少数民族争取民族平等权益。目前大陆称台湾"原住民族"为台湾少数民族。当然这个"台湾少数民族"是不包含岛内的蒙、满、藏、回、苗等民族，和台湾岛内所谓"原住民族"的内涵等同。因此，本书在写作过程中将台湾少数民族与台湾"原住民族"互用。

民众广泛接受。目前,台湾当局根据"原住民族"各族群意愿认定台湾少数民族有阿美族、排湾族、泰雅族、布农族、鲁凯族、卑南族、邹族(原为曹族)、赛夏族、达悟族(原为雅美族)、邵族、噶玛兰族、太鲁阁族、撒奇莱雅族、赛德克族、拉阿鲁哇族、卡那卡那富族等 16 个民族。从"夷"、"番"到"原住民",台湾少数民族经历了从客体指认到主体认同和客体认定的历史行程,实现了对民族自身立场和族群记忆的回归,凸显了"原住民族"自身的文化内涵与文化差异。目前,台湾少数民族人口为 50 万左右,约占全岛总人口的 2%,分布面积接近岛内总面积的 45%。在少数民族各族群中,阿美族为最大的族群,人口约为 20 万人。最小的是卡那卡那富族,人口 140 余人。台湾少数民族主要聚居在山区、狭长的河床平原和岛屿地带,各族群所处的地理位置悬殊较大,泰雅族、赛夏、布农族、邵族、曹族、鲁凯族和排湾族多分布在山地,卑南族和阿美族分布在台东平原和东海岸,而达悟族则在远离陆地的岛屿。

连横在《台湾通史》中指出:"以今石器考之,远在五千年前,高山之番,实为原始。"① 清人郁永河说:"南宋时,元人灭金,金人有浮海避元者,为飓风飘至,各择所居,耕凿自赡,远者或不相往来,数世之后,忘其所自,而语则未尝改。"许南村(陈映真)指出:"只要我们采取实事求是的态度,就可以发现台湾原住民大部分是直接从大陆迁移过去的,即使是部分原住民属于南岛民族,但其血缘关系也可以追溯到大陆古越族。"② 而人类学和民族学界认为台湾少数民族起源有如下几种说法:大陆起源说、中南半岛起源说、亚洲大陆东南沿海地区起源说、密克罗尼西亚起源说、美拉尼西亚起源说、西新几内亚起源说、台湾起源说等③。尽管考古学家据史前文化和原住民之间关系研究所得结果并不能表明台湾原住民的来源是单一的,"但是仍然可以肯定地说,从大陆直接迁去台湾的族群中古越人抵台时间较早。……无论是从中国大陆直接来台,或是大陆移到南洋,再由南洋转到台湾,台湾原住民的祖居地仍然是在中国大

---

① 连横:《台湾通史》,商务印书馆 1996 年版,第 1 页。
② 许南村编:《〈认识台湾〉教科书评析》,人间出版社 1999 年版,第 49 页。
③ 陈杰编:《台湾原住民概论》,台海出版社 2008 年版,第 9—12 页。

第一章 现代性视野下的台湾少数民族

陆,台湾原住民的确是中华民族的血缘亲裔。"① 台湾少数民族和祖国大陆的血脉亲缘关系现代科学也予以了证明②。中国的历史是由中国境内各民族共同缔造的,自秦汉以来的两千多年当中,中国就是一个统一的多民族国家,中国境内各民族之间一直存在着政治、经济、文化上的密切联系和交流,并从而产生了互相依存、互相促进、共同发展的关系,形成了中华民族多元一体的格局。费孝通先生说:"我们不要把民族看死了,在中国这样长的历史里,民族变化多端,你变成了我,我变成了你,我中有你,你中有我,而且有些合而未化,还保留了许多原来的东西。"③ 在漫长的历史进程中,随着汉人移民大量入台谋生,台湾的少数民族和汉族移民早已形成了融合发展的局面。因而无论从政治、地理还是血缘关系而言,台湾少数民族都是中华民族大家庭中的一员。

《礼记·王制》云:"广谷大川异制,民生其间者异俗。刚柔轻重迟速异齐,五味异和,器械异制,衣服异宜。……中国戎夷,五方之民,皆有性也,不可推移。东方曰夷,被发文身,有不火食者矣;南方曰蛮,雕题交趾,有不火食者矣;西方曰戎,被发衣皮,有不粒食者矣;北方曰狄,衣羽毛穴居,有不粒食者矣。……五方之民,言语不同,嗜欲不同。"钱穆在《中国文化史导论·弁言》中指出:"各地域各民族文化精神之差异,究其根源,最先还是由于自然环境之分别,这种自然环境的差异直接影响着人们的生活方式,并由其生活方式而影响着民族的文化精神。"④ 一个民族是选择稻作还是旱作,狩猎还是渔捞,依田园定居还是逐水草迁居,这在很大程度上取决于其所处的地域环境。同时,人对不同地域环境的依赖、适应和共生的关系,也形成了不同民族的生活方式、宗教信仰、风俗民情、语言乡音、人文精神和思维习惯,等等。作家龙应台曾以自己的生活体验指出环境不同则文化有异,在《文化是什么》一文中写道:"如果说农村是宁静的一抹黛绿,那么渔村就是热闹的金粉。原来这世界上有那

---

① 陈杰编:《台湾原住民概论》,台海出版社2008年版,第12—13页。
② 由上海交通大学医学院医学遗传学教研室张海国副教授领衔的团队通过对岛内阿美族和噶玛兰族人的肤纹研究,证实了台湾少数民族并非"来源于南洋",而是"聚类于北方民族"。
③ 费孝通:《费孝通文集》(第八卷),群言出版社1999年版,第312页。
④ 钱穆:《中国文化史导论》,生活·读书·新知三联书店1988年版,第2页。

么多的神,每一位神都有生日,每一个生日都要张灯结彩、锣鼓喧天地庆祝。渔村的街道突然变成翻滚流动的彩带,神舆在人声鼎沸中光荣出巡。要辨识渔村的季节吗?不必看潮水的涨落或树叶的枯荣,只要数着诸神的生日,时岁流年便历历在前。庙前广场有连夜的戏曲,海滩水上有焚烧的王船,生活里有严格遵守的禁忌,人们的心里有信仰和寄托。"从玉山到阿里山,从日月潭到兰屿,从温和的达悟海洋子民到雄霸一方的卑南大王,千百年来台湾少数民族一直栖居于高山、涧溪、森林、海浪组成的地域环境中。环海多山的自然环境、美丽富饶的生态资源,滋养孕育了台湾少数民族。在漫长的生产和生活实践中,台湾少数民族各族群也创造了辉煌灿烂的民族文化。从天籁之声的"八部合音"到虔诚的"矮灵祭",从高山的杆栏建筑到海岛的半穴居所,从古老的陶器到现代的雕刻,生活在这块土地上的台湾少数民族用自己的语言、歌声、神话、建筑和技艺展示了民族的智慧,记录了民族的历史。这些带有鲜明地理个性的民族文化在部落子民的口耳相诵中绵延传递,在社会和族群的发展行程中累积更迭。

英国文化人类学家爱德华·泰勒(E. B. Tylor)曾将文化的含义系统地表述为:"文化是一种复合体,它包括知识、信仰、艺术、道德、法律、风俗,以及其从社会上学得的能力与习惯。"① 民族学家吴文藻先生认为:"文化最简单的定义可说是某一社区内居民所形成的生活方式;……文化也可以说是一个民族应付环境——物质的、概念的、社会的和精神的环境——的总成绩。文化可以分为四个方面:一、物质文化,是顺应物质环境的结果;二、象征文化,或称'语言文字',系表示动作或传递思想的媒介;三、社会文化,亦可称为'社会组织',其作用在调适人与人之间的关系,乃应付社会环境的结果;四、精神文化,有时仅称为'宗教',其实还有美术、科学与哲学,也必须包括在内,因为它们同是应付精神环境的产品。"② 郭家骥认为:"文化是一个民族对所处的自然环境和社会环境的适应性体系及其世代相处的生活方式,是一个民族在长期的历史发展

---

① [英]泰勒:《原始文化》,蔡江浓编译,浙江人民出版社1983年版,第1页。
② 见费孝通、王同惠《花篮瑶社会组织·导言》,商务印书馆1936年版。

第一章　现代性视野下的台湾少数民族

中创造出来的所有文化成果的总和,包括物质文化、制度文化和精神文化三元结构。"① 无论把文化的含义界定为何,都指出了民族文化与环境之间的密切关联,都揭示出了文化含义的丰富性。"一个民族之所以成为一个民族,最根本莫过于形成自己特有的文化。那些相对稳定的、具有特点的文化,毫无例外地体现在民族成员的实际生活中,体现在他们的思维方式和行为方式上,体现在他们所创造的物质产品和精神产品上。同时,这些具有特点的文化,还会以各种方式在这个民族中流传下去,世代相传地产生影响。从而成为本民族的文化传统,便成为区分民族的一个重要标志。"② 早期把台湾少数民族划分为"夷"、"番"范畴,在很大程度上就指认了它独特的文化体系。台湾少数民族是山林和海洋的子民,他们相信大地会呼吸,丛林会说话,海洋有思想,自然万物之间有着神秘的沟通方式;他们也相信神山圣湖、高木苍穹、阔海浪涛都会庇佑山海民族的子孙,祖灵会给他们安慰和福祉,人的灵魂始终与宇宙共存。他们谦卑地把自己的生命视为大自然微不足道的一部分,努力地与这片土地上山川河流、飞禽走兽和谐共处。山林与海洋的地理形态,形成了台湾少数民族截然分明的生产生活方式,也形成了台湾少数民族独特的山林狩猎文化和海洋渔捞文化传统。台湾少数民族绵长而丰富的民族文化凝聚着少数民族各族群的生命经验和智慧精髓,附着于乡土风情、生命礼仪、物质生产以及民族语言等方面,已成为民族鲜明的标志。生产生活方式是一个族群物质技术文化的典型反映,早期台湾先住民各族群从事烧垦渔猎的活动,长期保留着原始社会刀耕火种的生产模式。宗教信仰、生命礼仪和风俗习惯是一个民族的精神文化的主要表现,台湾少数民族各族有着崇拜祖灵、恪守禁忌、讲究占卜、重视祭祀、喜好歌舞宴饮的传统。在与"异己"文化接触以前,台湾少数民族传统文化在部落文明状态中缓慢发展前行。

每一个民族都有自己的文化精神和文化传统,这是一个民族宝贵的遗产,也是一个民族发展的基石。科学技术的进步,人类交往的频繁以及民

---

① 郭家骥:《发展的反思》,云南人民出版社 2008 年版,第 42 页。
② 白振声:《论文化与民族关系》,见中国民族学学会编《民族学研究》(第十二辑),民族出版社 1998 年版,第 263 页。

族经济的发展,都要求一个民族的文化应该与时俱进。"人皆髡发穿耳,女人不穿耳。土地饶沃,既生五谷,又多鱼肉。有犬,尾短如麖尾状。此夷舅姑子妇卧息,共一大床,略不相避。地有铜铁。惟用鹿格为矛以战斗。(磨)砺青石以作(弓)矢。取生鱼肉什贮大瓦器中,以盐卤之,历月所日,乃啖食之,以为上肴。"① 沈莹在《临海水土志》中所记载的台湾少数民族的早期文化,恐怕早已是历史的记忆。一个有生命力的民族文化,绝不会因其所承载的器物层面或政治、经济制度层面等外在形式的改变而轻易发生质变。今天的台湾少数民族不再文面断发,不再刀耕火种,不再穿苎麻衣、丁字裤样的服饰,但他们的民族文化传统依然鲜活地存在,普遍地存在于人们的日常生活中,留存在民族的血液之中,集中体现在台湾少数民族的价值观、审美观、认知方式、思维方式、生活习俗以及神性崇尚等方面,这就是台湾少数民族的"深义文化"②(亦即一个民族文化中最为本质或最具特征的东西)。它塑造着台湾少数民族的精神品格、道德信仰,规范着山海子民对社会环境和自然环境的态度,这种民族文化传统决定着台湾少数民族的民族特性,也影响着台湾少数民族的过去、现在和未来。世代传递、耳濡目染,当民族文化衍化为民族的"文化底蕴"时,任时间之水和外来文化的洗刷、冲击,都毫不变色。数千年来,在山林海洋这一独特的地域生存背景中,台湾少数民族显示出了其顽强的民族生存能力,形成了以乐天知命的生活态度、敬山畏海的生存伦理、尚义轻财的道德观念、崇敬神灵的精神信仰和互助共享的人文关怀等为核心理念的民族文化传统。

台湾少数民族很长一段时间都是以部落文明状态而存在。部落构成了民族生活的全部,也演绎了他们生命的悲喜。山林海洋的地理环境形成了狩猎渔猎型经济模式和自给自足的经济结构,狭小的部落空间,有限的自然资源,低下的生产力,决定了台湾少数民族对自然环境强烈的依赖性。在年复一年的经验性生产劳作中,台湾少数民族养成了人随天愿、乐天知命的观念。森林和海洋提供了台湾少数民族赖以生存的物质基础,为能永

---

① (吴)沈莹编:《临海水土志》,中央民族大学出版社1998年版,第3页。
② 见周一良主编《中外文化交流史》,河南人民出版社1987年版,前言。

续从自然环境中获得生存的必需品,他们怀着感恩之心与大自然和谐共处。这种敬山畏海的态度,不仅获得了大自然丰厚的馈赠,也形成了他们健康的生态伦理观念。不涸泽而渔、焚林而猎,面对生生不息的自然环境,自觉以节俭、适度、自由和随性的态度取用自然资源,不储存不预备,不贪求不攫取,轻财而好施,构成了他们生活的哲学。对台湾少数民族的先民们来说,大自然是神秘的,它既为山海子民源源不断地提供了衣食,也给他们带来了莫名的恐惧和难以理解的自然现象,囿于自身认识能力的有限,台湾少数民族的先民们常将他们的愿望寄托于"神",希望借助"神"的力量去庇佑子民。于是高山、巨木、祖灵等都成了他们祈祷的对象,并通过祭典仪式达到人神交流,以协调人与环境之间的关系。在尊崇神灵之外,在面对随时可能发生的灾难和生产生活困难时,部落子民合作共处,共度时艰,部落构成了一个生命的共同体。当然,在分享自然资源时,他们秉持着每位成员都平等享有的理念,无论是狩猎归来还是捕鱼而返,部落成员都会共同参与分配。

台湾少数民族的山海文化是中华民族文化的重要组成部分,它和大陆少数民族的草原文化、雪域文化、大漠文化等风采各异的民族文化共同构成了中华民族文化体系,并在精神上和中国传统文化内在地统一起来。台湾少数民族的人与自然的生态伦理观和人与人之间的互助共享的人文关怀的理念,深刻体现了中国传统文化中"天人合一"、"内敛向和"的思想。历史的发展,社会的前行,使山海民族的文化表现形式发生了变化,但台湾少数民族那种原始淳朴的文化特质却依然保存于少数民族各族群的记忆中,永葆于台湾的中华文化体系中。

第二节 文化"他者"的历史想象与文学叙事

在漫长的历史时期,台湾少数民族在山海大地自足自乐地生活着,他们以口耳言说的方式"书写"着民族的历史,创造着深具民族文化蕴涵和形态的文学与艺术。随着汉族移民的涌入,台湾少数民族与汉族移民融合发展并逐渐成为中华民族的一员。同时,随着世界地理大发现,资源丰富的台湾也在荷兰、西班牙等殖民者的坚船利炮之下，成为世界殖民地的一部分。台湾少数民族各族群虽然有着悠久的历史和灿烂的文明，但台湾独特的地形地貌、风景风情，以及原始狩猎时代的民风民俗、生产生活方式，相较于生活在农业文明社会中的汉族移民和近代工业文明社会中的西方殖民者，无疑显得"蛮荒而落后"。台湾的"异域"文化不仅为来台的汉族移民和西方殖民者提供了崭新的文化体验，同时也为他们构筑了"凝视"台湾少数民族的平台和文学想象的空间。从此，这片土地上的外来者凭借技术、武力和文字逐渐掌控了这片土地，台湾少数民族的历史和"图像"也只能被动地反映于荷兰殖民者的商务性文书中，日本侵略者的人类学报告中，以及汉族来台文人的文学世界里。

明郑以后大量汉族移民来台，其中不乏文化素养较高的文人。他们或为谋生求存，或因政治斗争，或为流寓任职等缘由先后来台。在以中原为宇宙中心的"天下"观念中，这些文化遗民与移民们，从遥远的中原或隔海相望的沿海地带，来到孤悬海外的岛屿之上。去台不仅是亲情的告别，空间的移动，更意味着被权力的放逐。"唐山过台湾，心肝结归丸。"在当时航海技术条件下，去台之路充满着神秘、未知和恐惧。"水至澎湖，渐低；近琉球，谓之落漈。漈者，水趋下而不回也。凡西岸渔舟到澎湖已下遇飓风发，漂流落漈，回者百无一。"① 去台文人在承受路途艰险的传言中踏上行程，而他们诡异惊人的叙述却又印证了行程之难。蓝鼎元在《东征集》中写道："台澎洋面，横截两重，潮流迅急，岛澳丛杂，暗礁浅沙，处处险恶，与内地迥然不同。非二十分熟悉谙练，夫宁易以驾驶哉！……不幸而中流风烈，操纵失宜，顷刻之间，不在浙之东、广之南，则扶桑天外，一往不可复返，即使收入台港，礁线相近，不知趋避，冲磕一声，奋飞无翼。"② 高拱乾在《台湾赋》中有这样的表述："于山则见太行之险，于路则见蜀道之难，于海道之难上难，险上险，普天之下望洋兴叹者，吾知其无以过乎台湾！"③ 骇人之风，恐怖之浪，路途之险是移民们与台湾接触的最初体验。

---

① 刘良璧：《台湾文学史料丛刊·重修福建台湾府志》，台湾大通书局1984年版，第73页。
② 孔昭明：《台湾文学史料丛刊》第七辑126种，台湾大通书局1984年版，第58—59页。
③ （清）尹士俍纂修，李祖基点校：《台湾志略》，九州出版社2003年版，第130页。

第一章　现代性视野下的台湾少数民族

旅程的艰难，初到的不适，漂泊无依的孤独，异地他乡的愁思，都会让他们敏锐地感受到他乡与故土的差异。连横在《台湾通史》中指出："夫以台湾山川之奇秀，波涛之壮丽，飞潜动植之变化，可以拓眼界，扩襟怀，写游踪，供探讨，固天然之诗境也。"① 在与排空浊浪惊心动魄地搏斗之后，弃舟登岸，碧水潭溪、绿海流波、荒山丘壑、人文地景、民风习俗一起涌入了惊魂未定的文人眼中。诗意的山海世界也许给了他们些许的安慰，然而，诗意的大地却也平添了来台文人一抹浓重的乡愁与客居他乡的感伤。王兆陞在其诗《郊行即事·其三》写道："危桥恣蚁渡，蓬室类蜗房。草诧胭脂紫，花闻月下香。番榴生碍路，野鸠语谁乡！触目殊风景，车轮几断肠。"文字是抒情的方式，也是除魅的仪式。当来台文人遭遇"冬夏一布，粗粝一饱，不识不知，无求无欲，自游鱼葛天、无怀之世，有击壤、鼓腹之遗风"② 的台湾少数民族先民时，他们借着文字去想象这个"异己"族群，认识这片"偏远"而陌生的大地，慰藉自己失落的情感，祛除内心的恐惧，并努力从"异域情调"的文化场景中获得美感体验，"浩荡孤帆入杳冥，碧空无际漾浮萍。风翻骇浪千山白，水接遥天一线青。回首中原飞野马，扬舻万里指晨星。扶摇乍徙非难事，莫讶庄生语不经。""浪言失志在澄清，博得天涯汗漫行。山势北盘乌鬼渡，潮声南吼赤坎城。眼明象外三千界，肠转人间十二更。我与苏髯同不恨，兹游奇绝冠平生。"③ 把风急浪涌的黑水沟浪漫地想象为鹏鸟振翅所致，把奇绝壮丽的岛内风景视作为生命的特殊经历。这种"异文化"的美感体验，在一定程度上消弭了"汉夷"间文化的差异，纾缓了来台文人内心的惶恐。除描写旅程的艰难和他乡的自然风物之外，"化外之民"及其奇风异俗则是来台文人的重要观察对象。明代陈第的《东番记》是较早反映这类内容的作品之一，该书描绘了早期西拉雅平埔族的社会结构、居住环境、生活习性、外貌服饰、婚丧礼仪以及生产方式等。文中的台湾少数民族无文字，

---

① 连横：《台湾通史》（下册），商务印书馆1983年版，第436页。
② 郁永河：《裨海纪游》，引自杨龢之《遇见300年前的台湾——裨海纪游》，圆神出版社2004年版，第59页。
③ 孙元衡：《抵台湾》，见全台诗编辑小组《全台诗》（第一册），台湾文学馆2004年版，第259页。

无历法，无官长，裸体结绳，男女杂居且易位司职，近海却不捕鱼，群居终日而饱食游戏。如此淳朴自足的生活世界在来台文人眼中不啻世外桃源。陌生产生猎奇的观感，距离引发认知的期待。"发现"少数民族并进而去"认识"这个民族的心态存续于来台文人的身上，他们通过少数民族文化的书写，为彼岸和后世的人们打开了一扇认识台湾少数民族的窗户。明清以来，来台文人将在台所见的人文风俗和主观感受写进了文学作品中，字里行间显现出叙事者对异地文化的认知和台湾少数民族三百年间的文化变迁。这样的作品有沈光文的《台湾赋》、季麒光的《蓉洲文稿》、阮蔡文的《淡水纪行诗》、齐体物的《台湾杂咏》、郁永河的《裨海纪游》、孙元衡的《赤嵌集》、黄叔璥的《台海使槎录》、夏之芳的《台湾杂咏百韵》、张湄的《番俗》、柯培元的《生番歌》和《熟番歌》，等等。在众多的作品中，当以郁永河的《裨海纪游》和黄叔璥的《台海使槎录》最为有名。《裨海纪游》中的《土番竹枝词》和《台海使槎录》中的《番俗六考》、《番俗杂记》不仅详尽记录了少数民族原生态文化，而且还为后世来台文人的文学创作提供了良好的史料参照。

郁永河于清康熙三十五年（1696）冬奉派去台湾采硫，在台期间他以旅行者的目光察看了所到之处的地理景观和"番"俗民情，并把所见所闻记载于《裨海纪游》之中。在与少数民族的接触中，郁永河发现了"他族"文化的发展迟缓，体认到中原文化的优越感，他以高位文化立场俯瞰这些葛天氏之民：

> 诸罗、凤山无民，所隶皆土著番人；番有土番、野番之别。野番在深山中……，盖自洪荒以来，斧斤所未入。野番处其中，巢居穴处血饮毛茹者，种类实繁，其升高陟巅越菁度莽之捷，可以追惊猿、逐骇兽，平地诸番恒畏之，无敢入其境者。而野番恃其狉悍，时出剽掠，焚庐杀人；已复归其巢，莫能向迩。其杀人，辄取首去，……置之当户，同类视其室骨髅多者推为雄。①

---

① 郁永河：《裨海纪游》，见杨龢之《遇见300年前的台湾——裨海纪游》，圆神出版社2004年版，第225页。

第一章　现代性视野下的台湾少数民族

深山穴居、茹毛饮血、焚庐出草等令人惊骇的生活场景，是郁永河对台湾少数民族的宏观印象，同时也成为文学赋予台湾少数民族最鲜明和最深刻的历史印记。除对他们进行整体概观以外，郁永河还以二十四首《土番竹枝词》集中展示了少数民族的文化形态，其中内容涉及文身、服饰文化、婚姻与生活文化以及口传文化等多个方面。如：

> 胸背斓斑直到腰，争夸错锦胜鲛绡。冰肌玉腕都文遍，只有双蛾不解描。
>
> 番儿大耳是奇观，少小都将两耳钻。截竹塞轮轮渐大，如钱如碗复如盘。
>
> 男儿待字早离娘，有子成童任远飏；不重生男重生女，家园原不与耳郎。
>
> 深山负险聚游魂，一种名为傀儡番。博得头颅当户列，骷髅多处是豪门。①

文身、文面、猎首以及男子入赘等只是早期台湾少数民族部分族群的典型文化特征，并非台湾少数民族各族群共有的文化表征，然而这些直观、表面的文化现象却是台湾少数民族文化与汉文化的差异所在，也最容易引起来台文人的注意。尽管郁永河未能以人类学的知识理解和诠释台湾少数民族的文化现象，但他真实、详尽地描绘了其时"非我"族群的生活图景和文化特性。从郁永河的《裨海纪游》中，我们可以深深地感受到台湾文学从发生开始，就弥漫着少数民族的文化色彩。

叶石涛在《台湾文学史纲》中指出："黄叔璥来台以后颇通晓台湾山川风土民俗，其著作《台海使槎录》，由《赤嵌笔谈》、《番俗六考》、《番俗杂记》三部分所构成，跟郁永河的《裨海纪游》相提并论，为描写台湾风土人物景观的散文双璧。"② 黄叔璥在台期间著有《台海使槎录》，其中

---

① 郁永河：《裨海纪游》，见杨龢之《遇见300年前的台湾——裨海纪游》，圆神出版社2004年版，第236—239页。

② 叶石涛：《台湾文学史纲》，春晖出版社1987年版，第4页。

的《番俗六考》和《番俗杂记》以少数民族平埔文化为主要书写对象，内容涵盖地理形式、风俗民情、制度、气候、建筑、器具、物产、艺文、历史等等。黄叔璥除承继先期来台文人创作中对少数民族物质文化和奇风异俗的书写之外，也对少数民族的"精神文化"和"社群文化"作了大量书写，而这一方面的书写主要表现在婚嫁、丧葬和口传歌谣的记载上。黄叔璥摒除了文化观察与文化书写的单一性，注意到了"番社不一，俗尚各殊，比而同之不可也"。同样写原住民婚姻文化，《番俗六考》中新港、目加溜弯、麻豆、卓猴等社的特征是：

> 婚姻名曰牵手。订盟时，男嫁父母遗以布。麻达（番未娶者）成婚，父母送至女家，不需媒妁；至日，执豕酌酒，请通事、土官、亲戚聚饮。贺新婚名曰描罩佳哩。夫妇反目即离异。男离妇，罚酒一瓮、番银三饼。女离男或私通被获，均如前例。①

到了南投、北投和猫罗等地区特征为：

> 婚姻曰绵堵混。未娶妇曰打猫堵。男家父母先以犬毛纱头箍为定；或送糯饭。长则倩媒。取时宰割牛豕，会众叙饮。男赘女家亦如之。如有两女，一女招男生子，则家业悉归之；一女即移出。如无子，仍同居社寮。夫妇反目，男离妇，必妇嫁而后再娶。违则罚牛一只、车一辆。通奸被获，男女各罚牛车；未嫁娶者不禁。半线社多与汉人结为副遝，副遝者盟弟兄也。汉人利其所有，托番妇为媒，先与本妇议明以布数匹送妇父母，与其夫结为副遝，出入无忌。②

而郁永河在《裨海纪游》中所记述他们的婚姻文化则是：

---

① 黄叔璥：《台海使槎录》，见孙昭明《台湾文献史料丛刊第2辑》，台湾大同书局1984年版，第96页。
② 同上书，第116页。

第一章　现代性视野下的台湾少数民族

　　婚姻无媒妁，女已长，父母使其居别室中，少年求偶者皆来，吹鼻箫，弹口琴，得女子和之，即入与乱，乱毕自去；久之，女择所爱者乃与挽手。挽手者，以明私许之意也。明日，女告其父母，召挽手少年至，凿上腭门牙旁二齿授女，女亦凿二齿付男，期某日就妇室婚，终身依妇以处。①

　　同郁永河的《裨海纪游》相比，我们不难发现黄叔璥的写作更加注意到台湾少数民族文化内部结构的多样性、复杂性和历史变迁性。从郁永河到黄叔璥，我们可以发现来台文人对台湾少数民族文化的认知随时间的推移而逐步深化，早已超越了对"异己"文化的猎奇省察，多了一种认识"他者"的文化思考。

　　从郁永河的《裨海纪游》到黄叔璥的《台海使槎录》，不难看出以少数民族群文化为背景的风土杂咏是来台文人较为重要的文学创作题材和内容，因而他们的文学创作也凸显了文化性大于艺术性的倾向。但恰恰是这些艺术审美趣味不足的文学创作，反映了台湾少数民族的时代风貌，见证了台湾少数民族文化变迁的历程。同时，也正是由于来台文人的不辍笔耕，开启了台湾文字文学创作的序幕，为台湾文学带来了一缕和煦的春风和初绽的芳香。汪辟疆认为："若夫民函五常之性，系水土之情，风俗因是而成，声音本之而异，则随地以系人，因人而系派。"② 由于文化深度相去较大，当深受经典文化熏陶的宦游文人遇接台湾荒莽的自然景物、气候、花木、虫鱼、鸟兽、山水以及"异己"的文化习俗时，他们感受到前所未有的审美经验，并把这些异乡所见形诸笔端，自成一格，形成了颇具文学质地和浓郁地方特色的文字记载。因此，来台文人的文学创作不仅是台湾古典文学的滥觞，而且也汩汩不绝地为中国古典文学的创作注入了新的生命力；不仅促进了台湾地域文学的繁荣与发展，而且也进一步拓宽了中国文学海外传播空间。但文学不只是简单静态地反映和体现某一文化，

---

　　① 郁永河：《裨海纪游》，见杨龢之《遇见300年前的台湾——裨海纪游》，圆神出版社2004年版，第227页。

　　② 汪辟疆：《汪辟疆文集》，上海古籍出版社1998年版，第292页。

它还动态地参与到文化建设中去，力图塑造一种理想的文化和文化关系。季麒光在《蓉洲文稿》中指出："从来台湾无人也，斯庵来而始有人矣。台湾无文也，斯庵来而始有文也。"明清以前岛内的文学形态是各族群世代言说的口传文学。而文字文学的出现则对口传文学的叙事方式和传播模式构成了极大挑战和冲击，形成了文学叙事的多元化格局，拓宽了民族文化的传播途径。在中国文学史上，许多文学经典诸如《诗经》、《楚辞》等原初形态本是民间的口传歌谣，但被赋予文学的身份后，它们得到了社会的认可并获得前所未有的升华。来台文人的文学创作不仅突破了少数民族单一口传的叙事模式，而且还赋予了少数民族口传文化一种文学身份，使台湾少数民族的口传文学不断地被文字化和文学化。汪毅夫以竹枝词为例指出，"竹枝词一体在近代台湾诗界备受青睐，寓居或者游历台湾的诗人几乎都写有《台湾竹枝词》。竹枝词宜庄宜谐，用它来描述台湾风物自是诗人们的最佳选择。此外，台湾民间代代相沿的'采茶歌'的传统也应该是蔚为写作竹枝词之风的因素。……采茶歌之近于竹枝、广为传布和影响当及于台湾竹枝词的写作。"[1] 我们从中可以得到这样的事实（或文学经验）：台湾少数民族丰富的口传文化诸如神话、歌谣、故事等等，这些动态的、民间的、集体口头传诵的文化，经由来台文人的文字加工后，变成了一种文学实体，成为台湾文字文学创作的活水源头。在此意义上，我们认为正是来台文人的文学创作，实现了台湾地区的口传文学与文字文学间的互动，促进了台湾少数民族文化的传播。

文化的差异性是文化丰富性和多样性的体现，而地域与民族文化间的差异常令来台文人在审视"他者"文化时，不时地和中原文化进行比对。"余向慕海外游，谓弱水可掬、三山可即，今既目极苍茫，足穷幽险，而所谓神仙者，不过裸体文身之类而已！纵有阆苑蓬瀛，不若吾乡潋滟空濛处箫鼓画船、雨奇晴好，足系我思也。"[2] 茂林溪谷、奇峰怪石、清泉广湖遮掩不住来台文人自尊自贵的文化心态。在他们眼中，尚处于人类童蒙时

---

[1] 汪毅夫：《近代台湾文学丛稿》，海峡文艺出版社1990年版，第63页。
[2] 郁永河：《裨海纪游》，引自杨龢之《遇见300年前的台湾——裨海纪游》，圆神出版社2004年版，第236页。

第一章　现代性视野下的台湾少数民族

代的台湾少数民族的文化是没有品质可言的，是"文明荒园"和"文化荒漠"。文化传播常随着不同民族间的交流和文化创造者的迁移而进行，虽然早期汉族移民来台拓垦时，故土文化随行传入，然而来台文人和只为寻求生存空间而来台的草根移民毕竟不同，他们的身份和文化创造者的角色，使其在推动中原文化在台湾的播迁方面起到了更为重要的作用。当置身于"文化荒芜"的异乡，面对身处文化劣势的"化外之民"，来台文人的文学创作不只是抒发个体心中的块垒，更寄托了他们经世济民的情怀。知识分子的使命要求来台文人要以儒家文化去归化诸"番"，因而在他们的文学创作中纷纷流露出如何克服交往的文化屏障，参与地方文化建设，提升当地文化质量，实现族群文化和谐共融的思考。其中文字之途、诗书启蒙，被来台文人视为提升少数民族文化品质的首要之途，因为他们坚信："苟能化以礼仪，风以诗书，教以蓄有备无之道，制以衣服、饮食、冠婚、丧祭之礼，使咸知爱亲、敬长、尊君、亲上，启发乐生之心，潜消顽憨之性，远则百年，近则三十年，将见风俗改观，率循礼教，宁与中国之民有异乎？"① 这种化"番"为民的思想和对"异己"族群所表现出的人文关怀在宦游文人的作品中比比皆是，如刘璈的《开山抚番条陈》、沈超元的《条陈台湾事宜状》都表现出"化熟番为汉人，化生番为熟番"的企图。来台文人在文学创作中所传递的文化关怀的声音，得到了上层统治阶级的呼应。以化"番"为民为指归，明清统治阶级分别设立"土番义学"和"番学堂"等，延请名儒、设帐授学，积极推行儒家文化教育，形成了华夏文化在台传播的盛况。台湾少数民族也渐习华风，主动弃除族群文化落后的一面，"父诏其子，兄勉其弟，莫不以考试为一生业，刻苦励志，争先而恐后焉"蔚为风气，"所教番童也有彬彬文学之风"。同时，来台文人还秉持儒家文化精神，对粗陋民风加以疏导。

在民族文化的交流与传播中，来台文人既是文学的创造者也是文化的传播者，他们借文学叙事推动了中原文化在台播迁。从"发现"少数民族、认识少数民族到"教化"少数民族，少数民族从"不识不知"到知识

---

① 郁永河：《裨海纪游》，引自杨龢之《遇见300年前的台湾——裨海纪游》，圆神出版社2004年版，第230页。

日开、气息渐通，在中原文化的浸润下，民族关系逐步融合，少数民族族群文化不断发展变迁，最终与中原文化合流同构，形成了以中华文化为主体的富有台湾少数民族特质的台湾地区文化。

第三节　战后台湾现代化进程中的"黄昏"民族

现代化是每个民族内在的自觉追求。从原始文明到农业文明，从农业文明到工业文明，每个民族都是沿着现代化方向发展演进的。但由于民族的历史境遇不同，发展条件相异，因而每个民族的现代化进程都有自己的节奏和方式。任何非科学和反民主的政策，都会导致民族尤其是弱势民族的发展背离现代化本质，即使被迫走上现代化之路，也会在剧烈的社会转型过程中出现文化震荡和社会失范等问题。在汉族移民到来之前，台湾少数民族在这块土地上过着与世无争、与山海相守的生活。当汉族移民踏上这块土地，尤其是后来的荷、日殖民者入侵后，山海大地从此不再风平浪静，蓬莱仙岛变成了海防中枢、"福尔摩沙"和"反共复国"基地。三四百年以来，这块土地不时上演着族群斗争和主权争夺，岛屿的先住民们却在各种外来力量的挤压之下，逐步沦为少数民族和弱势民族，族群命运被操控于强势族群手中。

中华民族是由多民族融合发展形成的，在民族发展融合的进程中，华夏部落的子民沿着黄河流域不断向外扩散，在和少数民族接触中形成了"以夏变夷"和"汉到夷走"的现象，一些少数民族接纳了汉族并与其融合发展，形成了你中有我、我中有你的格局。一些少数民族则转移至不宜耕种的草原和山区，在偏远、封闭地区谋求生存并保持自己的民族特点，形成了中华民族一体多元的格局。连横在《台湾通史》指出："台湾之人，漳泉为多，约占十之六七，粤籍次之，多为惠嘉之民，其来较后，故曰客人。"[①] 早期来台的汉族移民，从历史意义而言，他们是中原民族移民南迁的继续，尽管这一移民的过程充满着艰辛，甚至是以生命为代价，

---

① 连横：《台湾通史》（上册），商务印书馆1983年版，第117页。

第一章　现代性视野下的台湾少数民族

但客观上移民促进了中原文化的海外传播和中原王朝版图的海外延伸。"对原住民而言,'殖民/被殖民'的政治、历史模式,除了长达五十年日本'异族'之有效统治外,汉人,无论先来后到,其实一直就扮演着殖民者的角色。原住民被殖民的地位,不是最近这四十年或甲午战争后的五十年才被决定的;四百年来汉人的移入、掠夺,早已将台湾原住民推向被殖民的深渊;他们在生存上不但饱受威胁,而且在文化、历史上也遭到彻底的'消音',没有人真正认识他们,也没有人真正在乎他们,他们成了这块岛屿上可有可无的存在。"[①] 民族融合的进程总是伴随着民族冲突,我们虽然无法认同早期汉族移民就是殖民者的说辞,但我们不能否认汉族移民的到来对岛内先住民族所产生的重要影响,"以夏变夷"和"汉到夷走"的现象在岛内民族交往中也有所体现。汉族移民拥有文化和生产技术上的优势,其生产技术、风俗习惯、语言文字、宗教信仰促进了台湾先住民各族群的文化变迁,一部分先住民在与汉族移民文化接触、冲突、调适和融合之后,逐步放弃了族群的母语和文化,转而认同中原文化和汉人身份;一部分则向高山深处或近海岛屿迁徙,在封闭的生存环境中保留自己的民族文化、经济和政治运行模式,并发展成为今天的台湾少数民族各族群。

应该说,在台湾移民社会尚未形成之前,少数来台的汉族移民对台湾少数民族并未产生足够的影响,他们依然能独立自主地保持民族经济和文化形态,民族间的文化传播也是以族群平等交流的方式进行的。但17世纪以后,随着汉族移民社会的形成,以及西方殖民者的入侵,台湾少数民族的经济、文化受到了极大的冲击。1624年荷兰殖民者入侵台湾,他们在台一方面最大限度地掠夺岛内资源,另一方面在其势力范围所及之地(主要是西拉雅平埔族),积极推行其殖民语言教育和其民族宗教信仰。西方的殖民统治打破了少数民族的文化壁垒,使台湾少数民族经受了强烈的殖民文化冲击。"对郑成功而言,攻取台湾是他的民族解放运动的一部分,虽有汉人群居,但未有汉人政权的台湾就在这一刻被郑成功邀请加入中国的历史,被郑成功视为'吾土吾民'的台湾土地与人民也在这一刻成为郑成

[①] 孙大川:《原住民文化历史与心灵世界的摹写》,见《台湾少数民族汉语言文学选集》(评论卷上),INK印刻出版有限公司2003年版,第17—18页。

功民族解放运动的后盾。"① 台湾少数民族是以反荷同盟军的身份进入中国历史和郑氏政权的。郑氏政权在岛内建立，导致明朝遗民"辐辏而至，岁率数万人"。大规模的汉人来台促进了汉人移民社会的形成以及岛内文化格局和民族关系的变迁。以农民和军人为主体的下层移民带来了大陆先进的物质技术文化，也带来了颇具闽粤地方特色的汉文化。由于汉族先进的农业生产技术和手工业技术能够迅速提升劳动生产力，因此先住民在改造自然的生产实践中开始主动接受汉族的先进物质技术文化。同时，来台文人中一些具备较高文学修养的文化遗民以"化番为民"为旨归，积极推行汉文化教育，文化传播以国家体制的方式进行，改变了前期那种民间自主平等的交流模式。在汉文化的濡染熏陶之下，少数民族开始"摒弃其原始落后文化的内涵不断向汉文化靠拢"。所以，杨云萍认为："中国人之计划的、真正关心台湾，是郑氏时代开始。从此，中国的文化的流入更加强，开始有计划的开拓，新的技术（农、工业）的流入，教育的推进，政治上的各种措施，都是前所未有的，而对后来的历史，有甚大的影响。"②

1683年清朝正式将台湾纳入版图。清统一台湾以后，为加强对台湾的管理，清朝中央政府便在岛内设立了行政管理机构，同时开始涉及台湾少数民族事务管理。随着大陆入台持续增长，急遽增加的人口加剧了汉人移民和岛内少数民族之间的社会问题、经济纠纷和土地矛盾。为解决岛内"汉番"民族矛盾与冲突，清政府先后实施了"划界立石"和"开山抚垦"的民族政策。康熙六十一年，清廷在台湾汉番交界处设置无人区以阻断原汉交通，"命凤山、台湾、诸罗三县山中居民，尽行驱逐，不许再种田园、砍柴来往，房舍尽行拆毁，各山口俱用巨木塞断，不允许一人出入。"③ 乾隆四年和十七年，分别又在汉番交界处先后两次"划界立石"。从乾隆中期开始，清政府才开始改变过去简单而又粗暴的民族隔绝政策，实施"开山抚垦"的民族政策，同时推行中原汉文化教育以配合实施"抚番"的民

---

① 陈昭瑛：《台湾文学与本土化运动》，正中书局1998年版，第37页。
② 杨云萍：《台湾研究在中国史学上的地位》，见中国民族学会编《民族学研究》（第十辑），民族出版社1991年版，第147页。
③ 转引自陈建樾《台湾"原住民"历史与政策研究》，社会科学文献出版社2009年版，第28页。

第一章　现代性视野下的台湾少数民族

族政策，通过经济改进、文化提升和移风易俗而达到"以夏化夷"的目的。在清政府二百余年的管理之下，台湾少数民族逐步地由"夷"向"番"，由"生番"向"熟番"，由"化外"向"化内"转变。毋庸置疑，这一过程是以台湾少数民族语言和文化的消失为代价的。

1895 年日本占领台湾，为了掠夺台湾丰富的物产资源，日本殖民者在征服平地社会的同时，也加快了对居住偏远地区、未被汉化的台湾少数民族的入侵。在台湾沦陷的第二年，日本殖民者就毫不讳饰地指出："今后樟脑之制造，山林之经营，林野之开垦，农产之增值，以至日本人之移住，矿山之开发等，无一不涉及蕃地，台湾将来事业，尽在蕃地。今欲在蕃地经营事业，首先须使蕃人服从我政府。"[①] 为达到控制"蕃人"和"蕃地"的目的，日本殖民者专门设置了管理台湾少数民族事务的机构，推行"五年理蕃计划"，并进行武力侵犯。日本殖民者的入侵遭到了台湾少数民族的强烈反抗，但他们终究没能阻挡住日本殖民者的铁蹄。除武力侵犯外，日本殖民者还强制推行"皇民化"政策，企图把台湾各族群从民族传统文化中剥离出来，以使各族人民丧失自己的民族文化认同。"从 1895 年到 1945 年五十年间，日本对台实行殖民统治的目标，是在最大限度地掠夺台湾的经济利益这一前提下，文攻武卫，软硬兼施，使台湾'尽化为我俗'。"[②] 为达到化俗这一目的，日本殖民者以组织开展空前规模的田野调查，大力推行日语教育，没收台湾少数民族的狩猎枪支，强制部落迁移，废除传统文化习俗等方式，企图以"优势文化力量彻底消灭所谓'蕃人''蕃地'的存在"[③] 日本殖民者粗暴地否定了台湾少数民族的传统文化，以文化暴力的方式改变了台湾少数民族传统生活的原则，扼杀了少数民族的传统文化精神。殖民者强制性、拔根式的文化摧残，导致少数民族游耕、烧垦、狩猎等自给自足时代的生产活动难以为继，文面、猎首等风俗习惯也渐趋消失，台湾少数民族的文化场景和生存地景都失去了前历史时空的

---

① 转引自陈建樾《台湾"原住民"历史与政策研究》，社会科学文献出版社 2009 年版，第 32 页。
② 黎湘萍：《文学台湾》，人民文学出版社 2010 年版，第 84—85 页。
③ [日]藤井志津枝：《台湾原住民史》（政策篇），台湾省文献委员会 2001 年版，第 111 页。

形态。在硝烟弥漫和"皇民化"政策共谋之下，台湾少数民族被迫打开了部落的樊篱，走上了"现代化"进程，同时也走上了一条民族困顿之路。

"日据时代原住民的社会、文化，固然也有若干深刻的变化，然而一般说来，当时许多部落的社会结构和风俗习惯等并未遭到彻底的摧毁。直到一九四九年以后，情况才以制度化的方式全盘恶化。"① 战后国民党一方面承袭了日本"殖民式"的管理模式，另一方面沿袭明清以来的"化番为民"的思想，加快推进少数民族的汉化进程。如此的管理思想与模式导致了台湾少数民族在短短几十年里陷入空前的历史困境。任何一项民族政策的制定，都与统治者者的政治品质、历史本性和社会环境相关。光复后，国民党以胜利者的姿态从日本殖民者手中接收了台湾，而内战后又以失败者的身份逃往台湾。溃败去台的国民党政权在"殖民后"时代的台湾，要维护执政的"合理性"和稳定性，必然要从政治、思想和文化等方面予以建构自身的"合法性"，这也必然影响到国民党执政当局的少数民族政策。为消除日本帝国主义的"皇民化"统治的影响，加强"中国民族主义的认同"以及维护岛内的稳定与安全，国民党的少数民族政策主要集中于"去殖民化"、文化同化以及推进经济现代化等三个方面。为根除帝国主义的文化殖民贻害，复归中华文化，来台接收政权的国民政府"采取语言上的'去殖民'政策，以民族主体的国家权利为后盾，对已内化的殖民者的语言进行强制性的排除"，② 禁止使用日文，推行"国语运动"，恢复汉姓汉名，以求最大可能地"去殖民化"。与此同时，国民党念念不忘"反攻大陆"，通过"中国民族主义"的构建对"本省人"进行"国民化"塑造。对台湾少数民族则以实施《山地推行国语办法》及其推行"山地平地化"政策的方式进行民族同化，努力将"山地山胞"同化为"普通国民"。台湾少数民族一直以来都是以口耳相传的方式传递自己的民族文化的，推行"国语运动"不仅影响了台湾少数民族族语文学的创作与传递，而且对民族母语本身的存续都是致命打击。"山地平地化"使台湾少数民族逐步脱

---

① 孙大川：《夹缝中的族群建构》，联合文学出版社有限公司2000年版，第8页。
② 曾健民：《"战后再殖民论"的颠倒》，见赵遐秋主编《文学"台独"批判》（下卷），台海出版社2007年版，第1062页。

第一章　现代性视野下的台湾少数民族

离了自己的民族传统，放弃了对民族文化的坚守，孙大川指出其中之弊："'山地平地化'和'推行国语运动'，分别从社会和语言的层面斩断了原住民的民族文化生机；它造成的破坏性，绝不是生活的改善所能弥补的。一个失去其所'是'（is）的民族，再多的拥'有'（have），也无法填补她的失落。这正是当前原住民的黄昏处境。"① 战后随国民党去台的"外省人"又造成了岛内人口急遽增加，致使岛内资源分配极度紧张。因而，从20世纪50年代初期开始，台湾当局通过实施土地改革等系列措施，积极推进岛内经济建设。随着经济的增长及经济地位的提升，岛内的社会政治和族群关系也发生很大变化，原本在政治和经济上相对劣势的闽南人和客家人，借由经济的发展和教育程度的提高，逐步缩小了与"外省人"之间的差距。而理论上属于"本省人"范畴的台湾少数民族，被迫纳入了经济现代化的体制中，在现代化发展浪潮冲击下，"经济、文化和生活水平总体上也得到了一定程度的发展，但是，由于历史的原因和'原住民'适应现代化变迁过程所面临的种种困境，他们仍旧处于台湾社会的边缘，在台湾民众的总体发展指标体系中，他们往往处在低于平均水平的状态，属于台湾社会典型的'弱势群体'"。② 特别是"山地现代化"相关政策实施以后，部落的社会共同体和自给自足的经济体系面临解体，传统农业的式微导致了大量的部落青壮年直接流向城市，毫无职业、技术竞争优势的他们在城市依靠出卖苦力与肉体谋生，沦为城市的底层。在台湾社会的现代化进程中，台湾少数民族不断地被纳入平地大社会体系，他们对自我文化价值和族群信仰产生了怀疑，族群认同和文化信仰发生了前所未有的危机。尤其是60年代以来，大量青壮年移往都市、出海远洋，各族群失去了最有创造力的一个年龄层，少数民族传统特色的文化内容无以承继。陈映真指出："在这过于急速的变化下，社会快速解体。台湾山地少数民族文化、语言在平地强势消费文化和强势语言的影响下，迅速消亡。"③ 这一论述真实、沉痛地道出了夹缝中的台湾少数民族及其民族文化所面临的危险。

---

① 孙大川：《夹缝中的族群建构》，联合文学出版社有限公司2000年版，第11页。
② 郝时远：《当代台湾的"原住民"与民族问题》，《民族研究》2003年第3期。
③ 陈映真：《陈映真代表作》，河南文艺出版社1997年版，第593页。

三四百年来，在手工业技术、枪炮和现代资本的一次次入侵之下，台湾少数民族的历史命运发生了巨大的变化，从平原到山林，台湾少数民族逐步改变了原本经济与生活形态，丧失了自己的生存空间。从森林返回城市，台湾少数民族逐步背离了部落，在祖先经营的大地上流浪。从"夷"到"番"，从"生番"到"熟番"，台湾少数民逐渐遗忘自己的母语，从"山地"到"平地"，从"皇民"到"普通国民"，台湾少数民族无法清楚地知道"我是谁"。当西方宗教以"山洪倾泻"般的速度流入部落后，祖灵被遗忘了；当"国家公园"设立后，猎场不见了。无论是殖民者将身处化外的异族征服为化内的少数民族，还是汉人当权者将化内的少数民族"同化"为汉人，台湾少数民族一直是被"他者"设计的对象，而种种非科学化和反民主化的民族政策，都必然地把台湾少数民族推入濒临灭亡的境地。而一旦觉醒的台湾少数民族意识到民族困境时，抗争是一种必然的选择。

第二章

当代台湾少数民族文学的边缘崛起

　　台湾光复后，少数民族知识分子队伍逐步壮大，他们在接受汉族教育的同时，也省思到民族悲惨的历史命运和艰难的现实处境，并由此觉醒了民族主体意识。共同的历史记忆和负面的生活经验呼唤和凝聚了"原住民"这一身份认同。在岛内"本土化"风潮和世界原住民运动的影响下，台湾少数民族知识精英积极推动"原住民运动"，并把斗争引向文学场域，使写作成为一种反抗强权政治，谋求民族权益，建构民族认同的武器。同时，面对岛内汉族作家的"跨族书写"，台湾少数民族作家们也警觉到其中的"误解"与"异化"，因而他们积极借助现代传媒，力求在文学的世界找回民族历史，展开政治诉求，重塑民族形象。

第一节 "原住民运动"与当代台湾少数民族文学的兴起

　　虽然少数民族文学自古以来就扎根于祖国大地，和汉民族文学一道共构了中国多民族文学，但中国文学创作主体的多民族身份属性却并未得到重视，致使长期以来少数民族文学多是以民间文学的形态或是在汉族文学遮蔽之下而纳入中国文学史视野的。何其芳在《少数民族文学史编写中的问题》一文中指出"直到现在为止，所有的中国文学史都实际不过是中国汉语文学史,不过是汉族文学加上少数民族作家用汉语写出的中国文学史"①。"五四"以后,现代中国文坛尽管出现了沈从文、老舍、端木蕻良等一批享有文学盛誉的少数民族作家,创作了诸多脍炙人口的作品,参与了现代中国文学的建构,但少数民族文学的史学地位并未有太大改变。大陆少数民族文学真正意义上的崛起是在新中国成立以后。成就卓著的作家群体,灿若繁星的文学作品及其所彰显的浓郁民族风格,是之前任何时代都无法比拟的。少数民族文学的崛起与繁荣,推动了民族民间文学的传播,促进了少数民族文学由口传文学向书面文学转型,由"民间主流"向"作家主流"转变,打破了汉族作家垄断中国现当代文学史的极端不均衡的格局。大陆少数民族文学之所以能在新中国成立初期取得如此成就,与其时的社会政治、民族政策以及文艺政策紧密相关,也是这些文化生态因素发展演进的必然结果。新中国成立初期,党和国家开展了民族识别工作,这为实现民族平等和团结奠定了身份基础,同时也奠定了民族作家群的类群识别基础,使那些经历过"五四"新文化运动和"祖国主权与统一运动",在现代文学史上已然著名的作家,以及在新中国现代教育培养下成长起来的新一代民族作家,从中获得了强烈的民族归属感、责任感和自豪感,进而激发了他们的民族意识和文学创作的热情。党和国家推行民族平等政策,尊重和保护民族传统文化,重视"兄弟民族文学"发展,帮助藏、彝、傣、蒙古等少数民族改进或创制了民族文字,积极开展民间文学的收集、整理和翻译工作,出版《草原》、《天山》、《长白山》等一批民族文艺刊物,这些为传承民族传统文化,培养少数民族作家,发展祖国少数民族文学创造了条件。与此同时,域外作家以大陆少数民族地区为经验的文学创作,如亨廷顿的《亚洲的脉搏》、兰登·华尔纳的《在漫长的中国古道上》、大卫·尼尔的《一个巴黎女子的拉萨历险记》等,多对少数民族风景和人文精神进行神化、误解甚或是歪曲。这种对少数民族声音的"剥夺",也激发了少数民族作家要通过文学来展现民族风采和地域风情。应该说,新中国成立初期党和国家对民族文学的重视以及民族作家自觉的

---

① 何其芳:《何其芳全集》(第五卷),蓝棣之主编,河北人民出版社 2000 年版,第 373 页。

第二章　当代台湾少数民族文学的边缘崛起

创作意识，共同促进了大陆少数民族文学的繁荣发展。台湾少数民族虽是祖国较早认定的少数民族之一，但两岸的政治体制、民族政策和社会文化环境并不相同，导致两岸少数民族文学发展节奏、进程并不同一。台湾少数民族文学直到 20 世纪 80 年代以后才开始在岛内文坛崛起，它的繁荣与发展也是岛内社会政治和文学、文化等因素共同作用的结果。

从社会政治角度而言，台湾少数民族文学是民族运动在文学场域的延伸。1949 年国民党败退台湾，随之而去的百万"政治移民"，不仅占有了岛内相当的经济资源，更占据了政治资源。有如惊弓之鸟的国民党政权为了自身安全和地区稳定，在岛内推行政治独裁以维护其执政的稳定性与正当性，依靠美援经济加快推进经济建设以弥补资源之不足。依赖殖民经济和实施政治独裁，国民党政权实际上扮演了美国等西方国家在岛内代理人的角色，台湾也在政治、外交上成为美国反共政治的附庸。"台湾在历史上曾多次被异族侵占和统治，这使台湾人民对异族统治有本能的恐惧和仇恨。他们内心渴望有一个不受异族压迫而能自主生活的社会。"① 光复以后的台湾民众本应分享胜利的喜悦和果实，五十年被殖民的心灵本应被接纳与抚慰，然而代表"祖国"来台的国民党政权并没有给予他们温暖与关怀，也没能让他们真正过上幸福自主的生活，三十余年的"戡乱"与"戒严"让他们由被殖民者转化为被统治者。国民党政权的政治残虐、思想文化的钳制，严重伤害了岛内"本省人"的感情，他们在情感上将去台的国民党政权视为等同于荷兰、日本殖民者的"殖民政权"。从 1947 年的"二二八"事件后，"本省人"为追求社会公平与正义、民主与进步，与国民党政权进行了抗争。如果说 20 世纪 70 年代以前，岛内的政治斗争是围绕经济利益进行的，抗争的主体是随经济现代化而兴起的中产阶级的话，那么 70 年代以后，岛内斗争则是围绕着政治资源重新分配而进行，"除了军人和公务员以外的几乎所有社会成员都卷入其中"，② 20 世纪 70 年代以后，岛内发生的一系列事件也为岛内开展民主抗争运动提供了契机与空间。1971 年留美学生发起的"保钓运动"，激起了岛内民众的民族主义情绪，

---

① 陈宣圣：《台湾：迷失在"族群政治"的漩涡中》，《世界知识》2008 年第 8 期。
② 陈建樾：《台湾"原住民"历史与政策研究》，社会科学文献出版社 2009 年版，第 52 页。

引发了人们对岛内社会的自觉关怀和对政治改革的关心。1971 年台湾退出联合国，1972 年尼克松访华并签署《上海公报》，以及中日、中美关系正常化等，这些都对台湾当局予以沉重打击，使得国民党威权统治失去了权威，其执政合法性遭到了民众的质疑与挑战，岛内政治斗争的方向开始指向了"去国民党化"和"本土化"。1977 年"中坜事件"和 1979 年"美丽岛事件"发生后，政治反对力量开始把政治民主诉求与具有民粹意义的社会抗议活动相结合，导致岛内社会运动风起云涌。尽管"本省"福佬、客家和少数民族之间也存有这样那样的利益冲突，但在反对国民党"外省人"政权、追求民主进步上有着一致性。在岛内社会民主运动的影响和启示下，少数民族的族群主体意识开始觉醒，他们趁势而起，拉开了民族解放运动的大幕，并成为岛内社会运动的重要组成部分。所以，吴锦发认为："随着世界原住民复兴运动的勃兴，以及台湾以党外为主导的民主运动的升高，觉醒的原住民知青配合着接续而来的街头运动，原住民社会内部所产生的各项议题才逐渐摊开。所谓原住民忠实的文学记录者已随着社会现实面的冲击，以一支笔抗议整个体制对台湾原住民的压迫，遂产生了第一批原住民社会培养的优秀作家。"①

如前所述，国民党政权为加强岛内少数民族的国族认同，极力推行民族文化同化政策。为达到这一目的，执政者积极在少数民族中推行现代教育。1946 年，国民党将日据时期的山地教育所改为"国民学校"，实施"高山族优秀青年免费免试入省立中学"政策，通过"考试加分"和"名额保障"等措施，鼓励台湾少数民族青年接受现代教育。随着台湾少数民族青年接受教育的数量和质量的逐步提升，台湾少数民族知识分子队伍也不断壮大，并在政治、文学、艺术等领域脱颖而出。台湾少数民族知识分子的出现和壮大为民族文化传播和民族文学的发展奠定了坚实的人才基础。事实上，战后大多数台湾少数民族作家都不同程度地接受了汉文化教育，校园也成为台湾少数民族文学的重要发源地。然而颇为讽刺的是，正是这些国民党政权精心培养的少数民族知识分子，在反省民族困境之后，出于对民族的责任感和使命

---

① 吴锦发：《论台湾原住民现代文学》，见巴苏亚·博伊哲努（浦忠成）《台湾原住民族文学史纲》（上），里仁书局 2009 年版，第 5 页。

第二章 当代台湾少数民族文学的边缘崛起

感,以强烈的救亡意识投身于"原住民运动"中去,从而成为岛内政权的坚定挑战者和抗争者。1983年少数民族大学生夷将·拔路儿(刘文雄)、伊凡·诺干(林文正)、林宏东、杨志航等人,在台湾大学校园里以手写稿的形式发行《高山青》,标志着台湾"原住民运动"开始。他们明确指出"高山族正面临种族灭亡的危机",表示要"在民族生存的前提下,提倡台湾高山族民族自救运动",主张"必须唤醒高山族的民族意识,进而组织各种高山族团体,以自己的力量主动争取应有的权利和地位"①。"原住民运动"思潮"虽然萌芽于台大校园内,却也急速地在都会区原住民社会以及都会区主体社会流窜,尤其受到当时党外运动人士的关注,自然也造成了台湾一股不可抵挡的潮流之一"②。1984年12月,索拉门·阿勒(胡德夫)邀请童庆春、莫那能等筹划成立了"台湾原住民权利促进会",旨在"秉持着民族平等的精神,内求台湾原住民族之团结进步,外保台湾原住民族文化、生命之延续,以服务、文字、言论、运动等方式,保障并促进台湾原住民族权利"。"原权会"成立之后,台湾少数民族"原住民运动"围绕个人生存权和民族发展权的议题,从族群政治、艺术文化、学术研究及文学创作四大方向,以组织化方式蓬勃展开。同时,将街头斗争扩展至文字场域,用文字的力量把"原住民运动"推向纵深。台湾少数民族"原住民运动"之所以能够如火如荼地展开,一方面是因为世界原住民运动以及岛内的民主化运动、"本土化"运动为其提供了借鉴,另一方面是台湾的基督长老教会、党外人士、文化界、学术界朋友也给予了大力支持与声援,以及少数民族在岛内政党政治中获得了相应的空间。尤其是世界原住民运动对台湾少数民族影响较为深刻,"最早的住民"以及受殖民的经历让台湾少数民族自视为国际原住民社会的一员,民族的"世界化"和"第四世界"③的理念

---

① 转引自陈建樾《台湾"原住民"历史与政策研究》,社会科学文献出版社2009年版,第136页。
② 黄铃华:《台湾原住民族运动的国会路线》,财团法人国家展望文教基金会2006年版,第30页。
③ "第四世界"由加拿大原住民族领袖George Manuel于1974年所提出,依据"国际援助族群事务工作团"界定,"第四世界"指涉所有在一个国家内之原有疆土与财富,或完全剥夺了的原住民后代。主要包括北美洲与南美洲的印第安人、因纽特人、沙米人、澳洲原住民,以及非洲、亚洲和大洋洲的原住民等。

提出，不仅开拓了台湾少数民族斗争视野，而且让他们从中找到了寻求民族权利的国际"法源基础"和理论支持，岛内的民族问题也转而变成了"原住民"问题。其后，台湾少数民族依据国际社会原住民运动的诉求，提出了以"姓名权"、"土地权"、"自治权"、"教育权"等一系列关系"原住民族"权利与地位的诉求。轰轰烈烈的"原住民运动"引起了岛内社会对少数民族的关注，唤起了台湾少数民族的民族意识，各族群也从中凝聚了"民族"共识，形成了"泛原住民族主义"观念。民族主义作为一种社会运动的存在，能够成为政治意识形态的资源或政治运动的推动力。一批少数民族知识精英也在运动中得以锻炼成长，他们在"原住民"大旗的指引下，倡导、组织、参与"原住民运动"，并借由文字开辟了"原住民运动"的另一个战场，将民族权益诉求转化为文学创作的主题，出现了莫那能、田雅各、瓦历斯·诺干、台邦·撒沙勒等作家群体。当"文学创作事实上成为台湾少数民族争取民族权益斗争的另一场域"时，台湾少数民族作家假借本土化运动、社会运动和反对势力结盟，寻求民族发声的正义性。显而易见，台湾少数民族文学早期创作也烙上了鲜明的"原运"特征。

从文学方面而言，台湾少数民族文学是台湾乡土文学在山海大地的空间延展。在深受"五四"精神影响的台湾现代文学和大陆现代文学共同浸润下，重归祖国怀抱的台湾文学理应呈现蓬勃生机。但国民党政府迁台后，逆历史潮流而动，在反攻大陆的梦呓中，强势推行"战斗文艺"政策。"作为特定政治时局下出现的文艺思潮，'战斗文艺'的合唱不是一种个人的、局部的创作现象，而是官方话语霸权和文化垄断政策统治文坛的结果，写尽了文学被政治所干预和摧残的历史悲哀。从文学的角度看，这种歪曲历史真实，一味充当意识形态话语传声筒的'战斗文艺'，其充满公式化、概念化的'反共八股'写作，不仅违背了文学创作规律，沦为反现实主义的逆流；而且以一个时代的作家才华与文学生命的虚掷浪费，扼制了台湾文学的正常发展。"[①] 文学的极端政治化倾向不仅摧毁了战后岛内的文化生态环境，严重阻碍了台湾新文学建设，也引起了岛内民众的不

---

① 吕正惠、赵遐秋：《台湾新文学思潮史纲》，昆仑出版社2002年版，第172页。

第二章　当代台湾少数民族文学的边缘崛起

满,他们以文学"怀乡"、文学反映时代精神、文学反映乡土大地的主张与实践,游离于"战斗文艺"思潮之外,并与之形成官方思潮/民间形态、主流文艺/边缘存在、政策驱动/良知写作的对峙模式。这样的文学"反对"力量,既有以强烈的抗争姿态挑战官方文化形态的自由主义者,也有挟西方文艺思潮进行冲蚀的"现代主义"者,还有在边缘立场发声,有着艺术良知的知识分子和本省的"跨语一代"。其中影响较大的当数1956年后兴起的台湾现代派,它在削弱"战斗文艺"根基的同时,成为20世纪60年代台湾文坛主潮。台湾现代派的出现有其复杂纷繁的社会和文化背景。在战后特殊的地缘政治境遇里,"它一方面是伴随西方政治经济涌入台湾的文化产物,另一方面又是台湾社会经济变迁对文学发展的一种现代意识的呼唤"[①]。不可否认,台湾现代派开拓了战后台湾文学的艺术空间,为岛内民众打开了一扇瞭望西方的窗口,拉近了台湾文坛与西方现代主义文学的关系。然而,台湾的现代主义在反抗"战斗文艺"的同时,也混淆了西化与现代化之间的关系,把"本来是以反映西方现代资产阶级社会的病态作为主要目的的西方现代主义,在台湾现代化知识分子的眼中,反而会抹去了它的问题性;而是呈现出它的进步面,而成为现代社会的现代文学,以别于旧社会的旧文学。也就是说,现代化与现代主义变成是同样具有同一方向的进步意义的代名词"[②]。理论上的错误认识,必然导致文艺实践全局性的方向性错误,艺术上的全盘西化,思想上的民族虚无,让"一般作家甚至对一切直接反映现实社会的文学,都起了反感,至少起了怀疑。余下来的一条路,似乎就只有向内走,走入个人的世界,感官经验的世界,潜意识和梦的世界"[③]。这种偏离中国文学传统、主张全盘西化的台湾现代主义,遭到了岛内具有民族自尊心的作家强烈抵制,并通过"新诗论战"和"乡土文学论战"的方式,将台湾新文学引领至回归现实大地和民族传统中去。

现代主义既是70年代台湾乡土文学批判的对象,同时也是台湾乡土文学发生的前提。在回归民族、回归乡土的旗帜下,台湾乡土文学在吸收现

[①] 刘登翰等编:《台湾文学史》,海峡文艺出版社1991年版,第37页。
[②] 吕正惠、赵遐秋:《台湾新文学思潮史纲》,昆仑出版社2002年版,第252页。
[③] 余光中:《余光中集》(第5卷),百花文艺出版社2004年版,第248页。

代主义文学创作技巧的同时，也对其恶性西化现象进行了检讨和反省，指出现代文学对现实的漠视与逃避，"在现实中，工厂、盐村、农村都有许多问题，我们的教育制度在新旧社会交替之下也有很多值得探讨的地方，但我们的作家却不去面对这些困境，反而把外国人的问题，和我们这里还没有发生的问题，一窝蜂地接收过来，把别人的病当成自己的病，别人感冒，我们立刻打喷嚏，所以，目前台湾的现代文学，与台湾的现实生活脱了节，不但自己的病不敢面对，而且许多小说，新诗，都有意无意地与生活距离很远。在这种情况下，我们多么需要一种健康的写实的艺术和文学"①。20世纪60至70年代的台湾社会正处于社会转型时期，是一个思想禁锢，但经济却急速变化的年代；也是一个政治高度戒严，但社会却剧烈变动的年代。外援基础上的经济发展，使台湾的社会经济在短期内快速地由小农经济进入资本主义经济，传统农业社会迅速转变成现代工商业社会。但现代资本经济的发展，并不能消除岛内人们因国家与民族分离带来的漂泊无根感，反而催生出了后发型现代化区域必然产生的传统与现代、本土与西化之间的冲突。当然，台湾的"经济奇迹"和城市的繁荣富庶是以传统农业的式微和广大农村的衰败为代价的，农村与农民在经济现代化进程中逐步沦为整个台湾社会经济解构的底层。这，自然应该是台湾文学所面对的，然而也是现代文学所逃避的。乡土文学从反现代主义和反殖民经济的立场出发，接续被"战斗文艺"和现代主义中断的台湾文学现实主义精神，把关怀民间、表现民众疾苦当作题中要义，他们不仅敏锐地觉察到现代文明冲击下的台湾传统社会的无奈与软弱，也深刻感受到现代资本经济冲击下的农村与农民的无助与忧伤。怅惘的乡土愁思、冷峻的殖民批判和悲悯的人道关怀在陈映真、黄春明、王祯和、王拓、杨青矗等作家笔下得以充分表现。他们不仅把笔尖触及跨国公司的小职员、工厂工人、农民和渔民，而且也把文学之根延伸至偏远的少数民族地区。尤其以实践乡土文学精神、反映现实生活和民众心声著称的报道文学兴起后，边缘、弱势的台湾少数民族更成为报道文学所描述、关怀的对象，如古蒙仁的《黑

---

① 尉天骢：《对现代主义的考察——幔幕掩饰不了污垢》，见赵知悌编《文学，休走——现代文学的考察》，远行出版社1976年版，第17页。

第二章　当代台湾少数民族文学的边缘崛起

色部落》、陈铭磻《最后一把番刀》等。"报道文学"不仅照见了台湾少数民族的生存困境,而且还把乡土人道关怀精神带进了少数民族部落。台湾乡土文学这种关怀弱势、深耕底层的文学精神,影响了台湾少数民族作家,他们自觉地在作品中关注现实,反抗强权政治,维护族群利益,关怀弱势民众,尽情展示民风、民俗和乡村地景。如果说黄春明、王拓和杨青矗写出了乡民、渔民和劳工的多舛命运,那么少数民族作家更是把关注的目光投射到更偏远的部落和城市最黑暗的底层,唱出了"民工"进城和猎人困顿的悲歌。如果说 70 年代乡土文学揭示了少数民族的艰难困苦,那么 80 年代以后的台湾少数民族文学,则是在此基础上反思造成民族困境的背后原因。林秀玲认为:"原住民文学不仅是台湾目前少数族裔的弱势文学,更是在社会阶层受劳力剥削的弱势文学。就此意义而言,这些朴实的写实作品所发出的控诉与怒吼已超越一般的写实主义作品,而是延续上一个世纪的乡土主义论战中对社会人道主义关怀的一脉相承。"而作家宋泽莱在论述布农族作家田雅各创作时也指出:"田雅各作品不断出现,乃使台湾乡土文学在原住民方面加宽道路,蜿蜒着向山林而去。……他是第二波乡土文学一面鲜明的旗帜。"[①] 因而,无论是从文学精神还是创作内容上而言,当代台湾少数民族文学实质上是 70 年代的乡土文学思潮的时空延续。

从思想角度而言,战后台湾从新殖民主义批判到后现代、后殖民理论的兴起,为台湾少数民族文学创作提供了思想理论和书写策略。战后台湾表面上摆脱了殖民帝国对于领土的物理占领和直接的政治、军事统治,但实际上在经济、文化与政治上仍未摆脱对美、日国家的依赖,而美、日也正是通过技术、资本和文化优势霸权式地影响台湾,使台湾仍然处于半殖民地或准殖民地的状态。这种"新殖民主义"行径遭到了乡土派作家极力抨击,陈映真的《万帝商君》、黄春明的《我爱玛莉》、王祯和的《小林来台北》都深刻揭示了西方国家对台湾的经济掠夺和精神奴役。这些"新殖民主义"批判者有着强烈的民族主义精神、反帝反封建反强权反落后的革命批判思想以及主张自由平等的人道主义情怀,他们的批判精神对成长中的台湾少数民族作家有

[①] 宋泽莱:《布农族赠予台湾最宝贵的礼物——论田雅各(拓拔斯·塔玛匹玛)小说的高度价值》,《台湾新文学》1997 年第 7 期。

着潜移默化作用,诗人莫那能就是因为和陈映真、王拓、李疾、杨渡、苏庆黎等人相识,受到他们的鼓励和扶助,从而走上文学创作和"原住民运动"之路的。泰雅族作家瓦历斯·诺干就是因为大量阅读极具"左翼"色彩的《夏潮》杂志,对民族处境有了更进一步的认识,从而以如刀之笔去为民族利益而战斗的。这些"新殖民主义"批判者给予台湾少数民族作家的不仅是创作艺术,更重要的是一种抗争强权和关心民众的精神和情怀。20世纪80年代以后,后现代主义理论开始在岛内兴起。后现代不仅是一种思想观念,而且事实上也是一种反抗威权统治,争取民主权利的重要利器。它对"中心"的解构,对边缘的重视,使边缘群体获得了前所未有的思想解放,促使弱势群体勇敢地发出民族自我的声音,并深度介入政治反对运动中去。20世纪90年代中后期以来,后殖民理论在台湾强势出场,并对台湾的社会政治产生了深刻影响。尤其是当"后殖民"理论在台湾的政治斗争中被政党政治所挟持并指向"本土主义"的时候,它不仅成为政治斗争工具,而且承担着"发现台湾"(邱贵芬语)甚至建构所谓"台湾民族主义"的重大政治使命。刘亮雅指出:"台湾的后现代与后殖民都强调去中心。但它们又代表两种不同的趋向,彼此合作或拮抗:台湾的后现代主义朝向跨国文化、杂烩、多元异质、身份流动、解构主体性、去历史深度、怀疑论、表层、通俗文化、商品化、(台北)都会中心、戏耍和表演性;而台湾的后殖民主义则朝向抵殖民、本土化、重构国家和族群身份、建立主体性、挖掘历史深度、殖民拟仿,以及殖民与被殖民、都会与边缘之间的含混、交涉、挪用、翻译。"① 尽管人们对后现代和后殖民理论精髓理解的未必准确,但都强调了去"中心"和主体的重建。然而建设怎样的主体尚不明确,以台湾为主体的建构,必然遭到"中国意识"的反对,也注定不可能完成。但台湾少数民族知识分子却成功地利用后现代和后殖民主义理论,实现了在边缘处崛起,同时构建起汉族政权与少数民族之间的"殖民"关系,建构自己的民族历史和民族主体意识。对"中心主流"的批判,以及对民族主体意识的重建,都为台湾少数民族文学的出场提供了理论上的指导意义。

---

① 刘亮雅:《后现代与后殖民——解严以来的台湾小说专论》,麦田出版城邦文化事业股份有限公司2006年版,第39页。

第二章　当代台湾少数民族文学的边缘崛起

数量和质量明显提升的创作队伍，蓬勃开展的社会运动，民众思想的解放，以及乡土文学精神的影响，都为台湾少数民族文学的崛起提供了可能的背景。

第二节　战后台湾汉族作家的"跨族书写"

在现代中国文学史上，除少数民族书写本民族以外，还有汉族作家以少数民族为题材和少数民族作家以其他少数民族为题材的"跨族书写"，他们不同的族群身份、人生经历、文化背景和创作心态，共同反映着中国少数民族的历史命运、文化变迁和社会发展图景。王蒙说："我渴望遥远的边陲，相异的民族与文化，即使不写，不让写，不能写，写不出，我也要读读生活、边疆、民族，还有荒凉与奋斗、艰难与快乐共生的大地。"在藏地生活二十余年的马丽华认为："大凡一个人乐意离开他自己的本土文化，去往异族异邦之地，想要获得的一定是差异、未知，是前所未有的全新的经验。"正是带着这种对边地的梦想和远方的情结，从艾芜到迟子建，从杨苏到汪承栋，大陆很多作家以不同民族的民族文化、民族精神和民族意识为书写题材进行着"跨族书写"，这样的作家有王蒙、周涛、马原、马丽华、马建、高建群、冉平、范稳、红柯、迟子建、张承志等。尽管历史上"跨族书写"曾被主流文学史所遮蔽，或者被国家意识形态所侵染，没能形成一种独特的文学现象，尽管汉族与少数民族之间、少数民族与少数民族之间在语言文化方面存在差异，但大河、荒漠、群山、深壑、绿野、黄塬样的景致，淳朴而坚韧的民风，豪放而细密的民情，特殊而多样的民俗，都受到"跨族书写"的作家们尤其是新时期以来的作家们的青睐，为他们的创作铺开了现实与想象的空间。他们努力地以文字传递着少数民族的声音，表达对"异民族"文化的理解，"跨族书写"因而迅速崛起并成为当代文坛一道亮丽的文学风景。张承志的《骑手为什么歌唱母亲》、《黑骏马》，马原的《冈底斯的诱惑》，马丽华的《走过西藏》，红柯的《西去的骑手》、《乌尔禾》、《哈纳斯湖》，范稳的《水乳大地》、《悲悯大地》，冉平的《蒙古往事》，迟子建的《额尔古纳河右岸》等作品一经出现，便引起了不错的反响。虽然"跨族书写"展现了边地文学的气质，丰富了现代中国文学的表现形态，但也引起了具有强烈民族情感和民族自尊心的少数民族作家的警觉与焦虑。一方面，他族作家对本民族题材的书写，挪用了本民族的声音，剥夺了自我阐释权；另一方面，由于不同民族的生活环境、文化背景不同，导致了他族作家在使用和理解本民族声音时，出现曲解和误读现象。像高建群哈萨克族题材的《遥远的白房子》，马建藏民族题材的《亮出你的舌苔或空空荡荡》，都曾引起了少数民族激烈的情绪反应。出于对民族文化"阐释权"的争夺，或是对民族文化的维护，少数民族作家都努力地用文字去表达自我民族最本真的声音，这为当代大陆少数民族作家文学创作提供了勇气和动力，构成了当代大陆少数民族文学创作的重要背景。隔海相望的台湾地区也有"跨族书写"，并对少数民族文学的生成与发展产生了重要影响。

台湾少数民族文学的崛起，不仅有汉族作家的扶助与支持，如卢克彰之于陈英雄，李疾、杨渡之于莫那能等，同时岛内汉族作家的"跨族书写"也对台湾少数民族作家产生了深刻影响，为当代台湾少数民族文学的出场提供了潜在的力量。台湾光复后，文学界曾经积极地思考、热情地参与台湾新文学建设，但现实中诸多本土作家一方面面临着语言的转型；另一方面又缺失大陆生活经验，因此难以被外省来台作家所把持的主流文坛所接纳。但他们熟悉脚下的这片土地和土地上的人民，因此他们把文学的目光执着地投向与他们生命相依的土地，真诚地表现这块土地上的人性之美、乡土之爱和家园情结。其中相当一部分作家以少数民族的历史文化为题材进行创作，其作品或表现出对少数民族传统文化的向往、迷恋和追忆，或表现出对少数民族文化面临消亡态势的关注关怀，或表现出不同族群间的文化冲突与融合等。20世纪80年代以后，随着台湾少数"原住民运动"的兴起，台湾少数民族问题成为岛内的重要议题，弱势民族也自然而然成为岛内汉族作家关怀和关注的对象。战后岛内"跨族书写"的作家作品主要有：钟理和的《假黎婆》，张彦勋的《多美娜》，钟肇政的《马黑坡风云》、《马利科湾英雄传》、《矮人之祭》、《蛇之妻》、《高山组曲》，李乔的《巴斯达矮考》、《泰姆山记》、《寒夜》，叶石涛的《西拉雅末裔潘银

第二章　当代台湾少数民族文学的边缘崛起

花》,吴锦发的《有月光的河》、《燕鸣的街道》、《暗夜的雾》,林燿德的《一九四七高砂百合》,王幼华的《土地与灵魂》,王家祥的《关于拉马达仙仙与拉荷阿雷》、《倒风内海》、《小矮人之谜》,舞鹤的《余生》、《思索阿邦·卡露斯》,严云农的《赛德克·巴莱》,陈列的《同胞》等。除了以少数民族为题材进行文学创作外,岛内的汉族作家还积极对台湾少数民族的口传文学进行搜集、整理和改编,如苏桦文的《山地故事》,郝广才的《太阳的孩子》、《先住民全盛的时代》,刘思源的《排湾族婚礼》、《神鸟西雷克》,陈千武的《台湾原住民的母语传说》、《擦拭的旅行:槟榔大王迁徙记》,李潼的《少年噶玛兰》,张淑美的《老番王与小头目》,刘还月的《流浪的土地》,林淳毅的《猴子与螃蟹》,李昂文的《懒人与猴子》等。可以说,汉族作家用文学热情地拥抱着同在那片土地上迁徙流转、奋斗挣扎的山海近邻,用文字的音符为他们古老的文化谱一曲清凉的现代之歌。吴家君以为:"非原住民作家,以文学的角度描写原住民与外族(日本人、汉人(包括福佬人、客家人、外省人))之间彼此的往来情形,或探索原住民的生活习俗,或省思原住民在当代社会的适应问题,除了提供非原住民了解、思索陌生弱势族群的历史困境外,也对原住民本身有一定程度的启蒙及影响。"[①] 彭瑞金也指出:"虽然'主体性'、'自主性'的原住民文学终极讨论,不会苟同非原住民代言人式的原住民文学,但原权运动出现之前,所谓'山地文学'大都假手非原住民而存在,则是不争的事实。如果把它当作是对原住民写的原住民文学带来刺激,带来催生作用,价值当然是正面的。"[②] 孙大川在《原住民文学诞生与发展的可能》一文中也指出:"这十几年来报导文学对原住民的报导,也为原住民文学之可能预备了道路。古蒙仁、胡台丽、黄美英、洪田浚、刘还月、阮义忠、杨南郡等人的作品,或述及部落之沧桑,或记载原住民老人之生命史,或暴露辗转于山地与都市间原住民青年之悲惨命运;无论题材或风格,都为原住民文学创作树立标杆。"汉族作家在少数民族文化的河床上汲取创作资源,这对

[①] 吴家君:《台湾原住民文学研究》,台湾中山大学硕士学位论文,1997年,第152页。

[②] 黄铃华编:《21世纪台湾原住民文学》,财团法人台湾原住民文教基金会1999年版,第27页。

新生的台湾少数民族作家既是一种激励、启蒙，同时也是一种挑战。尽管民族文化在广泛意义上而言是属于全人类的，但台湾少数民族作家自幼耳濡目染民族文化，熟悉山林大地，他们深感有责任去为民族而写、为民族而歌，也更愿意用自我书写的方式去表现民族的精神，传递民族的声音。20 世纪 80 年代以来，崛起的少数民族知识分子迅速地投入到民族文学的创作中去。他们一方面以田野调查或以口述记录的方式收集、整理民族民间文学，仅达西乌拉湾·毕马（田哲益）就出版了泰雅族、赛夏族、邹族、布农族、鲁凯族、卑南族、阿美族、达悟族和邵族等族群的神话与传说。另一方面以民族志方式进行着文学创作，形成了台湾少数民族文学创作短期"井喷"之势，出现了《最后的猎人》、《荒野的呼唤》、《永远的部落》、《海浪的记忆》、《野百合之歌》、《红嘴巴的 VUVU》、《那年我们祭拜祖灵》、《重返旧部落》等体式多样、"原"味十足的作品。汉族"跨族书写"和少数民族作家族群主体书写共同丰富了当代台湾少数民族题材的书写内容。

"如果撇开文明人的道德价值标准不谈，那么我确实认为他们也是一支十分高贵、十分矜持的民族，他们尚武，以勇敢为最高美德，充满正义感。这种精神，可以说是台湾山地数达十余种之多的不同部族的共同民族性。"[①] 在汉族作家的"跨族书写"中不乏对少数民族客观、公正的书写，溢美之辞也时而可见。如钟理和的《假黎婆》，道出了即使身处在汉族强势文化的生活环境中，"山地"女性仍然保有待人诚挚、处世谦卑和自立自尊的族群美德。张彦勋的《多美娜》，通过讲述平地汉族男子与"山地"女子间恋爱故事，展示了少数民族女性所具有的单纯善良的品格，宽容博大的胸襟和朴素的婚姻观念。钟肇政的《马黑坡风云》，颂赞了少数民族不屈的抗争精神，讴歌了少数民族崇尚自由、单纯诚挚的生命情怀。尽管汉族作家"跨族书写"表面上可能持有开放的心态和客观的姿态，但民族文化差异存在的客观事实，致使汉族作家在表现少数民族时，有着难以逾越的文化隔阂，而这种文化隔阂可能导致汉族作家对少数民族"误读"，对少数民族文化的"误读"，这在很大程度上限制了汉族作家介入少数民族文化的深度和广度，

---

① 钟肇政：《钟肇政全集》（卷 7），桃园县立文化中心 2000 年版，第 389 页。

第二章　当代台湾少数民族文学的边缘崛起

在文学表现上也会有曲解、伪俗和过度阐释的现象。钟肇政曾说过:"我个人虽然过去写了若干以山地为背景的作品,直到最近还有《高山组曲》名下的两本长篇小说问世。但是,我知道平地人写山地人的局限,充其量不过是隔墙观望而已。"① 同时,不可否认一些汉族作家对岛内少数民族还持有刻板的负面印象,创作中所持汉族中心主义的观念,居高临下的话语霸权,也限制了他们对台湾少数民族的关注。出于对民族文化传播的担当,对民族历史、文化和尊严的维护,台湾少数民族作家勇敢地站在民族主体的立场,坚称特定的民族拥有自己的民族特性和文化特色,对于它们的阐释权,只应该由特定民族自我拥有,不能允许他族作家任意或无意地盗用、剥夺、替代性置换。为此,他们进行了一场"声音"的保卫战。

在汉族作家的"跨族书写"中,存在两种泾渭分明的价值取向:一种是对台湾少数民族文化落后、丑陋成分的批判;另一种是对台湾少数民族文化理想式的认同。前者更多地是承袭岛内汉人传统观念,认为台湾少数民族是贫穷、落后、酗酒、懒散、野蛮无教的民族。而这种历史进程因缺乏了解而形成的民族印象,在作家笔下化为"出草"、"酗酒"、"残忍狩猎"等书写符号。龙瑛宗在《黄家》描述道:

> 有时,从山里来的高砂族,一只杯子凑上两张嘴巴,咕嘟咕嘟边喝酒边购物。多半是鱼干、盐巴、砂糖、火柴,还有就是强烈的原色棉布之类。
>
> 父亲趁山里的人们半醉的当口,颤抖的手偷斤两。
>
> 山里的人们才不管这些,散发着山里人特有的刺鼻的体臭,摆着有刺青的,像红色橡胶的褴褴褛褛的面孔,用他们山里的话聊个不停。然后叮叮地响着腰边的山刀,踉跄的步子,吼着山里的歌回山里去。这时便有些村子里的孩童们怯怯地跟上,弯着背窥窥山里的人们的黑色犊鼻裤。②

---

① 钟肇政:《钟肇政全集》(卷21),桃园县立文化中心2002年版,第210页。
② 龙瑛宗:《植有木瓜树的小镇》,叶石涛、钟肇政主编,远景出版事业公司1997年版,第68页。

李乔在《寒夜三部曲》描述彭阿强一家最大的生存恐惧是"凶悍嗜杀"的"蕃仔"随时"出草",让他们"住进蕃仔林脑袋一时三刻会搬家的。"而后者则更多地认为边地文化神秘、纯洁、博大,蕴涵着生命的终极意义,与物质、欲望浸染的主流文化形成对比,对现代文明有着强大的救赎功能。因此在创作中,他们一方面对台湾少数民族表现出历史的赎罪感,另一方面表现出对少数民族前工业文明时代文化的膜拜。台湾少数民族世居于绵绵群山和岛屿边缘,在改造和征服自然的斗争中,形成和发展了他们独特的民族文化,那样的文化在特殊的生存环境中有无可替代的合理性。然而少数民族前文明时代的思维逻辑、生存方式、风俗仪式和文化观念,在身处平地现代社会的汉族作家看来,显得落伍而不合时宜,因而他们在创作中轻率、零碎地点缀着民族服饰、风俗祭仪,以为这样就写出少数民族真实、全部的文化内涵和民族特色。如此理解少数民族必然招致台湾少数民族作家的不满,也必然促使少数民族作家用文字去维护民族形象,为民族文化正名。少数民族作家从"酗酒"、"文身"、"出草"和"狩猎"等方面进行出击,努力揭去这些符号化的标签,为遭受污名的民族文化抗辩。台湾少数民族是有酒有歌的民族,他们欢乐时需要酒歌助兴,悲伤时更需要歌酒安抚。利革拉乐·阿娲的《原住民与酒》、瓦历斯·诺干的《酗酒之外》指出了酗酒并不是少数民族的本性,少数民族之所以会酗酒是因为外族的进入和资本的侵入,改变了少数民族传统的文化、经济、政治体系,生活的无力与挫折让少数民族跌入了酒水之中。"出草"是部落时代的少数民族张扬原始英雄主义的产物,也是部落抵抗外侵和证明自身清白的一种方式。霍斯陆曼·伐伐的《失手的战士》、游霸士·挠给赫的《出草》都旨在说明少数民族的"出草"并非滥杀无辜,而是一种尊严甚至是正义的行动。台湾少数民族崇尚自然、顺应自然、敬畏自然、学习自然,山海给了他们民族文化,也给了他们赖以生存的衣食,猎人是部落的英雄,狩猎是传统的生存方式。拓拔斯·塔玛匹玛的《拓拔斯·塔玛匹玛》、《最后的猎人》,霍斯陆曼·伐伐的《野百合之歌》,亚荣隆·撒可努的《走风的人》、《山与父亲》,告诉人们"猎人"不是残忍成性、滥杀滥捕的人,他们拥有丰富的经验与智慧,是大自然的平衡者,森林的执法

第二章 当代台湾少数民族文学的边缘崛起

者,大地伦理的守护者。刺青、黥面也不是为了让人恐惧,而是一个族群光荣的符号,霍斯陆曼·伐伐的《黥面》、利革拉乐·阿妈的《褪色的黥面》都强调了黥面对于排湾和泰雅人的意义,那美丽的条纹代表着强壮、勤奋、荣耀和身份。历史是一种叙事,一种权力者掌控的叙事,过去台湾的历史一直被岛内汉人建构为台湾移民的开拓史。台湾少数民族作家在塑造民族形象之外,还努力地省思民族的历史,努力建构一个平等的、有少数民族参与的历史。钟肇政在其大河小说《台湾人三部曲》开头的楔子里就写道:

他们是一群冒险犯难的勇者——

在大海尚未被赋予不可知的神性的时日里,他们越过汹涌的波涛而来,定居在这蕞尔小岛上。

他们有了他们的历史,年代虽暂,却充满刚毅与不屈的事迹——那是用血与泪写成的历史。

为了生存,他们开疆辟地,与大自然争斗,亦与大自然共存。
为了生存,他们抛头颅洒热血,与敌人周旋,从不低头屈膝。
请看——
那些以馘首为能事的土著野蛮民族;
那些以劫掠剽夺是务的东洋民族;
继之有碧眼苍肤一手执剑一手握十字架的红毛番;
有葡萄牙人,
荷兰人,
英吉利人
法兰西人
尽管这些人船坚炮利,但他们还是屹立不堕,得到最后胜利。
……
他们就是——台湾人。

将与汉人共同缔造台湾历史的少数民族各族群视作生存对手和敌人,

这样的历史观招致了少数民族作家的抵制，他们用文字对历史进行"还原"。瓦历斯·诺干在《伊能再踏查》中写道：

> 当祖先从海岸撤退，
> 当祖先从草原撤退，我们成为山神眷顾的孩子。

> 在这块岛屿上，亲爱的祖先
> 从来不设栅栏或是门户，
> 我们相信来者是客，于是
> 荷兰人来了，占据一块地；
> 西班牙人来了，占据一块地；
> 闽南人来了，客家人来了，
> 祖先一寸寸退离；
> 日本人来了，祖先只好
> 躲在森林里，避开取人灵魂的枪炮。

莫那能的《燃烧》也同样表达出所谓汉人移民的开拓史就是少数民族血泪斑驳的撤退史。这样的观点也得到了一部分有"良知"的岛内知识分子的回应，"我们应该诚心诚意的重新检讨以往我们对待原住民的种种态度，甚至，我认为我们必须加倍地关心我们的原住民同胞，应为我们祖先在历史上的行为向他们'赎罪'"①。现代工业文明的发展为台湾带来了繁荣，同样也为岛内带来人文精神滑落、环境污染等负面问题。面对现代文明困境，汉族作家发现，少数民族文化的精神实质与人类最科学的思想异乎寻常的遥相呼应，于是他们向少数民族文化寻求自救的方案，以缓解现代性的挤压与逼迫。在创作中，他们浪漫化地把少数民族文化处理为与主流文化截然相反的一种镜像，企图通过书写他者文化以达到自我的重建。汉族作家"跨族书写"中的"原罪感"和浪漫化处置方式，并没有使少数

---

① 吴锦发：《悲情的山林》，晨星出版社1989年版，序。

第二章 当代台湾少数民族文学的边缘崛起

民族作家陶醉其中,他们知道"由于赎罪的最深意义,是在创造一个平等的对话关系,因此过分丑化汉人或美化原住民,反而易于让我们退回到对立的原点,形成新的误解与隔阂。人性是平等的,其尊严或软弱不因种族而有所不同,此乃汉人作家与原住民作家该当共同警惕者。"[①] 他们也知道,现实中的少数民族还有政治、经济、文化上的贫困,因而他们更多地去表现民族现实之困,去寻求民族间平等对话与交流。

在汉族作家"跨族"书写的影响之下,台湾少数民族作家唱出了山海的声音,表达出民族特有的、为他族所难以体会的思想情感,拥有了对民族历史、文化的阐释权。同时,山海作家的文学创作也使台湾少数民族文学从空间概念的"山地文学"向身份概念的民族文学转型,使之真正成为台湾文学一股重要的文学创作潮流。

第三节 传播媒介与当代台湾少数民族文学创作

无论是传统的报纸杂志,还是现代的电子网络,传播媒介都曾深刻影响了20世纪以来的现代中国文学与文化。陈平原指出:"近代报刊的出现,是整个晚清文学与文化变革的重要基石。""假如要谈晚清以降中国文学或文化的发展,一项重要的推动力量,就是报纸杂志。"[②] 从"五四"以来的《新青年》、《小说月报》、《创造》、《语丝》到当代的《人民文学》、《文艺报》、《诗刊》、《收获》、《当代》、《十月》、《花城》、《钟山》等,再到"起点中文网"、"潇湘书院"、"榕树下"等文学网站,文学传播媒介不仅是文学外在的传输渠道,而且是现代文学生成的重要维度之一。文学传播媒介在传递文学作品,发现、培养作家,催生、引导文学思潮流派,参与文坛建构等方面都扮演了极为重要的角色。相较而言,文学传播媒介对中国少数民族文学有着更为重要的意义。可以说,以文学期刊为主的传播媒介是现代中国少数民族文学的摇篮和生命存在的形态。文学传播媒介不仅展示了少数民族的文化风

---

① 孙大川编:《台湾原住民汉语言文学选集》(评论卷上),INK 印刻出版有限公司 2003 年版,第 31 页。
② 陈平原:《文学的周边》,新世纪出版社 2004 年版,第 97—100 页。

情，发表、显现、孕育了现代中国少数民族文学，而且还重建了中国少数民族文学的传播途径和传播空间，实现了中国少数民族文学从口传形式向书面形式的现代转型，推动了少数民族文学的民族性、现代性和文学性的诉求，使少数民族文学成为一种在文学传播媒介中生存并被文学传播媒介影响和渗透的现代中国文学和文化的一部分。1980年7月，首届全国少数民族文学创作会议召开，"中国作家协会和各地分会以及有关的文学期刊都应把发现和培养少数民族作家作为自己应尽的职责"成为会议共识。1981年大陆地区专门发表少数民族作家作品的全国性文学刊物《少数民族文学》创刊，其后《边疆文学》（前身为《边疆文艺》）、《山花》（前身为《新黔文艺》）、《草原》（前身为《内蒙古文艺》）、《满族文学》、《西藏文学》、《回族文学》、《青海湖》、《凉山文艺》等刊物雨后春笋般地涌现。随着网络技术的发展普及，"藏人文化网"、"维吾尔在线"、"彝族人网"等民族文学网站逐步开始创建。可以说，传统与现代相结合、主流与边缘相联手的文学传播媒介，共同打造了少数民族文学创作平台，支撑起大陆当代少数民族文学。同样，台湾少数民族文学在其发展进程中，文学传播媒介也是一股无法忽视的推动力量。

  报纸杂志是文学传播媒介的主力军，其之于文学，犹如薪之于火，"文学的火光，有赖薪木之传递，文学期刊扮演的就是这种薪火相传的角色，它提供文学社群相互守望的文学信息，传递文学作家呕心沥血的创作成品，反映特定时空中文学思潮和社会变迁的对话，同时也供给当代文学爱好者阅读的愉悦和心灵的陶冶"。[①] 报纸杂志为少数民族作家建立了言说的场域，提供了交流的"公共空间"，很多台湾少数民族作家如陈英雄、莫那能、拓拔斯·塔玛匹玛、瓦历斯·诺干等人也正是由报纸杂志走向文坛并获得作家身份的。排湾族作家陈英雄的散文处女作《山村》一文发表于林海音主持的《联合报》副刊上的，排湾族诗人莫那能最初的诗歌发表于《春风诗刊》，布农族作家田雅各（拓拔斯·塔玛匹玛）的《最后的猎人》经由《台湾时报》的转载而引起岛内文坛瞩目。应该说，在台湾少数民族文学的成长过程中，岛内主流报刊起到了较好的推进作用，这样的报

---

① 蒲荔子：《中国文学期刊现状大调查》，见陈祖君《从现代性开始的多向考察》，内蒙古人民出版社2009年版，第107页。

第二章　当代台湾少数民族文学的边缘崛起

纸杂志有：《民众日报》、《自立晚报》、《台湾时报》、《自由时报》、《台湾文艺》、《幼狮文艺》、《联合文学》、《文学台湾》等。其中，有些报纸副刊还专门开辟了少数民族创作专栏，为少数民族作家创作提供发表空间，如利革拉乐·阿𡢃在《自立晚报》开设"番人之眼"专栏，孙大川在《联合报》副刊开设"搭芦湾手记"专栏等。不仅"原运世代"作家因报纸杂志结下文缘，新生的阿道·巴辣夫、林志兴、温奇、马绍·阿纪、启明·拉瓦、伊替·达欧索、巴代、伐古楚等人也是如此。除主流报纸杂志外，20世纪80年代以来，台湾少数民族还积极自办民族刊物。1983年具有标志性意义的《高山青》创刊后，《原住民》会讯（1985）、《山外山》（1985）、《山青论坛》（1986）、《原报》（1989）、《猎人文化》（1990）、《山棕月语》（1993）、《南岛时报》（1995）、《台湾原住民族月刊》（1999）、《原声报》（2000）、《原住民族》（2009）、《台湾原住民报》（2009）、《原乡杂志》（2010）等先后出刊。在这些具有民族身份的刊物中，虽有些如《高山青》、《原住民》会讯、《山外山》等并不是纯粹的文学刊物，有些刊物的办刊质量也不是很高，有些刊物或因这样那样的缘由未能坚持长久，甚至只存活一、两期，但正如王富仁先生评价《新青年》时所言："就其媒体自身，《新青年》不是中国现代出版史上最为成功的杂志；就其编辑学意义上的杂志编辑，陈独秀不是中国出版史上最优秀的杂志编辑，但从中国现代文学的角度，《新青年》不但是一个优秀的杂志，同时也是一个伟大的杂志；陈独秀不但是一个优秀的编辑，同时也是一个伟大的编辑。"[①] 这些多样而短寿的民族刊物对台湾少数民族文学同样具有重要的历史意义，它们为台湾少数民族作家提供了很好的练笔场所，为少数民族作家的出场与成长搭建了一个属于自己的、宽广的文化舞台。少数民族作家也正是借助这一舞台尽情地挥洒自己的文学才华，勇敢地向主流社会表达自己的声音，使"异质"性的少数民族文学汩汩不绝地涌入当代台湾文学的长河。同时，一些刊物和少数民族作家还把散落在各报纸期刊上的作品结集出版，并以此提升文学的影响力。1987年12月，"原权会"将《原住民》会

---

① 王富仁：《传播学与中国现代文学研究》，《读书》2004年第5期。

讯（1—6期）和《山外山》杂志第一期集结成册，发行了成立三周年纪念专辑，题名为《原住民——被压迫者的呐喊》。其后还有陈英雄的《域外梦痕》、莫那能的《美丽稻穗》、瓦历斯·诺干的《番人之眼》、巴代的《姜路》、启明·拉瓦的《重返旧部落》、里慕伊·阿纪的《山野笛声》、孙大川的《搭芦湾手记》等。正是这样一部部结集而生的文学作品，建构起了现代意义上的台湾少数民族文学。当然，在20世纪80、90年代台湾文学市场，出版台湾少数民族文学作品是需要智慧和勇气的。台湾少数民族知名作家撒可努曾有被出版社拒绝的经验；创作不辍，曾获得吴浊流文学奖、"原住民"小说奖的乜寇·索克鲁曼，个人虽有高度意愿将作品结集出版，但曾长期得不到出版社的青睐。然而，在岛内还有一批知难而进，关心民族文学的出版社，如稻乡、联合文学、常民文化、台原、晨星、印刻和新自然等。其中，晨星是出版台湾少数民族文学作品最多的一家出版社，自1987年出版《悲情的山林》以来，二十余年从未间断出版台湾少数民族文学作品，累计出版50余种，为台湾少数民族文学成长壮大提供了强有力的支持，对台湾少数民族文学的发展功不可没。INK印刻出版社出版了七卷本《台湾原住民族汉语文学选集》，将台湾少数民族文学进行了集中展示。《山海文化》和台湾新自然出版社合作推出十册《台湾原住民神话与传说》，麦田出版社开辟了"大地原住民"书系，等等。正是这些出版媒介的无私关注，让台湾少数民族握有与主流文化和历史对话与颉颃的利器，掌控文化发言的诠释权，为台湾少数民族文学点燃了希望之光。

文学的繁荣与发展是与文学新人辈出密切相关的。而文学评奖则是鼓励作家创作热情，为文学的发展储备后续力量的重要举措。很多台湾少数民族作家是因为参加文学评奖而获得写作的勇气和信心，继而自觉地走上文学创作道路的，如巴代、里慕伊·阿纪、Salidan等人。出版过长篇小说《笛鹳：大巴六九部落之大正年间》、《马铁路：大巴六九部落之大正年间》、《走过：一个原住民籍老兵的故事》、《斯卡罗人》的卑南族作家巴代曾坦言，他参加过联合文学的征文比赛，在三百六十余篇的稿件中，有四、五篇作品入围，虽然"程度没有达到领奖的标准。可是对一个第一次写小说的人来说，不是很大，是超大的鼓励"。自1978年阿美族曾月娥获

第二章　当代台湾少数民族文学的边缘崛起

得"第一届时报文学奖"以来,在"赖和文学奖"、"吴浊流文学奖"、"台湾文学奖"等主流奖项中,少数民族作家都有参加并有所斩获。"为了发扬原住民文化,鼓励原住民从事文学创作,透过文字的表达与记录,将原住民对生活的深刻体验与丰富的创造力,完整且详尽地保存下来,并为台湾文学注入新的生命力",台湾少数民族文学刊物《山海文化》积极开展"山海文学奖"评选活动,先后举办了"第一届山海文学奖"(1995)、"第一届中华汽车原住民文学奖"(2000)、"第二届中华汽车原住民文学奖"(2001)、"原住民报导文学奖"(2002)、"台湾原住民族短篇小说奖"(2003)、"台湾原住民散文奖"(2004)、"台湾原住民族山海文学奖"(2007)、"台湾原住民文学奖"(2010)、"第三届原住民族文学奖"(2012)等。与此同时,为推动少数民族族语文学创作,岛内教育部门还举办了"第一届原住民族族语文学创作奖"(2007)、"第二届原住民族族语文学创作奖"(2010)等活动。这些文学奖项活动,激发了少数民族作家创作热情,新人新作层出不穷。2010 年的《山海文化》举办的"台湾原住民文学奖"收到 11 个族群的 135 篇征文,其中年龄在 30 岁以上的投稿人有半数之多。在文学奖项活动的"造血"和"输血"下,台湾少数民族储备有成的专业作家群悄然成形。通过参与文学评奖活动,有的作家对民族文学创作有了更深刻的认识,巴代在接受陈芷凡的采访时指出:"譬如说参加山海杂志,假定说我不是为了个十万块钱,基本上我不会认识山海这群伙伴。那我也不会认识所谓台湾原住民文学这一块,因为基本上我不认同原住民这三个字。我不认为它是个族,那怎么会有原住民文学,它应该是卑南族文学,什么的文学。因为《姜路》这一篇,参加山海杂志征文,我才有机会接触到这个领域,……它让我有机会可以呈现我族群的使命感,慢慢接受。所以现在写作的取向就慢慢朝向那个方向。"[①] 有些作家则注意评审意见,不断改进自己的创作艺术和创作方法。席慕蓉、王浩威、孙大川、浦忠成、廖咸浩、吴晟、舞鹤、向阳、羊子乔等岛内的知名作家和评论家曾是"山海文学奖"的评委,他们的评审意见对少数民族作家有很大

[①] 陈芷凡对巴代的访谈,见台湾原住民族文学家与艺术家网站,http://tacp.linkchain.tw/litterateur/portrait/184。

的启发。《山樱花的故乡》的作者泰雅族女作家里慕伊·阿纪说:"参加文学奖得奖,当然对我的鼓励很大,因为这是有评审机制,我都会很注意评审说什么,一字一句都看得好仔细喔,所以没有山海,就没有我后来的书写了。""'写作'只是闲暇之际'浪漫的外遇',是乐趣,觉得想写的时候就写一写。如果不是当年山海文学奖的肯定,恐怕很难在写作上聚积小小的成绩。"① 有的作家则借助文学奖项的获得而跻身主流文坛,如瓦历斯·诺干和拓拔斯·塔玛匹玛。瓦历斯·诺干因经常获得各类报系奖项而被文坛熟知。拓拔斯·塔玛匹玛以《拓拔斯·塔玛匹玛》一文获得高雄医学院南杏文学奖,评审吴锦发将其转载至《民众日报》副刊,后该文同时入选前卫、尔雅年度小说选,年轻的拓拔斯·塔玛匹玛由此声名鹊起。同时,出版界又迅速跟进,将获奖作品结集出版,除《原住民族族语文学创作奖作品集》外,绝大多数的获奖作品都被收入孙大川主编的《台湾原住民族汉语文学选集》中。这种"选编式"、"组合式"推出,有利于民族文学形象的树立,也对岛内汉语文坛造成一定的冲击。

文学媒体每一次发生变革都是文学发展的重要推动力量。在网络出现之前,培养文学新人、推出高质量作品的使命由文学期刊、出版社等传统平面媒体来承担的。但在现实的岛内文学市场中,出版边缘化的少数民族文学的刊物无疑面临着巨大的生存压力。须文蔚指出:"文学传播环境在大众文化的冲击下,纯文学作品在商业出版市场中几乎没有生存空间,就连过去文学界依赖最深的副刊,也藉由企画编辑开拓更多非文学主题,大幅排挤文学作品的发表机会。"② "小众、另类的文学刊物的发行,过去往往受限于经费窘迫,更缺乏大众传播媒体所建立的行销管道,可以说大半都是惨淡经营的。"③ 在如此文学市场状况之下,就连长期扶持台湾少数民族文学的晨星出版社的陈铭民社长,也深感出版少数民族书系面临困难,"文化是贴近土地、贴近人,多元文化的发展会在未来世界成为趋势,呈

---

① 陈芷凡、林宜妙对里慕伊·阿纪的访谈,见台湾原住民族文学家与艺术家网站,http://tacp.linkchain.tw/litterateur/portrait/145。
② 须文蔚:《数位文学的前世今生》,《文讯》2001年第1期。
③ 须文蔚:《台湾数位文学论》,二鱼文化事业有限公司2003年版,第117页。

第二章　当代台湾少数民族文学的边缘崛起

现各民族间的特色更会是族群所努力的目标,为了争取自我生存的环境,凸显自我是必要的。以台湾为主题的书籍其能谈论的主题、要凸显的东西相当的多,也就造成多元化主题的关注,形成分众化。于是所面临的瓶颈即是无法深入一般读者,因为不够大众化,有其主题性、严肃性,一般人是不喜于沉浸在如此严肃的氛围中。会选择此种书系阅读的人必然存在某种深情的态度,或者关心,或者研究,但绝非是消遣娱乐。"[1] 而便捷、开放的网络文学的出现,在某种程度上解决了平面媒体财力、人力不足的困境,也改变了民族文学对平面媒体的依赖。巨大无形的网络正日趋成为台湾少数民族新生代作家创作的重要阵地,他们在网络上建构了一个创作、发表、阅读与批评的文学传播环境,为台湾少数民族文学的发展开辟了另一种书写空间。因此,台湾少数民族网络文学的出现,不仅是文学传播形式的变革,更为重要的是续燃了民族文学之火。目前,台湾少数民族网络文学主要以网站、论坛和作家博客的形式出现,主要的网站、论坛和博客有:"原住民文化网"、"公共电视台——原住民新闻杂志"、"用笔来唱歌"、"原住民文学院"、"乜寇的文学与思维"、"巴代的开放空间"、"岚峰都会原住民"、"原住民——沙力浪 salizan"、"台湾原住民族网络社群"、"猎人部落格"等,其中以巴代为版主的"原住民文学院"网站中,以散文、诗歌、小说和部落文学为形式的文学创作和评论开展得风生水起、有声有色,自 2003 年发表《珍惜》一文以来,已发表网络作品千余篇,撰稿者既有巴代、霍斯陆曼·伐伐等知名作家,也有岚峰、伊虹·比岱等新写手,形成了老干新枝相互交映、共同耕耘的局面。一些年轻的写手也经由网络突破了传统的投稿—发表—出版的传播模式,文章在网络发表以后,就可能迅速拥有众多读者,作者也迅速转变为"作家"。年轻的阿美族人阿绮骨,正是以网络创作起家,后出版了《安娜·禁忌·门》一书。泰雅族多马斯的创作是从"公共电视台——原住民新闻杂志"讨论区开始的,后来他将文字结集为《北横多马斯》自行出版。巴代早在 2009 年就有甄选"原住民文学院"网站上的作品,出版"文学创作专辑"的构想。"相对于

---

[1] 陈铭民:《我出版原住民书系的理念》,《南岛时报》1999 年 8 月 31 日。

当代少数民族文学创作而言，民族文学理论研究和文学批评缺席现象较为严重，许多批评文章往往由于对少数民族的文化背景和文化传统缺乏深入了解，从而流于空泛和隔靴搔痒。然而，网络上网友的简短评论和跟帖却完全发自内心。这些跟帖在正统批评家眼中也许并不具备太大价值，然而它们却事实正在成为传统民族文学理论研究之外的另一个批评空间。"[1] 文学批评和文学理论建设都是文学建设的重要推动力量，岛内也有一些学者对台湾少数民族作家的文学创作进行有益的批评，相较于专业的批评家，这些网络上跟帖式的文学批评也许缺乏理论的深度，但他们的声音可能会更真实、反应会更迅捷，作家从中也会有所受益。

无论是报纸杂志抑或是现代网络技术，都为台湾少数民族作家提供了创作园地和交流平台。文学媒介不仅培养了台湾少数民族作家，作家们也由此确立了自己的文化身份和职业身份，更重要的是，它成就、成长了台湾少数民族的作家队伍。少数民族作家在文学的传播中，不绝如缕地追续着第一人称的主体叙事，增强了民族认同感，更有信心和勇气与汉族作家进行交流，并进而扩大民族文学的影响面和辐射面。

---

[1] 马季：《网络时代的少数民族文学》，《中国民族》2009年第1期。

第三章

当代台湾少数民族文学的主题话语

由于养成教育和特定历史环境的原因,导致早期台湾少数民族作家的民族文化身份意识淡薄,他们的文学创作表现出对主流话语的追随。在描写本民族生活时,更多地展示出对民族传统文化的批判和对民族现代性追求的期待。20世纪80年代以后,随着民族文化身份意识的觉醒和深化,台湾少数民族作家以民族启蒙者和代言人的角色,对身份政治和人道主义政治展开追求,并在现实中抗争强权政治,维护民族"合法"身份,改善民族困境。从文化批判到文化回归,从悲愤的抗争到书写山海之美,从跟随主流话语"看他"到自觉的"看己",台湾少数民族文学走过了一条从抗争到审美的文学之路。

第一节 文化批判与民族现代性追求

李晓峰指出:"中国当代少数民族文学的话语的发生与中国当代文学话语发生一样,是民族国家话语的一部分。民族国家对少数民族文学话语的构建从三个层面展开,一是对民族民间文学资源的转换;二是对少数民族作家资源的开掘;三是民族国家直接参与对少数民族话语的构建,并建立起当代少数民族文学的话语模式。"① 毋庸置疑,当代大陆少数民族早期

---

① 李晓峰:《论中国当代少数民族文学话语的发生》,《民族文学研究》2007年第1期。

文学话语鲜明地表现出与民族国家话语模式的"同质性"和"一体性",这一方面由于新中国成立初期大陆地区实施民族平等和民族自治的方针政策,决定了少数民族话语必然要纳入到国家话语体系之中。另一方面很多少数民族作家如老舍、萧乾、巴·布林贝赫、舒群、韦其麟、李乔、玛拉沁夫、李准等直接参与了民族国家建构的历史活动,并在这种历史性建构过程中,完成了其少数族群身份向共和国公民身份的转换,因而他们的文学书写多表现出一个公民对民族国家的具体感受,其民族身份和民族文化的背景被遮蔽在民族国家一体化话语中。战后初期,在岛内特殊的政治、文化环境下,早期台湾少数民族作家也努力向主流文化靠拢,其文学创作表现出一种时代共有的文学情绪,在对殖民统治的控诉,对落后文化的批判,以及对新生活的赞颂中,建构了民族文学话语模式,并与岛内政治话语保持统一。

早期台湾少数民族作家主要有排湾族的陈英雄和阿美族的曾月娥。陈英雄(谷湾·打路勒 kowan talall,1941—)不仅是战后第一位用汉语书写的台湾少数民族作家,同时也是第一位出书的台湾少数民族作家。如前所述,1962 年 4 月陈英雄便在《联合报》副刊发表《山村》一文,其后又陆续发表了《蝉》(《联合日报副刊》)、《排湾族的婚姻礼俗》(《中央日报副刊》)、《高山温情》(《新文艺月刊》)、《雏鸟泪》(《台湾文艺》)、《旋风酋长》(《幼狮文艺》)、《迎亲记》(《文艺月刊》)等作品,1971 年他将作品结集出版名为《域外梦痕》。陈英雄 60 年代的出场曾引起了当时台湾文坛钟肇政、林海音、卢克彰等人的关注,后"迫于生活"而辍笔,20 世纪 90 年代重又拾笔,创作了《难兄难弟》、《咆哮大地》、《太阳神的子民》等作品。1965 年钟肇政主编《本省籍作家作品选集》时,将陈英雄的作品收选其中,并撰文强调其创作"成就弥足珍贵"。阿美族曾月娥(苏密,1941—)曾在报刊发表过《阿美族在哪里?》等作品,1978 年其作品《阿美族的生活习俗》一文获得第一届中国时报报道文学奖,"是第一位在台湾文学奖征选中获得殊荣的原住民作者。"[①] 她以自己的生活经验为题

[①] 见巴苏亚·博伊哲努(浦忠成)《台湾原住民族文学史纲》(下),里仁书局 2009 年版,第 744 页。

第三章　当代台湾少数民族文学的主题话语

材,写出了阿美族的社会习俗、生活内容和宗教信仰等内容。孟瑶在阅读曾月娥的作品后,写了一篇评审推荐文,他认为:"作者是阿美族人,知道了这一点,使人吃惊她驾驭中文的能力竟这般高强。"①

曾月娥的《阿美族的生活习俗》写出了阿美族母系社会的衣食住行、丰年祭、婚姻和巫术等多个方面的内容。在曾月娥的笔下,阿美族"山村向晚,日出而作,日入而息,……车声是那么的悠长清脆,归家时,不停地歌唱:喂咿!喂咿!伊归呀!喂咿!喂咿!伊归呀!……响彻了云霄"。这是一个有历史、有文化的民族,他们过着世外桃源般生活,但曾月娥也深切地感受到这也是一个欠发达的民族。"山村是交通闭塞之地。人们除了徒步行走,生病时用竹架抬着或背着走之外,只有牛车是唯一的交通工具。"显然,族人的日出而作日落而息的悠闲生活并不诗意,而是交通极度不便、现代化程度不高而不得已而为之的一种生活状态。陈英雄的小说《高山温情》讲述的是卡拉拜和得勒山两个排湾族青年下山到大武街进行山产交易,在交易过程中,遇到了国民党官兵,他们误把国民党官兵当作日本兵,于是匆忙逃跑,他们的举动引起了国民党官兵的怀疑并对其展开追捕。在奔逃途中卡拉拜坠落山涧而摔成重伤,得勒山侥幸跑回部落。国民党官兵追上卡拉拜后,弄清了事情的原委并对卡拉拜友好地实施了救助。得到得勒山报告的部落原本决议在头目卡亚玛的带领下向官兵复仇,等到了大武街后才知道卡拉拜已被送到医院救治,部落人民于是对国民党官兵充满了感激。"卡亚玛酋长惊讶于这位年轻的老提亚'头目',他是那样的潇洒,一脸和蔼可亲的笑容,跟从前见过的日本'头目'那种气势凌人与自以为是的面孔相比较,简直是两回事。""年逝如水,如今一晃就是二十余年过去了。卡拉拜每每想起那时情景,心中总有无限的谢意;林排长虽然走了,但他爱民助民的热忱,却永远温暖着每一个山胞们的心。"②这则因误解而产生的军民冲突故事旨在说明国民党官兵不同于日本殖民者,塑造了国民党军队爱民助民的形象。小说《域外梦痕》讲述一个平地的汉族知识青年陈亚夫——"我"到山地任职,并和村长的女儿、排湾族

---

① 高上秦:《时报报导文学奖》,时报文化出版有限公司1979年版,第418页。
② 陈英雄:《域外梦痕》,台湾商务印书馆1970年版,第17—20页。

美丽的少女露亚娜产生了恋情。但我们的恋情受到了同样喜欢露亚娜的山地青年猎人乌六的嫉恨和阻挠。在一次部落集体围猎中，乌六设计陷害"我"，危急关头露亚娜挺身相救，结果露亚娜坠入神池而丧生，猎人乌六也受到了人们的诅咒与惩罚。应该说，战后去台的国民党军队并没有给岛内民众留下较好的印象，尤其是"二二八"事件造成了全岛范围内的军民冲突和族群对立。同样，猎人在传统的部落中是勇士、英雄的象征，是部落少女追慕的对象。而在陈英雄的笔下，汉人无论是军人还是来到偏远山村的公职人员，都成了庇护者、拯救者或是部落女性自觉追慕的对象。而"乌六"这样的山地青年却成了"卑鄙、凶狠的人，像他父亲一样什么事都干得出来的"人。陈英雄如此塑造人物形象似乎并不合情合理。之所以把国民党官兵和日本士兵、都市的陈亚夫和山地的乌六设计在相互冲突位置上，显然，陈英雄意在营造一种二元对立的话语模式。而这种愚昧与文明、落后与先进、旧时代与新时代、苦难与幸福等二元对立的话语方式在陈英雄的作品中随处可见，最终象征着先进、文明和幸福的都市文明和现代文明将取代落后、愚昧与苦难的部落文明。这样的理解方式也影响了早期台湾少数民族作家的创作动机、心态和姿态。陈英雄在《域外梦痕》出版后记及再版后记中都明确地表示："对于一个出生在文化落后的山地人来说，写作的确是一件困难的事；……愿先进们多多惠于教正，使自由中国文艺的光辉能借着我的秃笔，照耀到文化落后的山地里去！"[①]"文化落后的山地人"这绝不只是自谦，它意味着陈英雄对"山地"文化的批判与否定，以及对现代文明和汉族文化的高度认同。

> 抗战胜利后，台湾已经光复；可是东台湾山地的部落里，依旧过着被隔绝了的原始生活。[②]

> 从大溪站起，要步行四五个小时，翻越两重大山，渡涉数不清的山溪，才能到达土坂村。沿途悬崖峭壁，深涧巨壑，山径崎岖，古木

[①] 陈英雄：《域外梦痕》，台湾商务印书馆1970年版，第184页。
[②] 同上书，第8页。

第三章　当代台湾少数民族文学的主题话语

参天，远近时闻虫鸣兽唪，令人有如深入蛮芜之感。①

青山秀水、雾霭竹影的乡土世界，在苗族作家沈从文的笔下会是充满诗意和人性的世界，山海文化是 80 年代后台湾少数作家引以为傲的民族传统。然而，陈英雄笔下的排湾族故乡却是原始的、封闭的和蛮荒的。山地的"落后"是相对于平地社会的，也是比对汉族文化而言的。陈英雄必须对民族文化的落后性展开批判，才能构建他的二元对立话语模式，也才能认同现代文明。

如果同 20 世纪 80 年代台湾少数民族文学创作中所充满的启蒙式的话语、番刀似的文字和猎人精神相比，陈英雄的作品表现出一种文化劣势心态和卑微的创作姿态，而这也招致其后深具"主体意识"或"本土意识"作家、学者的诟责与批判。彭瑞金指出："由于他的作品放弃了原住民或排湾族人文化的主体性，接受汉文化的价值观，若论及反映原住民社会、文化价值的正面、积极性，反而远远不如那些不具歧视性的、善意的非原住民作家的作品。"②陈英雄的文学创作中为何会缺少 80 年代后少数民族文学所彰显的那种"主体性"写作立场，缺乏自觉地抗争强权政治和认同族群文化的民族本位意识？霍加特说："一部艺术作品，无论它如何拒绝或忽视其社会，总是深深植根于社会之中的。"③我们只有把一个作家的作品还原至特定的历史背景下去解读，才能更本真地理解一个作家，才能看清他的创作实质。战后台湾当局逆历史潮流而动，推行了"反共战斗文艺"，这种反现实主义的文学思潮成为战后台湾文学主潮。同时，20 世纪 60 年代岛内当局对少数民族实施了"山地平地化"的政策，陈英雄是"原裔城籍"的警察，他深知"批评政府的下场是送绿岛管训"。客观地说，慑于政治淫威，他的创作无可避免地要迎合当局的文艺和政治政策。《高山温情》和《觉醒》就是因其以"山地人"的立场阐释了"褒扬军民英雄

---

①　陈英雄：《域外梦痕》，台湾商务印书馆 1970 年版，第 143 页。
②　彭瑞金：《驱除迷雾找回祖灵　台湾文学论文集》，春晖出版社 2005 年版，第 239 页。
③　[英] 理查德·霍加特：《当代文化研究：文学与社会研究的一种途径》，周宪等主编：《当代西方艺术文化学》，北京大学出版社 1988 年版，第 37 页。

事迹，以激励冒险患难、牺牲奋斗的精神"的文艺政策而受到青睐。陈英雄的职业身份以及当时岛内的政治氛围，决定了他对岛内政治话语的自觉服从与规范，这也说明了早期台湾少数民族文学话语是在岛内政治话语的规范下发生的。

但陈英雄毕竟是少数民族作家，在向主流话语靠拢的同时，他无法割断自己与本民族文化的血脉联系，在潜意识中他又自觉地表现出对民族文化的依恋和对自己的民族身份及民族文化立场有限度地坚持。《高山温情》、《觉醒》和《域外梦痕》等创作显然符合了岛内主流意识形态，但陈英雄的一些反映排湾族文化的作品如《巴朗酋长》、《太阳公主》、《迎亲记》、《地底村》、《旋风酋长》和《雏鸟泪》等，也显示出趋同之外求异的努力。《巴朗酋长》是借着神话来探求排湾族的历史起源以及族群兴衰的。《太阳公主》、《迎亲记》、《地底村》三篇文章则是围绕"哈斯术"讲述族群故事的，表达巫术与排湾族的密切关系。《雏鸟泪》通过描述一个少年接受巴拉库湾训练的故事，告诉人们巴拉库湾正是排湾族最富传统特色的文化之一。尽管置身都市社会，尽管展现了民族文化相对落后的一面，陈英雄在对贫穷、落后的山地原乡频频回首时，还是透过文字展示出了排湾族的部落文化特色。而这种对族群文化的表现是自觉的，是有着强烈的使命感和责任感的。他说："曾几何时，听故事的孩子们都长大了，母亲也老了。可是，儿时那段温馨的回忆，却益加鲜丽地萦绕心头。因此，当我开始尝试写作的时候，便立志要将它们写出来，不计好坏，我要为保存排湾族仅存不多的传说而尽一点心力。"① 他在强调山地"文化落后"的同时，却又时刻地提醒读者排湾族是有文化的，并通过神话传说、历史故事、风俗禁忌等，去引导读者体会和感受原住民悠久的文化。"这是我们排湾族的风俗；你要是对某小姐中意的话，只要带一些槟榔和烟酒去住上两三天，即使不太认识，亦会受到热烈的欢迎和殷勤款待。"② 风俗是特定地域环境的产物，也是民族文化最直观的外在形态。除了让读者领略到排湾族的"丰年祭"、"五年祭"、"出草祭"和"谷神祭"等以外，陈英雄

---

① 陈英雄：《域外梦痕》，台湾商务印书馆 1970 年版，第 47 页。
② 同上书，第 3—4 页。

第三章 当代台湾少数民族文学的主题话语

还极力展现了排湾这个"热情、和平而合群的民族"。《旋风酋长》借旋风酋长自述,表达出排湾族有仇必报的生存斗争理念。《高山温情》借杂货铺邱老板之口,塑造出山地人热情、耿直的民族性格。《排湾族之恋》和《域外梦痕》中通过月云遁入空门和露亚娜神池殉情,展示了排湾族少女热情、纯洁和富有情义的民族形象。语言是文化的内容之一,不同的语言包含着不同的文化积淀、文化价值和文化意义。陈英雄虽然是用汉语进行书写,但他始终没有放弃母族语言的运用,行文中他不自觉地嵌进音译的母族语言,两种语言思维和智慧的交汇与对撞,增强了叙事的张力,凸显了文化的丰富性,作品因而深富"原味"。后起的少数民族作家激情呼唤的"重构族群文化",在 60 年代的陈英雄那里已成为自觉的艺术追求和美学实践。"在陈英雄写作的那个年代,台湾原住民的议题还没有走到主体性的位置;但陈英雄却从一开始就毫不闪避地将自己的族群经验和观点融进他的创作中。"[①] 而这种对民族乡土文学的书写本身又对其时岛内文坛主流文学形成了一种潜在的"抵制",作者在对自我民族进行文化批判的同时,也在道德与感情上不断地向自我民族进行靠拢。

"世界上的任何一个民族,都有自己完整的文化体系,只要我们不站在民族中心主义的立场上看问题,就会发现文化本身没有尊卑高下之分,每一个文化体系都有自己的特色和生命力,都值得我们充分地尊重。""如果我们可以把文明理解为一个民族的文化对自然和社会的适应程度,那么,文明标志着一个民族文化的适应能力,是可以加以比较的,从而也有先进和落后之分。"[②] 排湾族文化是排湾族在长期适应和选择中形成的,对排湾族而言是合理的、必然的、丰盈的和客观的存在。陈英雄所指陈的"文化落后",其实不是对母族文化合理性的否定,而是指排湾族文化在适应现代化能力上的落后。在光复初期,台湾农村是个典型的农业社会,物质贫穷、经济匮乏是台湾农村生活最切实的写照。但在战后经济主导之下,台湾快速迈向工业化进程,并创造了所谓"经济奇迹"。这种由传统

---

① 孙大川主编:《台湾原住民族汉语文学选集》(小说卷上),INK 印刻出版有限公司 2003 年版,第 14 页。

② 徐平:《文化的适应和变迁》,上海人民出版社 2006 年版,第 217—219 页。

的农业文明向工业文明转型,对整个台湾社会的影响都是至深且巨的。现代文明对传统社会的冲击,尤其对闭塞的少数民族社会至今还隐隐作痛。如何面对现代文明的侵逼,这既是一个时代的问题,也是一个民族无法逃避的问题。从"五四"迄今,在文学史上我们不止一次地看到作家们在现代与传统、文明与蛮荒、我族与他族间的犹疑与挣扎,尽管他们手中高擎着乡土、传统和人性的旗帜,尽管对母族文化有着偏执式的怀恋,但他们的脚步最终还是朝着现代文明的方向挪动。沈从文在那个蛮荒而又充满人性的湘西世界里,极度痛苦地让象征自由和城市文明的"女学生"来到乡下,让湘西世界的萧萧们在经由拒斥、想象和向往后,把外面的、现代的世界幻想成逃避苦难和拯救命运之地。不只是陈英雄,其时的台湾本土作家黄春明、七等生、陈若曦和李昂等人都敏锐觉察到现代文明冲击下的台湾传统社会的无奈、落后与软弱。黄春明《溺死一只老猫》中,阿盛伯执着地用"不变"的传统对抗变化的现实,死亡是他最终的结局,阿盛伯的死只不过是一个苍凉的手势罢了。即使在 90 年代,少数民族的作家面对全球化对母族文化的挤压,在与汉族文化与西方文化的参照视野中,也展现了母族文化适应现代文明的无奈与低能。陈英雄在母族传统与都市现代的对话中,以批判的目光获得了一种"否定"的品质,它是排湾族文化对现代文明的痛苦适应,也是排湾族文化重建的前提和可能。60 年代的台湾农村社会,农村的居民生活非常寒伧而艰苦。如果说对富裕生活的期待,是生活在传统中普通民众的本能需求,那么对现代文明的向往,则是陈英雄批判意义和创作动机之所在。一个民族的历史处境是由多种因素造成的,能够深刻地认识到自我民族的现实困境并积极改变,这也正体现出早期台湾少数民族作家创作的勇气和智慧。"如果文学就是要表现时代环境、说出自己内心的想法,则陈英雄的作品就是真实呈现他所处时空的真情作品,何况他笔下的作品有更多的是取材自部落的口碑与典故。因此,讨论原住民族文学,忽略陈英雄是一种偏执。"[①] 尽管早期台湾少数民族作家发出的声音还很微弱,但毕竟发出了民族"自我言说"的声音,这标志着现

[①] 巴苏亚·博伊哲努(浦忠成):《台湾原住民族文学史纲》(下),里仁书局 2009 年版,第 743 页。

第三章　当代台湾少数民族文学的主题话语

代意义上的台湾少数民族文学开始启动,打破了岛内汉族作家垄断文学的不均衡格局,而且也为其后的山海民族作家的主体性写作,为全新意义的中华多民族文学的精彩演出奠定了基础。

第二节　文化抗争与民族文学启蒙

陈映真指出:"不论在行动上和言论上,一九六〇年代后面临全面解体、贫困化、疾病、文化颓滞的台湾原住民,一直没有强有力的反抗和批判。在八〇年代组织起来的若干台湾原住民追求民族认同的组织和若干服务性、福利性、社工性团体,基本上是温和、恳愿、服务、辅导的性质,从来没有提高到民族解放这个水平,去反省探索、批判与实践。在文学方面,由于没有民族自己的文字,用汉语写原住民生活与问题的作家,人数很少,作品自然也不多。而在思想上具有民族解放认识的作家,更不多见。"① 但是这种情形随着台湾少数民族作家创作群体的壮大而有所改变。20世纪80年代中后期以来,一批成长起来的台湾少数民族知识精英以汉语书写为策略,从边缘出发,以微弱的发声打破弱势民族长期喑哑的局面,进行着族群文化的抗争、救亡与重写叙述。他们努力在文本中挖掘被淹没的族群历史真相,书写消逝的族群文化,以文学创造开启族群边缘的记忆空间,再造族群文化的精神和文化张力,台湾少数民族由此形成了一支多族群的文学创作队伍。这支队伍中有布农族的拓拔斯·塔玛匹玛、霍斯陆曼·伐伐,泰雅族的瓦历斯·诺干、游霸士·挠拾赫,排湾族的莫那能、利格拉乐·阿𡠄,达悟族的夏曼·蓝波安、夏本奇伯爱雅,卑南族的孙大川等。尽管这些作家来自不同的族群,但他们却有着相似的族群历史命运。面对民族苦难的历史和悲惨的现实,他们凝聚在"原住民"的旗帜下,在山海大地上手挽手,在文字的丛林中遥相呼应,"以挚情、忠恳的态度致力于原住民文学的创作,试图以文学这支特

----

① 陈映真:《莫那能:台湾内部的殖民地诗人》,参见莫那能《美丽的稻穗》,晨星出版社1989年版,第173页。

殊而'透明'的箭去穿透原住民的历史与现状"。①

  20世纪80年代的台湾社会是个"以悲情开始,从深思而普遍觉醒"(彭瑞金语)的时代。在岛内社会追求民主的斗争中,风起云涌的社会运动给予了台湾少数民族知识分子深刻的启示,他们乘势而起,积极加入岛内政治、经济和文化利益重新分配的争斗中去。胡德夫、莫那能、瓦历斯·诺干、夏曼·蓝波安等人曾是台湾"原住民运动"的领导者、组织者,而这些运动从一开始就充满着抗争的意味。1983年《高山青》创刊号发刊词提出:"山地朋友们!奋起吧!沉睡了三、四百年,是觉醒的时候了!"1984年12月"台湾原住民权利促进会"成立时草拟的宗旨有:"深入调查台湾高山族童工、雏妓、船员、矿工及其他劳动者遭受贩卖、奴役及剥削等情事,并透过各种舆论工具加以揭发和声讨。""阐扬台湾高山族文化的珍贵价值,强化高山族维系固有民族特征的动力,团结有志之士抵抗任何强制同化政策。""促进台湾高山族之政治觉醒,鼓吹少数民族的自治权利,并以和平行动支援高山族抵抗经济、政治、文化等迫害。"② 面对民族悲惨的历史命运和自我苦难的人生经历,带有强烈"奋起"、"抵抗"和"声讨"情绪的台湾少数民族作家,展现出表达的渴望、言说的冲动和创作的激情,而社会政治环境的变动以及汉族作家的扶助又为他们提供了批判的勇气和创作的条件。他们在参与"民粹"式街头运动的同时,还积极把台湾少数民族的政治诉求引至文学场域,用文字开辟第二战场以配合其时的街头抗争运动。这些从事文字斗争的作家有着民族生存之艰的深切体验,也有民族历史的悲怆记忆。在文化民族主义情绪的激发下,他们以强烈悲情意识和悲愤之笔为民族的悲苦伤痛而歌,为民族利益和社会公平正义而呐喊。"我不再沉默了,早期的阴郁及压抑,我不甘再继续做个无助的弱者,随之个性上的转变由保守的自卫到反击!由反击到攻击!……更由自卑无奈到满腔的愤恨!从此将心中的悲痛与愤怒

---

① 李瑛:《论台湾原住民作家对原住民生存价值的人文关怀》,《云南民族大学学报》(哲学社会科学版)2004年第5期。
② 转引自巴苏亚·博伊哲努(浦忠成)《台湾原住民族文学史纲》(下),里仁书局2009年版,第770页。

第三章　当代台湾少数民族文学的主题话语

转化为行为！"① 这批从"原住民运动"中成长起来的作家站在整个少数民族的高度发声，去伸张、捍卫民族利益，他们事实上已成为台湾少数民族的代言人。他们自觉承担着抗争强权政治，救亡濒临灭亡的民族文化，启蒙广大民众的使命，将创作主题集中于"族群正名"、"还我土地"、"救援雏妓"等与"原住民运动"相关的议题上，这一时期民族文学创作鲜明地呈现出文化抗争的特征。

"纵观几十年来，原住民长期在汉族强势的政治、经济、教育和媒体的宰制及企图将原住民融入'中华民族'范畴的'同化'政策之下，原住民特有的历史、文化、语言及思维方式等主体特质渐告失落，又由于无法融入台湾主流文化的结构之中，原住民带着'文化认同'、'族群归属'的危机迷失在台湾最黑的迷雾之中，成为社会底层的边缘族群。"② 台湾少数民族悲惨的历史命运和现实困境，既是移民社会族群争斗的结果，也是历史上的殖民者和统治者不恰当的体制政策使然。80年代的台湾少数民族作家用充满愤怒的文字展示民族的生存困境，对民族过往的历史进行反思，对以同化和汉化为指向的民族政策进行了强烈控诉。"在'保护、扶持'的政策下，我们的原住民究竟得到了什么？我们的保留地每年都在减少，而减少的部分不是有观光价值的，就是有经济利益的（如：矿产、水坝），我们的居住环境是供都市人丢弃核能废料的地方，我们唯一可以保有的母语被禁止在聚会或教会使用，我们的工作机会是出海远洋常常被外国扣留的渔捞员，到城市帮别人盖大厦的板模工，下坑挖煤常常被活埋的矿工，出卖灵肉的妓女，到阿拉伯开拓垦荒，以上的现象难道是使我们平静的因素吗？"③ 像这样质疑与控诉的声音在波尔尼特的《请听我们的声音》、《丁字裤悲歌唱不尽》，夷将·拔路儿编的《原住民——被压迫者的呐喊》，莫那能的诗集《美丽的稻穗》，拓拔斯·塔玛匹玛的小说集《最后的猎人》、《情人与妓女》，瓦历斯·诺干的《永远的部落》、《番刀出鞘》，田敏忠的《赤裸山脉》、《墓仔埔别墅》

---

① 丽依京·尤玛：《传承——走出控诉》，原住民族史料研究社1996年版，第210页。
② 霍斯陆曼·伐伐：《那年我们祭拜祖灵》，晨星出版社1997年版，第5页。
③ 台湾原住民族权利促进会：《原住民——被压迫者呐喊》，台湾原住民族权利促进会1987年版，第3页。

等都有所表现。早在1981年，拓拔斯·塔玛匹玛就创作了《摇篮曲》：

孩子
你们要茁壮
即使是荆棘套着
即使是大石压着
你们要发芽
像野草那样

只要
有一天
草叶绿绿
结果大石也要风化

只要
有一天
草根深深
结果荆棘也要衰老

你们要长大
虽然没有人会欣赏
虽然旷野多悽凉
你们要成熟

只要有一天
花萼花冠齐放
春天不会撇弃
只要有一天
种子撒满野地

第三章 当代台湾少数民族文学的主题话语

夏雨不会缺乏

孩子们
你们要盼望才
像野草那样①

作者笔下族人的命运就像荒野中随意丢弃的种子和草芥一样，卑微而韧性地活着。他希望部落族人能经受住风雨考验，自尊而强大地活在山海大地。达悟族作家波尔尼特在《请听我们的声音》中写道，"为什么祖先流泪流汗，流血开垦的产业，我们无权播种？何以我们辛勤开拓的土地与平原变成别人居住的'旅馆'？为什么我们的利益是一堆荆棘和芒草乱石堆……是什么时候，我们乐天知命的民族性，成了自卑与自怜的性格，我更不懂一身乌黑结实的胴体被看成是野蛮和落伍的象征。"② 兰屿是达悟族人生存的家园，然而现在土地不再属于他们，尊严也不再属于他们，他们在自己的土地上流浪，被羞辱、被歧视，那声声质疑也是泣血的控诉。同钟肇政的《台湾人三部曲》、李乔的《寒夜三部曲》以及东方白的《浪淘沙》等"大河小说"相比，温奇的《山地人三部曲》似乎太简单了，简单的只有三行字，但它同样揭示出了台湾少数民族命运的历史变化。他以诗的形式写出了小说的内容：

  山上 跃进
  下山 滚进
  山下 伏进

寥寥几句呈现出台湾少数民族的部落迁徙、土地流失、社会瓦解、文化毁灭的历史，诗人在强烈的对比之中，呈现出越接近平地，文明的炮火

---

① 参见巴苏亚·博伊哲努（浦忠成）《台湾原住民族文学史纲（下）》，里仁书局2009年版，第874—875页。
② 参见吴锦发《愿嫁山地郎》，晨星出版社1989年版，第15—16页。

越猛烈,台湾少数民族处境越艰困。而这样的民族困境在拓拔斯·塔玛匹玛的《最后的猎人》、《拓拔斯·塔玛匹玛》、《撒利顿的女儿》、《夕阳蝉》、《侏儒族》、《马难明白了》、《情人与妓女》以及巴代的《姜路》、阿妈的《小公主》等作品中也同样有所表现。

在台湾少数民族看来,"命名是非常神圣的,名字不只是符号或符码,它隐含了一个民族的生命延续"(夏曼·贾巴度语)。觉醒的台湾少数民族不再认同他族给予的"夷"、"番"、"高砂族"、"山胞"等命名,他们强烈要求族群正名和恢复姓名,寻求一个能够被祖灵所庇佑和祝福的名字。对少数民族而言,"正名"的意义不仅仅在于修改为族名,更在于强化民族身份认同,恢复民族尊严,进而为"原住民运动"提供各种正当性基础。莫那能在《恢复我们的姓名》中写道:

> 从"生番"到"山地山胞"
> 我们的姓名
> 渐渐地被遗忘在台湾史的角落
> 从山地到平地
> 我们的命运,唉,我们的命运
> 只有在人类学的调查报告里
> 受到郑重的对待与关怀
>
> ......
>
> 如果有一天
> 我们拒绝在历史里流浪
> 请先记下我们的神话与传统
> 如果有一天
> 我们停止在自己的土地上流浪
> 请先恢复我们的姓名与尊严[1]

---

[1] 莫那能:《美丽的稻穗》,晨星出版社1989年版,第11—13页。

第三章　当代台湾少数民族文学的主题话语

盲诗人莫那能为"原权会"成立而作的这首诗，道出了少数民族姓氏让渡的悲哀，对强权社会进行了发人深省的控诉，对民族恢复姓名充满强烈的期待。从"生番"到"山地同胞"，民族的称谓发生了变化，从"山地"到"平地"，民族的生存空间发生了位移，然而其族群被侵凌、被压迫的历史命运却未发生变化。"姓名"沉没在身份证的表格里，人生观在鹰架上摆荡，在船场、矿坑、渔船上徘徊，道德被蹂躏，诗人莫那能以十分精练和准确的语言，表现出少数民族同胞不幸的现实处境和悲惨的命运。是什么造成了台湾少数民族的命名权的丧失？拓拔斯·塔玛匹玛的《寻找名字》(1990)和夏曼·蓝波安在《八代湾的神话》告诉了我们的答案。

> 布农已受过数十年的日本教化，日本政府不再称布农为"蛮人"，禁止沿用落后的布农命名方式，改用日本姓成为日本国民高砂族人。
>
> 拓拔斯接到通知后，无奈地接受不被天神祝福的姓名田中武男，长子换成失去鹰魂的田中良典。然而族人依然互叫布农姓名。①

> "甚⋯甚⋯东西呀!？'施奇诺娃'四个字啊？你只有一个姓，怎么会有三个字的名呢？你又不是外国人。"李先生突提高嗓音高叫，令我惊愕。我说："有什么不对劲嘛！那是我用母语译音来的。""这分明是找我麻烦嘛！咱们中国人向来都是三个字，甚至两个字就好了。这个我实在没法子替你登记，长官会说话的；你若取三个字的名字立刻替你办好。"李先生口气很坚决地说。②

拓拔斯和夏曼·蓝波安告诉我们，是殖民者的殖民政策和汉族统治者的同化政策造成了少数民族姓名权的让渡。同时，他们也指出了少数民族"正名"的必要性和历史意义，并希望透过民族自决和主体言说方式，找回民族的尊严。温奇在《致岛屿》中写道：

> 燃烧早已开始

---

① 拓拔斯·塔玛匹玛：《情人与妓女》，晨星出版社1992年版，第81页。
② 夏曼·蓝波安：《八代湾的神话》，联经出版事业股份有限公司2011年版，第168页。

没有抱怨的枯枝
只是逐渐激动的水温
你担心，族群
被错误的刻度放生

苍鹰仍盘旋在故乡的云层
偶尔抗议：失血的名字
断
落
的
谱
系
……
白昼越来越灰暗
乌云越来越密布
何时天空不再容忍都市的顶撞
放任滂沱的泪水
浇灭地上所有的焚烧
使海洋再次吞没高山
使一切回到神话的初萌[①]

  这首诗表达了诗人的控诉，也表达出诗人的理想。诗人要燃烧的不只是枯枝，还有被剥夺名字的整个民族的心灵。诗人用苍鹰盘旋抗议以及都市高楼大厦与天空的矛盾来表达内心的愤懑，他希望这燃烧的激情和悲愤的泪水能改变民族的现状，能让民族重新拥有尊严与自由，哪怕一切重来。尽管少数民族的"正名"对于改变台湾少数民族经济与地位并没有多大的实际意义，"恢复姓名"也并未得到多少族人的真正响应，但"正名"

[①] 参见孙大川主编《台湾少数民族汉语文学选集》（诗歌卷），INK 印刻出版有限公司 2003 年版，第 81—82 页。

第三章 当代台湾少数民族文学的主题话语

的追求却为少数民族认同民族文化身份打下基础,也让汉人开始对台湾少数民族的历史与现实进行反省。

土地是台湾少数民族的生存基础,它孕育了山林、族群和文化。土地也是台湾少数民族的全部,只有用生命热情地拥抱脚下的土地,台湾少数民族才能触摸自己的族群历史,才能在悠久的历史和灿烂的文化中恢复应有的主体荣耀与尊严。几百年来,台湾少数民族不断地从平地向山地、从中心向"边地"退缩。个中缘由既有汉人移民的拓垦侵逼,也有统治者不合理的土地政策。

> 最早是闽南人渡海移民,
> 占据了肥沃的平原,
> 砍伐树木垦良田,
> 逼使祖先退居山麓。
> 西班牙,荷兰人,
> 猛锐的枪炮也跟着登陆。
> 狠狠地翻找地上的金银,
> 榨取大量的兽皮。
>
> 我们跟着奔逃的野兽,
> 退入更深的森林。
> 然而钟摆没有停止。
> 历史在痛苦中前行。
>
> 日本人来了,
> 弓箭和弯刀
> 对抗强大的军队
> 枪炮和坦克。
> ……[1]

---

[1] 莫那能:《美丽的稻穗》,晨星出版社1989年版,第41—42页。

诗人莫那能从历史的视角还原了民族悲伤的"撤退史",并发出了"还我土地"的呼声。拓拔斯·塔玛匹玛的小说《拓拔斯·塔玛匹玛》讲述这样一个故事:大学生"我"由平地搭车回部落,在货车车厢中遇到了猎人乌玛斯和笛安等人。笛安因为要给即将结婚的儿子造一张婚床,便砍伐了自小看着长大的树来做一张理想中的榉木床,后被"林务局"告发,判其服六个月的拘禁或赔偿。台湾少数民族一直认为,山林自古以来就是部落族人的生活来源,人与自然之间一直拥有着和谐相生的关系,对自然适当取用是合乎自然的。因而笛安无法理解砍伐祖先土地上的树木造床就是犯罪,也无法理解"林务局"强加于他的"小偷"之名。笛安的遭遇也引发了同车人对"说国语的"抱怨,抗议"说国语的"来到部落后,严重搅乱了部落族人的生活。作者借助猎人乌玛斯之口说道:"讲国语的没有来这里前,那些树就长这么高,我们看着他们长大,没有人敢说是他的,它们属于森林,这点绝对没错。祖先砍树造房子做家具,造物者从来不发怒,现在笛安拿造物者的东西,林务局凭什么,告他罚他坐牢。"《拓拔斯·塔玛匹玛》旨在抗议岛内的土地政策,将少数民族的土地收归公有其实就是对部落土地的变相剥夺。虽然少数民族失去了肥沃的平原,但茂密的森林依然能够为他们遮风避雨。然而,在20世纪60年代以后,当平地资本开始大肆入侵山地以后,"猎人"失去了山林,部落失去了"猎人"。拓拔斯·塔玛匹玛在《撒利顿的女儿》一文中,通过罔市婆去撒利顿部落寻找女儿的途中与汉人私营果园主的交谈,揭示出少数民族的土地是如何被让渡出去的。

"对!土地本来是高砂人的,我们这几家台湾人刚来时,一无所有,靠着多年的辛劳,到现在这片葡萄园几乎是台湾人所有。"
……
"怎么得到手的?"
"地权的主人急需医药费,他老爸生了大病,本来借他五千元,他们开价一万元卖我,那时一万元够大的呢!"
"不可能这么笨吧?"罔市婆小声地问。

第三章　当代台湾少数民族文学的主题话语

"不但卖地，假使不再醒悟，那天连躺的地方都没有了。"
"那三个施肥的是台湾人吗？"
"高砂人，我雇来的人，那片就是我的地。"①

这番对话道出了部分族人因缺乏商业"智慧"和远见，为了解决生活的困境，以至于逐渐出让了自己的土地。拓拔斯通过自省与自惕的视角，说明在"土地自由买卖"的政策下，族人土地逐步流落到他人手中，如果再不意识到土地问题的严重，将来族人将无立锥之地，永远做葡萄园里的佣工。为了经济利益，携带现代资本的开发商们大肆掠夺矿产资源，破坏生态环境，导致土地上山海子民失去了生活所依，山海大地失去了往日容颜。阿妈在《澳花部落》中，控诉资本家为掠夺矿产资源而导致山清水秀的澳花部落变得千疮百孔。莫那能在《失去的青山》和《来自地底的控诉》中，对现实中少数民族土地和自然生态遭到侵占与破坏进行了挞伐。

　　在一次又一次的无情砍伐下
　　春绿秋红已被人们的欲望掩埋
　　青春的山只是一座不再长毛的石头山
　　如今
　　清泉已不再奔流
　　只剩下干涸的河床
　　和阵阵刺脸的风飞砂②

强权和资本不仅打破了这块祖先栖身大地的宁静，切断了族人与大地母亲的文化脐带，同时也变得不可信任。"地会动，山会走，土石也可以流水，那还有什么不可能的呢？"面对眼前的土地，族人除了叹息便是无奈，那些过往的岁月，那些"我们的土地"，都化作了遥远的回忆和滑落的泪水。"父亲指着坡地而上说：'这是我们的土地！'我们的土地即便在

---

① 拓拔斯·塔玛匹玛：《最后的猎人》，晨星出版社 1987 年版，第 181—182 页。
② 莫那能：《美丽的稻穗》，晨星出版社 1989 年版，第 116 页。

当时充满着盘结错生的高大树丛、四脚无脚爬虫钻动不息、更不要提山猪猴群争抢根茎果实,父亲的确以这座恶地形般的土地供养一家人。这土地充满着恶斗、艰苦、劳力与智慧杂糅的历史,于是当父亲眼见曾经如巨人般的果园残破成被肢解的尸块,一时间仅能愕然哭坐地上一日,父亲日后述说那一段经历时,在我脑海的影像放映着一位老人的哭山之旅。"[①] 土地的流失让台湾少数民族作家深切地意识到这"并不完全是政治、经济与社会利益分享的问题,也不是传统与现代调试的问题,更不是省籍或地域意识的问题,而是整个族群从'有'到'无'的生死问题,从人口、土地到文化,原住民族正面临着黄昏进入黑夜的生死考验"[②]。逐渐觉醒了的山海子民开始向主流社会喊出了"还我土地"的声音,索回土地成为台湾少数民族波澜壮阔的自觉行动。

"纯正的文学对人的处境从来都是慈悲的打量,深切的体恤。"经济的发展把大量的部落青壮年抛进了城市的"底层",毫无职业、技术竞争优势的他们在城市唯有依靠出卖苦力与肉体谋生。为响应"原住民运动"中"救援雏妓"的议题,作家们对女性遭受欺凌的命运表现出极大的关怀。

  当老鸨打开营业灯吆喝的时候
  我仿佛就听见教堂的钟声
  又在礼拜天的早上响起
  纯洁的阳光从北拉拉到南大武
  撒满了整个阿威鲁部落

  当客人发出满足的呻吟后
  我仿佛听见学校的钟声
  又在全班一声"谢谢老师"后响起
  操场上的秋千和跷跷板
  马上被我们笑声占满

---

① 瓦历斯·诺干:《悬崖边的野地》,《文化视窗》2003年第9期。
② 见林淑雅《第一民族:台湾原住民运动的宪法意义》,前卫出版社2000年版,第2页。

第三章　当代台湾少数民族文学的主题话语

　　当教堂的钟声响起时
　　妈妈，你知道吗？
　　荷尔蒙的针头提早结束了女儿的童年
　　当学校的钟声响起时
　　爸爸，你知道吗？
　　保镖的拳头已经关闭了女儿的笑声

　　再敲一次钟吧，牧师
　　用您的祷告赎回失去童贞的灵魂
　　再敲一次钟吧，老师
　　将笑声释放到自由的广场

　　当钟声再度响起时
　　爸爸、妈妈，你们知道吗？
　　我好想好想
　　请你们把我再重生一次……[①]

　　莫那能这首诗是写给十六岁被"山奸"所卖的妹妹及其他受难的少数民族雏妓的。部落、学校和教堂意味着温暖、纯洁与自由，十二三岁的山地少女本应在部落、学校享有欢乐、幸福与求知的时光，然而被生活逼困和欲望城市所吞噬的她们，面对的却是嫖客的呻吟、保镖的拳头和滑落的泪水。在拯救灵魂的教堂与出卖肉体的妓院，在亲人的呵护和老鸨吆喝的强烈对比中，在对生命重生的深切呼唤中，莫那能写出了山地少女的悲惨命运。同时，诗人在《遭遇》、《百步蛇死了》以及《归来吧，莎乌米》等诗中也同样表达出对山地女性命运的关怀。《遭遇》讲述的是一位山地的少女因家庭无力偿还"赔偿金"而卖身为妓。

[①] 莫那能：《美丽的稻穗》，晨星出版社1989年版，第16—17页。

也是那年的夏季
弟弟在燠热的厂房杀伤老板
沉重的赔偿金使你
卖身为妓
那时起
你炫目美丽的身体
不再为你所爱的人
讨欢喜
一切只为了交易
生活在阴暗的斗室里
承受折磨的继续
痛苦的累积

四年，那不堪回首的往昔
风更加的凄厉
年仅二十一
却似破败了的身体
如淡水河的污泥
那般被人唾弃
无人慰藉、怜惜①

《归来吧，莎乌米》讲述的是莎乌米为了照顾家中八个兄弟姐妹，被父母卖给了领有"退伍金"的老兵。《百步蛇死了》一诗最能表达莫那能对原住民少女雏妓问题的愤慨与无力感。

百步蛇死了
装在透明的大药瓶里

---

① 莫那能：《美丽的稻穗》，晨星出版社 1989 年版，第 123—125 页。

第三章　当代台湾少数民族文学的主题话语

瓶边立着"壮阳补肾"的字牌
逗引着在烟花巷口徘徊的男人

神话中的百步蛇也死了
它的蛋曾是排湾族人信奉的祖先
如今装在透明的大药瓶里
成为鼓动城市欲望的工具
当男人喝下药酒
挺着虚壮的雄威探入巷内
站在绿灯户门口迎接他的
竟是百步蛇的后裔
——一个排湾族的少女①

百步蛇是排湾族的图腾，它孕育了排湾族的子孙，然而作为民族精神文化象征的百步蛇在现实中正成为鼓动男性欲望的药物，欺凌它的后裔，圣洁的信仰跌落为残酷的现实。纯洁的、未来部落母亲的少数民族少女们，为了支撑起贫穷的家庭，身体变成了可供交易的原始商品，在城市的烟花巷中，她们失落了尊严与青春。拓拔斯·塔玛匹玛的《情人与妓女》讲述的是一个美丽善良的山地少女被迫沦落声色场所的事件。少女申素娥本是一名小学老师，也是"我"的初恋情人。一场风雨夺走她父亲的生命，也夺走了她母亲的一条手臂。为了解决家庭经济困难，申素娥在同事误导下而陷入了台北的声色场所。当我与她再次相见的时候，那个纯洁善良的山地少女变成了职业化的妓女。在"情人"与"妓女"、纯洁与肮脏的巨大反差中，拓拔斯·塔玛匹玛"要把她不幸的遭遇带到太阳底下，让有心脏的人张大眼睛看，这场无声无炮的战场，不公平的竞技场"。在《小公主》中，阿妈同样表达了艰难的生活处境时时都有可能把少数民族女性推向命运深渊的主题。小公主是部落贵族家的女儿，在城市中打工的她

---

① 莫那能：《美丽的稻穗》，晨星出版社1989年版，第160—161页。

爱上了一位做建筑工的男青年，尽管小公主的家人极力反对这桩婚事，但在小公主的坚持下他们还是走到了一起。但他们的婚姻并没有得到祖灵的祝福，婚后不久，小公主的男人在工作中不幸从高空坠下并摔成重伤。尽管保住了性命，但巨额的医疗费成为家庭沉重的负担。为了偿还债务，小公主只得去出卖自己的身体，并最终抛弃了这个日益贫困的家庭，跟一位有钱的商人永远离开了部落。从部落公主到城市的妓女，阿妈似乎以这种方式寓言了台湾少数民族未来的命运。这样的作品还有瓦历斯·诺干的《悲情泰雅：刺痛的感觉》、《红花》、《娼妓吁天录》等。同样遭受欺凌的还有与她们一道奔赴城市的部落男性青壮年。随着经济环境的改变，部落的男人们放弃了"猎人"的身份和"英雄"的光环，走进充满屈辱和血泪的城市丛林。然而，在鹰架上、坑道中和远洋的航船上的他们，明显少了"山地"的矫健与勇敢，多了一种"平地"的落寞和笨拙。离开部落的行程就是流浪，而"流浪是无奈的压迫/死亡才是真正的解脱"。只有死亡才能解脱族群民众的苦难，这是何等悲哀！"是的，/我的弟兄已在燠热的厂房/操作着机器。/在工地，在货运公司/汗流裤底湿。/在海上冒着风浪、/被扣押的危险，抑制思乡的情绪。"在《亲爱的，告诉我》、《流浪》和长诗《来，干一杯》中，诗人莫那能分别叙写了邹族青年汤英伸、同乡好友撒即有和卡拉白的"进城"遭遇，他们无一不是以死亡的方式终结他们漂泊的行程。年轻的汤英伸为了减轻家庭负担，休学去台北一家洗衣店打工，因和店主发生纠纷，一时冲动怒杀店主一家三口而被判处死刑。撒即有挑过砖石、烧过砖窑，最后因工伤事故夺取了生命。卡拉白十七岁便跟随渔船远航，多年杳无音信，当诗人得知卡拉白返乡的时候，匆匆赶往部落与他相会，然而见到的只是卡拉白的遗像。

在田敏忠的《墓仔铺别墅》一文中，从山地进城从事建筑业的族人，他们为城市建起了一座座高楼大厦，但却不得不住在坟墓旁边用铁皮搭建起来的"别墅"里。"这群房客可是西部大都会区建筑业的尖兵。他们一生都在盖房子，却没半间属自己所有。他们不懂得什么劳什子技术，有的只是一身铜筋铁肋，外加手脚利落。他们工作勤奋，工资却非常便宜；很听话，好指使，工头愿意雇佣他们，专挑脏污粗重的项目叫他们负担。"在最高的鹰架、最远的航船、最深的地底、最黑暗的房间中，族人从事着

第三章　当代台湾少数民族文学的主题话语

苦累脏差的工作,这是部落子民城市生存的真实写照,他们也成为城市现代化和资本主义土地投机下的祭品。异乡显然不是幸福的乐土和理想的归宿,他们希望能够找寻到一方安置疲惫身心的乐土。达卡闹·鲁鲁安在《好想回家》一诗中写道:

> 一直是在勉强地伪装　不知道
> 　明天是否依然
> 好想回家　好想回家
> 其实　你和我都一样
> 年轻人赚钱待在工厂
> 　小女孩被迫压在床上
> 了解到生存并不简单
> 　不知道明天是否依然
> 　原住民未来到底怎样　说起来
> 还是有心酸
> 答案是什么我也心慌　不知道
> 　明天是否依然
> 好想回家　好想回家
> 其实　你和我都一样
> 都一样①

这是族人在"茫然"、"伪装"、"受伤"、"心酸"、"心慌"后的思考,这是部落子民在都市受伤受累之后的思乡。达卡闹·鲁鲁安的《好想回家》传递的不只是一种审美的经验,更是一种民族的困境与悲伤。20世纪80年代的台湾少数民族作家,他们写出了山海子民在都市所遭受的物质与精神的双重磨难与苦难,这种苦难很多都是民族作家自身经历过的痛。当然,这种伤与痛的展示显然不只是一种旁观和同情,而是一种记录和实

---

① 孙大川:《台湾少数民族汉语文学选集》(诗歌卷),INK印刻出版有限公司2003年版,第169—170页。

证，是一种对民族不公平命运抗争的唤醒。

  土地的流失，年轻一代的出走，在他族优势文化和现代文明的冲击下，在荷、日殖民者摧残、掠夺，以及统治者不当的民族政策之下，部落的容颜在改变，部落的文化也在改变。身在异乡的少数民族作家们在为故乡传唱一首寂寞的挽歌。

    爸爸操一口流利的东京腔
    妈妈最爱和服的姑娘
    而他们说我像个北平郎
    于是骄傲常挂在我脸庞

    快乐的姆姆啊！
    为什么
    蹲在幽冷的屋角
      不说也不唱
    姆姆幽幽地哀诉
    是我老眼昏花了吧？
      在你们身上
      看不到祖先的模样
    是我双耳聩聋了吧？
      听不懂你们口中
      嗡嗡的语声

    我才惶惶惊觉
      生在希望的台湾
      长在无望的山地[①]

[①] 孙大川：《台湾少数民族汉语文学选集》（诗歌卷），INK 印刻出版有限公司 2003 年版，第 121—122 页。

第三章　当代台湾少数民族文学的主题话语

　　民族文化的消亡，引起了诗人林志兴的警觉，也勾起了民族作家那"被剪断"的忧伤。语言是民族文化重要内容，"我们"有自己的民族语言，但却要无奈地去说别人的语言。我们的部落是岛屿的组成部分，但它却绝望地存在于"边地"，是充满生机的台湾都市遗忘了它，还是它根本不曾真实地进入到"台湾的希望"之列？无论是何种状态，诗人都意在表明"山地"传统文化已濒临"黄昏"困境。少数民族作家们把造成民族文化危亡的矛头指向了汉人的"蛮夷主义"观念和民族同化政策。拓拔斯·塔玛匹玛的《卑贱与愤怒》讲述的是一起交通肇事事件。在达悟人的生命观念中，他们认为恶死者必须于当天夜深前在部落以外的地方埋葬，以免族人受到恶灵诅咒。但来处理事件的检察官却无视达悟人的信仰，在肇事者与死者家属达成尽快埋葬的共识后，仍然坚持只有开棺验尸才能写"报告"。拓拔斯·塔玛匹玛的《最后的猎人》同样揭示了汉人统治者对少数民族文化的无视与歧视。比雅日是部落优秀的猎人，被生活所迫放下猎枪去城市做一名搬运工，但勤快而又能干的比雅日却最先被老板辞退，城市没有给他任何机会。坚守父亲遗留的"不是农人，就是猎人"理念的比雅日，在城市受辱之后，毅然决然地返回部落想重新做一名猎人。森林给了他快乐、安慰和收获，然而在他猎获归来的途中，却遇到了汉人森林警察，警察不仅用"番仔"、"妈里卡比"等侮蔑性的词语辱骂他，而且还用禁猎法令恫吓他，说他是"森林的小偷"、"残忍成性的山地人"。在收缴比雅日的主要猎物后，对比雅日"忠告"说："喂！老兄，慢走，改个名重新做人吧，不要再叫猎人……"当山林不再属于猎人之时，附着其上的民族文化将何以依存？造成少数民族文化困境固然有很多缘由，但族人的自我麻醉、自欺欺人也是导致加速民族文化毫无警觉地走向死亡的重要因素。

　　　　没有人承认房子已经腐坏
　　　　也看不到那一点一屑，顽癣一般的
　　　　剥落。我们仍然快乐的干杯大声地歌唱
　　　　没有山猪水鹿，总还有飞鼠、蜗牛或野菜

可供下酒。醉了,总有
漏雨较不严重的角落可供蜷伏
张网结罟的蜘蛛帮我们捕捉蚊蝇
所以,我们丝毫感觉不到
腐蚀、一斑一点
先从表皮再入血肉精髓……
直到我们记起应该流泪
已经没有眼眶可以噙住
没有脸颊可供滑落
也失去了可供抆拭的双手①

排湾族诗人温奇敢于直面现实,自我剖析,从族人的安于现状、自甘落魄、自我逃避出发,用他的诗向族人发出振聋发聩的呼喊:拯救民族文化不仅要对强势文化进行抗争,而且还要自醒自救。尽管岛内也建立了不少民族文化园区,族人也在观光客面前上演着部落的祭典仪式,但那些早已是没有灵魂的文化。

狗的吠声告知了族人凌晨的脚步声
族人已不晓得如何卜梦
再已听不见男人骄傲的射耳祭枪声
公鸡的叫声也显得慵懒
在
族人已不谨守与月神所立的誓约后
露出小腿肚的族人排列在临时搭盖的祭屋前
像失宠的猎狗期盼猎人的眼色
他们脚底下的厚茧穿了鞋后早就消失了
在他们身上所穿礼服背上的织绣图饰

---

① 孙大川:《台湾少数民族汉语文学选集》(诗歌卷),INK 印刻出版有限公司 2003 年版,第 96—97 页。

第三章　当代台湾少数民族文学的主题话语

也失去了祖母的纹路
老祖母蹲坐在临时搭盖的草屋墙角下
用白粉在长满皱纹的脸上涂抹着
像山被云雾洒满白沫一样
他们也刻意将白发裹藏起来
为了
让过去的敌人首领看
报喜讯的歌声因背袋的空无一物变得沙哑
没有了酒神请神的声音也变得喑哑
而纸里头秃头的人在口袋里窃笑着
族人不再称赞颂功宴的丰功伟业
在
曾经踩震大地的腿失去了力气后
涂抹在脸上的白粉被太阳晒干
随着汗水滴落在长裙变成斑癣
老人的眼随着太阳的西下失去光彩
月亮探出山头时他们很快地隐入自己的家里
深怕被月神看到他们偷偷举行祭典
而挂着的猎枪仍是温的刀仍留着血迹
镜中有祖母洗过后悔的脸
再次地将抹剩的白粉涂在脸上
自个儿想着
用完它吧今天我们领了赏钱
口中喃喃自语说
没关系了吧
现在已不再播种小米
何必再谨守着禁忌的规范呢①

---

① 孙大川：《台湾少数民族汉语文学选集》（诗歌卷），INK 印刻出版有限公司 2003 年版，第 101—102 页。

山海的缪斯

布农族诗人卜衮对民族传统文化的衰落发出了哀叹，也对族人给予了提醒：民族文化的现代性转型，必然要求族人对民族传统文化要有所舍弃，但为了追逐商业利益而过度形式化使用民族传统文化，必然会导致民族文化失去它的灵魂。

"从某种角度来说，原住民问题的本质主要在于族群'文化'的彻底失落。这种失落，使整个族群的'生活'丧失其应有的深度及'主体性'。目前原住民最深的痛苦与困扰，并不是要怎么'活'的更富有，而是如何辨认'自己是谁'？"[①] 建构民族主体不仅仅是对他者的批判，而且也应该勇敢地说出"我是谁"，对民族身份的认同也是抗争的方式之一。因为认同自己的民族身份和民族文化，才能建构民族的主体意识，也才能尊重和保护自己的民族文化和民族尊严。在少数民族觉醒之前，很多作家并未主动地认同自己的文化身份，而有时甚至是刻意的隐蔽和否定自己的民族身份。阿美族的夷将·拔路儿说："当我全然了解'番人'之象征意义之时，一度使我身为山地人而感到自卑，埋怨自己为什么是山地人而不是平地人，后来演变成不希望别人知道我是山地人，因此，我不讲山地话，我不跟同族的人在一起，这一段岁月是我最失落的日子。"阿美族作家拉黑子·达立夫并不讳言"以前在台北工作时，我曾经刻意隐瞒自己原住民的身份"。而这种对民族身份的遮蔽，有些是自童年就体验到的，利革拉乐·阿妈父母就曾经告诉她："以后人家叫你番仔，你就说不是，因为爸爸是外省人，不是山地人，知道了吗？"亚荣隆·撒可努回忆时说，"小时候不太说母语，我的爸爸刻意地包装我，不让我去学母语，他说我们的孩子学母语干什么，学母语之后别人会笑他是山地人"。在岛内汉人长期凝视之下，少数民族被赋予了负面化的刻板印象，造成了少数民族认同的错位。拓拔斯·塔玛匹玛在《拓拔斯·塔玛匹玛》一文就有深刻地揭示。大学生"我"在返回部落的途中，尽管我是"布农撒"，然而当检查哨的检查员误以为我不是部落的人，我"顿时心里有些自喜，我已白的认不出是山地人，可以比部落的人高级一等"。肤色可以漂白，但身上所流淌的民

[①] 孙大川：《久久酒一次》，张老师出版社1991年版，第97页。

第三章　当代台湾少数民族文学的主题话语

族血液不能漂白。民族身份和文化的自卑感，也让台湾少数民族作家不停去反省背后的原因，台邦·撒沙勒在《给汤英伸的一封信》中写道："曾几何时，我们引以为傲的传统，变成了嘲笑与歧视的根源，原本崇尚的伦理道德观念，流为一张耻辱的源头和虚伪的合约，不知从什么时候，我们与大自然为伍的民族性，成了自卑自怜的性格，更不知何时开始，我们一身乌黑结实的胴体被看成是野蛮和落后的象征。"① 20 世纪 80 年代以后，台湾少数民族的民族意识被唤醒，作家们不再追随主流文化认同，开始自觉追求自我民族的文化身份认同，敢于说出自己的腔调，正视自己的颜容和肤色。

当然，"身份"存在的意义和位置有其相对性，当历史与现在的身份认同发生冲突时，选择其中一种身份认同就意味着对另一种的放弃，而这种放弃总是伴随着对过去认同的原罪意识。阿妈的父亲是汉族，母亲是排湾族。当社会历史和情感道德要求阿妈对自我身份重新审视和定位时，她选择了对排湾族文化的回归。她说："十八岁以前我甚至不觉得我有很坚定的认同，我没有那个信仰，只能说我偏向外省第二代，我不会主动地说我是原住民。……所以在我不说我是原住民的情况下，我理所当然选择我父亲外省人的认同。""在语言的陈述上，我很清楚我是外省人第二代，问题是当我想去找一个具体的东西来确认我的身份时，却找不到。"② 阿妈通过否定和虚化一步步地淡出"外省二代"的族群认同，建构起她的少数民族身份认同。她说："小时候我和我妈妈的关系是非常恶劣的，我不希望走在我妈妈的身边，因为我知道我受到的污名都是来自于我的母亲。"当她遭受误解与歧视时，她很自然地"把过错归咎在我身上，甚至是我母亲的身上……我会把过错归在我是山地人"。而当她以排湾族的身份重新审视母亲及母系社会时，原罪意识喷涌而出，她说："我整整遗忘了自己的母亲二十年，这是多么可怕的一件事实啊！当我慢慢地开始走上寻根之旅时，常常会惊讶地发现：原来，我的母亲是这么一个美丽又悲哀的女子。"③ 从对原住民的距离感、污名感到原罪情结和赎罪意识的转变，其间

---

① 见吴锦发编《愿嫁山地郎》，晨星出版社 1989 年版，第 33 页。
② 邱贵芬：《原住民女性的声音：访谈阿妈》，《中外文学》1997 年第 26 期。
③ 利革拉乐·阿妈：《谁来穿我织的美丽衣裳》，晨星出版社 1996 年版，第 7 页。

隐然可见阿妈身份认同的转向。从"外省二代"到"原住民",从汉人的女儿到排湾族的长女,在社会、历史和个人等多重因素的促动下,阿妈艰难地追寻并抉择自己的身份。莫那能在长诗《燃烧》中写道:

太阳神,告诉我,
这一切是为什么?
中国!告诉我,
母亲是什么意义?

在你的规定下,
要我学习的课程里,
认识到中国,
让子民引以为傲的名字。

你说,你是我的儿女,
应该感到幸福,
然而从来,
长江黄河的乳汁
未曾抚育我,
长城的胳臂
未曾庇护我,
喜马拉雅山的高傲
也未曾除去我的自卑,
那丰富的文字
未曾抚慰、纾解我
几百年来的创伤……
……
无数小溪汇成巨大的声音,
它叫大河。

第三章　当代台湾少数民族文学的主题话语

无数民族汇成巨大的声音，
它叫中国。
我是少数民族的一支，我是人民，
我是小溪，
有了我，
才有中国。
政权，请你退去，
土地才是我的母亲；
政权，请你闭口，
母亲不是压迫的借口。①

莫那能以悲愤的心情表达出对岛内政权的挞伐，台湾少数民族和汉族共构了岛内多元社会，同样是这片土地的建设者和历史的缔造者，但少数民族收获的却是歧视、压迫与苦难，莫那能道出了少数民族要从强权政治主导下的身份认同中出走的心声。拓拔斯的《马难明白了》写在平地社会接受教育的布农族小孩马难（汉名史正），受到了同学的羞辱，说他是"黑肉蕃、蕃仔蕃、眼珠大、皮肤黑、黑仔蕃、杀人头、吃人肉、真残忍、是蕃仔"。委屈的马难回家后不停地质疑"为什么？为什么？大家都笑我是蕃仔子，我住平地，一句山地话都不会讲，同学们都笑山地人是野蛮人"。马难的父亲告诉马难"人本来就没有所谓残忍的种族，或天生善良的种族，但是不要因为身为布农而感到羞耻，就想抛弃自己的祖先，而是应该要与同学好好相处，让他们知道你是布农但绝不是野蛮人"。拓拔斯·塔玛匹玛以一个孩子的视角反映出岛内的教育，折射出汉族社会对少数民族的刻板化印象。少数民族不是天生的野蛮人，拓拔斯最后还是选择了以宽容无知并放下仇恨的态度来面对历史的错误，希望不同的族群间要以开阔的胸怀迎向美好的未来，以智慧和爱消弭族群间的伤痛。孙大川说："我的生命里包含了三个家乡：生而为原住民（卑南族），这是我的第一个

---

① 莫那能：《美丽的稻穗》，晨星出版社1989年版，第49—57页。

家乡,是属于自然的。而由于时空条件的制约,让我活在汉人的符号世界里,这是我的第二个家乡,是属于文化的。天主教的信仰,则是我第三个家乡,是属于宗教的。这三个家乡有时各当其位,相安无事;有时三乡断裂、交互矛盾,窒碍难通。而时常徘徊于三乡之间,正是我生命中最深的煎熬。"① 这不仅是孙大川个体的困惑,也是台湾少数民族集体的困境。而解决困境之路在于回归母族文化,重塑民族主体意识。台湾少数民族作家在艰难的选择之后,努力地在山海文化找寻自己的归属。

"一般说来,第三世界的原住民论述,比较从'权力'的侧面来剖析问题。因而在他们看来,整个原住民运动的本质其实就是一种'反宰制'的行动,是对一切宰制权威的反抗。"② 20 世纪 80 年代的少数民族作家不同于早期陈英雄等人的创作,虽然他们笔下依然展示了山海族人的生活的难度,但他们已开始摆脱了体制话语的制约,对城市不再是一相情愿地向往,乡村社会也不再是透心的凉。他们对城市的罪恶、贪婪和汉族的文化霸权展开激烈地批判,他们注视生养部落时充满着无限的悲悯和温情。文字是一把出鞘的刀,锋利地指向不公不义的社会和强权政治;文字也是一堆燃烧的火,照亮了"山地人"前行的路和温暖族人的心灵。瓦历斯·诺干指出:"原住民作家现今所展现的文学作品,其题旨不外撰述原住民社会的变迁,原住民社会在台湾这块土地上颠沛流离的命运、挣扎与抗争,其文学精神乃和台湾文学抗议的、抗争的精神面貌是一致的。"③ 而这种文化抗争的精神一直贯穿于当代台湾少数民族文学发展进程之中,成为当代台湾少数民族文学一个传承不绝的主题。

1949 年以后,大陆地区实行了民族平等和民族区域自治政策,各少数民族都以主人翁的姿态共同参与了民族国家建构,少数民族文学话语和主流话语保持一致。所以在大陆的少数民族作家的笔下很难见到莫那能那样悲愤的呼喊、拓拔斯·塔玛匹玛冷静的倾诉和瓦历斯·诺干番刀似的文

---

① 孙大川:《久久酒一次》,张老师出版社 1991 年版,第 132—134 页。
② 孙大川编:《台湾原住民族汉语文学选集》(评论卷上),INK 印刻出版有限公司 2003 年版,第 69 页。
③ 瓦历斯·尤(诺)干:《番刀出鞘》,稻乡出版社 1992 年版,第 140 页。

字。但80年代台湾少数民族作家的文学创作对大陆少数民族作家同样有着启示意义,因为现代化的洪流无可避免地冲击着每个民族,台湾少数民族较早地受到现代化的冲击,民族传统文化经受的疼痛甚或是消亡,对大陆少数民族作家的文学创作也有着警醒作用。

第三节 文化返乡与民族文化建构

无论是异地求学抑或是进城求生,一些少数民族作家满怀深情地离别故土。从此,他们不能频繁地参与故乡的田间劳作和部落传统的祭奠仪式,耳边回荡的不再是熟悉的乡音,眼见的也不再是故土可亲可敬的脸庞,但故乡的山山岭岭、草草木木却结结实实地烙在他们的记忆中。那里燃烧的火塘,飘动的经幡,呦呦的鹿鸣,那里的山林、草原、海浪,那里的欢笑、苦难与沉重都化作了"离去"作家们魂牵梦绕的牵挂。在都市,他们无数次地回望那命脉所系、情感所依的地方;在梦里,他们无数次在古老的山寨度过难以成眠的夜。远去,给了民族作家们一种距离,也给了他们一种思念和责任,他们一次次用身体和精神返乡的方式,触摸故乡山野的风,心疼故土那群沉默隐忍的族人,去寻找民族遗失的文明碎片。"我没有疏远,也没有背叛这片恩重如山的土地",乌热尔图带着感恩的心决绝地回到了呼伦贝尔草原。"我的情感就蕴藏在全部的叙述中间。我的情感就在每一个章节里不断离开,又不断归来。"阿来带着深厚民族感情走过了川藏群山构筑的"大地阶梯"。"我知道对于我最好的形式还是流浪。让强劲的大海旷野的风吹拂,让两条腿疲惫不堪,让痛苦和快乐反复锤打,让心思永远满满盛着感动"的张承志命定般地回到了那片"无鱼的旱海",闯入了哲合忍耶教派。"天空太大了/我只选择头顶的一小片/河流太多了/我只选择故乡无名的那条",彝族作家鲁若迪基从无限的空间和虚幻的想像中退守到"只有针尖那么大"的小凉山。在"回来"这条艰难而又自然的路上,无论他们是否找寻到民族沉淀的文化化石,是否拥有那种"在路上"的感觉,"返乡"都成为少数民族作家的写作方式,故乡都成为民族作家们灵魂安放的地方。古老的大地、智慧的民族,为他们的文学创作提供了一个可以依托的强大的文化背景，一个可以抒怀的位置，一种"文化寻根"的途径，一种塑造自觉民族意识的手段。同时，他们也用真情的文字展示出民族的声音和美绝的风情。"面对族群遭受的误解与漠不关心，我自知只能以一支秃笔，写下我对生在这块土地上的族群无比的敬意。"① 同样，从20世纪90年代初期开始，台湾少数民族作家就陆续返乡，他们重聚于山林海洋，重温民族灿烂的文化，并以书写民族文化的方式参与族群文化建构。

20世纪80年代兴起的台湾"原住民运动"，通过一连串的街头抗争和文字发声，逐渐让岛内主流社会了解到台湾少数民族的生存困境，同时也逐步增强了台湾少数民族的权利意识，台湾少数民族的政治诉求也在抗争中取得了阶段性地实现。80年代末期以后，随着岛内政治环境和"原住民运动"的发展变化，一些运动的领导者进入到政治体制之内，他们通过"问政"的方式进行利益诉求，改变了台湾少数民族单一的街头抗争模式，"原住民运动"也由此转入到"运用关键少数，以小博大时期"②。而这导致了"原住民运动"在斗争方式和斗争策略上形成了"议会路线"和街头运动的纷争。同时，曾经与"原运"组织结成战略伙伴关系的民进党执政后，致使"原运"组织顿时失去了批判和战斗的对象，在缺失斗争对象的环境中，"原运"组织的功能逐步弱化，作为"原住民运动"重要一环的文学运动也因此受到了一定程度的影响。虽然轰轰烈烈的民族运动旗帜是鲜明的，理想是高远的，但是现实中其斗争的方式和斗争的方向却又充满着无奈与惶惑。台邦·撒沙勒认为："1983年5月，40年来第一个原住民反对声音《高山青》，终于突破重重阻碍，创刊问世。经过八年努力，《高山青》当年大声疾呼'重建民族尊严'的诉求，已然成为当今原住民各界一致奋斗的目标。然而，长期以来政治挂帅的结果，导致原住民知青对原运抗争本质与内涵疏于深耕，使得原住民运动流于激情呐喊、自我迷恋。因此'民族尊严'的意义仅仅停顿在抗议、游行的粗糙阶段，对于更深层

---

① 瓦历斯·诺干:《想念族人》，晨星出版社1994年版，第17页。
② 蔡中涵:《另类的原住民运动》，参见黄铃华《台湾原住民族运动的国会路线》，财团法人国家展望文教基金会2006年版，第59页。

第三章 当代台湾少数民族文学的主题话语

的文化自觉、历史反省、民族人格的还原还离得很远。我们可以看出现阶段的原运是如此的肤浅、矫情,充其量只是博取大众廉价的同情罢了。"①20世纪90年代之后,台湾少数民族作家曾就民族文学书写的发声位置、发声内容进行过争论。

随着台湾少数民族都市街头运动的疲软,以及1988年之后少数民族"文化部落主义"思潮的兴起,台湾少数民族一些作家意识到"真正的原住民运动应该回归部落,重建部落的文化体系,才能创造出充满自信的主体认同"(台邦·撒沙勒)。或出于对民族文化的关怀,或出于寻找最适切的书写位置,或为了文学的重新再出发,一批作家如奥威尼·卡露斯盎、台邦·撒沙勒、丽依京·尤玛、夏曼·蓝波安、瓦历斯·诺干、利革拉乐·阿𡁻、霍斯陆曼·伐伐、启明·拉瓦、亚荣隆·撒可努等人开始陆续返乡,这股回乡的热潮引发了台湾少数民族"新部落运动",也掀起了民族文学创作的又一高潮。因此,20世纪90年代以后台湾少数民族文学创作实际上形成了部落与都市两个中心和两股力量。尽管一些作家如孙大川等人依然坚守城市的位置,但他们也对民族文化和民族"运动"进行了深刻反思,在意识到"纯粹、真实"的原乡精神已发生变迁,部落传统文化面临生死一线之后,他们也在文字中一次次地进行着精神和心灵的返乡。

"重回泰雅,是因为意识到失去的东西太多太剧烈!重回泰雅,是因为意识到族群的面目已模糊!重回泰雅,是因为意识到回到人的尊严与基础点上。"② 文化返乡是台湾少数民族意识觉醒后的自觉选择,也是少数民族文学发展的必然选择。它既是文化抗争的延续,也是对文化抗争的超越,它引导着台湾少数民族文学由政治斗争工具向文化和文学的轨道上滑行。瓦历斯·诺干说:"一九九四年从丰原卫星城市返回部落任教,有一个催促的力量其实是来自于全球性的'国际原住民',那个时候,散落在台湾各地的原住民小知识分子受到了感染,我也躬逢其盛,在往来于首善之都与卫星城市寓室之间,冲折于原住民运动与知识良心之间,我和我们

---

① 台邦·撒沙勒:《回到出发的地方》,参见巴苏亚·博伊哲努(浦忠成)《台湾原住民族文学史纲(下)》,里仁书局2009年版,第830—831页。
② 瓦历斯·诺干:《戴墨镜的飞鼠》,晨星出版社1997年版,第36—37页。

的原住民朋友企图以实践的力度'重返部落',这一块'悬崖边的野地'就成为个人实践的梦土———一座人民理想的图书馆,一座了解殖民的知识基地,一座族人与全球的互联网络。""悬崖边的野地"不仅意味着台湾少数民族作家对城市书写位置的告别,也隐含着他们开创"原住民运动"新局面的企图和重建民族文化的渴望。虽然莫那能的《美丽的稻穗》、路索拉门·阿勒的《大武山的呐喊》、田雅各的《最后的猎人》以及瓦历斯·诺干的《永远的部落》等作品都表现出了启蒙者的战斗精神,但他们也反思到"原住民运动"和文学创作是隔着距离替族人思考的,并未得到部落民众的认同与响应。排湾族作家利革拉乐·阿妈曾在1994年撰文指出:"一如许多原住民运动一样,我们往往会发现,最支持或最关心的通常都是汉人而非原住民,这个事实常常无情的打击着原住民运动菁英,同时也反映出原住民草根工作的缺乏、虚浮面;原住民内部社会觉醒的程度,一直都是原住民运动菁英心底的'最痛'。"① 瓦历斯·诺干也曾痛心地说:"一九九○年十月,征得排湾族妻子的同意,开始了为期两年的二人杂志。当时天真而热情的想法是,以文字报导来让族人开始关心周遭的权益问题,两年来最大的打击并非是来自邮检的刁难、并非是情治单位的注意,这些并未能稍减我们不断要求台湾住民正视原住民处境的呼声,我们最大的挫败反而是得不到族人的反应,哪怕是责备我们不努力也好!"② 谢世忠也曾说:"原权会几乎完全没有能力触动族人或同胞的心。该会的领袖和秉持类似理念的菁英们,似乎是在一个虚幻的世界中,建构原住民未来的蓝图。他们在都市中,耗费大量精力传播'原住民'的意识形态,也不断向社会申诉自己失落或被剥夺的权利;但是,这些菁英在山地家乡中却没有根据地。这种偏离群众的菁英现象,亦是原住民运动在推行时所遭遇的最大困境。"③ 台湾少数民族作家深感他们在都市为民族利益进行泣血的呐喊,并没有得到族人的响应;为民族文化高唱凄凉的挽歌,也没有在族人

---

① 利革拉乐·阿妈:《谁来穿我织的美丽衣裳》,晨星出版社1996年版,第182页。
② 瓦历斯·诺干:《想念族人》,晨星出版社1994年版,第16—17页。
③ 谢世忠:《族群人类学的宏观探索:台湾原住民论集》,国立台湾大学出版中心2004年版,第71页。

第三章 当代台湾少数民族文学的主题话语

的心灵回荡。部落的土地依然在流失,寥寥无几的族人有意愿恢复他们的族名,部落的青年男女依然"前仆后继"地前往都市,他们在"正在消失"的山海文化中独自表白那份寂寞的情怀。同时,离开部落到主流社会发展,很多少数民族作家都有过都市受挫的经历,他乡的苦与累、伤与痛,更让他们感受到部落的温暖和民风的淳朴。他们坚信,只有回归那生养的地方,他们的灵魂才会安宁,生命也才会有温暖;民族文学也只有植根于部落文化的沃土之中,才能获得持久的生命力。台邦·撒沙勒指出:"部落是原住民繁衍的母体,是孕育其文化活动的基石,脱离了部落,也就脱离了土地,而一个丧失土地庇佑的族群,终将难逃溃败的命运,所有原住民族的文化复兴,必须重新回到自己熟悉的土壤,去重构这片土地的历史,去重建那里的社会结构,去重塑族群文化的脉络,唯有如此才能寻回民族再生的契机。"①"'部落主义'就是我们实践的哲学,是我们对原运长期发展的攻坚战略。我们主张,原住民的运动团体和运动家们,应全面放弃在都市游离而回到原乡部落;远离霓虹灯彩的迷惑,投向山海的怀抱,去实践自我,去耕耘土壤,去拥抱基层,去关切民众基本的生存问题,这才是扩大原运实践空间、充实原运内涵、强化原运实力的根本之道。"②倘若"没有狩猎、捕鱼的山海经验,未曾进入'会所'接受严格的成年仪式",那么"原住民文学便无法触及民族的灵魂,失去应有的生命"。

  一九九二年,我看到你们
  统统站成山水。是泰雅的
  就站成刚毅的大霸尖山
  是排湾,就挺起大武山的胸膛
  是阿美,就喷射秀姑峦溪的愤怒
  是雅美,就旋转太平洋的浪涛

---

① 台邦·撒沙勒:《废墟故乡的重生:从〈高山青〉到部落主义》,《台湾史料研究》1993年第2期。
② 台邦·撒沙勒:《寻找失落的箭矢:部落主义的视野和行动》,财团法人国家展望文教基金会2004年版,第7—8页。

就像台湾的山山水水，千百年来
我们就在这里。①

总有一天，我将如返航的鲑鱼
带着斑驳的额纹
携着苍白而勤劳的妻子
握着因进学而尔雅的孩子
回到部落，见证我们永远是
坚忍而优秀的族人。②

在这样的回归宣言和部落文化重建的号角下，以1992年《原报》发起的"重建旧好茶村"活动为起点，作家们如返航的鲑鱼陆续回到了部落、故乡，奥威尼·卡露斯盎重返故居屏东旧好茶部落，瓦历斯·诺干和利革拉乐·阿妈返回原乡大安溪的泰雅族埋伏坪部落，夏曼·蓝波安回到兰屿达悟族的Imorod村，撒可努回到了台东新香兰部落……在原乡他们找到了属于他们的一个客观真实的、主观意义的和生活领域的空间，并依托民族文化创造了一批高质量的、颇具民族文化特色的作品，如夏曼·蓝波安的《冷海情深》，奥威尼·卡露斯盎的《云豹的传人》、《野百合之歌》，瓦历斯·诺干的《戴墨镜的飞鼠》、《番人之眼》以及启明·拉瓦的《重返旧部落》等作品。作品中充溢着对天地的神圣敬仰，对山林、大海的无限爱恋，对民族文化失落的焦虑，对民族自尊自信的追寻。这些既构成了返乡作家们的创作内容，也是这一时期他们少数民族文学的重要特色。

当由都市返乡的民族作家充满激情、使命般地踏上部落大地的时候，童年经验中那美好的故乡记忆已不复存在，他们看到的是：

东倒西歪的木梁

---

① 瓦历斯·诺干：《想念族人》，晨星出版社1994年版，第21—22页。
② 同上书，第147页。

第三章　当代台湾少数民族文学的主题话语

　　断裂崩塌的墙垣
　　残破凌乱的石板
　　一代失去良心的人

　　荒芜疮痍的土地
　　颓圮潦倒的墓园
　　坍塌不堪的台阶
　　一代失去爱心的人

　　只愿做寄人篱下的移民
　　只懂得做文明工具的劳碌人
　　只会做出卖时间的奴仆
　　一代迷失心性的人①

即使山川依旧，但美丽的故乡早已是一座"没有猎人的城堡"，是一座颓废的"荒园"，部落的人们正迷失在生长自己的土地上。

　　月光依旧
　　温柔的银光洒遍石城
　　云瀑依旧
　　激越的豪情宛如泄洪澎湃
　　相思树迎风婆娑
　　点点黄花
　　撒下漫天相思的情网
　　溪涧旁百合淡淡的清香
　　宛若一只摇篮
　　轻轻摇荡我入梦乡

---

① 奥威尼·卡露斯盎：《云豹的传人》，晨星出版社1996年版，第11—12页。

仲夏之夜

我的家乡——古茶布安

守护神——大玛乌纳勒依旧日夜守护着

蒲葵树风雨无阻

垫高了脚尖遥盼着

猫头鹰"咕咕"的叫声

满山寻找

不见旧日熟悉的笑容

日渐喑哑的

荒城之夜

我的家乡——古茶布安①

面对日趋凋零的民族传统文化和几近"废园"的部落，少数民族作家不由滋生出"无家"之痛和"荒城"之惶。而其中的原因正如霍斯陆曼·伐伐所指出的，"纵观近几十年来，原住民长期在汉族强势的政治、经济、教育和媒体的宰制及企图将原住民融入'中华民族'范畴的'同化'政策之下，原住民特有的历史、文化、语言及思维方式等主体特质渐告失落，又由于无法融入台湾主流文化的结构之中，原住民带着'文化认同'、'族群归属'的危机迷失在台湾最黑的结构之中，成为社会底层的边缘族群。"② 返乡的作家依然延续着城市的文化批判精神，把矛头依然指向了不公的政治、教育和强大的外来宗教与文化。"自从外地的道路像子弹射穿部落之后，传统的部落生活开始起了重大的改变，大家对种植小米的热情，像冬天清晨的露珠冻住在每一族人的心灵深处；长年以来，族人对小米的养育之恩及面对小米应该虔诚举行的祭仪，跟着道路穿越部落之时，应声倒地死得无影无踪。"③ 在阿妈的《澳花记载》、《和平村抗议水泥专业

---

① 奥威尼·卡露斯盎：《云豹的传人》，晨星出版社1996年版，第9—10页。
② 霍斯陆曼·伐伐：《那年我们祭拜祖灵》，晨星出版社1997年版，第5页。
③ 霍斯陆曼·伐伐：《黥面》，晨星出版有限公司2001年版，第215页。

第三章 当代台湾少数民族文学的主题话语

区》,霍斯陆曼·伐伐的《村干事之死》、《布妮依的婚礼》、《部落小丑》、《猎物》、《与黑熊同名的猎人》,夏曼·蓝波安的《台湾来的货轮》、《黑色的翅膀》、瓦历斯·诺干的《丢给他们一打一打的瓶子》等作品中,返乡作家们进行了无声的抗议,他们将族群全面性的创伤,转写成一个个耐人寻味的故事,化成一页页引人感动的诗篇。但他们的创作显然不同于 80 年代那种战斗意味十足的批判,他们的字里行间少了些硝烟之味,他们的心境也平静了许多、理性了许多,他们的批判中更多地显示出对民族处境的"理解",而这种理解源于他们对山海大地越来越亲近,对族人越来越疼惜。"父亲这一辈的族人是十足的时代悲剧下的产物,受过皇民化的日式教育,也经历过传统的烧垦游猎生活,只因时代的转变,遽而要接受新的语言,新的社会方式,目睹父亲辈的飘摇岁月,我想理解与同情是必要的。"①

"起来吧!原住民/把悲情化为力量/把控诉转成行动/让我们重拾弯刀的尊严/荣耀祖先的精神/走出控诉!活出尊严/在我们的土地上。"(丽依京·尤玛)批判并不是目的,批判的目的在于建设,在于面对现实困境,积极行动起来,为民族的未来而奋斗。"在我看来,当前台湾原住民族最基要的工作至少包含两个方面:一是全力稳住快速流失的文化传统;一是建构一个能有效回应现代社会挑战的创造性转化机制。前者是'返本',后者是'开新';任何一个试图保有活力的民族,都必须在这两方面有所行动、有所作为。""然而,就原住民的现况来看,返本与开新固然需要齐头并进、相互为用;不过,若将主体性因素引进来考虑,有关文化传统的稳固、重建工作,便有其逻辑上的优先性。无'本'的创'新',实即民族主体性的自我让渡,结果当然是彻底的同化了。"② 如果说返乡的台湾少数民族作家早期还停留在"无家"的伤感及对民族生存困境"疼痛感"的体验,那么其后他们则"向着更多地注目于本民族历史文化血脉的接续,搜集和整理源远流长的凝结着民族集体智慧的民情风俗和神话传说等口传文学资源,并进行深沉的自我省思的

---

① 瓦历斯·诺干:《想念族人》,晨星出版社 1994 年版,第 14 页。
② 曾建次:《祖灵的脚步》,晨星出版社 2001 年版,序。

文化扎根方向转化"①。口头文本积淀了大量的社会文化,体现了一个民族丰富的想象,是少数民族"生活的乐章"和"文化镜像"。在原乡,台湾少数民族作家们不遗余力地搜集整理、改写改编族群口传文学,不断地找寻和缝合族群文化的碎片,努力用文字艺术地记录族群传统文化的点点滴滴,以文学创造去再造族群文化的精神。夏曼·蓝波安说:"曾经有朋友鼓励我采自己的诗作结集,却被我拒绝了,因为我想先把神话写出来。我发现自己的诗只不过是自己以前在台北的空虚生活中,所激发出来的情结,是一种痛苦的表现,相对于我们古老的诗歌和神话,简直差了十万八千里,所以,当时我就决定先将神话写出来,不管别人是否认同它为文学。"② 从兰屿到都市再到兰屿,夏曼·蓝波安返回部落后,努力学习捕鱼、造船、划船和潜水射鱼的技能,并在感受达悟族的神话、传说、禁忌的深切意义之后,创作了《八代湾的神话》和《冷海情深》等作品。其中《冷海情深》是夏曼返回兰屿学习部落技艺后的自传式作品,全篇以对海洋的讴歌为主题,写出了对海洋的深情和对达悟文化的自豪。"鲁凯民族本来就没有文字而只靠口传维系文化历史,但常常述说不够严谨及记忆的惰性,往往会偏离真实性,于是造成文化历史的消失或被遗忘。又因为现代文明的冲击,鲁凯的空间在迁徙、生活习俗在转变,这些皆造成文化历史面临另一波危机。"③ 深谙民族文化困境的鲁凯族作家奥威尼·卡露斯盎回归部落后,跟随猎人深山打猎,探查部落西迁古道,过着几乎是左手打猎,右手执笔的生活。在部落土地上生活与思考,使其很快进入了狂热的写作态势,他围绕鲁凯人的部落生活经验,先后创作了《云豹的传人》、《野百合之歌》等作品。瓦历斯·诺干回到部落后,经过田野调查,他将史料和部落长者的记忆进行对照,编纂泰雅人的历史记忆,创作了《戴墨镜的飞鼠》和《番人之眼》等作品。阿娲则透过对自己的 VUVU(外婆)的书写,详细地记录了母系(南排湾族系与利格拉乐家族)的历史记忆与文化

---

① 朱双一:《九十年代以来的台湾高山族"山地文学"的发展》,《台湾与海外华文文学评论和研究》1994 年第 2 期。
② 杨锦郁记录:《流传在山海间的歌:台湾原住民作家座谈会》,见孙大川编《台湾原住民族汉语文学选集》(评论卷上),INK 印刻出版有限公司 2003 年版,第 62 页。
③ 奥威尼·卡露斯盎:《云豹的传人》,晨星出版社 1996 年版,第 Ⅱ 页。

第三章 当代台湾少数民族文学的主题话语

传承，而这些历史记忆都是经由口述和神话传说建构起来的。其中《1997原住民文化手历》以台湾少数民族其中的十个族群与平埔族为描写对象，每族分占一个月，每天的记事栏旁边，都有该族的介绍，如果遇到祭典日，该日则改为对祭典的介绍。它保存和简化了各族的文化与祭典的记忆，将少数民族的历史与现实有机地连接到一起。重建民族文化的使命感，驱使他们或田野调查，或访问族中耆老，并积极地用文字的方式去呈现和复原最真实的民族文化。"十年来，我一步一脚印地去走访各部落，一页一书地阅读原住民书籍，一切都旨在能重新认识我的母亲、族群、族人，以及我自己。"[①] 除上述作家作品之外，还有霍斯陆曼·伐伐的《玉山的生命精灵》(1997)、《中央山脉的守护者》(1997)等作品分别记录、整理了各自族群神话、故事、传说、谚语、禁忌等口传文学。当然，当代台湾少数民族作家并不拘囿于对族群口传文学单纯地采录，他们自觉地把族群的谚语、禁忌、神话和故事穿嵌进自己的文学创作中，以此增强文学的叙事张力、表现空间和民族文化特色，如夏曼·蓝波安的《黑色的翅膀》(1999)、《海浪的记忆》(2002)，霍斯陆曼·伐伐的《那年我们祭拜祖灵》(1997)、《生之祭》(1999)、《黥面》(2001)，利革拉乐·阿𡡅的《穆莉淡》(1998)，奥威尼·卡露斯盎的《野百合之歌》(2001)，里慕伊·阿纪的《山野笛声》(2001)等作品。布农作家霍斯陆曼·伐伐的《乌玛斯的一天》通过部落孩童乌玛斯一天的生活为线索，讲述了鲁凯族的狩猎文化，其中穿插了"懒女人变鼠"的故事、"女人不能触摸猎枪"的禁忌等。《金黄小米高高挂山坡》则写了毕马一家耕种小米田的过程，文中不仅穿插了开垦、抛石、播种、出草和收获等耕种祭仪，而且还讲述了布农族的"两个太阳"和"人蛇之约"的神话故事以及大量的禁忌。在《归乡》中，虽然霍斯陆曼·伐伐讲述的是巴尼顿进城谋生的经历，但作者的笔端常常出入于都市和部落的两个空间，游走于现实的城市生活和传统的部落记忆之间。通过阿丽丝造访巴尼顿，作者插叙了部落孩子出生要狩猎宴请的习俗，以及族人轮杯喝酒的由来与禁忌等。"时时有祭仪、处处有祭仪"，"生活就是文化、文化就是生活"，霍斯陆曼·伐伐通过一系列以

[①] 启明·拉瓦：《重返旧部落》，稻乡出版社2002年版，序。

家庭为背景的故事,展示了布农族的田园风光、俗常生活,建构了布农族的传统文化,并以此开创了"玉山文学时代","我对读者的祈求是这部书不能用文学的眼光,更不是以文字艺术性来看,要深入的是鲁凯民族的生活、历史与文化,尤其是他们的感情和精神世界"。① 奥威尼·卡露斯盎以父亲——西鲁凯猎人默乐赛·卡露斯盎的生命经验为题材,创作了长篇小说《野百合花之歌》。作品将传记性的内容与诗意的语言相结合,以民族志的方式透过一个残弱家族三代人的生命史,全面铺叙鲁凯族人在由出生到死亡的历程中所有的生命祭,再现了鲁凯族人恪守的族群规范、成年礼和婚配等文化风俗。夏曼·蓝波安的《再造一艘达悟船》全面介绍了达悟船的诞生以及大船下水仪式,并指出了造船对于达悟人的意义。《海洋朝圣者》讲述了善于说故事和吟诵诗歌的达悟人是如何进行口耳相传的。利革拉乐·阿𡠍的《想离婚的耳朵》以自己的 VUVU(外婆)与第三任丈夫之间的故事,展示排湾族的母系社会的婚姻文化。里慕伊·阿纪的《八个男人陪我睡》通过祖母的回忆,讲述了泰雅族传统的爱情观念。从这些作品中,我们不仅能领略到夏曼·蓝波安笔下的达悟族飞鱼文化,奥威尼·卡露斯盎的鲁凯族石板文化,霍斯陆曼·伐伐布农族黥面文化,瓦历斯·诺干的泰雅族狩猎文化等,而且也能感受到作家们刻意用百步蛇、云豹、飞鱼、百合花、猎人、文面、出草、狩猎、矮灵、女巫等富有象征意义的文化符号去唤回原乡精神的企图,而这样的企图无形中也传承了民族文化,成为族群保存、了解民族文化的珍贵教材,这是他们创作的可贵之处。所以陈芳明认为:"夏曼·蓝波安的回归证明是丰收且富饶,他不只是为兰屿携回一位骁勇的海上健儿,也为台湾催生一位不懈的文坛健将。他的双重视野,既重新认识飞鱼故乡的神话故事,也重新评估台湾汉人的文化传统,就像所有回到部落的原住民作家,一旦提笔创作时,立刻拥有书写的优势。这是因为他们的思考与行动,极为熟悉自己的文化,同时也熟悉汉人的行为模式。"②

置于中国文化以及世界文化的广阔背景下,当代台湾少数民族作家有

---

① 奥威尼·卡露斯盎:《云豹的传人》,晨星出版社1996年版,第Ⅰ页。
② 陈芳明:《孤星照大海》,见夏曼·蓝波安《黑色翅膀》,联经出版事业股份有限公司2009年版,第ⅰ—ⅱ页。

第三章　当代台湾少数民族文学的主题话语

意识地向本民族历史文化土壤靠近，这是历史的必然，也是他们文化自觉以后的选择。当他们在都市茫然无措之后，当写作耽沉于"中心/边缘"、"统治/被统治"二元对立的模式之中时，部落为他们铺就了一条"回家的路"，提供了一处"边缘"的战斗位置。面对原乡，他们有过迷恋、焦虑和忧伤，但更多的是责任和希望。奥威尼在创作《云豹的传人》时坦陈："写这本书最重要的目的，是希望我鲁凯的族人能感知已在历史的黄昏里，回头一瞥这片美丽的山河，然后试着从百合般的文化精神资产，缅怀祖先并疼惜自己。"① 透过搜集、整理和书写，台湾少数民族作家保存和复原了民族口传文学，民族的神话、故事、传说突破了部落的传播界限，开始走向山林以外的世界，被越来越多的人所了解和认识。同时，少数民族作家通过书写逐步掌握了民族文化的阐释权，重新建构了祖先在这块山林大地生存的生活图像，重新链接了他们的母体文化，凝聚了他们的文化认同。"族群历史是一个民族的命脉根源与力量存续的依据，象征着一个共同体的命运史。而由这个历史建构起来的思维体系，如对人类生命的起源、对自然现象的解释、生活方式的渊源、对事物的命名习惯都会因与其他民族的生活方式不同而产生不同。原住民由其独特经验建构起一套解释世界的逻辑，于是民间故事、神话传说、笑话谚语、诗歌对唱等口传文学成为了原住民族历史的重要构成。"② 重构民族历史的努力有多种方式，通过回忆和追寻的方式来重新认识族群便是其中的策略之一。无论是向部落长者的问讯，抑或是自觉的整理收集、改编与创造，那些活泼跃舞的日常生活、风俗祭仪和口传故事，在台湾少数民族作家充满深情的文字中，化作了唤醒和承载民族共同历史记忆的资源。利革拉乐·阿𡣑借由返乡而寻求并确立了排湾族女性身份认同，"在《猎人文化》杂志末期，借由不断地走访各部落，找寻存在于原住民部落间的种种问题，除了增长自我对于各族原住民之间的认识，最大的收获应该还是亲眼见到生活在群山间的族人，是那般的知足常乐，是那般的逆来顺受，而身为女性的我，总是不自觉地将眼光投注在一个个不同族群的女性身上，阿美族女性的乐天开朗、泰雅族

---

① 奥威尼·卡鲁斯盎：《云豹的传人》，晨星出版社1996年版，第Ⅱ页。
② 黄育聪：《重构历史与建构文化身份》，《世界华文文学论坛》2009年第1期。

妇女的美艳动人、排湾族老妇的生命智慧……也是就从这些女性身上,我开始反思自己的身份与角色,无论是在运动上或文学创作中,撇开运动理念与文字技巧不谈,我的思考难道就只剩下原住民与外省第二代之间的挣扎与矛盾吗?"① 亚荣隆·撒可努经由返乡"发现"了自己的身世,"二十年后的一天,我伫立在屏东大社山顶上俯视山间的大社部落,我轻轻的落泪。在那一刻,我终于了解了什么是排湾族。传统的石板屋让我印象深刻,传统的图腾雕刻震慑我心,我感动了许久,像发现自己的身世一样。"② 少数民族作家们当初怀着憧憬离开无望的边陲家园移往都市,最后却发现他们"离去"时原初状态的荒村远景、智慧的口传文化、古朴的民族风情和忠诚坚毅的民族性格才是他们文学创作最坚实的支撑。瓦历斯·诺干说:"我的故事其实并没有结束,就像在队伍外一瞬即逝的黥面老妇一样正等待我去追寻,有时候,你应该可以看到我伫立在大安溪畔的崖边,吹着不知道是不是历史的风,像不断思索的樟树一样的面对无尽的回声,我喜欢这样将故事延伸下去,就让它一直延伸吧!"③ 巴代在谈及将《大正年间》改为《马铁路》的创作缘由时说:"土地的权力既已流失,与土地有关的记忆,那些于部落生活的林林总总,总应该被挖掘、保存或流传吧?总不能因为我们这一代的怠惰,任由时间冲淡长者的记忆,而让当时那些不能被文字记载,或官方记载根本碰撞不到的族群性灵、文化核心与思想境况,永远埋在林雾间吧。""我便这么想:与其将来假惺惺地感伤或矫情悲呛自己失去了族群记忆,那般地令人作恶;我宁愿现在就尽一切可能,不避讳自己语汇粗鄙贫乏,努力书写关于一九一七年前后,在这个山区我的族人如何努力生活的情境;让近百年不断传送的口传历史,真正地、生猛地跃动于字里行间。所以我写了《大正年间》。"④ 民族作家们以回归传统的姿态和重构民族历史与文化的使命,去拯救和书写日益湮没的

---

① 黄铃华编:《21世纪台湾原住民文学》,财团法人台湾原住民基金会1999年版,第182页。
② 亚荣隆·撒可努:《山猪·飞鼠·撒可努》,耶鲁国际文化事业有限公司2011年版,第12页。
③ 瓦历斯·诺干:《戴墨镜的飞鼠》,晨星出版社1997年版,第9页。
④ 巴代:《马铁路——大巴六九部落之大正年间(下)》,耶鲁国际文化事业有限公司2010年版,第5页。

族群文化，推动了这一时期台湾少数民族文学的发展，也为其后民族文学的发展奠定了坚实的基础。

第四节　文化超越与审美追求

虽然 80 年代台湾少数民族作家悲愤之笔引起了岛内关注，也实现了民族一些诉求，虽然文学在一定程度上能够服务政治需求，但文学毕竟是文学，而不是政治斗争的工具。90 年代返乡的台湾少数民族作家通过对族群文化的反复述说和展示，在很大程度上复兴和建构了民族文化，但民族文学的价值绝不仅仅是去表现和阐释这种文化，"历史还告诉我们，文学，从其产生的第一天起，就作用于我们的灵魂与情感，无论古今中外，都自有其独立的价值。它是文化的一个重要组成部分，它可以丰富一种文化，但绝对不是用于展示某种文化的一个工具。"① "文学既是一种复杂的人文现象和文化现象，又是独特的艺术现象和审美现象；它既植根于广泛的文化结构之中，关联着人类的文化精神、文化心理与文化人格，有普遍的文化品格和文化属性，又依存于特定的语言形态，关联着人类的情感、心智和形象，有突出的审美品格和审美属性。"② 纵观中国当代大陆少数民族文学，我们发现少数民族作家越是亲近民族大地，其文学思考就会越多；越是触摸民族文化，其文字就越能表达出自己的声音。站在本民族文化的河床上，乌热尔图的《七叉犄角的公鹿》写出了鄂温克族猎人的人性之美，扎西达娃的《西藏，系在皮绳扣上的魂》、《西藏，隐秘的岁月》用现代哲学和艺术手法复活了他所扎根的藏族文化，而张承志则以《心灵史》展示了回民族伟大的宗教信仰……他们的文字不仅再现了群山草原，也诗意地建构了民族的历史，使古老的民族文化与现代文化一样具有了参与现代世界文明的可能性，民族文学创作也因此具备了超越民族的普遍思想意义和审美价值。同样，在政治抗争和文化扎根之外，台湾少数民族一部分作家也注意到了民族文学创作的艺术性，写出了一些深具民族美感的作品，如

---

① 阿来：《我只感到世界扑面而来》，《当代作家评论》2009 年第 1 期。
② 畅广元主编：《文学文化学》，辽宁人民出版社 2000 年版，第 98 页。

瓦历斯·诺干《戴墨镜的飞鼠》、亚荣隆·撒可努的《山猪、飞鼠、撒可努》、里慕伊·阿纪的《山野笛声》、霍斯陆曼·伐伐的《黥面》、阿绮骨的《安娜·禁忌·门》、李永松的《雪山子民》、白兹·牟固那那的《亲爱的 A'ki，请你不要生气》等，这些作品有的采用了黑色幽默、魔幻现实的现代创作手法，有的跳脱了民族题材直接以现代都市人为书写对象，有的文采优美、情感细腻，表现出独特的乡土风情和民族情感意蕴。学者彭瑞金在为霍斯陆曼·伐伐的《黥面》作序时指出："当时只看过本集里《猎物》、《生之祭》、《归乡》、《猎人》四篇作品，但我已相当笃定他已经开启了原住民小说的新史页。"作家刘克襄评里慕伊·阿纪的文章时，认为她的写作"流畅而平实的内容，清新如编织时吟唱的歌谣；跳脱了原住民'不可承受'的包袱，全然以女性的观点诠释，贯穿生活的题材，透过贫富的差异和比较以及时代的变迁，让我们清楚感受弱势族群里女性角色更加晦暗的卑微成长"。① 孙大川在出版《台湾原住民汉语文学选集》后总结到："原住民文学的存在不再只是一相情愿的想象。而他们创作的内容和题材，亦渐次触及人生各个面向。原住民文学不再是原住民运动的附属产品，除了抗议和控诉，文学有了它独立存在的生命。"② 但以前这些深具美学意味的作品往往被遮蔽在民族文学的时代话语之中。随着审美自觉意识的高涨，一批作家在文化"寻根"的基础之上，充分借鉴汉族文学和世界文学创作经验，对民族历史与文化进行诗意的追寻与思考，创作了一批高质量富有"山海"品质的文学作品，接续了那股被遮蔽的文学书写，并以此确立了台湾少数民族山海文学的美学品质，丰富了民族文学的内容，推进了民族文学的发展。

新世纪以后，台湾少数民族文学创作队伍处于新老世代交替期。20世纪80年代"原住民运动"中崛起的一批重要作家，除夏曼·蓝波安、瓦历斯·诺干坚持创作外，像孙大川、莫那能、拓拔斯·塔玛匹玛、利

---

① 见孙大川编《台湾原住民族汉语言文学选集》（小说卷下），INK 印刻出版有限公司 2003 年版，第 126 页。

② 孙大川：《用笔来歌唱——台湾当代原住民文学的生成背景、现况与展望》，《民族文学研究》2006 年第 4 期。

第三章 当代台湾少数民族文学的主题话语

革拉乐·阿妈等人大都已失去创作的激情,基本上处于停笔状态。而新生作家如巴代、里慕伊、董恕明、乜寇·索克鲁曼、亚荣隆·撒可努等人,虽然对民族传统文化未必有"原运"时期作家熟悉甚或是不熟悉,但身为作家的责任感和基于血统家族之上的强烈民族认同感,促使他们竭力向本民族文化传统靠拢,为自己的民族生理基因寻找文化归宿。这批作家基本上都接受过高等教育,他们的艺术视野、文学观念和创作方法与早前作家相比,显得开阔、新潮和现代。同时,由于岛内环境发生变化,多年的奋斗使台湾少数民族境遇有所改观。生命经验和社会环境的不同,也使新生代作家走出了质胜于文的悲情抗争式书写,这些都为新时期台湾少数民族文学创作的审美超越提供了可能。所以,孙大川认为,中壮年或新生代原住民作家因缺乏"原初山海生活"的经验和新世代文学"众声喧哗"的影响,非关"山海"的文学创作已然是原住民文学"更生"的另一种表现形式。同时,台湾少数民族十六个族群内部语言文化有很大的差异,不同的生存环境赋予了少数民族各族群不同的地域文化特质,霍斯陆曼·伐伐、奥威尼·卡露斯盎等返乡作家在文化回归的过程中,"发现"了不同族群之间的差异与互动,也"发现"了自己的族群文化与历史,他们因此产生强烈的族群认同,并进而取代了"泛原住民族"身份认同,以往被"族群共性"所冲淡的"族群个性"也逐步被凸显出来。民族身份认同的再建构和"泛原住民族"认同的消解,导致台湾少数民族作家的文学书写也开始由"原住民"共同关怀的宏大叙事转向对本民族历史、文化以及不同族群之间历史关系的追寻,转向对生命个体经验或者说本族群经验的表达。同时,这些作家在文化寻根中,将本族群的生活、价值观念和宗教信仰观念转化为民族文化传统,使之成为认同民族历史的情感寄托方式,和获得生活智慧的源泉。舞鹤指出,"正是九〇年代原住民文化复兴与运动之后,原住民在获取少许政治资源'沉寂'之时,我们期待原住民在地、再度发声,书写自己的生活,生活中所具现的族群文化,对族群现况与未来的描述与想象、反省与批判、规划与构图;同时,我们放眼世界原住民,将他们对新事物新局势从抗拒、毁坏到重整、自主的艰辛历程,转介进来作为借镜"。① 新生代作家们以开放的胸怀对待历史、民族、汉族和世界，不但自觉向汉族文学和世界文学借鉴较为成熟的创作技法和创作理念，而且还特别关注世界各地的原住民文学创作。他们从琳达·霍根（Linda Hogan）的《靠鲸生活的人》、弗瑞德立克·卢（Frederic Roux）的《失控的独木舟》（L'hiver Indien）、佛瑞斯特·卡特的《少年小树之歌》等作品得到启发，不断把自身的文化因素和世界文化因素相结合，进行卓越的文学创造。显然，新世纪以后文学不再是台湾少数民族启蒙的手段和抗争的工具，它已华丽地脱变为民族历史的表达和审美的活动。

这一时期台湾少数民族作家的文学创新首先体现在文学体式上。长篇小说成为最为重要的文学体式。毋庸置疑，长篇小说在反映现实、建构历史功能、铺陈叙事方面有着特定的优势，在某种程度上而言，它代表了一个民族文学的创作成就，成为民族文学成熟的标志。虽然这一时期台湾少数民族作家的创作体式上依旧呈现散文、诗歌、小说、杂文并存的局面，但散文、诗歌、报道文学、杂文显然已不是最为重要的文学体式。在2003年以前，那种充满悲情色彩、战斗风格、短小精悍的作品适应了民族作家表达的需要而成为重要的创作体式，而2003年以后台湾少数民族作家则非常注重长篇小说的创作。在2003年以前，台湾少数民族作家创作的长篇小说只有夏曼·蓝波安的《黑色的翅膀》（1999）、奥威尼·卡露斯盎的《野百合之歌》（2001）和阿绮骨（Ah Chi Gu）的《安娜·禁忌·门》（2002）等几部，而2003年以后长篇小说创作骤然增多，有排湾族作家达德拉凡·伊苞（Dadelavan Ibau）的《老鹰，再见》（2004），布农族作家霍斯陆曼·伐伐《玉山魂》（2006），卑南族作家巴代的《笛鹳：大巴六九部落之大正年间》（2007）、《斯卡罗人》（2009）、《马铁路：大巴六九部落之大正年间（下）》（2010）、《走过——一个台籍老兵的故事》（2010）、《白鹿之爱》（2013），达悟族夏曼·蓝波安的《老海人》（2009），泰雅族作家李永松的《雪国再见》（2006）、里慕伊·阿纪的《山樱花的故乡》（2010）、排湾族作家陈英雄的《太阳神的子民》（2010）等。其次，作家们文体运用也更

---

① 舞鹤：《原住民在地、再度发声》，见奥威尼·卡露斯盎《神秘的消失》，麦田出版城邦文化事业股份有限公司2006年版，第187页。

第三章　当代台湾少数民族文学的主题话语

加自由,比如拉黑子·达立夫在《混浊》中,既有诗歌,又有散文,还有短篇小说等不同形式。瓦历斯·诺干既写杂文,也写散文,更一如既往地进行诗歌创作,并以两行诗的创作,开拓了诗歌的表现形式。再次,文学创作内容也有开拓。这一时期的作家逐步挣脱了早期民族题材的束缚,不断开拓书写内容,如董恕明的诗集《纪念品》和达德拉凡·伊苞的《老鹰,再见》等。把诗看作"不过就是晒晒太阳,吹吹风的雨"的董恕明摆脱了早期《我是一尾树的鱼》那种身份认同的焦虑与痛苦,她的诗就是生活。

>时间的声音跟着风转,一直转,转
>下去,有人卖起了膏药,一行字、两行字、三行……
>字字写着的空无骑着气球飘
>走了,走成一团毛毛球,好毛,因为长满
>皱纹,不由自主倚老卖老了起来,老
>真是一帖泻药呀,青春嚼不烂,嚼久了
>……
>答答,细瘦的雨悠悠晃来,夏天走得
>悄无声息,翻个身而已。①

这种"恕明"体的诗,内容无涉自己的民族,诗里也很少民族意象的传达,但这样不受传统思维影响的诗作不仅在台湾少数民族的诗歌写作中颇为罕见,就是在当下的台湾汉语诗坛也是独特的。达德拉凡·伊苞的《老鹰,再见》则借着旅行建构自己的原乡版图和诉说乡愁。作者以西藏之旅为主线,在现实的"雪山"、"圣湖"和"经幡"交织的藏地风景背后,是作者对有"巫师"、"鹰羽"和"乡愁"部落的回忆和思念。两个不同的地理空间,作者写出了在部落度过童年的伊苞,在城市艰辛谋生的伊苞,偶尔回部落探访的伊苞以及在西藏行旅中的伊苞。而链接

---

① 董恕明:《纪念品》,秀葳资讯科技股份有限公司 2007 年版,第 34—35 页。

不同空间的伊苞却是天空展翅飞翔的一只鹰。同时，在创作中，作家们注重了对族群历史的建构和人类普遍情感的表达。"我的沉郁，主要来自对自己民族文化的处境之感受，我是卑南族的后裔，一个为数极少，且逐渐被人甚至自己遗忘的民族。中学时代我最羡慕的是那些有族谱，能从唐尧禹舜细数到康熙雍正乾隆的人，我认为那是一种无尽的财富。失去历史的痛苦，使我更加肯定历史的重要。一个只有空间感而没有历史感的人是可悲的，没有过去，没有未来，现在有什么意义？"[1] 巴代强调他的创作是"写给大巴六九部落族人看，希望部落年轻一辈有机会看到小说形式的部落历史，思考自己在族群发展的未来，应扮演的角色；写给有志于建构族群文学、历史的原住民他族文友同好看，一个抛砖，相互期勉一起书写部落历史，朝书写具部落、族群灵魂的大河小说前进；写给社会大众看，试着欣赏、理解原住民部落在'正史'以外的丰灿传说的'野史'；写给自己看，剔励自己继续努力书写大巴六九部落历史事件，进一步完成卑南族历史事件的整理与长篇小说改写创作。"[2] 出于对民族历史的追寻与责任，这一时期的作家努力地写出了自我族群的历史。里慕伊·阿纪的长篇小说《山樱花的故乡》讲述了泰雅族部落迁徙的历史。作者以其一贯的细腻笔法写出了泰雅族的风俗、传说和民族迁徙史，以及山海大地上泰雅与其他族之间互动交往。陈英雄的《太阳神的子民》讲述了排湾族多娃竹姑部落"葛其格其本"家族四代酋长的故事，勾勒了从清代到战后排湾族部落的生活与历史。巴代则以《笛鹳：大巴六九部落之大正年间》、《马铁路：大巴六九部落之大正年间（下）》、《斯卡罗人》和《白鹿之爱》等几部大河小说建构了卑南族的历史。"整条街随处可以看得到卑南族藤制的背篓，排湾族瑰丽的匕首、琉璃珠，鲁凯人、布农族的兽皮，阿美族人以白糯米捣制的长条麻糬，或野菜淹渍产品等等。""这种多族群与部落之间，能捐弃敌意会聚在台东大街买卖与交流，热闹的程度，让人几乎忘了这是日本大正年间，部落相互馘首风气仍然存在的台东

---

[1] 孙大川：《久久酒一次》，张老师出版社1991年版，第116—117页。
[2] 巴代：《笛鹳：大巴六九部落之大正年间》，麦田出版城邦文化事业股份有限公司2007年版，第14页。

第三章　当代台湾少数民族文学的主题话语

平原。"① 在日据时期这样的时间之经和多族群会聚的空间之纬，作者以开阔的创作视野建构了卑南族的历史。小说以日据时期的大巴六九部落为背景，写出了日本殖民者入侵和汉族移民移入对传统部落所造成的影响。作者通过大巴六九部落与日本人、汉人和内鹿部落人之间错综复杂的关系，展示了各种文化冲击之下部落历史转型期的社会风貌。在长篇小说《斯卡罗人》中，巴代讲述了部落勇士马力范协同女巫们完成护送卡日卡兰布利丹氏族成功落户恒春半岛后，又历经艰难险阻将少马、力达和部落女巫返送回部落的故事。被称为"台湾文学史上第一部深刻描述卑南族女子面对情爱的作品"的《白鹿之爱》，是《斯卡罗人》的续集，主要讲述了马力范与多比苓、伊媚之间的情感纠葛。巴代将故事放在17世纪40年代的历史语境中，去表现卑南远古以来青年男女之间爱慕、相思、承诺、失落的情愫。在这几部小说中，作者不仅写出了部落人的智慧以及部落的"会所"文化、巫文化、狩猎文化和恋爱文化，还成功地塑造了伍官兵、金机山、马铁路、笛鹳和马力范等鲜明的族群人物形象。夏曼·蓝波安的《老海人》以安洛米恩、达卡安和洛马比克等不同世代的达悟人为对象，写出了达悟"海人"的历史。霍斯陆曼·伐伐的《玉山魂》是一部如史诗般壮丽的长篇小说，作者借由一名布农族少年的成长之路，生动细致地描绘传统布农族的部落生活，也写出了布农族与天地山野共荣共生的生命史。在文字的表达上，作家们表现得更成熟，也更富有诗意。巴代在描述夜幕中的森林，"夜空已经褪去原有的黑，像是一片黑得无光彩的布匹，遮掩住一整块有光晕的平板，而隐隐掩掩中有了晖光暖暖，使得稍早布满夜空的群星几乎消失，只留下几颗向来敢与皓月相伴的星辰。地面上，薄雾已经散去大部分；余留的、丝丝的雾气，折射着东边升起的晨曦，让几丛罗列在西边靠近部落位置的高大刺竹林清楚地显映；极目望去，遍生五节芒的荒埔草原，已渐渐可以辨识得出上层的叶梢尖末。"② 在故事讲述的过程中，适时使用富有民族特色的景物描写，不仅丰富了叙述的内容，让文字

---

① 巴代：《笛鹳：大巴六九部落之大正年间》，麦田出版城邦文化事业股份有限公司2007年版，第26页。
② 巴代：《白鹿之爱》，INK印刻文学生活杂志出版有限公司2012年版，第54页。

有了美感，而且也让台湾少数民族作家的叙事节奏慢了下来，其中也体现了少数民族作家们创作情绪较以前沉静了许多。游霸士·挠给赫描写大霸尖山下天沟部落的精致时写道："三月天气，春浓如酒，平地早已百花齐放，好鸟乱鸣。可在山上，依旧大地萧索，万物凋零，不见鸟飞，不闻兽啼。乍看去，就像低垂的暗灰布幕前面，凝固着一幅死气沉沉的单调图画。"如此描写不仅文笔流畅，而且文采飞扬，意境深远。再比如年轻的布农族作家乜寇·索克鲁曼在《雾夜》中写道："那年蜗牛才刚刚爬过我家门口，冬天就到了，大地被拉入冰封的时空，山上的梅树摆脱了秋季掉毛的窘态，在寒流吹袭的当口，群起长出一头白发。云雾似母鸡孵蛋终日蹲伏在玉山主峰上，有时候太阳会很顽皮地伸手把云层拨开，偷窥母鸡羽翼下细心孵化的雪蛋，青山不再是青山，有限的肉眼视觉无从辨认何为云雾、何为雪、何为梅花，仿佛置身于仙境。"如此富有想象力、创造力和诗意的文字在台湾少数民族作家的作品中越来越多。

作家白描认为："一个作家有了生活，能够写出真实，那仍是不够的，你可能写出的是真实的生活，但你没有写出真正的生活。只有写实而没有价值支撑，这样的作品便失去了魂灵。文学作品必须有审美精神的提升，必须给读者一种超越性的智性启发和美的享受。"① 生活中有苦难和悲悯，但也不乏爱和温暖、尊严和高尚、尊重和敬意。山海子民生活有苦难卑微，但生命也有伟大的精神和圣洁的灵魂。同早期少数民族作家苦难的叙事或自尊的文化展示不同，这一时期的作家对生活、对文化有更多的省思，他们看到族人逆境中的生命韧度，悲苦中的知命乐观，屈辱中的人性温度。这样的作品有夏本奇伯爱雅的《三条飞鱼》（2004）、《兰屿素人书》（2004），谢永泉的《逐浪的老人》（2010）等。谢永泉的《逐浪的老人》以自己父亲的一生来展现达悟族的文化及文化变迁的历史。他的父亲做过渔夫，做过西方宗教的传教员，参与过政治事务，但经历了岛上的宗教、信仰、政治、社会、文化、经济上的转变之后，父亲一代的人不再只是乘着传统的拼板舟捕捉飞鱼，面对时代的转变他们有不舍也有适应。夏本爱

---

① 见胡军、曾祥书《植根生活沃土提升文学品质》，《文艺报》2009年12月5日第1版。

第三章　当代台湾少数民族文学的主题话语

伯奇雅在《没肉的鱼》中回忆自己童年在海边捡拾别人捕鱼回来丢弃的鱼饵吃的故事，部落无论是狩猎还是捕捞飞鱼都应该是互助共享、共同劳作的场景，这样苦难的回忆在早期台湾少数民族作家笔下是绝无仅有的。同时，这一时期作家在创作手法上也有所创新。"文学创作活动并不是作家对感性生活的机械复制，而是对现实生活敏锐性、创造性的审美把握，是作家对生活的体验和理解，对人物和行为的认知，是作家出于情感、理智、价值的需要，所形成的审美心理模式的艺术显现。成功的有个性的作家，总是善于从纵向继承和横向吸取中形成自己独特的审美风格，这种风格往往适应一个时代、一个民族自身文化特征的审美需求。"① 这一时期的台湾少数民族作家不仅注意到了讲族群故事，而且也注意了该如何去讲自己民族的故事，注意了叙事的技巧性、艺术性，文学创作超越了早期的写实主义的笔法，自觉追求多元化的表达方式，使民族文学的创作方法和技巧有了进一步提升。里慕伊·阿纪的婉约细腻的笔法，巴代的奇幻色彩，都给读者留下了鲜明印象。泰雅族的李永松的《雪山子民》、《雪国再见》采用了时空交错的方法，在《雪国再见》中，泰雅族马告部落因遭受强台风和泥石流袭击而损失严重，由于地方政府的不作为，村长马赖带领族人进行反抗，要求实现部落自治。马赖因此遭到军警人员的逮捕，在押往"国家安全局"的路途上，押解马赖的直升机在司塔库山顶遭遇强气流而坠落山崖。跌落山崖的马赖由此和"异世界"联系起来，时光一下子回到了几十年前充满神秘色彩的部落社会。乜寇·索克鲁曼的新作《东谷沙飞传奇》是一本奇幻小说，该书深受《魔戒》影响，文字叙述充满着音乐性与影像感。排湾族陈梦君的《天堂路》则采用魔幻现实和意识流的笔法，小说女主角是一个亡魂，作者通过亡魂对生前事情的追忆而展开叙述的。卑南族的巫文化在巴代的《笛鹳》中既是叙事内容，同时也被诗化成一种叙事的方法。在小说《斯卡罗》中，巴代努力地将部落口传历史转化为通俗的奇幻小说，并以《人粪巫术》作开篇，使小说一开始就充满着奇幻色彩。这样的表现方法在达德拉凡·伊苞的《老鹰，再见》中也有所体现。

---

① 才旦：《当代少数民族文学创作的民族特征》，《青海民族学院学报》2009 年第 1 期。

  八月十一日，清晨五点钟，我站在尼泊尔饭店的落地窗前，望着灰暗中尼泊尔疏落有致的屋宇。

  季节雨纷然飘落，隔着玻璃，我听不见雨声，万籁寂静，是什么触动了生命深处已然崩塌、被掩埋的原始。透过无声雨，仿如一片片石板，层层堆叠的记忆，重回历史的现场。父母的吟唱、巫师的祷辞，伴随着山上的景物、踩在土地上的双脚、割伤的小腿，从遥远的故乡呼唤着异国游子的灵魂。①

  异乡的一草一木，都能让伊苞的心魂一次次返回到有巫师存在的部落。无边困惑的"现代人"就是在跨越时空、交错记忆中完成她的文学叙事，并显示出一种美学的效果。

  评论家何锐曾对作家提出这样的期待："把探索的触角伸向更深更广的领域，无论是在叙事、文体层面上的实验，在精神向度上的求索，抑或对终极性的追问和世俗性的关切，都是不可或缺的。只有在多元化的探索中，文学的独创性才能得到充分的发挥。"② 这批新生代作家不仅注视着山海大地，而且还追寻着族群的历史，放眼族群的未来。在母体文化的浸润下，他们超越了历史的悲情和民族中心主义的囿限，由声嘶力竭的呐喊到平缓的诉说，实现了民族文学创作由对抗性向审美性转型，书写策略由后殖民向后现代转换。这种文学创新不仅丰富了少数民族文学的内容，拓宽了少数民族文学的表现舞台，推进了少数民族文学的现代性进程，而且也使少数民族文学创作更进一步地回归到美学意义上，从而使台湾少数民族文学具备了现代性和世界性的品质。台湾少数民族作家在"边缘"处找到了自己位置，也为民族文学作出了更合理的定位。

---

① 达德拉凡·伊苞：《老鹰，再见》，大块文化出版股份有限公司2004年版，第12页。
② 见黄发有《〈山花〉：边缘的力量》，《当代作家评论》2003年第1期。

第四章

当代台湾少数民族文学的审美品格

文化是对生存的理解，对命运的体认，它是一个民族身份的标志。文学是文化重要的表现内容，一个民族文学的发展与品质是深受其民族文化影响的，而一个民族文化也会通过文学反映出来的。山海大地特殊的自然景观和多姿多彩的人文景观塑造了台湾少数民族特殊的品性，也给了他们智慧的生存观念和朴素的艺术观念。而深受民族文化滋润的台湾少数民族作家也在文字世界中尽情展示出迷人的山海文化。美丽的山林海洋景观、丰富的民俗事象、尊重天地万物的思想、灿烂的口头文化，都使台湾少数民族文学在形式与内容上烙上了鲜明的民族性印记，呈现出山海文学特有的审美品格。

第一节 山海世界的构筑与重现

"春秋代序，阴阳惨舒，物色之动，心亦摇焉。盖阳气萌而玄驹步，阴律凝而丹鸟羞，微虫犹或入感，四时之动物深矣。……岁有其物，物有其容；情以物迁，辞以情发。一叶且或迎意，虫声有足引心。况清风与明月同夜，白日与春林共朝哉！……若乃山林皋壤，实文思之奥府，略语则阙，详说则繁。"[①] 刘勰认为自然物色对诗人有感发作用，山林原野实乃文

[①] 范文澜：《文心雕龙注》，人民文学出版社1958年版，第693—695页。

思之奥府，是诗文创作的源泉。也有学者认为："就本质而言，任何优秀的文学作品都深植于特定的地域空间和民族传统文化的土壤，文学创作的丰富性正是地域空间多样性和区域文化多元性的具体表现。"① 春夏秋冬四季律动，雨雪风霜天气阴晴，花开叶落鸟飞虫鸣，铁马秋风与杏花春雨、大漠孤烟长河落日与小桥流水古刹钟声……物色互异、地貌互殊形成了不同地理空间个性，也造成了中国文学风貌的千姿百态。清代诗论家沈德潜认为："诗之品格每肖其所处之地：永嘉山水明秀，谢康乐诗肖之；夔州山水险绝，杜少陵诗肖之；永川山水幽峭，柳仪曹诗肖之。彼专于其地故也。""山水明秀则诗风亦明秀，山水险绝则诗风亦险绝"，这样的"文学环境决定论"我们不能完全苟同，但我们不能不承认地理环境和文学创作之间有着同气相求、异质同构的关系。从玉山到大武山，从日月潭到兰屿，台湾少数民族世代居住于这片山海相连的大地，低纬度高海拔的生存空间呈现其鲜明的地域个性，诡奇的浓雾、茂密的森林、奔腾的浪花……这些山海大地的天然地景，是当代台湾少数民族作家文学创作所依赖的温暖和浪漫的神性背景，也是他们永恒的精神家园。当他们俯仰这片生息的大地时，其艺术世界也必然打上了山海世界的瑰丽烙印，他们以文字再现山海地景之美、文化之美。

  那是一个平静而夹杂着海水咸腥味的傍晚时分，一种很难描绘的乡村美景，予人安祥且欢悦之感，……自远渐近，夏季的夜色，田畦里与水沟边的蛐蛐总是按时的发出鸣咽声，附近人家煮食的袅袅轻烟，几已没入在夏夜的拥抱中，偶尔几声的狗吠声，也无法把归于宁静的大地摇撼，沉沉的酣睡在浩瀚的宇宙里，消失在黑暗的笼罩下，在万籁俱寂的月光中，星星布满了遥不可及的夜空，像煞一对对精灵的双眸，纯洁而天真，没有一丝虚伪和欺诈，自然生动而活泼，多么令人神往啊！②

---

① 丹珍草：《藏族当代作家汉语创作论》，民族出版社 2008 年版，第 3 页。
② 波尔尼特：《请听我们的声音》，见吴锦发编《愿嫁山地郎》，晨星出版社 1989 年版，第 13—14 页。

第四章　当代台湾少数民族文学的审美品格

三月是美丽的季节,尤其在东台湾卑南族大巴六九部落山区的三月季节,翠绿远景中,总有一块块淡了颜色的绿。像是水彩画作时,不小心滴洒了些水珠在涂满鲜艳色彩的画纸上,慌张拿起桌布吸干后,留下了几块淡了的色痕,走进山区,才真切发现那些不翠绿鲜丽的色彩,原来是蛰伏一个冬季的野草香花,没有明天似的恣意绽放,这区黄碎碎的一地,那块蓝点点的一片;还有红的白的交杂竟艳。蜂蝶这儿走来,那儿看看地评鉴着。整个山区展现着无比的生机与春意。①

"我的情感流动而不凝固,一派清波给予我的影响实在不小。我幼小时较美丽的生活,大都不能和水分离。我受业的学校,可以说永远设在水边。我学会思索,认识美,理解人生,水对我有极大关系。"② 如果说水让苗族作家沈从文认识了美,那么山与海也同样让当代台湾少数民族作家认识了美而且表现了这种地域之美。飘零的落叶、清澈的涧水、沉默的夕阳、远处的山岚、袅袅的炊烟和安静的部落,这是诗意的自然,也是真实的自然,这自然在山海大地生息,在作家的记忆中奔流。无论是波尔尼特笔下祥和、宁静的兰屿日暮之景,还是巴代所描绘卑南部落的后山风景,我们都能体验到作家笔下那种原生的自然,而这样的自然并未因地理空间上的边缘性和物质上的贫瘠而失去它的纯净与恬美、绚烂与温暖。无论是缤纷秋日还是严寒酷冬,山林总是那样静谧而美丽。色彩是人类从大自然中获取最直接的美感经验之一。青黛的山、枯黄的叶和夕阳的红所勾勒的画面,也只能属于这里的山林。这种具有浓郁地域特色的地理景观是后工业文明时代难得一见的乡村美景。台湾少数民族作家借助色彩与景物,去传达尊崇自然之情。当然,如果没有丰富的民族生活经验和深厚的故土情怀,少数民族作家无论如何也无法写出如此绚美的山海图景,任何的虚构都会影响它的品质。

经过长满山月桃(Syizuu)的地方时,乌玛斯顺手拨开月桃枝干,

---

① 巴代:《姜路》,山海文化杂志社2009年版,第64—65页。
② 沈从文:《沈从文全集》(卷十三),北岳文艺出版社2003年版,第252页。

他看到有几棵月桃笋被啃噬过,再看看旁边的泥土,全布满了两蹄状的脚印,乌玛斯拿起覆盖在上面的枯叶,检视是属于什么样动物的脚印,像小孩中指、食指插地的凹印。壁边有点干涸了,他认为这山羌(Sakout)是昨天凌晨来觅食的,而且,其中一只山羌曾经被兽夹夹过,大概活不过今年的冬天。①

性情急躁的鬼头刀鱼,血脉贲张的首先冲入鱼群之尾端,放大瞳孔,看准猎物。咻……迅雷不及掩耳地首先冲入鱼群内部,瞬间囫囵吞下两、三尾的飞鱼。所有硕大的掠食群,眼看鱼群混乱,以为机不可失地疯狂的加入了猎杀的大行动,开启了春初血腥的大屠杀。顿时,鱼群惊吓胆裂地冲出海面,夕阳余晖照射着滑翔飞逃的鱼儿,宛如一片又一片低掠飞过山头的彩云,把巴坦群岛北侧的海域漆成银白夺目的色调。鱼群在六、七十公尺的滑翔落海的瞬间,不喘半秒地又展翅的滑翔了,和着波浪上下飞行,透明的双翼无疑地展露求生的意志。②

台湾少数民族作家不仅通过地理意象展现了绝美的山海风景,同时也展示出了山海的生活方式和生存智慧。如果没有丰富的狩猎经验和潜海射鱼的经验,无论如何也不能通过齿印、脚印就精准地判断出那是一只被兽夹夹过的山羌,也无法领略海底世界"弱肉强食"的场景。台湾少数民族作家与山林相亲,与大海相拥,山海之美又同样地强化了台湾少数民族作家的审美情感。他们把生命经验带进文学创作之中,把一个真实的富有美感而达到海德格尔所说的去蔽、澄明之境的山海世界展现在读者面前,而这样的地理景观对于受"孝子不登高,不履危,卑亦弗凭"儒家文化影响和城市文明熏陶的汉人而言,无疑是新鲜而独特的。

当然,如此之美的山海地景不仅是作家们表现的内容,也是作家们文学叙事和传递思想内容的手段。在拓拔斯·塔玛匹玛的文学创作中,"以景入文"似乎成了他的创作习惯,他总是以部落优美的景色引领读者进入

---

① 霍斯陆曼·伐伐:《那年我们祭拜祖灵》,晨星出版社1997年版,第21页。
② 夏曼·蓝波安:《黑色的翅膀》,联经出版事业股份有限公司2009年版,第2页。

第四章 当代台湾少数民族文学的审美品格

他的创作内容。在《拓拔斯·塔玛匹玛》一文的开头，作者就带领着读者随客运车的行驶路线欣赏沿途的景色。嗅着道路两旁迎面飘来的老樟树的清爽气味，看着浊水溪旁黄白交错的水田，慢慢地开始他的故事叙述。在《马难明白了》一文，尽管作者探讨的是少数民族"身份认同"这样宏大沉重的主题，但作者却举重若轻地以小小凤凰花开启其叙述大幕，"凤凰花开，亮片似的落叶撒满地，使得光秃秃的操场增添了些色彩，每到六、七月，整个校园焕然一新，夏天是国光国小最美的季节。"① 再比如《带刀赴宴的男人》一文的开头写道："今天的天空特别干净，我坐在沙滩上欣赏单调但明亮的落日，发现弧形海平线好像会被太阳拉走似，看完太阳沉入海角的最后一个影子，海平面又冉冉上升，我站起来遥望海角，太阳真的不见了。"② 在巴代的《白鹿之爱》中，作者开头写道："黎明时分，旷野的空气湿凝中带着凉意。东边太平洋海上已经出现了一长条缝隙的花白，灰濛却清楚地与周边的灰黑有所区隔，横向开裂成一片灰黑幕布似的，不经意流洩出了背景的灰白颜色，显得那样的随性。不多时，那灰白背景逐渐扩大、变长，而边缘的云丝开始染上了淡淡的黄橙色。一棵有着大枝干的树影，剪纸似的轮廓正浮凸在这微弱光影中；在一整片漫洇淡淡晨雾的荒埔草原上，显得孤立却又自信挺拔。"③ 作者在推出一场惊心动魄的猎鹿大戏之前，先以阳光晨雾、山海溪流来铺陈周围环境，这种舒缓、宁静的场面为其后血脉贲张的人鹿大战形成了对比，增强了叙事的张力。在《沙金胸前的山羊角》的开篇，巴代写道："八月天的花东纵谷，经常是艳阳与云雾纠葛缠绵、相互争角的季节。才炽热的阳光一个不留神，让起自太平洋，越岭挂在海岸山脉的云瀑濛凉了；才得意的云朵，一个大意便让过满满的阳光张剌。这样的争纷，常叫纵谷内花草树木也跟着放纵，争着尽性生长竞艳，翠绿中分明着红的、黄的，那情景，不是桃花源也应该是后花园的祥和、朝气与亲近。"④ 巴代写出了花莲的地域特征，也逼真

---

① 拓拔斯·塔玛匹玛：《最后的猎人》，晨星出版社1987年版，第95页。
② 拓拔斯·塔玛匹玛：《兰屿行医记》，晨星出版社1998年版，第87页。
③ 巴代：《白鹿之爱》，INK印刻文学生活杂志出版有限公司2012年版，第51—52页。
④ 巴代：《姜路》，山海文化杂志社2009年版，第10页。

地再现了部落的景色。

　　显然，这种宁静幽美的山海景色是作家们所体验的，他们也希望这样的景色永远地属于山海，但在现代文明的冲击之下，山海大地是否还能守留住如此景色呢？在《忏悔之死》中，拓拔斯在如画的山谷阳光中开始了他的叙述，"玉山群峰的影子被山谷溪水冲散了，黑影由山谷消失，水面渐渐明亮，溪畔长满了芦苇草，叶子一片片抬起头来，待哺太阳洒落丰盛的营养，一股猛烈山风涌进山口，冷热瞬间变化，形成温和气流，引着成熟芦苇花絮，四气飘游，去寻找可生长的空地，它们飘来荡去，久久不能着地"。"东面山坡的枫树林也一叶叶散发缤纷的色彩，互辉照映在山谷里。"① 在这样美好的山林中生存与生活，族人本应该有着圣洁的心灵，但山林在观光化和资本化的影响下，人心受到了金钱的蒙蔽，族人利巴因抢劫平地观光客的少许财物而恐惧致死。拓拔斯把残酷的现实放置在优美的景色中，形成一种强烈的对比效果。"八代湾的海是那样的平静，在冬季我们岛上的南边的海始终是如此的，完全没有夏季台风期间雄壮磅礴的气势，更没有秋天万里晴空宜人的景色，有的是荒凉落寂的感觉。然而，荒凉灰暗的情景……望着汪洋，阵阵强风掠过局部的海平面，海面于是瞬间成深黑色，这儿一片黑色、那儿一片灰白，同时形成无数个小龙卷风，乍看真是美丽极了，但又让人畏惧。"② 夏曼·蓝波安通过不同季节的大海来表现现实生活的矛盾情境，一种对达悟文化深情的执着与生活压力的强烈的冲突。

　　范军在《略论地理环境对文艺创作的影响》一文中指出，"文学艺术的地域风格，不仅缘起于自然地理，而且更多地缘起于人文地理，即某个地域的人地关系所带来的地域性的历史变化与社会生活的内容的变化。因此，地理环境对文艺创作的启示，决不限于这种独特自然景观的描绘，而更着力于渲染特定地区的风土人情，洋溢着特定地区的生活气息，表现这里人物的独特风姿。而这种精神气候与自然气候，又总是水乳交融地汇集在一起的。艺术的地域色彩不仅是单纯向人们展示一片黄土地一座四合

---

　　① 拓拔斯·塔玛匹玛：《最后的猎人》，晨星出版社1987年版，第133页。
　　② 夏曼·蓝波安：《冷海情深》，联合文学出版社有限公司1997年版，第17页。

第四章　当代台湾少数民族文学的审美品格

院，几棵椰子树，提供猎奇式的地方掌故、异域风光、原始习俗，而且是揭示它所蕴藏着的社会的、历史的、民族的、哲学的、民俗的、心理的和美学的丰富内蕴"。① 阿来在《大地的阶梯》中也写道："地理从来与文化相关，复杂多变的地理往往预示着别样的生存方式别样的人生所构成的多姿多态的文化。不一样的地理与文化对于个人来说，又往往意味着一种新的精神启示与引领。"② 不同的地理空间产生了不同的地域文化，台湾少数民族世代居住于相对偏远的高山岛屿之上，这种地理环境一方面直接影响了台湾少数民族各族群的生产、生活方式，影响到他们的民族文化心理，另一方面特殊的地形也限制了他们与外族文化的交流，因而在相对封闭的环境中形成和保留了自己的文化传统，并逐渐形成以达悟族为主的海岛文化圈，以泰雅族、布农族等为主的山林文化圈和以卑南族、阿美族为主的农耕文化圈。在漫长的历史进程中，台湾少数民族各族群创造了与山海大地相适应的文化体系，当这些地域性民俗文化以时间的方式传承、沉淀之后，它演化成为山海民族的"集体无意识"。这种"集体无意识"不仅表现在民族约定俗成的巫术禁忌、生命礼俗、宗教信仰等上面，也外显于神话、传说、故事等多个方面。它所展示的是一个民族异于他族的精神文化，对于塑造一个民族的文化心理、文化性格、文化个性和审美创造有重要而深刻的影响。王庆以为："民俗书写在小说中具有重要的审美价值，它不仅是叙事手段，是文学民族身份的标志，还是文学现实精神、自由精神的体现，是文学活力的源泉。"③ 作家是在一种地域文化背景中成长的，较之一般人，他的个性气质与其所浸润的民族文化有着更直接更深刻的联系。那种自童年时期就耳濡目染的部落民俗事象及其蕴涵的丰富文化内涵也成为作家表达社会现实与审美理想的有效方式。

对民俗事象的记录，对部落约定俗成的表达，对民族文化心理的挖掘和对民族传统文化的再现，在很大程度上丰富了台湾少数民族作家的创作

---

① 范军：《略论地理环境对文艺创作的影响——关于文艺生态学的一点思考》，《黄冈师范学院学报》1991年第1期。
② 阿来：《大地的阶梯》，人民文学出版社2001年版，第6页。
③ 王庆：《论当代乡村小说民俗书写的沉浮》，《华中科技大学学报》（社会科学版）2008年第3期。

素材，提升了他们创作的思想深度。且不说奥威尼·卡露斯盎的《云豹的传人》、《野百合之歌》，霍斯陆曼·伐伐的《生之祭》、《乌玛斯的一天》等完全以民俗事象建构起整个作品，就是作家一般创作也含纳大量的族群信仰、占卜、禁忌等。比如："卸下不合脚的拖鞋，留在一块大石头上，以小石头压着，这是布农族的习惯，垫上小石头的东西，表示它有了主人。"在瓦历斯·诺干的《番人之眼》和《戴墨镜的飞鼠》中，我们也能领略到泰雅狩猎民族的民风民俗。在夏本奇伯爱雅、夏曼·蓝波安那里，我们能看到海洋民族的民俗世界："海上有恶灵，绝不可日落前未回到家"；"男人与女人可吃的鱼不同"；"白日抓鬼头刀，夜间捕飞鱼，捕猎必称敬语，女性不得登船，不得使用他人舟船，飞鱼只可煮食，不可煎或炸，且严禁晚上食用"等等。一个民族的民俗有其相对的稳定性，并很有可能衍生为一个民族文化的根性基因，但在现代化甚或是文化全球化面前，它不可能独立于巨变的时代之外而不受影响。张吕在《民俗作为一种文化符号的书写》一文中指出，"很显然，具有现代意识的作家对这些传统民俗事象作为一种艺术符号的书写，并不是就民俗论民俗，他们的终极目的并不是记载民俗事象，而是要把它作为一种文化符号，通过对具有强大生命力的民族文化与民族精神的展示，以此表达了作家对社会历史与现实的思考。"[①] 台湾少数民族作家在对时代的敏锐把握中，也把民俗事象的书写和民族文化变迁作为文学创作的思想资源和表达自己立场与思考的重要方式。如拓拔斯·塔玛匹玛的《安魂之夜》，小说写的族人伊毕·阿布斯的儿子伊蒂克在外地自杀后，族人在部落为他举行葬礼的事。本来在布农族部落举行葬礼是一件非常严肃的事情，但现在部落里人们似乎忘了古老的禁忌，在葬礼上年轻人嬉戏打闹，以致冲淡了葬礼应有的氛围。在《赤裸山脉》一文中，游霸士·挠给赫讲述的是目不识丁的族人马赖伯伯好几年没有见到自己女儿，得知女儿已经当了"演员"并经常出现在平地城市的海报上（色情广告）以后，马赖伯伯跟随在平地工作的"我"去寻找女儿。当得知女儿真正所从事的职业后，马赖伯伯心中非常愤怒。面对

---

① 张吕：《民俗作为一种文化符号的书写》，《船山学刊》2006年第2期。

第四章　当代台湾少数民族文学的审美品格

"我"的宽慰,他说:"男女之间不正当的苟合,我们的祖先一向视为最严重的犯罪行为。我既放任女儿犯罪于前,又无法管教子女于后,老实说我已经非常害怕遭到天罚神谴了。"在夏曼·蓝波安的笔下,那孤悬外海、自适自足的达悟族,其民俗文化也在"台湾来的货轮"的冲击下,慢慢地发生变化。台湾少数民族作家通过古老淳朴的民俗文化变迁,来批判现代文明对人的物化和异化。同时也借民族事象的变化,展示作家们在传统与现代中挣扎的矛盾与纠结的心理。这,无疑增强了文章的叙事张力。

民俗文化的书写,不仅丰富了台湾少数民族作家创作题材、创作内容,也成为他们文学叙事的重要手段。首先,民俗文化成为作家文学构思的主线。在布农族部落社会里,"犯罪不能赦免的人永远是罪人"。拓拔斯·塔玛匹玛依据部落社会这一规定创作了《拓拔斯·塔玛匹玛》一文,老猎人笛安为了给儿子造一张结婚的床而砍伐山中的榉木,林务局察知笛安砍伐树木后,投诉笛安偷伐树木,笛安因而落下了"小偷"的罪名。而这些榉木是笛安从小就看着长大的,笛安无论如何也不能接受"小偷"的罪名,故事就在笛安是否是"小偷"的辩论中层层展开。在布农族人的观念中,无论身死何处,灵魂总是要归回故乡,回到祖灵居住的地方。霍斯陆曼·伐伐的《归乡》一文讲述了族人巴尼顿进城务工的悲惨故事。巴尼顿是部落有名的猎人,随着生产生活方式的转变,他离开部落进城辛苦务工,却终因车祸而死亡。但是,巴尼顿的灵魂在飘离躯体后却一直在找寻回归部落的道路。作家正是通过巴尼顿灵魂回家将故事情节渐进推进。其次,富足的民俗文化书写推进了台湾少数民族文学现代性书写。"我们的非理性观几乎全部蕴藏在精神信仰民俗中,民俗是过去时间的遗留物,保留着人类心灵中被压抑和埋藏的历史经验和记忆。神话、图腾、仪式、宗教、信仰、禁忌、占卜等都是人类年轻时期的梦想留下的痕迹,沉淀着大量的非理性因素,其直观、感性、幻想性质和现代主义反理性的艺术观念不谋而合。"[①] 台湾少数民族作家在对民俗事象的描写中很容易获得情感自由和想象自由,在文学表达上也很容易和浪漫主义、魔幻现实主义相结

[①] 王庆:《论当代乡村小说民俗书写的沉浮》,《华中科技大学学报》(社会科学版) 2008年第3期。

合，他们从本民族固有的非理性观出发而创作的作品，有一种山海浪漫之美和现代主义的美学效果，这样的作品在夏曼·蓝波安的《海浪人生》、瓦历斯·诺干的《戴墨镜的飞鼠》、巴代的"卑南大河小说三部曲"以及拓拔斯·塔玛匹玛的《巫师的末日》中等作品中均有表现。拓拔斯·塔玛匹玛的《巫师的末日》通过马拉飞部落巫师巫莉祖母为平地人寻找在浊水溪溺毙的儿子，为阿杜尔寻找离弃他的妻子以及巫莉祖母的离奇死亡等事件，为我们展示了亦真亦幻的布农族神奇巫世界。而这种充满信仰、崇拜、禁忌、图腾、神话、传说和故事等非理性文化的部落世界和以科学、理性为文化核心的当代文明是有着显著区别的。因此，台湾少数民族作家对地方性的民俗书写，某种程度上和现代主义创作方法相契合，使民俗事象逐渐摆脱了人类学调查报告以及民族志书写被标本化的形象，进而获得了文学美感。

一个民族的历史知识、伦理道德、文化修养、审美意识、民族性格及价值取向的形成无不与周围的生态环境相关。"当我渐渐地融化于父执辈们认知的世界观后，我发现我越来越'顽固'，越来越坦诚，越来越有雅美族人依赖自然环境、不得不尊重自然界万物有灵的信仰之古典气质。"[①]"原住民的文化需要代代传递，不只是知识的或经验的，更是人格的。"[②]文学是由人创作并表现人的。山海独特的地理环境和人文环境必定对台湾少数民族作家的道德观念、价值观念、文化心理结构等方面产生深刻的影响，他们也把他们的民族道德观念、价值观念等在作品中充分地表现出来，从而展示出山海民族看待世界和宇宙的观点和感受。台湾少数民族在山与海的生存环境中，孕育了乐天知命、自立自强、共享不贪、勇敢仗义的民族品格，他们虽承受肉身之苦却表现出灵魂之美，虽遭受生存之困却展示出精神之乐，这些观念在其文学创作中得到了充分的表现。里慕伊·阿纪在《就要美美的活着》中表现出了泰雅族人那种生命的乐观，在物质相对匮乏的年代，母亲尽管穿着舶来的二手衣服，但依然把自己收拾得非常漂亮。"不过，我是很爱漂亮没错啦！难道，有人爱丑吗？"母亲说。"生活虽然困苦，但是何必整天愁眉苦脸呢？我决定无论日子怎么艰难，

---

① 夏曼·蓝波安：《冷海情深》，联合文学出版社有限公司1997年版，第129页。
② 孙大川：《山海世界》，联合文学出版社有限公司2000年版，第205页。

第四章　当代台湾少数民族文学的审美品格

就是要美美的过下去。"山海给了台湾少数民族可以赖以生存的食物,也给了他们生活的智慧。拓拔斯认为他的自立自强的生活态度,就得自布农族猎人在猎场的生活哲学,"我们为什么会一直迁移是因为相信我们的能力可以克服一切困难,譬如说你在森林打猎,遇到了问题和障碍,要靠谁?当然是靠自己,靠谁都没有用。"猎人那种知足而不贪求的生活态度,也对霍斯陆曼·伐伐的创作有着深刻的影响。在《归乡》一文中,在阿坤仔的钓鱼场打工的巴尼顿,面对阿坤仔让其带走一些死鱼,他从不贪多。"要不要再来一只特大的。""免了,我只是拿来煮汤而已,汤的味道和鱼的大小没有关系。"而山海民族也在出猎和出海中形成了责任、诚信、谦卑、善良、自律与合作的观念与意识。收工回家的巴尼顿总是小心翼翼,生怕打扰别人。"巴尼顿在窄小的巷口前将机车熄火,然后一步一步地推着机车走进阴暗的小巷。不管是白天或黑夜他都是如此进入巷道,因为老爷车的排气管锈破了好几个洞,会在巷道间引起相当大的回音,为了不影响别人的生活,他强迫自己养成这种习惯。"[①] 比雅日是拓拔斯·塔玛匹玛笔下"有名"的猎人,在打猎途中,他遇到了弱小的猎人路卡,当看到路卡只猎获一只松鼠时,他对路卡进行了捉弄,差点把路卡气哭。但当路卡走后,比雅日转过身就感到后悔:"猎人最忌讳被人知道没捕到猎物,我不是故意的,早上到现在他是我唯一遇上的好人,怒气不该弄痛他的心……。"拓拔斯·塔玛匹玛在《访农布织布女郎记》一文中,写了一位年逾七十且拥有布农织布技艺的织布女郎,她除了精于布农各种传统织法外,更重要的是有着不贪取、重信义的人格。当小说中的"我"为一件布农男人的衣服惊叹得想高价购买时,作者却写道:

  那件衣服早已属人了,老妇人忘了那人何时来访,……因为一千元订金,老妇人加倍勤快地织完,然而不见那人来取衣服,曾有人看上它,寻找古物的日本人开价收买,老妇人总是紧紧抓住它,一定等到衣服的主人,虽然衣服已渐渐褪色。

---

① 霍斯陆曼·伐伐:《黥面》,晨星出版有限公司2001年版,第179页。

山海的缪斯

我半开玩笑地说道:"那个人已经忘了,或是已经离开人间,卖我可以吗?说真的七千元。"老妇人强调那人身体健朗,约近四十岁,态度诚恳,老妇人坚信他会再来。①

面对山海,台湾少数民族总是表现出一种谦卑、坚韧、宽容的姿态。在达悟族的海洋性格中,"自我吹嘘自古以来就是这个民族生存在兰屿最大的禁忌"。当月夜里进行传统古老的大船下水仪式中,船主的亲戚及其他与会的宾客都会为船主及其大船祈愿祝福,"话里流露古老的谦虚语气,是平等的、祝福的问候语"。适当的赞美也是对船主家人的尊重,而船主也始终要以"长幼有序、亲属有别"的对应话来回敬亲友的祝福。在夏曼·蓝波安的《再造一艘达悟船》中,夏本·阿尼飞浪家经过两年的辛勤努力建造了一艘大船,大船的完工证明了夏本·阿尼飞浪的能力,但在大船下水典礼上,他始终以谦和的来答谢前来祝贺的亲友:"没有资格,像我这样的年轻人,/当大船的舵手,/你所有诚挚的祝福,/你就让它在你的内心里休息吧!"他把努力劳动的荣耀最终都归功于亲友的鼎力相助和祖灵庇佑。这些精神和品质是属于山海民族的,在后工业的台湾都市文明中,台湾少数民族这种诠释生活、对待人世的观点,无疑有着人性的温度。

台湾少数民族的生存空间和民族文化深刻地影响着他们的艺术追求和审美趣味,他们不但写了雪山、森林和海浪,而且也写出了那里的历史、故事和记忆。他们是山海大地的子民,所展示的是一个真实的山海世界,他们笔下的大地与文化没有"他者"的误读,也不同于外来者浅层次的"审美愉悦"。岛内汉族作家虽也有以少数民族为题材的文学创作,但因自觉民族身份意识或对少数民族文化不熟悉,致使他们无法进入少数民族的文化肌质,因而创作明显缺少了山海味道。"从古到今,我们的文学作品,描写和刻绘海洋的,少之又少,古代诗歌里,涉及海洋者,也只有一两句感叹式的吟诵;若干传奇和平话小说,涉及海洋者,也多以感性为主,略

---

① 拓拔斯·塔玛匹玛:《情人与妓女》,晨星出版社1992年版,第19页。

第四章　当代台湾少数民族文学的审美品格

作点缀；有些传说为经，牵强附会，有些更荒诞神奇，毫无依据。"① 同样是写海，在汉族作家东年、吕则之、廖鸿基那里和夏曼·蓝波安则有着明显不同。东年在《海事》中写道：

> 每当我看到的景象就是这样：天空、海水、没别的船、没山。茫茫一片中，那种死寂、诡秘和虚无，不是色彩可以把握和解释，或者描绘出来，也不是你现在可以了解或感觉的。……在那里，生死不过是船壳铁板一公分厚的事，而且那条船太小了，风浪时常在船里外进进出出，生死就变得更加急迫，是每个刹那间的事。②

而吕则之笔下之海则是：

> 从九月开始，澎湖的东北季风就像一头发疯的野牛，愤怒的从台湾海峡这又深又长的喉咙里钻出来，把海洋里最邪门、最令这个小小的澎湖岛感到恐惧的"咸水烟"，统统带了来。它就像是这头发疯的野牛鼻孔呼啸出来的，也像是嘴里泛滥出来的毒液。③
>
> 味道是苦的。只要有北风，你不相信的话，看风里是不是有湿湿的烟在飞，飞到你的脸，脸上就有一层盐，会把脸腌得像菜头干一样，人长得漂亮也没用，有一天你就会知道。④

在东年、吕则之的笔下，海是令人恐惧、生厌而又"不能选择"的。他们书写海洋，总是无法摆脱悲观的基调，人与大海之间依然遵循着相互对立的禁忌。他们站在知识分子的高度怜悯着与海对抗的卑微人物，承袭过往对于海洋惧怕与陌生的传统记忆。

---

① 原文为司马中原在林耀德主编《中国现代海洋文学选》之小说《海事》为之作序的文章。见林怡君《战后台湾海洋文学研究》，台湾成功大学硕士学位论文，2007年，第47页。
② 东年：《海鸥》，转引自林怡君《战后台湾海洋文学研究》，台湾成功大学硕士学位论文，2007年，第63页。
③ 吕则之：《海烟》，草根出版社1997年版，第16页。
④ 同上书，第18页。

山海的缪斯

海洋没有栅栏、没有门扉，海洋只是以其旷阔就足以囚禁我，海洋只是以其风浪摇晃就能摆荡出我如波峰、波谷出航及返航两种截然不同的心情，海洋以其无形竟如此锐利的雕镂、形塑我的性情与体质……远洋航行也许是一场冒险，也许几分浪漫，但那被隔离的空虚，那长时离家背井的苦闷，那数不尽看海的日子……如高船长说的"单调使人疲倦"。①

为"暂时逃避薄情的陆地"的廖鸿基，以第一人称方式质朴地描绘出蔚蓝大海，诉说异于陆地的海之风情。海对于他们而言有感动、浪漫，当然更有冒险与单调。但他们的海都不同于夏曼·蓝波安的海，蓝波安的海是生活的海、历史的海、现实的海、文化的海、信仰的海和深刻体验过的海，那也是达悟人的海、水面下的海，那也是灵魂可以奉献的海。夏曼·蓝波安坚称"他的文学天职是从一个真实的生活，去建构这个岛上的海洋哲学"。所以孙大川说："夏曼写海其实讲的是兰屿人的宇宙信仰和生活，海的冷暖、颜色和律动，在夏曼的潜海实践中，早已变成他皮肤感应和呼吸节奏的一部分。出海的勇气和对海的敬畏，是传统达悟族人最动人的性格特质，夏曼在他的海洋书写中充分将那种奋不顾身却又宁静自制的情绪张力表露无遗。如果你细细品味夏曼写他在海底十几公尺，闭气与浪人鲹眼对眼对峙，或静静让鲨鱼擦身而过，你必然会同意夏曼不是坐在船上写海，而是潜入海写海。海不是对象，他被海围绕，属于海的一部分。海是宇宙的核心，海就是兰屿文化的全部。"② 同样是写猎人，钟肇政的《猎熊的人》虽然写出了对少数民族传统的生命形态、生命情感、生命智慧危机的担忧，但他无法写出拓拔斯·塔玛匹玛在《最后的猎人》中比雅日对山林的情怀与敬畏——"当我什么都失去的时候，我还有山林"，也写不出那种丰富细腻的狩猎场景和山林中生存智慧。同样是沦落风尘的"山地女子"，在《燕鸣的街道》中，吴锦发以"我也是半个山地人"的立场写出了任人玩弄的幼玛。而拓拔斯·塔玛匹玛

---

① 廖鸿基：《漂岛》，INK 印刻出版有限公司 2003 年版，第 212 页。
② 孙大川：《兰屿老人的海》，参见夏曼·蓝波安《海浪的记忆》，联合文学出版社有限公司 2002 年版，第 6—7 页。

第四章 当代台湾少数民族文学的审美品格

的《情人与妓女》中的申素娥则是我的"情人"。对"山地人"命运的悲悯和对不公社会挞伐，拓拔斯·塔玛匹玛显然要比吴锦发深刻得多。同样是写民族传说，李乔的《巴斯达矮考》，以汉人的惯常思维强调是因矮人玷污赛夏少女而导致矮人与赛夏的恩怨情仇。而拓拔斯·塔玛匹玛的《侏儒族》则以深深的原罪意识写出了自我民族对矮人的忘恩负义。这种差异不仅在于民族历史观、价值观等方面，更在于民族思维方面。

民族文化、生命经验和族群记忆不同，那么文学所呈现的人生经验和思想感情也自然不同。岛内汉人的生活环境似乎早已脱离了大自然，他们的文学创作更多关心的是与社会、政治、人伦等有关的人文世界。郝誉翔在论及夏曼·蓝波安创作时说："台湾，仿佛是一座并不以为自己是岛的岛，它更像是一块将中原汉人传统思维移植过来的大陆。而夏曼却是要从兰屿出发，以边缘角度，轻而易举地揭穿了汉人思维的僵固、封闭和局限，并且重新寻回在现代化过程之中，我们的心灵所被切蚀而去的另外一个半圆。"① 陈芳明指出，"他（夏曼·蓝波安）的作品未出现之前，海洋就一直承受程度不同的错觉与误解。至少对于岛上驰骋四百年的汉人来说，海洋永远是陌生未知的危险水域。夏曼·蓝波安的出现不仅开启了大海迷人景象，也改写汉人文学中恼人想象"。② 台湾四面环海，岛上又多高山，可是台湾文学中一向缺乏表现山和海的经验的作品。台湾少数民族作家对古朴宁静的文化景观的追求，对民族风俗之美的歌颂，以山海思维去书写山海文化，补足了台湾文化所缺失的要素。某种意义而言，台湾少数民族文学以其所建构的特殊山海文化风貌丰富了台湾文学的内涵。

第二节 生态伦理的反思与观照

有人认为"人类几千年文明史，都是以破坏自然来换取人类人口的增

---

① 郝誉翔：《筑梦的海洋地图》，参见夏曼·蓝波安《黑色的翅膀》，联经出版事业股份有限公司2009年版，第Ⅸ页。
② 陈芳明：《孤星照大海》，参见夏曼·蓝波安《黑色的翅膀》，联经出版事业股份有限公司2009年版，第Ⅰ页。

长和文明的进步,只是节奏快慢与规模大小不同而已。尤其是 300 多年来的工业文明发展史,对自然的破坏最为彻底也最为无情。人的自由建立在对自然界不可再生资源的过分开发利用之上,建立在对自然的污染和破坏的基础之上。迄今为止,人类的科技智慧和社会文明似乎不像是自然系统的一部分,总是与自然相对抗,由此下去,这种'放纵的自由'绝对是难以维持的"。① 诚然,随着近代工业革命的发展和科学技术的进步,"人类中心主义"逐步取代了"自然中心主义",人类贪婪的物质欲求,引发了对自然残酷的剥削和过度的索求,导致了生态失衡,人与自然之间失去了和谐相处的秩序。土地沙化、森林生态功能衰退、珍稀动植物面临灭绝威胁、全球温室效应等等生态问题,不止一次地给人类敲响警钟。人类在快乐享受现代科技文明成果的时候,事实上却又在痛苦地承受着大自然疯狂地报复。面对越来越恶化的生存环境,具有高度人文情怀的知识分子们开始反思和呼吁。为此,"有人记录荒野沙漠、高原峡谷;有人守候鸟群;有人抢救森林;有人回到过去荒烟蔓草的年代,寻找有关土地的古老典籍"。他们用文学语言试图重建人与自然之间的和谐与平衡,为人类找寻一个诗意栖居的大地。1962 年美国女生物学家瑞秋·卡森(Rachel Carson)发表的科普作品《寂静的春天》惊醒了世人,从此关注生态危机的文学创作开始在全球范围内兴起。尽管中国是后发现代化国家,尽管中国传统文化强调"天人合一"的思想,但在农业文明向工业文明的转型进程中,中国依然面临诸多的生态问题。20 世纪 80 年代以后,大陆作家自觉地表达出对"生态焦虑"的关注,这样的作家作品主要有张炜的《九月寓言》、贾平凹的《怀念狼》、雪漠的《大漠祭》、姜戎的《狼图腾》、杨志军的《藏獒》、迟子建的《额尔古纳河右岸》、周大新的《湖光山色》等。少数民族由于生存地理空间的偏远性、原生性,因而在现代文明面前其生态更显见其脆弱性。鄂温克族乌热尔图的《老人与鹿》、蒙古族郭雪波的《沙狐》、藏族阿来的《空山》、哈尼族存文学的《猎手的距离》、土家族李传峰的《红豺》等作品都表达出对各自民族所面临的生态问题及担忧。20

---

① 潘岳:《中国生态报道:可持续发展与文明转型》(下),《文明》2004 年第 9 期。

第四章　当代台湾少数民族文学的审美品格

世纪60年代台湾地区就开始由传统农业社会逐步向工业社会转型,经济发展所带来的生态问题,同样引起了岛内作家刘克襄、徐仁修、廖鸿基、王家祥、吴明益、韩韩、马以工、心岱等人的关注,他们以报道文学的方式开启了台湾"自然写作"的创作潮流。20世纪80年代以后,不断崛起的台湾少数民族作家也感于山海大地面临的生态问题,为守护民族生存的家园,他们借助文学的语言批判现代科技文明对民族生存环境的破坏,将民族传统积淀的山海生存经验、生态智慧和神性的自然世界呈现出来。

在现代工业文明取代原始狩猎文明和传统农业文明之前,人将自己视作大自然的一部分,人与自然之间的关系更多地表现为依赖多于改造、顺从多于征服。台湾少数民族世居于山林海湄,山海给了他们赖以生存的衣食,山海的波动牵系着他们的生活变化。由于生存条件的恶劣和自然资源的有限,在无数次与自然亲近与冲突之后,台湾少数民族懂得了对自然的感恩、敬畏和依恋,懂得了有节制地向自然索取,并给予自然丰厚的回馈,他们以最质朴的方式与自然和平相处,以最智慧的方式维系着人与自然之间的动态平衡。"我们是猎人家族,有猎人的规范,对生命尊重,祖先才会给你更多的猎物;如果你对大自然不敬,不依循着猎人对自然的法则,动物就不会再到你的猎场奔跑、跳跃、追逐。"① "我们和狗是属于森林的,如果失去了森林;失去了充满祭典性的打猎活动,我们将无精打采,直到死亡的到来。"他们甚至从生命诞生的那一刻起,便被要求痛爱这片给予他们生命和思想的山海大地。"从你出生捧在手掌上的那一时刻,我就按祖先的习俗,说,让我的长子像海那样的坚强,像海平静时那样令人心怡,按祖先的习惯,达悟的男人绝对要爱海,和海洋做朋友……"夏曼·蓝波安的父亲对他如是说。大自然给了他们生存的基础,庇佑着他们族群的生命延续,当然他们也以感恩之心对待自然,当一位父亲把树豆的壳洒放在耕地上,儿子不解地问为何要这样做,父亲的答复是:"土地虽然豢养着数不清的万物,但是土地的力量并没有我们想象中的强大。……整片山林的底层铺满着厚厚的落叶和动物的粪便,除了防止泥土的土地被

---

① 亚荣隆·撒可努:《山猪·飞鼠·撒可努》,耶鲁国际文化事业有限公司2011年版,第37页。

风吹散被太阳晒干之外,日后它们将化成泥土产生更大的力量豢养更多、更高壮的树木,让许多的动物从树林中得到更多的食物及更安全的地方。万物们就是这样的互相依赖、互相保护,这是大自然的规则。我们应该学习它们的方法和行为,成为大自然的朋友,大自然才会包容我们,豢养我们。"① 台湾少数民族是山海孕育出来的,他们崇拜山、海、森林和动物,并赋予它们人一样的生命、尊严和情感。每当遇到波涛震天,达悟人无法出海,"海人"就会唱起诗歌质问海洋:"你不会累吗?害我的庭院非常寂寞。"问到渔获时,总是说"孙子的父亲,今天没遇到人吗?"(没有钓到鬼头刀吗?)"没遇见人,不过有人探望它。"将海看作人,将鱼视作人,人与自然平等地存在。"岛上的老人总是说着,下层云是最不乖巧的小孩,总是忽东忽西的,忽南又忽北,中层云是中年人,比较稳重,接受上层云的老人的经验知识然后教育不乖巧的小孩,而千变万化的云朵也像人心一样地复杂,不曾有过相似模样与色泽显影在人们的视窗;其次,也形容海平线起的第一道波浪是人出生的开始,每个人皆象征属于每一道波浪,而波浪的起伏便是每一个人的人生际遇,有高潮、低潮,随着海洋的风,波波地移动到岛屿的四周沿岸,而后宣泄,或是消失,或是死亡。"② 在他们笔下自然界的一切都是有声音、有动作、有神态、有情感、有灵魂的,如:

  雨水是一群爱玩的小精灵,它们湿润了铺满枯枝败叶的土壤,引发出清新又陈腐的山林之气。它们谈天说地,尽情奔跑,穿过长满青苔的石壁、凹凸不平的石谷。

  山峦抖掉一身的尘土,优美的曲线清清楚楚的晾在半空中。干瘪瘦小的云朵慢慢往西边的山凹处集结,像羽毛似的堆起来,偶尔传来好似孩童打嗝的闷雷。隐藏林间的山鸟开始忙碌起来,有的在灌木丛中追逐行动敏捷的虫子;有的在空中舒展筋骨,各式各样的鸟鸣声,热闹了沉静大地。③

---

① 霍斯陆曼·伐伐:《黥面》,晨星出版有限公司2001年版,第97—98页。
② 夏曼·蓝波安:《海浪的记忆》,联合文学出版社有限公司2002年版,第32页。
③ 霍斯陆曼·伐伐:《玉山魂》,INK印刻出版有限公司2006年版,第148页。

第四章　当代台湾少数民族文学的审美品格

就是这样，台湾少数民族与人性的大自然相互包容，人溶化于自然中，自然也溶化于人之中，人与自然之间形成了一种相互融洽、和谐统一的关系。

"现代人征服了空间、征服了大地、征服了疾病、征服了愚昧，但是所有这些伟大的胜利，都只不过在精神的熔炉里化为一滴泪水。"① 随着现代资本主义文明的入侵，台湾少数民族的生产生活方式发生了巨大变化，民族生态环境也迅速崩落。现代化的生活节奏和生活方式改变了人与自然之间那种相互依赖、亲密无间的关系。当现代化电子产品取代"森林冰箱"的时候，人们不自觉地和大自然疏远了。当缺失森林经验的执政者野蛮地开发管理山林时，当更多的观光客涌向兰屿大海时，台湾少数民族的山海大地早已疲惫不堪、伤痕累累。乌玛斯指着大前年被洪水淹没的水田，至今仍然可以看到浩劫之后水田露出的大石头，以及来不及收割而埋在泥沙的玉米秆说："林务局，拓拔斯说的那个机构，一直破坏动物的家园，由芦苇丛、山谷到相思树林、松柏林，由草原赶到峭壁，甚至使它们不得不节育，他们还到处安抚受害的动物，给它们一片保护区。……他们应该停止砍伐。如果森林没被破坏，我想不会年年有大洪水的发生。"② "我们祖先在这块土地打猎了几百年，还不曾听说某种动物死光了，假如不是平地文明冒冒失失地闯进来，我们番刀也不会放在墙上生锈。你看嘛！森林被砍伐，你叫动物住在哪里？山产店一家一家开，这才是罪魁祸首！"③ 在疯狂追逐经济利益之下，唯利是图的商人们将罪恶之手伸向了部落的山山水水，导致自然灾害连年频发。"洪水的泛滥固然有它的自然的因素，但只要你走过台湾山区，你立刻会发现水患之造成有着人文的背景。宝岛的山，由北到南，由西到东，百孔千疮，早已沦为土地竞夺下之牺牲品。森林被滥垦，若不变成果园、工厂，即变成森林游乐场；随着而来的旅馆、别墅，甚至满山的庙宇，已将台湾的山区弄得面目全非。这几年，更挟科技之便利，或移山填海，人的傲慢与贪婪，正侵蚀着这里的每一块土地。"④ 尽管现代科技带来

---

① ［法］詹姆斯·乔埃斯：《文艺复兴运动的普遍意义》，《外国文学报道》1985 年第 6 期。
② 拓拔斯·塔玛匹玛：《最后的猎人》，晨星出版社 1987 年版，第 30—31 页。
③ 瓦历斯·诺干：《荒野的呼唤》，晨星出版社 1992 年版，第 132—133 页。
④ 孙大川：《久久酒一次》，张老师出版社 1991 年版，第 66 页。

了文明和进步,但也对少数民族的生态环境、传统观念造成了毁灭性的冲击,他们不时要承担大自然愤怒的报复,在"贺伯台风"和"八八水灾"来袭的时候,他们更要承受失去家园的痛苦。瓦历斯·诺干在《最后的水田》中写到,"台湾岛的热带海洋性脾气想来大家都不陌生,每过七、八月就得接受台风的洗礼。多年来,我们的部落承中央山脉巨人般挡住了狂风暴雨,不知是哪一年,台风就像被利矛扎刺的山猪,一把一把的风,一鞭一鞭的雨猛往部落狠狠掼了下来,历经三天雨夜的折磨,族人握持屋舍木柱的双手都已告疲惫,大家才像犯错的小孩自墙角一端偷偷地觑着业已远离的风雨"[1]。尽管几千年来猎人与大自然在共生共存中积淀了丰富的经验和智慧,懂得与大地相处的伦理。然而恪守大地伦理的他们却不得不承受着无情的风雨,承担着加诸身的罪名。亚荣隆·撒可努在《山与父亲》中悲愤地写道:"现在的平地人把山上的大树都砍掉,种植高经济作物;山猪追逐的森林变成了橘子园;山羌、水鹿跳跃的草地转型成大人物的高尔夫球场;……但由于土地的滥垦,动物没有了森林,也就失去了生存的空间;水土的流失导致动物的灭种,……然而现在这些罪责却全加诸在原住民的身上,……却忘却了原住民在老祖先流传下来的观点里,所有的事物都有生命,应该以平等及人性化的对待,尊重生态老早就是我们生活的一部分。"[2] 台湾少数民族的生命形式与精神给养和民族生存的自然环境休戚相关,盲目的经济开发,流失了他们的土地,缩小了森林居地,这些都导致了台湾少数民族与山林河海的疏离,部落流传的经验与智慧也因失地而失忆。

老子纵情山林脱口而出"山林欤,皋壤欤,使我欣欣然而乐与",辛弃疾远眺秀美江山深情吟咏"我看青山多妩媚,料青山看我亦如是",这样"物我欣然一处"的生态境界是现代工业文明难以给予人类的。当科技文明一次次地侵蚀大自然,当理性主体的人成为自然的操纵者和控制者时,人与自然失去了和谐共处,形成了相互对立的关系。人对自然改造与征服的背后是人类心灵世界的贪婪、冷漠、暴力,是人对自然态度的傲慢、轻视,也是人类大地伦理观念的放弃与失范。20 世纪 80 年代以来,面对民族的生态危

---

[1] 见吴锦发《愿嫁山地郎》,晨星出版社 1989 年版,第 67 页。
[2] 亚荣隆·撒可努:《山猪·飞鼠·撒可努》,耶鲁国际文化事业有限公司 2011 年版,第 52 页。

第四章　当代台湾少数民族文学的审美品格

机,台湾少数民族作家努力用文字重返神性的自然,重温人与大自然间唇齿共生的亲密关系,重构山海大地伦理。他们文字中俯拾皆听的风声、水声、落叶声,物我无界的叙述方式,平等和谐的自然观念的诠释,都转化成一种诗意的审美感受。他们感受到了大自然的脉动、韵律和颜色,更感受到了大自然的神秘与灵动,在他们的笔下,"作家不再以主观的心态去强行征用自然,以此作为单纯的渲染与烘托,或当做某种抽象的观念或者人物的隐喻与象征;而是努力地呈示自然的自在原始状态,表现大自然肃穆、庄严、诡奇,恒定如斯的'自在性'与未经人类加工的、改造的浑朴'原始性'。让自然本体显出其意义,日月星辰、山川河流、沼泽林莽都是作为一种生命形态而存在,而非为了人物活动设置背景或陪衬,去作客观的景物描写。"[①] 一棵树、一株草、一尾鱼、飘荡的浮云、晶莹的露珠、岿然不动的石头、奔跑跳跃的山羌……都有品质、意志、精神和灵魂,都是令人感动而又惧惮的生命,而这种认识显然来自山海民族的"泛灵"信仰。由于台湾少数民族的先民们认识自然和驾驭自然能力的局限性,导致了他们对自然的畏惧、膜拜,并进而产生"万物有灵"的观念。布农族人相信人与自然万物都存在着"善灵"(Mashia Hanido)与"恶灵"(Makuan Handido)。达悟族人也相信宇宙间存在着各种"善灵"与"恶灵",在人之上还有"祖灵",它们能赐福人类也能诅咒人类。山是善良的母亲,深邃而博大,它有灵魂,"'山'和'歌'是原住民的灵魂。'山'是沉默的,原住民的祖先却为它谱出了声音;山歌缭绕,比那溪流还蜿蜒;人与大自然的神秘交谈,就这样持续了几千年。……山是原住民的家,他们的祖先俯仰其间,几千年来和它相依为命,原住民的历史就是山的历史。"[②] 它也有逻辑,"原住民'山的逻辑',显示一种生命的松弛,一种向自然的回归,是对'平地逻辑'的人性的节制。我始终相信:台湾'现代社会'的成熟和人性化,必然与'平地'向'山'(自然)的回归有关。"[③] 海是慈爱的父亲,

---

① 雷鸣:《危机寻根:现代性反思的潜性主调——中国当代生态小说研究》,山东文艺出版社 2009 年版,第 41 页。
② 孙大川:《久久酒一次》,张老师出版社 1991 年版,第 60 页。
③ 同上书,第 72 页。

虚怀若谷，"海，是有生命的，有感情，温柔的最佳伴侣。"它有自己的生命内涵，它认识每个新人。"天神住在看得到生命的地方，因为它必须保护活在大地上的每一种生命。它拥有着无法想象的力量，为了满足每一个人需要，天神没有一定的长相，有时候变成太阳；有时候变成月亮。在耕地里，天神就化成一股清凉的风，吹落族人全身的劳累；甚至可以变成让小米成熟的力量呢。"① 正是相信有无比强大力量的"神灵"无处不在地注视着人类，所以山海民族亘古以来就对灵异的自然持有一种敬畏的思想。"这片土地可以从歌声里倾听出每一个人心里的秘密。""想到自己跟族人一样常会不经意的唱歌，毕玛立刻停止用树枝拨弄泥土的举动，免得弄痛土地，得罪了这块没有眼睛却能看穿人类心中秘密的土地精灵（Hanidu）"② 自然能察知人的秘密，大地会有痛感，猴子能说话，飞鱼能评论，小鸟能占卜……这是一个神性的自然世界，也是一个让勇敢的山海人折服的世界。台湾少数民族作家着力于自然的返魅，重塑了自然灵异本性，从而让人的心灵滋生起对自然世界的敬重与亲近，矗立起人与自然合为一体的信仰。

  对生命万物的尊重，使台湾少数民族与大自然之间形成了和谐相处的关系，而这种人与自然的和谐也使得台湾少数民族文化形成了独具特色的艺术精神，其文学作品散发着人与自然和谐的情趣。在他们的笔下，人和动物是森林中相互竞争而又相互依存的两组成员，"食物是生存所必需的东西，没有它生命将枯死，祖先教我们如何穿裤子以前，就教我们拔果子、套猪和捉母鹿，一切生命都需要吃。互相竞争是生存的'法律'"。在人与动物的自然竞争生存中，猎人熟悉山林的脉动，了解自然脾性，他们是山林生活经验与智慧的集大成者，理所当然地成为森林中生态的平衡者，大地伦理的制定者和执行者，"停止打猎是违反自然，猎人属于这片森林，是森林里生存的主人之一，不是外侵者。……说真的，猎人只是平衡动物在森林的生存"。"森林的粮食一定，动物生殖力强，愈来愈多，猎人可以减少动物为患的忧虑，反正动物也有自相残杀的时候。"这是台湾

---

① 霍斯陆曼·伐伐：《黥面》，晨星出版有限公司2001年版，第183页。
② 霍斯陆曼·伐伐：《那年我们祭拜祖灵》，晨星出版社1997年版，第62—63页。

第四章　当代台湾少数民族文学的审美品格

少数民族在漫长的山海经验中所得到的一种朴素的生态观念。如果将台湾少数民族的狩猎行为化约成经济生活的目的论，应该是对猎人最大的误解。启明·拉瓦指出，"泰雅人长年居住在山中，与自然朝夕相处，生活与自然关系密切，对大自然已发生不可分割的情谊，因此也对大自然生态环境有一份永续经营、唇齿共生的感情，这一套生活哲学与思考方式不是外来文明所容易了解的"。①

森林是台湾少数民族的赖以生存的家园，森林的兴衰荣枯牵动着他们的心灵，他们从不轻易地去伤害大自然，"走进一条猎路，放眼一望无际的箭竹林、草丛及黑压压像电线杆立着的松树干，十几年前一场大火灾，把森林烧成沙漠，现在已成为一片草原，只有从仍站立的炭木才看得出这里曾是一片森林，猎人常对年轻猎人说，当林务局砍走贵重的原木，就放把火重新种植新树苗，年轻人未必会相信林务局如此愚笨，但相信一定不是猎人造成的灾祸，他们晓得森林里的生命占了大地生命的大半，其中大部分与猎人息息相关，比雅日确信他爸爸不会做出这种傻事。"② 森林和大海从不亏待爱护和痛惜它们的人，不仅给了他们谷物、猎物、洁净的水源、清新的空气，给了他们充满智慧、情感、梦想、欢乐与慰藉、勇敢与光荣的一片驰骋疆场，也给了他们一个永恒的精神家园。当比雅日在都市求职遇挫以后，"森林是最后能使他得到安慰的地方"，一个被时代抛弃的布农猎人在森林中感受到了幸福、自由和尊严。夏曼·蓝波安笔下四个有梦想的小男孩，多年后因为对海的依恋而回到了大海，找到了自己的真正归属与幸福。也正是因为台湾少数民族懂得和大自然相处，所以山海子民懂得尊崇自然，尊重他人，尊敬生命万物，因而作家笔下的比雅日、巴尼顿、撒利顿等人尽管生活贫穷与落魄，但他们的身上都有着人性的尊严与光辉。也正是因为人与自然的和谐相处、物我无界的观念，使得作家笔下有了山海大地特有的场景："我的头在海面，望着微明的海平线，船只头尾的顶峰像是一群黑色的海鸥循着夕阳落海的故乡，唱起回航的满载丰收的歌，歌声是天神赐予的歌喉，……听见满载丰收的歌，旋律随着划桨的

---

① 启明·拉瓦：《重返旧部落》，稻乡出版社 2002 年版，第 14 页。
② 拓拔斯·塔玛匹玛：《最后的猎人》，晨星出版社 1987 年版，第 55 页。

桨声起落,借着波波的浪传音到我的耳根,不用说,好像天空的眼睛明白我内心的喜悦。"① 这是渔获满仓的喜悦,是歌声与涛声的和弦,也是"天人合一"最朴素的表现。

雷鸣指出:"因为在现代文明之光的照彻下,人们剥落了信仰中的原有神话元素,在科学理性的指导下,人们拥有了蔑视神话思维的权利。对现代性的拥抱,正是以否弃神话信仰为代价的,一旦人对神话传统全盘抛弃,人就丧失了对自然的敬畏,在自然面前更肆无忌惮;而通过远古神话的复述,正好能重新唤起积淀于人类文化心理深处那种人与自然的原初情感意识。"② 台湾少数民族得天独厚的生态资源,其中蕴涵的生态知识和生态智慧,都化作了部落"巴拉冠"和海岸滩头"共宿屋"中老人们代代相传的神话、故事和禁忌,成为山海子民守护山海大地的"约束性"规则。"毕竟人不是山林中最强壮的动物,必须懂得学会祖先的生活经验,因此大人们经常利用机会将自己从大自然所习得的生存智慧用口传的方法,清楚严肃地告诉后代,期盼布农族人能够世世代代与山共舞。"③ 山林中猎人们有自己的规范,"猎人不该打死森林唯一有灵魂的动物","猎人们只能在自己的猎区内狩猎","祖灵地、圣地不得随意进入狩猎","不打怀孕的动物和幼小的动物"等。"以前山猪打劫我们的粮食,我们不至于缺粮,因为脚步慢的山猪,隔天就留在我们餐桌上,蹄膀大的山猪回到山洞大量繁殖。所以猎人不会破坏这种良好的关系。"猎人们靠着这样的"内在自律"而维系山林的生态平衡。海神赐予达悟人维生的食物,面对丰饶的大海,海洋民族从不贪取滥捕,他们甚至根据飞鱼的生态循环制定民族的生活律历,将岁时区分为 rayon(飞鱼季节,即春季,二月到六月)、teytey-ka(海上飞鱼渔捞结束的季节,即其夏季,约为阳历七月至十月)、amyan(飞鱼即将来临的季节,是为冬季,自十一月至一月)。他们依时序而出海,依季节捕捞不同鱼类以让大海和鱼类能得以休养生息。他们不过度捕

---

① 夏曼·蓝波安:《海浪的记忆》,联合文学出版社有限公司2002年版,第79页。
② 雷鸣:《危机寻根:现代性反思的潜性主调——中国当代生态小说研究》,山东文艺出版社2009年版,第64页。
③ 霍斯陆曼·伐伐:《黥面》,晨星出版有限公司2001年版,第290页。

第四章 当代台湾少数民族文学的审美品格

捞,不捕幼小的鱼,夏曼·蓝波安这样描述其在海底射鱼的情形:"海流带来很丰富的浮游生物,相对的浮游鱼群也很多。……六棘鼻鱼因好奇迅速地转头回来,游向在海底趴着等鱼的我。如手掌大小的鱼,是这一群鱼的前哨兵卒。因为是小鱼,所以我根本不射,给它们一些时间成长,而射小鱼也会坏了我的声誉。我忍耐海底压力地憋气,等着后面尾随的大鱼……。"① 这些禁忌、神话是山海民族与自然和谐相处的守则,也在很大程度维持了自然界的动态平衡。随着林区被设置为国家公园,占卜与祈福随着巫师凋零而被遗忘,现代科学知识的祛魅,这些原始而有效的山海生态伦理几乎荡然无存。自然生态伦理被遗忘与践踏,其背后折射的是人的精神生态危机。为恢复自然本性,拯救危机的生态,重构当代山海大地伦理,台湾少数民族作家在创作中不断重述民族神话、传说、故事、禁忌等民间口传文学,以此为他们的文学创作提供了一种极富合法性与权威性的传统文化精神资源的支撑,创造了韵味十足的文学想象空间。在霍斯陆曼·伐伐的笔下,《归乡》中巴尼顿的儿子因为"贪捞"洪水冲带下来的木材而被祖灵带走,《猎人》中巴尼顿的儿子也因为"贪采"林中的爱玉子,受到恶灵的诅咒而失去性命。在巴代的《笛鹳》中,每当卑南族遇到恶灵的时候,他们就会遵照祖训实施净山,动用巫师作法以确保生活环境的洁净。在拓拔斯·塔玛匹玛、夏曼·蓝波安等人的作品中,作家们大量使用"百步蛇的传说"、"飞鱼神话"、"两个太阳"的故事以及狩猎和出海禁忌等,在反复重述中去期待人们以神圣的性情和虔诚的态度对待自然,守护山海大地的伦理,创造一个真实的自然、和谐的自然和诗意的自然。

> 我们是这土地的一部分,
> 这土地也是我们的一部分。
> 芬芳的花朵是我们的姊妹;
> 鹿、马与老鹰,是我们的兄弟。
> 峭岩绝壁,

---

① 夏曼·蓝波安:《冷海情深》,联合文学出版社有限公司1997年版,第123页。

草茎中的汁液,
马身上的体温
和人
都是同一家族。
……
这土地于我们是神圣的。
我们以森林和舞蹈者的溪涧为乐;
溪涧中流动的水不是水,而是我们祖先的血液,
如果我们把土地卖给你们,
你们务必记得它对我们是神圣的,
并永远教育你们的孩子,它是神圣的。
清明的湖水中每一抹飘忽的倒影,
都在诉说我人民的往事与回忆。
水的汨汨声乃是我先父的先父的声音,
河川是我们的兄弟;它们解除我们的渴。
在温柔的两岸间奔流的河水,
将我们的独木舟载向其所欲之处。
如果我们出卖我们的土地,你们必须记得,
并教育你们的孩子:
河川是我们的兄弟,
也是你们的,自此以后,你们必须以手足之情对待河川。
……①

　　这是1854年印第安酋长西雅图向美国华盛顿政府官员艾撒克·工·史蒂文斯发表的一篇演说中的精彩片段。这首诗透露出酋长对部族衰绝的悲哀,也有对生存大地的不舍,还有对山川大地百兽草木的眷恋,也传递出人与人之间、人与自然之间要和谐相处、相亲相爱的美好愿望。在一个知

---

① 转引自孙燕华《当代生态问题的文学思考——台湾自然写作研究》,复旦大学出版社2009年版,第1页。

第四章　当代台湾少数民族文学的审美品格

识淹没一切的时代,一个自然已经被人们过度掠夺的时代,人们应该学会善待自然,才能真正地"返回自然本身",追求质朴、纯洁、明媚的自然属性,才能达到人诗意地栖居在大地之上。生态危机让我们失去的不仅是山林鸟兽,失去的还有人的精神观念和我们的文学色彩。英国的爱德斯·赫胥黎(Aldpus Huxlye)无限感伤地说,寂静的春天使他想到英国诗歌的题材已失去了一半。王蒙先生也说:"我们的神经紧紧盯着鸽子笼式的楼房里的人际斗争不放,有时候看完一部又一部的小说,甚至无法想象一下它的主人公们生活在怎样的自然环境中……如果我们丧失了对大自然的感觉,这只能说明我们的精神与情感的贫乏枯燥……"① 因为呼吸不到山林的灵气,忽略了四季交替的祭仪,遗忘了祖先的禁忌,疏远了大地的距离,所以作家们的文字也正失去大自然曾赐予我们的丰富想象力、无穷灵感和五彩斑斓的生命色彩。当代台湾少数民族作家用他们的文字传递了山海民族的生存智慧和山海精神,他们重返自然重构大地伦理的努力,启示着我们要尊重自然、敬畏自然。"由文化及生物多样性的空间重叠之事实来看:荒野是文化多样性与生物多样性交会之处,而荒野其又是人类文明以外的另一种文明。……熟悉荒野特性的原住民,其所思所行正足以为自然环境最适当的信托人及代理人。台湾原住民千百年来与自然相处所发展出来的生态智慧思想,以及相传长久的农、渔、猎、祭典、禁忌等生态智慧的行为,都证明原住民确实是自然生态系统的最佳管理人选。"② 台湾少数民族作家的文学创作不仅展示了中华大地的山海文化与智慧,而且也为我们今天人与自然相互紧张对立的时代送来了一种理性思考。

第三节　多语思维下的汉语审美表达

语言作为一种文化符号,它是一个民族的情感与声音,反映了一个民族的历史与文化。在我国这样一个多民族融合的国家中,有很多少数民族作家既精通自己的母语又能熟练运用汉语,他们自如地出入于母语与汉语

---

① 见郭雪波《文学的大自然呼唤》,《民族文学》2010 年第 9 期。
② 启明·拉瓦:《重返旧部落》,稻乡出版社 2002 年版,第 99 页。

之间，或以母语和汉语联姻，或疏离母语转而以汉语写作的方式去表达自己的民族思维、民族情感、民族文化和民族心理，这样"跨语写作"（有的称"双语写作"）的作家有回族的张承志、石舒清，哈萨克族的艾克拜尔·米吉提、叶尔克西，蒙古族的纳·赛音朝克图、敖德斯尔，维吾尔族的克里木·霍家，彝族作家阿库乌雾、阿卓务林，朝鲜族作家南永前和金学良，藏族作家阿来、扎西达娃、央珍等。他们在文学创作中勇敢地突破语言文化的"樊篱"，实现语言的"杂糅"与"混血"，双语创作或多语创作让他们拥有了跨语言、跨文化的优势，因而他们的文学作品常常具有双重文学美、语言美和文化美的效果。哈萨克族作家叶尔克西说："我一直觉得自己很幸运，因为，我至少有两个'舌头'，精通至少两种语言。这使我比很多人多了一双眼睛去看这个世界，多了一颗心去感知这个世界，多了一对翅膀，飞向更远的地方。这种感觉真是非常欣慰的。可以设身处地感受不同的生命观，包括其中所蕴涵的朴素的生命哲学和生活哲学。而每一种生命观的形成和存在都有它的合理性和现实意义。懂了语言，你就读懂了它们，感悟了它们。你的生命观就变得丰富起来。我懂汉语，用汉文写作；我懂哈萨克语，用这个语言去感知生命；同样，反过来，也能做到如鱼得水。"[①] 当然"语言间的差异不单单是声音和标记有所不同的问题，而是关于世界的概念各不相同的问题。"[②] 从 20 世纪 60 年代陈英雄创作的《域外梦痕》到八九十年代娃利斯·罗干创作的《泰雅脚踪》、夏曼·蓝波安的《八代湾的神话》、伊斯玛哈单·卜衮的《山棕月影》，游霸士·挠给赫的《泰雅的故事》等作品，台湾少数民族作家文学创作无论是语言形式还是语言观念，也都鲜明地表现出双语创作的特征。在叙事语言上，他们在借用汉语文字创作的同时积极拓展母语文学创作，鲁凯语、泰雅语、布农语、达悟语等民族语言的介入，极大地丰富了台湾少数民族文学的语言表现形式。在语言观念上，他们并非一味地机械模仿汉语的表达方式和思维习惯，而是努力将自己民族文化的精神品质、认知方式、审美理想、

---

① 肖惊鸿：《山那边传来大地的气息》，《民族文学》2009 年第 3 期。
② [德] 恩斯特·卡西勒（Ernst Cassirer）：《语言与神话》，于晓译，生活·读书·新知三联书店 1988 年版，第 57 页。

第四章　当代台湾少数民族文学的审美品格

审美情趣等有机地通过作品意象、意境的创作带进汉语言文化语境中去。这种浸润山海民族文化之魂的叙事语言，无疑增强了台湾少数民族作家汉语文学创作的灵活性、新颖性和民族性。吴锦发对波尔尼特的散文有如下赞誉："第一次阅读他的作品的时候，就被他那种优美的，有如天籁般的文字节奏迷惑了，虽然他的文章是在诉说历来强权无理地对兰屿文化的破坏，但是他的行文却哀而不怨，一波接一波，像拍击兰屿海岸的海浪，演奏着一首亘古以来的哀歌。"[①] 孙大川也说，我们在阅读夏曼·蓝波安的作品时，"仿佛潜水入海，肤觉海流的走向，感应和每一鱼族凝视对望的张力"。阅读阿道·巴辣夫的作品时，分明感受到"明显的舞蹈律动、阿美族开朗的性格"。而阅读奥威尼·卡露斯盎的作品时却又"必须试着接受并熟悉鲁凯族的语言及其背后的文化"。

台湾少数民族作家双语创作在语言形式上大致有如下几种形式：一是汉语音译，不加罗马拼音但加注释。如"索诈异！日本人真可恨！对了，老头子是哪里人，他的同胞为何不报复呢？""听说是拉拉巴人。他们怎么敢呢？两年前，他们还尝过日本人'刺棘拉格'的滋味！"[②] 作者文后对"索诈异"和"刺棘拉格"两个排湾语进行了注释。"那时是冬末春初的早晨，朝阳在一层哒咕睦露似的厚厚云层外，正在徘徊寻找缝隙投下温馨的窥视。放眼望去，一片天乾枯燥的大地，像是衣着褴褛的孤儿在寻找温暖似的。"[③] 作者则是在文中对鲁凯语"哒咕睦露"进行注释。二是汉语音译族语，不加罗马拼音也不注释。如："卢斯基，你看戴黄帽那个人，他是杀日乌术！""杀日乌术"是布农语小矮人的意思，作者在此嵌入而未加注释。三是汉语音译，加罗马拼音但不作注释。如："底哦得尔（Tiethedrerr）从另一个地方应和着温柔地啼叫。"四是双语对照，如"lu ikaiyiako ubulane ki taka dradrimitane，当我卷缩露宿于昏暗的角落,/lu ka kalaku tau lilibance ly lu valhivalhigy，在无以荫避的暴风雨中"这是隔句对照

---

① 吴锦发编：《愿嫁山地郎》，晨星出版社1989年版，第10页。
② 陈英雄：《域外梦痕》，台湾商务印书馆1971年版，第9页。
③ 见奥威尼·卡露斯盎《神秘的消失》，麦田出版城邦文化事业股份有限公司2006年版，第73页。

方式，还有整篇文章进行对照，如夏曼·蓝波安的《贪吃的鱼魂》、《两个太阳的故事》等，先是以罗马拼音创作，然后再翻译。五是双语交互使用，不翻译不注释。如："'kafoti to tato sienaw mamaan I parok ito'，父亲突然大声说，'走走走，躲到棉被里面不是很好吗？'孩子迅速起身跑进房间里。"当然还有多种语言混用的，如阿道·巴辣夫的《弥伊礼信的头一天》、《肛门说：我们才是爱币力君啊!》等。"看哪　被浪卷而去了荷兰人/滔滔的白浪拍岸时/并见淊然之歌/'俺觑……俺赶……俺饿而干……'/的灵兽之舞来/成就了吾千万个的'爱の渴'/也淹没了整个的大草原/浮起的鹿皮/——飘向西方啊//看哪　退潮了滔滔的白浪/霓崩翻涌而来时/听淊然之声曰/'俺觑……俺赶……俺殴而坑……'/的'霓裳羽衣曲'的仙舞来/窒息了吾舒活奔放的呼吸/洗尽了吾富原始气味的蛋儿/是自遥远的雪乡　听说/驾云霓而来的"。这里面诗人用了英语、日语、汉语、阿美语、福佬语，"爱币力君"是英语（Aborigines）、"俺觑……俺赶……俺饿而干"是 I see，I come，I overcome 之意。"白浪"泛指闽南人，原意是"歹人"，"爱の渴"日语"混血儿"的意思，"霓崩"谐音 Nipon，日本人。"蛋儿"阿美语 taga，脑或头部的意思。少数民族作家的双语创作，有时是个别字词采用母语，有时是整体是汉语但文中人物对话使用汉语，有时则是通篇文章都是母语创作。奥威尼说"我写作的方式是用鲁凯族的思想模式翻译成汉文，描写鲁凯族内心世界到外在生活形象，我试着用当下语言的概念表达出来，尤其是地名和人名，因为我想让以后鲁凯族的孩子，以及有心认识鲁凯民族的读者能够了解我们的语言，并且也尽量注明发生的地点和人物。至于文法方面，有时候是鲁凯语的汉文，或汉文的鲁凯语，但是我尽可能折衷，让以后的读者能懂其中的意思。"[①] 从谨慎地使用族语，到无所顾忌地对族语和母语进行嫁接，台湾少数民族作家一直扮演着民族文学"书写者兼翻译者"的角色，他们的双语和多语创作无疑增强了语言表达能力和表现方式，续接了母族语言，同时也逼迫读者进入本民族的语言思维模式中去，显示了台湾少数民族作家以母语传递族群文化，维护族群尊

[①] 奥威尼·卡露斯盎：《神秘的消失：诗与散文的鲁凯》，麦田出版城邦文化事业股份有限公司2006年版，第10页。

第四章　当代台湾少数民族文学的审美品格

严,为民族文化寻找一条"回家"之路的企图。

然而,台湾少数民族作家的双语创作不仅仅是表面的语言形式的转换与嫁接,更重要的是,他们注意到了汉语和族语之间在语法、语序、思维和意象使用上的不同。相较而言,汉语是相对成熟的语言,语言自然练达、抽象许多。而台湾少数民族的文化心理结构和思维方式相对传统,其语言也明显表现出形象大于逻辑的特性。族语与汉语之间的差异性,一方面造成了台湾少数民族作家驾驭汉语之艰难,致使他们在写作中先用族语思考,然后"脑译"成汉语表达,再进而将族语思维和汉语句法融合,拓拔斯·塔玛匹玛就是如此。拓拔斯·塔玛匹玛曾向吴锦发透露:"他写小说,是先在脑中用'布农语'写好,再'脑译'成中文写出来的。"① 如此"脑译"的汉语表达必定呈现出山海民族独特的意蕴情味。另一方面母语是与生俱来的,它流经作家的肉体与灵魂的每一处角落,"后天"习得的语言总是存活在母语的语言意识之下,很难完成对母语的超越。因而把族语放置到汉语表达最需要的地方,能够实现语言的交融互补,进而提升语言的质量与意义的"重量"。瓦历斯·诺干常常感叹自己是部落中"诗味最糟的一个";奥威尼·卡露斯盎甚至常常为汉语不能用恰切的表述令他流泪的祖先诗歌而败兴苦恼;里慕伊·阿纪认为只有借助族语才能更好地表达出文学的生动性、准确性和时代感。王应棠说"无论诗人自觉或不自觉,他似乎发现自己的方言里保留与神、与世界、与人类及其文化,与他们行动之间的联系,这些联系虽不一定都是很明显,却是基本的"。② 不仅是诗人,台湾少数民族作家普遍地在汉语世界俯瞰和审视自己的母语文化,把汉语改造成自我民族思维习惯和情感表达方式下的书写手段。学者王晓明在论述沈从文创作时说:"对作家来说,表达的过程也就是理解的过程,他越是深切地陷入那种词不达意的痛苦,反而越有可能创造出与众不同的文体。"③ 作家阿来也说,他的创作是"力图使汉语回到天真,使动

---

① 吴锦发:《山灵的歌声》,见拓拔斯·塔玛匹玛《最后的猎人》,晨星出版社 1987 年版,第 6 页。
② 孙大川编:《台湾原住民汉语言文学选集》(小说卷上),INK 印刻出版有限公司 2003 年版,第 156 页。
③ 王晓明:《二十世纪中国文学史论》,东方出版社 2003 年版,第 448—449 页。

词直指动作，名词直指事物，形容词直指状态"，台湾少数民族作家也是如此。他们有着丰富的民族生活经验，与日月为伴，与山海为邻，因而民族日常生活经验、动植物的意象经常入句，运用大自然万物特征来表达句意，起到了良好的修辞效果。比如塑造人物形象：写满脸胡茬儿"像懒惰的农夫整理的草地，高低不平"。说人的耳朵"像长在枯木的木耳，软软的且没有力气"。写令人生厌的警察，有一个"呼气时像寻找食物的山猪鼻"，"可怜鼻梁好像断崖突然陷落，令人悚然"。写人的面色如"喝了足以下一场毛毛雨的酒，脸上嫩皮辗转成似晒干的百香果"。"草地"、"木耳"、"断崖"、"山猪"、"百香果"等都是日常生活中最常见的事物，而用这些事物作喻体来形容人的相貌，不仅有浓浓的生活气息，而且也非常地生动、形象、恰切而又富于大自然的趣味。比如写动作："我两手紧握拳头，如他对女孩不礼貌，我已瞄准他的下巴，打算用布农捕猎山猪的方法制服他。""雅爸像猴子般的敏捷身手使他们在那个时代颇为吃香。而小得像松鼠的我，就极其震惊于雅爸的高超技能。""捕猎山猪的方法"、"猴子般的敏捷"表现动作、身手简直妙不可言，这也是狩猎民族所独有的。浦忠成分析如此修辞说："自诩文明的族群或许会以'沐猴而冠'嘲弄其中的乡巴佬，总不会以猴子的敏捷身手形容自己的父亲；自己年纪、身躯的瘦小，通常也不会以松鼠来譬喻，这是与山林亲近的狩猎族群才会有的观念与说法。"[①] 作者以猴子、松鼠设喻，既说明了他与这些动物并不陌生，同时也赋予动物们以正面的形象，这显然是不同于汉人的表达观念的。再比如写状态，"斩断的木头没有以往的干净，须须地像老鼠啃过的生猪肉。""我误吞兰屿野生小辣椒似的，叫不出声来。""当我说些海里射到大鱼的故事，老人们专心听讲的神情像是重复他们年轻时的经验，于是他们听得入神，说到精彩的情节，他们像浪花宣泄似的。""他们的感情之要好，就像藤条那般坚硬，就是要烧断它，也得要太阳转两次的时间。"作者在描述"斩断的木头"时，并没有指出是什么样子，而是用了另一个状态"老鼠啃过的生猪肉"来形容；说"叫不出声"到底是怎样的，有如

---

① 浦忠成：《原住民的神话与文学》，台原艺术文化基金会2002年版，第183页。

第四章　当代台湾少数民族文学的审美品格

"误吞兰屿野生小辣椒似的";写人与人之间的感情犹如坚硬的藤条。作家用另外一个比喻来作喻体,极大地调动了读者的想象、感觉,拓展了语言表达的空间和美感。同样在表达时空、数量方面也一样,如"在吃完一粒芋头的时间"。"划了大约两块地瓜田的光景,不得了,小海湾的外围内里一群又一群的鱼儿煞是狂风暴雨似的无情肆虐整个海面,飞鱼就像沙粒般的多。"如此的表达在拓拔斯·塔玛匹玛文字中也经常见到,"老妇人已记不得几岁开始织布,但她永远记得是初经来的第二个月,……第十三年的春天,……当她过完第十七个储藏祭后"。"况且我长大了,达到猎山猪以领取裤子的年龄。""头目到处打听猎狗的行踪,过了七个太阳日,得到的响应都是摇摇头。""拓拔斯首次发觉胡须穿透脸皮的那年春天。""他走到我可确认他左手抓公鸡的距离。""吓得我倒退一个手臂,或许是凸出全身表面的针状物让我感到不安;我向前移动一个身体的距离"等。不同于汉语中用精确的数字去表示具体时间、空间和数字,而是用"十七个储藏祭"、"猎山猪以领取裤子"、"七个太阳日"、"胡须穿透脸皮"、"一个手臂"等来表示,这种约略的表示可能显得有些模糊,但把抽象的、理性的、静止的数字转化为具体的、感性的、动态的事物,尤其是大量民俗的使用,不仅丰富了句子的表现形式,而且赋予语言文化感和生命动感,作品因此就有了民族特性,有了魅力。当作品中大量使用这种"原味"十足的语言时,我们就能充分感受到作品的美感,如:

> 从我膝盖出生的儿子呀!
> 我唯一的儿子啊!
> 你很轻了在我心中,
> 家似是没有根的树林,
> 我以为那一片云不再飘失了。
> ……
> 你和孙子何时回来啊?
> 每天的云没有一片停留,
> 当我每天起来的时候,

我眼前的海是一片片掉落的叶子，
我坐在你天天看海的椅子上，
我是个夕阳的人了，
你要我等你到何时的太阳呢？[①]

诗中"膝盖出生的儿子"是达悟的神话，"林木"、"云朵"、"夕阳"、"浪涛"自然景物来表达"家"、"漂泊"以及"年龄"语句，用"你很轻了在我心中"这样的语序，夏曼·蓝波安以如此的表达方式轻松地引领读者进入达悟文化。对此，陈芳明认为："汉语的挪用，也许不能准确传递达悟语言的奥秘。不过，他在书写时，让母语拼音与汉语翻译并置，相当漂亮地完成语际之间的跨越。作为汉语的读者，对于他的用心良苦也不能不暗自击掌赞叹。"[②]

文学是一个民族文化最璀璨的表现。人类很早便用口耳传递美丽的神话、古老的传说和神圣的祭歌，这些基于现实生活的诗性言说既反映了人类早期的思想情感，也形构了文学原初的样式。霍斯陆曼·伐伐在《黥面》中写道：

> 父亲是说故事的能手。当他讲述单独面对猎物时，总会在床前煞有其事的弯着腰，就如靠近猎物一般。讲述高亢昂扬的狩猎场面时，我坚定的向往着充满挑战的未来，更羡慕故事中狩猎技巧高超的好猎人；……父亲讲述传统祭仪中的 Malastapan（夸功宴）时，手扬脚踏的吆喝场面，震撼了整个住屋，我了解我的族群是追求尊严的，就算站在神祇面前，依然不亢不卑的夸耀自己的功绩。母亲讲述着动物拯救族人的故事，让我觉察到"人"的能力并不是想象中的伟大，反而敬佩动物们维护大自然的力量与决心；……母亲讲述"哭泣的榕树"中，吟唱到小女孩为寻找水源在冰冷的河川中跌跌撞撞的惨状时，如泣如诉的歌声，让我体会到生活中存在着不可避免的悲惨宿命，也让我拥有着怜悯他人的心灵。……Balihabasan（原住民口传文学）就是

[①] 夏曼·蓝波安：《海浪的记忆》，联合文学出版社有限公司2002年版，第60—61页。
[②] 夏曼·蓝波安：《黑色的翅膀》，联经出版事业股份有限公司2009年版，第Ⅳ—Ⅴ页。

第四章 当代台湾少数民族文学的审美品格

这样让许多的族亲在生活中共同的感动、共同的欢笑。①

无论是父亲讲述族群狩猎经验和传统祭仪，还是母亲述说族群故事，都足见台湾少数民族口传文学内容与形式的丰富性、多样性，都饱含着这一民族对现实生活的深刻洞察和诗意思考，都充分抒发出他们的生命情感和生活美感。这种对生活经验和生命体验的表达，文字也许难以超越，其中饱含动作、表情、情绪和声调的"书写"力量也许不比文字逊色。尽管随着人类文明的发展，鲜活生动的口传文学逐渐沉寂于历史的深层，衍生为一个民族传统的"活化石"，但在当代台湾少数民族文学创作中，所有受山海文化浸润的作家都会把族群的口传文学视为最重要的创作素材和灵感来源，在创作中自觉糅合族群古老的故事、神话、谚语和禁忌等，以谚语、禁忌的述说和神化、传说的钩沉，去再现族群口传文学的历史语境和民俗场景，进而表达出对族群传统文化的省思和对族群历史的关怀。列维·斯特劳斯曾经指出，神话只可能在空间意义上消亡，它可以穿越时间改变存在形式。颜翔林更明确地表示："现代社会的科技发展终结了古典神话，然而，神话思维却以变形的方式潜藏于人类的精神文化活动之中，转换为一种现代意义的神话方式，继续发挥着重要的功能。"② 台湾少数民族作家自幼与山海为伍，耳濡目染本族群的口传文学，民族丰富的口传文学尽管丧失了其原生语境，但口传文学的创作思维却被少数民族作家汲取和承袭。口传文学的口语化的言说方式，生活场景的展示，浪漫的想象，夸张的笔法，山林海洋的壮阔之美和深厚的民俗文化等都深刻地影响着当代少数民族作家的文学创作，并塑造了当代台湾少数民族文学特有的审美气质。

"听觉而不是视觉主导着的古代的诗歌世界，甚至在文字深深地内化之后依然如此，这实在是令人寻味。西方的手稿文化始终羁留在口语文化的边缘。"③ "尽管中国古代的诗、词、曲发展为一种视觉的文字艺术，可是具有听觉意义的韵律一直是其精髓。也就是说，口头文本在人类的文化

---

① 霍斯陆曼·伐伐：《黥面》，晨星出版有限公司2001年版，第10页。
② 颜翔林：《现代神话与文艺生产》，《文学评论》2007年第4期。
③ [美]沃尔特·翁：《口语文化与书面文化：语词的技术化》，何道宽译，北京大学出版社2008年版，第90页。

表述中是不可替代的。"① 台湾少数民族是能歌善舞的民族,"他们有着上天赋予最棒的嗓音和肢体语言;只要音乐响起,旋律就即刻流窜在他们的躯体里,达观淳朴与真情的热力,不时地散发出来"②。因而,有山有水、有酒有歌是"山海"民族的生活常态。在漫长而又平凡的生活中,他们"日夕歌唱不绝",歌里有劳动的场景,也有爱情的喜悦。对于无文字的少数民族而言,它是民间的歌,部落的文学,更是民族的文化。卑南族作家孙大川说:"对我们上一代部落族老而言,唱歌不纯然是音乐的,它更是文学的;他们用歌写诗,用旋律作文。几千年来,我们的祖先就这样不用文字而用声音进行文学的书写。"③

因而,他认为少数民族文学的书面创作实质上是"用笔来歌唱"。少数民族把最民间的音乐和最本真、最朴素的乡土文学融合在一起,充分抒发他们的生命情感和生活美感,并借由口口相传,使之成为凝聚族人心灵,传达情感,传递语言和传播文化的重要工具。当诗人的心灵触到部落中传唱千年的旋律时,那所有的"填词"都在母族文化的滋养下化作最富深情与激情的诗歌,诗人的情绪也在歌唱中回到了部落的山林涧水旁。"我喜爱唱歌,而我的诗是在思想转化成歌声之后,才以文字具体的呈现。""每当我唱起这首歌(《美丽的稻穗》)的时候,仿佛就随着那时而雄浑、时而缠绵的韵律,回到祖先的身边,心中马上就有一种要向他们诉说族人的命运遭遇的冲动;每当我唱起这首歌的时候,仿佛就随着那时而雄浑、时而缠绵的韵律,翻越陡峭的岩壁,在悬崖的顶端看见一轮火辣辣的夕阳染红了绵延无边的云海,并随着鸟啼声与流水声,找到一片瀑布如纯洁的白丝带,深情地披在男人的胸膛般的山壁。"④ 莫那能的一些诗作就是他歌唱时的即兴"填词"。这感乎于情的歌声,唱出了诗人真实的内心世界和情感体验,也叩响了读者的心弦,震荡着读者的灵魂。"如果说乐舞是原本没有文字的原住民的'文学'书写,那么毫无疑问的胡德夫二三十

---

① 韩杰、李建宗:《历史语境与当代空间》,《黑龙江社会科学》2009 年第 6 期。
② 黄东秋:《阿美族的歌谣世界》,《广西民族学院学报》(哲学社会科学版)2003 年第 2 期。
③ 孙大川:《用笔来唱歌——台湾当代原住民文学的生成背景、现况与展望》,《民族文学研究》2006 年第 4 期。
④ 莫那能:《美丽的稻穗》,晨星出版有限公司 2003 年版,第 6 页。

第四章　当代台湾少数民族文学的审美品格

年来的音乐创作，其实是当代原住民汉语文学的先锋，他保留了原住民文学的音乐性，也给予它一个新的文字（汉语）身体……我们可以在胡德夫身上，再一次看到音乐、文学与口传的完美呈现。"① 比如胡德夫的《最遥远的路》，"这是最遥远的路程／来到最接近你的地方／这是最复杂的训练／引向曲调绝对的单纯／你我须遍扣　每扇远山的门／才能找到自己的门　自己的人／／这是最远的路程／来到以前出发的地方／这是最后一个上坡／引向田园绝对的美丽／你我须穿透每场虚幻的梦／最后走过自己的田自己的门"。这种有韵律、有节奏，口语化、复沓式的诗歌，显然留有民族传统歌谣的痕迹。"这是最遥远的路程／来到最接近你的地方"是出自泰戈尔的诗句，后面一部分是胡德夫本人的创作。在这一篇幅短小的作品里，既有作者对泰戈尔诗作的响应，也有他个人对深处时代环境的感想。"最远"与"最近"、"复杂"与"单纯"，看似很矛盾，实则是诗人在表现个人（或民族）的命运。在复归的过程中，形成了一种"是远实近，是难实易"的张力。再比如胡德夫的《飞鱼·云豹·台湾盆地》和田哲益的《怀念矮灵》也是如此。可以说，正是这种民间诗性的"歌咏"丰富了台湾少数民族的诗歌内容，提升了诗歌的生命力。

对于无文字的民族而言，"说"本质上也是一种"写"。台湾少数民族有着丰厚的口传文化传统，部落子民生命经验中不乏这种诗意的说唱艺术实践。其中"讲故事"是最为重要的形式，在台湾少数民族文学的创作中，无论是诗歌、散文还是小说创作，都有"讲故事"的成分。台湾少数民族部落中一般没有专业的故事讲述者，而是通过族人之间对话互动，共同参与方式讲述故事。为了引起听者的兴趣，故事的趣味性、生活性、民族性和细节性经常被强调。在故事的讲述中，他们可能会围绕一个事件进行讲述；也可能在叙事某件事情的时候，随时穿插其他事件。他们非常注重细节的处理，有时为强调故事性，常使用夸张式的语言。有时为强调故事的可靠性，采用回到"从前"，回到童年经验的叙事模式等。这种民间"讲故事"的艺术在莫那能诗歌创作中有所体现，在《燃烧》、《流浪》、

---

① 孙大川编：《台湾原住民族汉语言文学选集》（诗歌卷），INK 印刻出版有限公司 2003 年版，第 45—46 页。

《来，干一杯》、《归来吧，莎乌米》等诗中，莫那能声情并茂地在向我们讲述一个民族逝去的历史、部落的变化和个体生命的不同经历。"十三岁，多嫩弱的年纪/还有多少不理解/就开始一天十二小时的工作/被'当'在焊枪工厂/忍受恶臭，长期禁足/不准出外，没有报酬/身份证押在老板的保险柜里/三年合约一满你就走//走到一家砖窑场/运砖的钱赚得多/你那山猪般的体力/走入闷热的烧砖房/得到了头家满心的嘉许……"莫那能以"讲述"撒即有、卡拉白等人的故事，再现了部落男人流浪、女人沦落的历程，进而揭示了整个台湾少数民族的命运。此外像奥威尼·卡露斯盎、拓拔斯·塔玛匹玛、夏曼·蓝波安、霍斯陆曼·伐伐、巴代等人在创作中都表现出较强的"讲故事"的能力。奥维尼的舅公就是前好茶史官，在其舅公的教导之下，奥维尼掌握了有关鲁凯传统历史及礼仪的知识，因此奥威尼有绝佳的说故事的本领。孙大川说他"低沉、缓慢的声音，加上独特的鲁凯腔调，和他说话事实上是在领受一种'口传文化'，他的文学只是他'民族叙述'的直接文字转换"[①]。他的《野百合花之歌》、《云豹的传人》就是讲述家族的故事。在拓拔斯·塔玛匹玛的小说集《最后的猎人》、霍斯陆曼·伐伐的《黥面》以及夏曼·蓝波安的《冷海情深》、《海浪的记忆》等作品中不仅有讲故事的成分，而且也很好地领悟、运用了民族传统"讲故事"的方法。在拓拔斯·塔玛匹玛的《拓拔斯·塔玛匹玛》一文中，小说讲述迪安因砍伐林木造床而受林务局提告的这一事件。故事讲述的空间发生在移动的载人汽车车厢内，场景不大。在从上车开始到部落曲终人散，从汽车司机到猎人乌玛斯、迪安、珊妮、进城务工的姐弟以及大学生"我"，在作者笔下每个人都有故事，同时文中还插叙了浊水溪的口头传说。这样的场景，这样大量使用插叙的方式，与部落族人聚会时讲述故事非常相似，有始有终有互动，在如此熟悉的情境之下，拓拔斯·塔玛匹玛的讲述则显得非常从容。台湾少数民族作家在讲述故事的时候非常注重细节描写，无论是事件发生的场景、背景以及人物形象的塑造，笔法都较为细腻。比如：

[①] 孙大川编：《台湾原住民族汉语言文学选集》（诗歌卷），INK 印刻出版有限公司 2003 年版，第 18 页。

第四章　当代台湾少数民族文学的审美品格

到佟佟的第二个晚上，正好月圆，我沿着山谷走，四处寻找下山喝水的山鹿，除了遥远处山羌求偶声、节奏一定的水声，好像想说又不敢说的情歌，反复再反复。正发愁没有杂音，我一向害怕安静，尤其在森林。突然一个拉长的叫声滑过我头上，摇摇摆摆地飞到松树林，一时没注意，只看到白色胸毛，它慢慢爬，红棕色圆圆的背，比一般飞鼠更长的尾巴翘得很直。快爬到松树最末端，月亮正好在它头上，看起来古怪令我觉得可爱。走过去悄悄靠近它，用是手电筒照它凶凶的眼，动也不动地瞪我。这次是难得的机会，何况我的袋子没有一只猎物，所以下决心把它射下来。它又向松树末梢爬，以为我是傻瓜，想用身体挡住月光，然后在我看不见时溜走。它看到我正瞄准的枪管，迟疑一下，又滑下来，我以为它要飞走。扳机一扣，它就躺在潮湿的苔藓上，血液从胸部慢慢流出，没有停止。①

一个猎人捕获猎物时细微的动作、屏声静气的状态跃然纸上。细描能使故事有可听性，事件跌宕起伏、引人入胜，使听者有身临其境之感。当然随意率性地插叙和过分注重细节描写的叙事方法，在一定程度上松散了文章体式，打断了文本叙述的进程与节奏，形成小说散文化和散文小说化趋向。但是，山海文化的特质却也在这多种混杂的文体中彰显出来。讲述故事离不开"从前"，"从前"可能是一个假设的时间。台湾少数民族口传文学有着浓厚的时间观念，比如"很久以前，天神看见海岛那样美丽，却没有一个人"。"在树还能跟人说话的时候。"这对当代台湾少数民族作家的创作有着深刻的影响。亚荣隆·撒可努说："我曾经因为失去自我而茫然，找不到切近传统文化对我的内化，没有人告诉我，那个属于自己的我在哪里？但是当我将自己归零后，我感受到来自于原本生命和灵魂的归属感和呼唤。是的，我慢慢地找到了童年所熟悉的感受和亲昵感，我开始听得到大自然和土地在交谈、沟通的声音，就如同父亲说的，相信自然的真实，让自己被自然所拥有，那是被自然和土地接纳的荣耀。"② 拓拔斯·塔

---

① 拓拔斯·塔玛匹玛：《最后的猎人》，晨星出版社 1987 年版，第 31—32 页。
② 亚荣隆·撒可努：《走风的人》，耶鲁国际文化事业有限公司 2011 年版，第 20 页。

玛匹玛的《马难明白了》、《夕阳蝉》，亚荣隆·撒可努的《小米的故事》、《飞鼠的故事》、《山与父亲》、《小米园的故事》，瓦历斯·诺干的《森林》，利革拉乐·阿媽的《男人桥》，霍斯陆曼·伐伐的《乌玛斯的一天》、《那年我们祭拜祖灵》、《金黄的小米高高挂山坡》、《部落小丑》，白兹·牟固那那的《头发的故事》、《蜂的记忆》、《山地小孩泡泡糖》、《木屐》，里慕伊·阿纪的《山野笛声》，夏曼·蓝波安的长篇小说《黑色翅膀》，等等。这些作品很多都是从自我的童年经验出发去写的，有的甚至是从祖父的童年记忆开始的。从童年出发能为作者提供一个很好的叙事角度，能为文章叙事提供较大的叙事空间，也能在追忆过去中审视当下。

口传文学是民间集体化的口头创作，群体的参与少不了讲述者与听者之间的互动，互动无疑会增强讲述的氛围。口传文学这种互动性的表现方式被台湾少数民族作家所借鉴，在创作中表现为人与人、人与动物之间的"对话"，他们借助"对话"的方式来推进故事情节的发展，表达创作思想和提升文学艺术效果。在《撒利顿的女儿》一文中，拓拔斯通过布农小孩的对话来呈现一个平地人的相貌："西装整齐的好像昨天刚订制好的。""他的额头很高的。""像贫瘠的山坡长不出嫩芽。""毛发稀疏没有营养。像无力的玉米叶子垂得很直。"在《拓拔斯·塔玛匹玛》一文中，猎人乌玛斯借猴子搬家的故事隐喻了山地文化在都市文明的侵袭下逐步走向消亡的趋势。"有一次碰到一群猴子，我发誓这不是吹牛。他们讨论搬家的事，小猴子不耐烦而问老猴，为什么频频搬家，而且新巢比旧巢还冷。老猴回答说：'因为故乡已经不安宁，过去偶尔听到炮声，我们听惯了，现在有车声、汽油味、锯木声。一直担心的事终于发生，他们砍走所有的树木，放倒我们的巢穴，换上一排排人工种植的树木。从此再没有安全躲藏的树干，断绝我们的食物，果树不被允许长在单调的树林，所以不得不搬到更深山来。飞鼠也不习惯一株株整齐的树干，那样他只能在一个方向飞行，不能自由翱翔。其实动物大多来到这新乐园，除了有口臭的狐狸依恋汽油味，相信它们会灭族，从此从地球消失。'"①拓拔斯·塔玛匹玛将一个沉

---

① 拓拔斯·塔玛匹玛：《最后的猎人》，晨星出版社1987年版，第29页。

第四章　当代台湾少数民族文学的审美品格

重的环保生态问题和民族文化问题,借用一个幽默的对话表达出来。夏曼·蓝波安的《黑色的翅膀》则通过部落四个小孩之间的对话,去表达传统文化和现代文明之间的对决和抉择。在霍斯陆曼·伐伐的《出草》中,作者更是借了生前为敌、死后为友的族人巴彦·哈用和两个日本人之间三个魂灵的对话,而讲述了一个泰雅族的"出草"故事。同时,台湾少数民族作家善于利用口传文学中的禁忌、谚语等来构思作品。"我梦见手上拿一粒未成熟的葡萄,香味却浓过于快落地的老葡萄,我真舍不得,当要藏到口袋里,突然出现一个老女人,手抢了过来,我轻易地躲过,但是它由指间的缝隙掉出来,恰巧落在老女人的手掌心,然后她消失了,我心着急得很,悔恨自己不能保住那可爱的葡萄,奇怪地,它又出现在眼前一大步距离的石头上,我伸出右手去抓,它滚落下来,我跳向前抓,它爬到一棵树干上,我赶紧追上去,头撞上树干,把我痛醒了。"① 梦见葡萄这一事件就是利用族人占卜的文化心理。在《安魂之夜》一文中,伊蒂克是伊毕·阿布斯历经两次流产后,好不容易才获得的儿子,随着孩子日渐成长,夫妻俩也就慢慢不相信诅咒,直到儿子自杀后才又被谈起夫妻二人过往触犯禁忌遭诅咒的恶事:"她生第一胎而小孩夭折的那个晚上,她已经疲惫不堪,隔天她的家族竟然把她揍得全身伤痕累累,她额前的疤就是那件事发生之后遗留下来的,她与伊蒂克的爸爸最后承认,他们曾经将流产的小猪带到部落外煮来吃,他们永远不会忘记那小猪又嫩又香,虽然煮过小猪的锅与碗筷都丢到浊水溪底,让河水把诅咒流走。"② 这里作者就运用了布农族的禁忌。当代台湾少数民族作家广泛借鉴民间口传文学的文化心理、审美情趣、创作方法等,作品因此而具有了独特的民族文化特色和审美品质。

张大春在《给猎人的一封信》中指出:"猎人,你不会成为一个非常伟大的小说家——如果你不能进一步思索这片山林(哪怕只是这片猎场)与你之间有什么更深刻的关系和更原创的启示;你恐怕也不会是一个成功的小说家——如果你不能抛弃垃圾媒体上那些有如塑胶废弃物般无用而又碍眼的语言。但是我向你保证:倘若你重新以全然陌生且好奇的身姿再走

---

① 拓拔斯·塔玛匹玛:《最后的猎人》,晨星出版社1987年版,第174—175页。
② 拓拔斯·塔玛匹玛:《情人与妓女》,晨星出版社1992年版,第25页。

一次太阳即将照射的溪谷……也许你会想起更多未经污染语句和声音；是它们在支持你写出下一部作品。"① 学者李鸿然也指出："少数民族作家有的用母语创作，以母语揭示本民族的文化密码和心灵密码；有的用汉语创作，在以汉语表现各族人民的社会生活和思想感情的同时，又使汉语产生了新的生长点和新的能量；有的用双语创作，在两个语言世界里自由徜徉，使自己的作品获得了双重的语言美、双重的文化美和双重的文学美。这一切不仅使我国多民族文学成为世界罕有的多语种文学大国，而且使中华民族的语言艺术跨进了人类最优秀的语言艺术之列。"② 台湾少数民族山海的思维方式和感觉方式不同于汉族，台湾少数民族充分利用"跨语言、跨文化"的写作，秉承民族语言传统，借鉴汉族语言艺术，创作了一大批极富民族特色的汉语言文学作品，他们的双语创作极大地丰富了汉语文学表现形式，为汉语文学创作注入了新的活力。

---

① 张大春：《给猎人的一封信》，《联合文学》2000年第193期。
② 《中国多民族文学史上划时代的60年——访中国少数民族文学学会副会长李鸿然教授》，见《中国民族报》2009年9月11日第9版。

第五章

当代台湾少数民族文学的书写困境

尽管台湾少数民族取得了令人瞩目的文学成就,但其民族文学发展依然面临诸多制约因素。台湾少数民族作家在承担文学使命时,却又承受着巨大的生存压力与精神压力。在民族文化身份的追寻中,台湾少数民族作家为维护民族文化的纯洁性和"原初性",在文学创作中不时地陷入文化保守主义和文化民族主义的困境,致使文学的文化性、政治性高于其审美艺术性。同时,面对现代化、全球化的浪潮,台湾少数民族作家在处理民族化与全球化、传统与现代等问题时,尚显得仓促无措。

第一节 创作主体的困境

日人下作次郎曾对迅速崛起的台湾少数民族文学惊叹地表示:"确实没有想到短短的十五年,仅四十一万人口的台湾原住民,竟可以有那么多作家、产生那么多作品,就比例上说,这是高密度的文学生产。"[①] 的确,经过半个世纪的发展,台湾少数民族形成了一支多族群、多梯队的文学队伍,作品在数量和质量上有了大幅提升,民族文学达到了空前繁荣。但如

---

① 见孙大川编《台湾原住民族汉语文学选集》(评论卷上),INK 印刻出版有限公司 2003 年版,第 11 页。

果我们将其置于整个台湾地区文学中去审视，或者同中国其他少数民族的文学创作相比较，我们就会发现其繁荣背后的"不足"。尹章义提醒我们："文学史必须以像样的作品来建构是无可替代的必然。没有像样的作品，在文学史上就占不上一席之地，更谈不上定位问题。"[①]纵观整个当代台湾少数民族文学，能够对当代台湾文坛造成冲击力的作家作品寥寥无几，能给文坛留有深刻印象的作家，也就是孙大川、莫那能、瓦历斯·诺干、拓拔斯·塔玛匹玛、夏曼·蓝波安、巴代、亚荣隆·撒可努等人。换言之，台湾少数民族文学在台湾地区的文学中目前仍处于弱势和边缘地位。尽管"原运"落潮以后，出现了一批新锐作家，但他们的文学创作并未产生足够的影响，由此也给人们留下了台湾少数民族文学停滞不前的印象。事实上，台湾少数民族文学创作也的确存在着发展困境，而首要的当属创作主体面临的困境。

巴苏亚·博伊哲努在夏曼·蓝波安的《海浪的记忆》推荐序中写道，"近几年来，原住民文学的创作能量逐渐受到瞩目，在文学研究、研讨的领域场合偶有探触的作品，也有部分大学院校已经授此一文学内涵，于是逐渐接触不少的创作者；一致的特征是壮硕、黑色、自信、幽默、豪放之类。当然也有一些特别的'配饰'，譬如陈英雄的啤酒肚、拓拔斯·塔玛匹玛（田雅各）及阿道的胡子；矮壮配上'苍蝇'也会滑跤的秃头林圣贤；……所以有如此特征，其实是因为这些作者们，并非曾经刻意进入文学创作的世界，而是在真实经历原住民各类不同生活的内容之后，在压抑情感而不可的情况下，乃不得不以第二语言表述其深刻的感受。阅读他们的作品，必会被他们所描述的场景、情节或人物，带入原住民身处于当今社会的处境：从高山地区的林班、工厂的机房、不见天日的矿坑隧道、最高最危险的鹰架、最黑暗的娼寮、甚至社会集体的歧视现场等，都会让人不自主的觉察其摹写生活的力道，也体会原住民族依旧拥有的生命韧度"[②]。从早期

[①] 尹章义：《百合盛开艳阳下》，见林燿德《一九四七高砂百合》，联合文学出版社有限公司1990年版，第3页。

[②] 巴苏亚·博伊哲努：《海洋思维的悸动》，见夏曼·蓝波安《海浪的记忆》，联合文学出版社有限公司2002年版，第9—10页。

第五章　当代台湾少数民族文学的书写困境

的陈英雄到新生代的阿绮骨、乜寇·索克鲁曼、沙力浪·达凯斯弗莱蓝，台湾少数民族很少有专业从事创作的作家，他们的职业身份有的是教师、医生、警察、退役军人，如孙大川、林志兴、霍斯陆曼·伐伐、温奇、拓拔斯·塔玛匹玛、陈英雄、亚荣隆·撒可努、巴代等。他们有的是部落文化工作者，如夏本奇伯爱雅等，有的是社会底层工人或"流浪艺术家"，如莫那能、阿道·巴辣夫、达卡闹·鲁鲁安等。尽管不同的职业和社会经历可以丰富民族文学的表现内容，但社会底层地位和生活的艰辛又在很大程度上牵制了台湾少数民族作家创作的精力。在友人的接济中度过部落岁月的鲁凯族返乡作家奥威尼·卡露斯盎说："在写作的岁月里，深深感受到的是，若没有借着工作取得最基本的生活费，写作是不可能的。"[①] 夏曼·蓝波安在《冷海情深》的自序中说："失业的这几年（是自己不想去赚钱），海洋的律动，潮汐的起落陪伴着我的孤独，也浪费、充实我中年时期的岁月。我尽情地享受海洋的魅力，沉溺于海底世界的欣赏，但却疏忽了家人需要的地方。"[②] 为重构达悟族文化，夏曼·蓝波安以潜水射鱼的方式亲近大海，但也因此被家人指责为自以为是的"海底独夫"和脱离现实的"贪婪的懦夫"。卑南作家巴代曾告诉泰雅族年轻作家多马斯进行纯文学创作尤其是"原住民"文学写作是会挨饿的。生存的艰难致使作家难以坚持创作，一些作家如莫那能、利革拉乐·阿妈等甚至因此而辍笔。同时，在日趋商业化、市场化的出版界，少数民族新生代作家特别是那些寂寂无名者，很难获得出版市场、报纸副刊的青睐，以致作品难以发表。缺乏稿费、版税的支撑，疲于生计、奔于生活影响了作家创作。可以说，台湾少数民族作家在狂热追求文学梦想之时，却也分明感受到现实生活的沉重与苦涩。尽管创作环境和条件较为艰苦，但还有不少民族作家还在坚守他们的文学信仰，传递民族的生命美学。当然也不得不承认的事实是很多年轻人远离了部落、远离了母语、远离了民族文化，民族作家队伍有着后继乏人的隐忧，这将直接影响民族文学的未来发展。

---

① 奥威尼·卡露斯盎：《神秘的消失：诗与散文的鲁凯》，麦田出版城邦文化事业股份有限公司 2006 年版，第 11 页。

② 夏曼·蓝波安：《冷海情深》，联合文学出版社有限公司 1997 年版，第 11 页。

"传统文化从多方面驱动了文学想象：它可能提供一种环境或者背景，也可能提供一种性格原型，可能提供一种神话思维方式，也可能提供一种叙述风格或者语言风格。总之，传统文化并非一堆毫无生气的典籍资料，而是全面激活作家心智的触媒。"① 优秀的作品总是以强大的民族传统文化作为支撑的，如果切断与民族传统文化之间的联系，任何文学创作将成为无源之水，无本之木，也必将丧失其应有的高度与深度。

20世纪80年代成长起来的作家有着丰富的部落生活经验和历史记忆，而其后的新生代作家尽管有着部落文化的基因，但那条与部落文化联系的脐带早已被剪断。在现代化、城市化的进程中，部落古老的猎场变成了美丽的观光公园，熟悉的母语不再是交际的语言，他们身上与生俱来的部落文化基因正一点一点地被剥离、退化，支撑他们文本书写更多的是与传统社会历史断裂的私人经验。没有对部落文明的景仰与眷恋的复杂心态，没有对民族历史命运的关怀，没有对民族文化传承的责任，缺乏对民族文化的历史意义的深刻认识，都导致了他们的文学创作逐步丧失了民族特色，渐渐地淹没于岛内汉语文学创作之中。这，也引起岛内学者的担忧，恐长此以往"原住民文学"不再"原住民"。同时，新生代作家不再拒绝城市，相反他们拒绝乡村。从某种意义而言，台湾少数民族文学是从批判城市而发生的。因为城市在精神上拒绝了少数民族，在现实上又给予他们屈辱、苦难和不幸。城市让少数民族丧失了尊严与平等、同情与宽容、公理和正义。美丽的女教师申素娥进入城市后变成了不知廉耻的妓女，勇敢自信的猎人比雅日被城市来的森林警察视为是"残忍成性"、"好吃懒做"、"肮脏不守法"。无论是莫那能的《恢复我们的姓名》、《钟声响起的时候》，拓拔斯·塔玛匹玛的《最后的猎人》、《情人与妓女》，还是霍斯陆曼·伐伐的《归乡》、根健的《猎人》，他们都对城市进行批判，让猎人巴尼顿客死在城市，申素娥在情色场所继续陷落，比雅日带着屈辱回到了部落。即使少数民族作家书写部落，其背后也是对城市的抗议。"日安，主耶稣。/虽然他们喝酒/还知道上教堂。/虽然老忘记礼拜日/还知道以你的名/训诫犯错

---

① 南帆：《札记：关于"寻根文学"》，《小说评论》1991年第3期。

第五章　当代台湾少数民族文学的书写困境

的孩子。/虽然奉献金少一点/还知道低头忏悔。/虽然每次忏悔的主题/不外把钱交去喝酒/但是，主啊……/请原谅族人们的无知/因为族人真实/纯洁，阿门。"① 显然是城市文明让真实、纯洁的族人改变了信仰和形象。当悲愤的星火燎原成返乡的文化叙事时，部落是否就是一条温暖的归途呢？当瓦历斯·诺干带着朴素的感情返回原乡，却并未得到部落族人的理解与认可；当夏曼·蓝波安带着淳朴的记忆返回大海，换来的是家人的抱怨。而记忆中部落早已是遥远的记忆，不再是那种日出而作日落而息的生活，不再是以狩猎渔捞为主的生活方式，男人们不再以能够诠释民族诗歌的内容，能口述家族史、部落史，具备观测天候、造船建屋的能力为傲。故乡大地的容颜在变，传统文化在变，人们的观念在变。

　　一切都变了，变得令人目不暇给，变得使我一时难以适应。族人酗酒日甚、孩童伸手向观光客要钱、观光客抛糖、玩弄纯洁的童心、满足他们的文明支配欲、外来资本家利用雅美当地资源赚取利润。
　　真的，一切都变了，唯有大海没有改变。②
　　跟你去台湾念书的族人，返乡之后各个都有稳定的工作，在台湾有房子，孩子也在台湾受教育，你是怎么啦，一无是处，脑子里只有汪洋大海，什么民族认同、族群意识、达悟人要坚强……一些狗屁不通的歪理全是空洞的，明天给你钱去台湾。③

本以为"回家"是再出发的原点，但迎接他们的却是抱怨与苛责，返乡作家又不得不向城市的方向眺望。同时，返乡作家要融入部落社会，他们必须和族人保持良好的互动，做些无谓的聊天、喝酒，才能真正地寻求到一种"归家"与"归属"的感觉。但他们的文学创作又要求他们必须超越于这些部落成员，和部落保持着适当的距离。部落有着可亲可敬的乡

---

① 瓦历斯·诺干：《部落牧师》，见孙大川编《台湾原住民族汉语文学选集》（诗歌卷），INK印刻出版有限公司2003年版，第135—136页。
② 夏曼·蓝波安：《八代湾的神话》，晨星出版社1992年版，第165页。
③ 夏曼·蓝波安：《冷海情深》，联合文学出版社有限公司1997年版，第212页。

亲，有浓郁的风俗文化，但也有贫困；城市有物质上的富庶，有现代文明的诱惑，但也有丑陋。拒绝城市，但部落却又不是最好的归途；拒绝乡村，城市却又不是归宿。对少数民族作家而言，无论选择城市还是部落都注定是一种痛苦的选择，他们的文学之路充满着孤独、绝望、无助与迷茫。

20世纪80年代以来，随着民族意识的觉醒，文学已经成为台湾少数民族知识精英政治抗争和谋求民族利益的重要手段，其创作明显有着强烈的目的性和使命感，利用文学来彰显抗争意识，因此台湾少数民族作家把揭示民族悲惨命运和控诉强权政治作为文学创作的主调。在如此创作指向下，少数民族作家挥舞文字的"番刀"，不断地对汉族文化、强权政治进行"出草"。即使像陈英雄这样早期跟随主流话语起舞的作家，其创作姿态也开始发生转向。且不说他们急于或刻意地为民族命运和文学地位发声，偏离了或忽视文学审美功能的表达，刻意以"第四世界"、"东亚"和"海洋"的视角去强调自我民族世界其他地区原住民的共性，则无形中忽视了台湾地区的民族关系的特殊性。他们在文学中强烈要求恢复姓名、母语、归还土地等，和岛内政治、主流社会以及汉人俨然形成势不两立的战斗姿态，但也由此陷入了以汉语言文学创作对抗汉族文化，以对主流社会、政治的批判去赢得主流社会、政治认可，以新的"原汉"位阶取代旧的"汉原"位阶二元对立的模式。台湾少数民族作家基本上都接受过汉语教育，然而他们却又竭力反对汉族文化，借用汉族语言文化进行创作，同时又不自觉地抗拒和疏离汉族语言文化，这种内在的矛盾一直交织在台湾少数民族作家的文学创作中。他们努力地以汉语创作的方式表达出民族文学特色，却又以自己的民族身份和文化属性为文学划定疆域，人为地设置文学的壁垒。正如孙大川所指出，"从早期的反共文学、怀乡文学、现代文学到留学生文学，都反映了一个杂乱、漂泊年代的无根灵魂。一九七〇年代中期引爆的乡土文学论战，固然高举本土的旗帜，但他们所谓的本土仍然是汉族本位的本土；叙述的场景，从兰阳平原到嘉南平原，从渔港、茶山到田埂，依旧是平原、稻作民族的思维逻辑。相较于夏曼·蓝波安的海、田雅各的山、瓦历斯·诺干的岛屿以及原住民文学中随处流露的神话和宇宙想象，汉人的本土是现实的、政治的，缺乏'怒而飞，其翼若垂天

第五章　当代台湾少数民族文学的书写困境

之云'的超拔气势,当然也无法真正理解、欣赏整个南岛民族辽阔的海洋心灵"①。但他们越是刻意地想突出自我民族性,越想摆脱、超越汉语文学之外,事实上他们的文学特色却又恰恰地丰富了岛内汉语文学创作。包容让他们无法逃脱,台湾少数民族对强权政治和主流社会不断进行挞伐,以边缘战斗的姿态去重构民族主体,但对他们文学接受、评判和认可的却又是主流社会。他们一方面站在边缘处向中心说"不",另一面又不断地向"中心"靠拢,假如莫那能、拓拔斯·塔玛匹玛、夏曼·蓝波安、瓦历斯·诺干等人不被岛内主流社会所认可的话,他们也难有今天的文学声誉。可以说,对"中心"的靠拢又消解了少数民族作家的批判力度。所以周庆华一针见血地指出:"原住民菁英似乎忘了一件事:凡是有关他们所创作的作品的发表、出版、甚至参赛得奖等等,几乎都是在这个社会多元化的氛围中形构和有意无意受到眷顾而获得保障的,现在要跟它抗衡就得陷入两难困境。也就是说,要批判这个社会的不公待遇,就得跟它保持距离;而一旦要依赖它提供发展的舞台,就没有理由批判它。然而,原住民精英只顾着享受一己的'得便',却不知道已经深陷在自我矛盾的情境中。"②

文学的意义在于表现美好的人性,表达人类和谐共处的愿景。拓拔斯·塔玛匹玛表示自己在小说创作中不断地寻找一条出路,一条不会伤害到平地社会和自己部落社会的出路,而这样的想法和他的布农祖先一样,希望大家和谐相处。霍斯陆曼·伐伐认为:"文学的力量在于传达一个民族的心灵世界,使人产生认同感,惟有相互的认同,族群之间才能在真平等的基础上互爱互重,并建立台湾各族和平相处的新伦理。"③ 台湾少数民族作家重建民族主体的愿望,其本意也许在于改变民族长期以来被压抑、被边缘化的历史地位,但在创作实践中,这种"主体"重构显然是把岛内汉族视为客体的。他们运用后殖民话语策略,把岛内汉人解构成殖民者和压迫者,岛内汉族和少数民族共同开拓的历史被视为来台汉人对少数民族"殖

---

　① 孙大川编:《台湾原住民族汉语文学选集》(小说卷上),INK 印刻出版有限公司 2003 年版,第 11 页。
　② 周庆华:《后台湾文学》,秀威资讯科技股份有限公司 2004 年版,第 126 页。
　③ 霍斯陆曼·伐伐:《那年我们祭拜祖灵》,晨星出版社 1997 年版,第 6 页。

民史",进而形塑了新的"原汉"对立模式。这种"反殖民"、"反强权"的话语模式必然引起岛内汉人的反弹,也在一定程度上阻碍了他们边缘主体重构的实现。"在寻求发展的过程中势必要在一个与人互动的社会情境里不断地自我节制、甚至妥协退让,才能取得'相互自主'的位置而一展有限度的影响、支配力。因此,原住民菁英所极力模塑建构的边缘主体,一旦要有所进取而在具体情境发挥竞逐相关权益的本事,它所会遭遇抵拒的情况固然无从预测,但至少它已经发生了自我的矛盾、冲突。换句话说,要求发展,就不能太过强调自主;而要求自主,也不能奢望发展。这当中自主和发展两个概念的深缠困扰,最终不是盲目的或无谓的再行深化自主欲求,就是遗憾错过可以'与人共商'发展前景的机会。""原住民菁英所以为的透过文学来主宰自己的命运,就无异在制造一种新的虚矫性,终究无助于原先所自诩的'尊严'的获得。"① 当然,我们也注意到最近一个时期台湾少数民族作家创作的变化。他们的笔不再是一把寒光凛凛的番刀,即使在表达民族现实困境的时候,也不再空洞化、口号化、概念化,他们在文字中努力去表达祖先对土地的思维,去表达自我民族的感情,正如巴代所言:"我不必在意你来自何方、去向何处;不必在意你现在富有或曾经贫穷;不必在意你我相识或现在依然陌生;不必在意你我的上一代曾经为了彼此项上人头而征战多年的愤恨;不必在意你的性别、我的长相,你的学历、我的曾经;不必在意一切可能在意的琐事的情感;一种紧紧珍惜目前的缘分,干一杯或唱一段山歌,很'原住民'的情感,一种非常'一家人'的情感。对! 对我来说,那个一直以来无以名之的情感,就是很'原住民'的情感。而这样的情愫也许早就存在你我之间内心深处吧。"②

文学理论是一种阐释文学的知识。文学理论和文学创作相互促进、相互影响,共同组构了少数民族文学自由飞翔的双翼。在中国大陆的少数民族创作队伍中,玛拉沁夫、晓雪、特赛音·巴雅尔、张承志、乌热尔图、阿来、栗原小荻、阿库乌雾、李青果、冉云飞等作家先后从不同的研究命题和学术方向出发,陆续闯入了中国文学批评理论界的腹地。他们对民族

---

① 周庆华:《后台湾文学》,秀威资讯科技股份有限公司2004年版,第129—130页。
② 巴代:《姜路》,山海文化杂志社2009年版,第6—7页。

第五章 当代台湾少数民族文学的书写困境

文学理论有着自觉的思考,不仅丰富中国少数民族文学理论,而且也在很大程度上推动了民族文学创作。如前所述,台湾少数民族有着朴素的文艺观念,但并未形成民族文学理论的话语体系。在孙大川主编的《台湾少数民族汉语文学选集》中,《评论卷》是占了很大分量的。该卷收录了孙大川、浦忠成、瓦历斯·诺干、陈昭瑛、傅大为、彭小妍等人多篇文章,涉及台湾少数民族文学之生成与界定、民族文学批评及其美学等问题。但从《评论卷》中我们也发现,台湾少数民族文学的批评"话语权"依然掌控在汉族批评家手中。当前台湾少数民族文学理论批评队伍明显不足,也仅有孙大川、瓦历斯·诺干、浦忠成等几位作家学者,因而台湾少数民族尚未形成系统的民族文学理论体系。"话语权"的丧失和批评理论队伍的不足,都不利于台湾少数民族文学的发展。台湾少数民族文学理论匮乏的原因,一方面与创作主体的理论素养不足有关,在台湾少数民族作家的创作队伍中,有些"素人"作家如夏本奇伯爱雅等未曾接受过较高程度的文化教育,有些作家也未打开视野充分借鉴国内外优秀作家的成熟创作经验、方法等,而仅凭对文学的热情或对民族文化的使命而从事创作。另一方面是民族作家的理论准备不足,随着民族文学现代性转型,以及汹涌而至的文化全球化浪潮,民族作家们显得手足无措,应该说现代化和全球化的语境虽为当代台湾少数民文学创作提供了较大的书写空间,但面对历史与现实、传统与现代等问题时,相当部分的作家还犹疑不决,还挟持着狭隘的文化部落主义等观念。这些,都在一定程度制约了台湾少数民族文学的发展。

台湾少数民族作家以自己的使命感开拓了民族文学新的历程,但在文学的发展进程中,作为创作主体应该摆正好自己的心态,正确地处理好文学与政治、文学与生活、自主与发展、自我与"他者"之间的关系,如此,民族文学才能健康永续发展。

第二节 文本表达的困境

如果说创作出优秀的文学作品是一个作家向读者证明自己最好的方式,那么创作出优秀的文学作品无疑也是一个民族向世人证明其存在的最为重要方式之一。事实上，阿来的《尘埃落定》、张承志的《心灵史》、乌热尔图的《昨日的猎手》、鬼子的《被雨淋湿的河》、吉狄马加的《一个彝人的梦想》等优秀的文学作品，都无可非议地成为各自民族最耀眼的文化名片。而优秀的文学作品总是"具有丰厚的人生意蕴和永恒艺术价值，为一代又一代读者反复阅读、欣赏，体现民族审美风尚和美学精神"，历经时间之水的磨洗它们依然熠熠发光。文学是诗意的、审美的，它充满着感动与悲悯。而正是因为对诗意与美的坚守，文学才得以恒久地存在。尽管当代台湾少数民族文学承袭了民族朴素的文艺创作观念，然而20世纪80年代以来，出于民族身份认同的考量，文学被当代台湾少数民族作家操弄为进行政治抗争的手段和建构民族主体的工具，文学的政治、社会功能也因此被凸显出来。文学与政治的"牵手"，语言与身份认同的"联姻"，导致了文学偏离其作为一种叙事的本质，消解了其美学意义，使当代台湾少数民族文学在文本书写上呈现出诗意表达的艰难和对族语表达过分迷恋的现象。

"愤怒出诗人"、"诗可以怨"、"发愤著书"、"不平则鸣"、"穷而后工"，文学的历史一再表明文学与政治是密不可分的。政治理应是文学的表现对象，在某种意义而言，它也是诱发文学创作的一种契机、一种情结、一种视野和一种价值。在中外文学发展史上，那些政治意识敏锐，政治情感丰盈，政治胸襟饱满的作家们创作出了很多优秀的文学作品。"在中国，从屈原到杜甫，到鲁迅；在西方，从荷马到但丁，到卡夫卡，可以说举不胜举。如果没有政治这个因素，我们不知道这些伟大作家会不会创作出那么卓越不朽的作品；如果没有政治这个因素，我们甚至不知道会不会为这些不朽作品所感动，以至于每当提起它们便不禁感到一种强烈的震撼。"[1] 无论是寻求政治地位的改变抑或是建构民族主体，都意味着对现有政治体制进行抗争。20世纪80年代以来，台湾少数民族作家面对苦难的民族身影和日渐消瘦的民族文化，他们以战斗者的姿态喊出了弱势民族悲愤的声音。他们通过对民族困难、困苦与困顿的展示，对不合理的社会政

---

[1] 阎国忠、张艺声：《文艺与政治——一个应重新审视的话题》，《理论与创作》2002年第5期。

第五章　当代台湾少数民族文学的书写困境

治进行声泪控诉，并以此启蒙民众和拯救民族文化。他们的悲情控诉取得了较好的效果，岛内民众倾听到了这群"熟悉的陌生人"的声音，注意到了他们的存在。政治化倾向的文学书写对少数民族谋求政治利益和建构民族主体起到了极为重要的作用。在近半个世纪的发展中，虽然政治书写并不一直都是台湾少数民族文学创作的主调，但从未中断过。王元骧认为，文学的目的就在于通过陶冶人的情操、开拓人的情怀、提升人的境界来强化和确立人们对于美好人生的信念，从内部来激活人们实践的心理能量和精神动力[①]。文学的本质是一种审美的情感活动，它不是政治的附庸，更不是政治的"传声筒"，它有着超越现实政治的品格。然而，当代台湾少数民族作家的文本创作在表现政治的时候并未超越政治，以至于抑制了民族文学的自由飞翔。

对政治的过分聚焦，对民族"苦难"的重复书写，是导致当代台湾少数民族文学无法超越政治，进而陷入文本书写困境的首要原因。在台湾少数民族作家看来，对民族"苦难"的书写是进行政治抗争的前提。因而，城市生活的遍体鳞伤，部落的满目疮痍，转化成对民族命运的哀悼顾怜，对民族文化的哀伤依恋。"族人的荣耀已从遥远的传说／出走，传说中的土地精灵／也已被汉人俘虏／只剩下落叶般的叹息／那些交织着栀子花影的叹息／在哀伤的泪水中坠毁、散落／一滴滴的，一滴滴的散落／终于将我化成痛苦的涟漪"[②] 古老的民族犹如大地的一片凋败的落叶，莫那能写出了民族孤独、枯萎、飘零的历史命运。"自从仇恨趁黑夜追杀了怜悯，我们只剩下二九八具身体。我们将悲伤藏了起来，藏在花叶、藏在泥土、藏在风尘之中。所以我们每一个微弱的呼吸，都沾粘着亲人的气息。""从雾社分室到眉溪，从眉溪到埔里街，从埔里街最后来到川中岛，我看到所有的魂魄也徘徊在川中岛，只有我们的身体最微弱，只能卑微地默念风中的名字。"[③] 瓦历斯·诺干道出了民族被迫害、被残杀的历史事实。拓拔斯·塔

---

① 王元骧：《审美超越与艺术精神》，浙江大学出版社2006年版，第308页。
② 莫那能：《落叶》，见林于弘《〈年度诗选〉中的原住民书写现象》，《台北师范学院学报》2003年第2期。
③ 瓦历斯·诺干：《雾社》，见林于弘《〈年度诗选〉中的原住民书写现象》，《台北师范学院学报》2003年第2期。

玛匹玛、利革拉乐·阿娟、温奇等作家也从不同角度写出了这个“黄昏民族”的窘困与无奈。对弱势群体的关注、思考，本是现代知识分子一种良好的精神诉求，但过度地强调土地流失、姓氏让渡、文化凋零、生存的艰辛等“苦难”式主题，导致了台湾少数民族作家文本创作出现概念化和雷同化的倾向。如果让读者反复阅读、感受这样的文本内容，无形中给读者带来了刻板印象，降低了民族文学的深度和美感。“一看就知道又是他……利用原住民的悲情，来博取评审的同情而获奖。”[①] 当瓦历斯·诺干的作品参与某报纸评奖时，有评委如是说，虽然这样的说法有失偏颇，但至少表明了“苦难”书写的泛滥。诚然，一个弱势民族在历史发展中有其艰难，民族交往中有冲突和对立，但也有融合交往。几百年，汉族移民和台湾少数民族形成了“你中有我我中有你”局面，并且相互融合发展一直是民族交往的主流。因此民族文学的书写不应该只注意到压迫、苦难、伤痛和死亡，还应该关注和谐、光明、美好和未来。过分的强调“苦难”书写，不仅无助于民族主体的建构，也可能会陷入新的“二元”对立，使文学创作失去历史的真实。当然，台湾少数民族作家对“苦难”的放大式书写有其特定的历史原因，一是政治斗争和凝聚民族认同的需要；二是20世纪80年代以来台湾社会对少数民族的论述，常从“权力/宰制”的角度展开的，台湾少数民族以弱势族群自居，认为书写是对权威或强势族群的反抗。但我们不能否认的是，对民族“苦难”的书写，促逼着台湾少数民族作家在承担民族“代言人”的角色。为民族代言又让他们不停地聚焦这些“苦难”的叙事主题，并以此来表达民族悲愤的情绪。而显然，这种民族群体愤怒是以放弃对个体生命情感经验的表达为代价的。文学应该悲悯地打量人世，但绝不只是“苦难”的世间。文学应该给人一种向上的力量，应该写出人性的崇高与温度，应该表达生命个体的情感经验，虽然我们在《归乡》中看到弱势群体之间的怜惜与关爱，在《猎人》中也看到女性的抗争，但毕竟这样的作品是少数。当代台湾少数民族文本书写虽然唤起民众抗争的勇气与力量，但它并未真正

① 吴晟：《超越哀歌》，见瓦历斯·诺干《伊能再踏查》，晨星出版社1999年版，第10页。

第五章　当代台湾少数民族文学的书写困境

进入个体价值的主体判断，也并没有真正地走近个体自我的人性反思。"苦难"的书写成就了台湾少数民族作家，同时也把他们带入进退维谷的困境。利革拉乐·阿𡛼说："假设我把原住民议题抽掉仅保留女性议题，我怀疑我的文章是否能被看到或被讨论？我觉得我的文学素养没有那么高。"① 而作为台湾少数民族旗手式作家的瓦历斯·诺干在"原运"消退之后，一度中断写作就是这种困境的明证，其新近出版的《当世界留下二行诗》、《城市残酷》以及诸多随笔，似乎隐藏了文字的锋刃。文学的动人之处在于它对人类命运的关怀，书写不是番刀利剑，应当是一座友谊的桥梁。在当代台湾少数少数民族作家的书写中，为了展示民族的苦难和困境，而声嘶力竭地进行讨伐，他们笔下的他族成了殖民者、杀戮者，成了百浪等。卑南族作家巴代曾警醒地指出："在塑造我族英雄气概的同时，不能过度矮化、丑化、妖魔化或弱智化其他的族群。各个族群在同一时代的文明呈现必然不同，某些表现必然有高低、优劣之分；审慎考量并想象当代情境，公平地、适切的描绘叙述，不仅可作为我族的文学读本，亦可提供他族在建构其族群历史、文化记录时的参考资料。"民族文化是一个民族最醒目的标识，也是区分我族和他族显著的标志，当代少数民族作家意识到民族文化所面临的危机和民族文化表达的重要性，他们竭力地挖掘和书写自我民族文化，但是急切的形态让很多作家在解说和表达民族文化过程中失去了文学本应该具有真实、细腻和动人的品质，出现民族文化表达的"记录性"大于艺术的"创造性"，以及民族文化表面化和肤浅化的现象。

贾丽萍认为"小说有两种，一种小说叙述的语言和方式都是记录性的，为了加强故事的真实性和现场感，作家往往采用客观化、场景化、视觉化的语言，来代替艺术语言的模糊性、多义性、弥散性。这和作家对生活的理解、对小说艺术的理解有关：生活有他自己存在的真实性，真实性只能通过记录性描写来达到。还有一种小说，也是在讲故事，作者的意图是另外的东西：迂回曲折的精神挣扎、入木三分的性格刻画、欲说还休的

---

① 陈芷凡访谈利革拉乐·阿𡛼，台湾原住民文学家与艺术家 http://tacp.linkchain.tw/litterateur/portrait/189。

生命况味等"①。她告诉我们文学并不只是简单地对生活进行记录和还原，文学还应该有其诗意地表现方式。当代台湾少数民族作家的文本书写明显地呈现如下的逻辑：如果要做政治的抗争，那么必须书写民族的苦难；如果越细致地书写苦难，那么控诉得就愈有力量，抗争就会取得良好的效果。基于这样的创作逻辑，我们就不难理解当代台湾少数民族作家对族人进城求生的遭遇、部落风貌的变迁，男人受苦、女人受辱等方面做了近于实的书写。但文学不只是对现实作"零距离"、"自传"式和"还原"式的书写，它应该还有"某种别的东西"（布德拉雷语），那就是对现实诗意的想象，对生活本质深层的思考。纵观当代台湾少数民族作家的文本写作，其中有很多是杂文、政论和报道文学，比如利革拉乐·阿妈的散文集《红嘴巴的VUVU》、启明·拉瓦的《重返旧部落》等。启明·拉瓦的《干杯》一文是对9·21大地震心灵销毁的叹息，《庐山温泉泡汤记》写的是因对林地的滥垦而导致泥石流灾害。瓦历斯·诺干为启明·拉瓦《重返旧部落》作序时指出："检视《重返旧部落》各篇章，它们包含文学气息的散文作品，却又布满着无法禁止涌动的写实灾难。""文字发乎为情诚然是自然不过的事，但是对于一个急于追寻自我定位、曾经迷惑于历史泥淖、意欲在族群辨识自我认同的启明·拉瓦而言，文学的情感发抒断然是不足的，因此我们也看到了作为部落知识菁英的对外发言隐隐然爆发的姿态于焉定型，短洁有力的'时论'成为启明·拉瓦出入外部世界的一支小番刀。""我相信这是汉人启明迈向泰雅启明的一篇情绪急切之作，由于急于证明以泰雅族人的正当性身分向外发声，使得《暗夜，骤然而降》倾向报导却疏于文学感染的经营，这样的急切与挣扎，在我们这一辈迈向祖灵之路的现代孩子身上是屡见不爽，其间的冲突与矛盾也是屡试不爽，我们也都是这样经历过来的！"②瓦历斯·诺干在接受巴代访谈时，谈及自己早期的文学创作时指出："你可以看到早期的作品那种情绪非常直接，他不转折不作任何委屈的东西。我觉得不平的、不

---

① 贾丽萍：《自我书写的困境》，《南京师范大学学报》（社会科学版）2004年第6期。
② 瓦历斯·诺干：《移动的旧部落》，见启明·拉瓦《重返旧部落》，稻乡出版社2002年版，第Ⅱ页。

第五章　当代台湾少数民族文学的书写困境

爽的、不服气的、完全直接的用文字表达出来。可能那时候不会特别去讲述所谓文学性艺术性的问题，特别是在 93 年、94 年的作品。大量的出现，大量的抒发自己的情绪。有各种的议论性的文章出来，不管是在研讨会也好，在报章发表也好，给人家的感觉是非常剽悍、非常强势的。"① 这种非"纯文学"式的书写拉近了作家与现实的距离，却也抽离了文学的美感，使文学的艺术表达理性大于感性，论述大于抒情与描写，文学的美学意义让位于现实的政治意义，作家们的艺术想象力往往止步于"真实"面前。同时，也让"写得真实不真实"取代"写得好不好"成为民族文学书写的价值标准。然而台湾少数民族作家是和汉族作家在汉语这个共同平台上进行创作的，以"真实"为标准必然和岛内主流文学的价值标准相抗衡。"优秀的文艺作品往往能够超越一时一地的政治情境，由现实层面上升到普世的生命关怀的高度"。如果台湾少数民族作家依然坚持血泪式地"真实"创作，将必然损害文学艺术认识现实和批判现实的力度，也必将有损以"艺术真实"探索人性与社会这一现实主义艺术的精髓，台湾少数民族文学的创作也将难以提升其艺术的含量和思想的深度。不过，我们也欣喜地看到近期台湾少数民族作家的创作政治化的味道淡了很多，已经注意了文学的审美表达。

急功近利的创作心态，忽略文本外在的形式，是导致当代台湾少数民族文学无法超越政治，进而陷入文本书写困境的又一原因。尽管有人说"文学思想的厚薄和艺术魅力的高低主要取决于作品中人物、故事及情感所承载的内涵的厚重程度，而不主要在于选取什么样的风格或形式"。但我们不能因此而忽略文学体式对民族文学创作的影响。作家王蒙曾指出："文体是个性的外化。文体是艺术魅力的冲击。文体是审美愉悦的最初的源泉。文体使文学成为文学。……归根结底，文学观念的变迁表现为文体的变迁。文学创作的探索表现为文体的革新。文学构思的怪异表现为文体的怪诞。文学思路的僵化表现为文体的千篇一律。文学个性的成熟表现为

---

① 巴代对瓦历斯·诺干的访谈，见台湾原住民文学家与艺术家网站，http://tacp.linkchain.tw/litterateur/portrait/186。

文体的成熟。文体是文学的最为直观的表现。"① 当台湾少数民族作家以文学作为政治抗争手段，他们必然要高速度地进行文字写作以增强战斗力。"这时我用精简而快速的散文体裁，记录着关于孩童记忆的部落、叙写部落族人面对现代化的冲击、描摹与我同辈的兄弟闯入都市丛林的亲痛仇快。"② 瓦历斯·诺干曾经有一年平均每月就发表20篇作品，有时岛内六家报纸同时刊出他的作品。如此快速"出鞘"是否是作家急功近利的创作心态的外显，是否已忽略或限制了文本的表现形式，并最终伤害到民族文学的品质呢？瓦历斯·诺干说："我用诗或是散文创作的时候，是有一个比较大的企图，希望经由作品的不断见报，能够改变原住民的社会地位，当然这是很天真的，但我真的是很努力在写，作品见报率相当高。"③ 为改变民族社会地位的高速写作，又让我们在阅读台湾少数民族文学文本时，时常感受到那些小说化的散文、报道文学化的散文、诗歌化的散文创作，如《冷海情深》、《兰屿行医记》、《谁来穿我织的美丽衣裳》。是散文还是小说，是杂文还是散文，是时论还是报道文学……文体的模糊不清直接影响了读者的阅读感受。退一步说这样"混杂"的文学体式是少数民族文学特色所在，但这样的文本如何被那种小说、诗歌、散文、戏剧界限分明的主流文学所纳入呢？文体的转换能够拓展艺术的新思维，但长期习惯于不计形式的创作，必定会限制作家的创作能力的提升。利革拉乐·阿𡠄曾坦言："我想要去写小说的时候，我发现我其实不太能够处理小说，因为没有写过，我明明是要写小说，但是却写成长篇散文，散文大概三四千字。我一开始就是觉得我要写小说，但是我就是把一篇主题硬是撑到了一万字，我发现我已经写不下去了，它已经没有小说的样子，它又超越了散文的格局，就很尴尬。这个问题我跟很多人谈过，我说我到底要怎么写，他说不管你就写了就对了，但是到底小说需要具备什么样的条件。我们自己身为作家我们很清楚，要有内容要有剧情，我们都知道，但是实际去操作

---

① 王蒙《文体学丛书》序言，见陶东风《文体演变及其文化意味》，云南人民出版社1994年版，第1页。
② 瓦历斯·诺干：《想念族人》，晨星出版社1994年版，第16页。
③ 同上书，第220页。

第五章　当代台湾少数民族文学的书写困境

的时候就会很不自觉得写成散文，我常常觉得我只不过是写了一篇一万字的散文，一点也不像短篇小说。"① 急功近利的创作心态以及对文学体式的忽视，都可能导致当代台湾少数民族文学创作出现品质粗糙和后续无力的窘况。文学是人学，它关注人类的生存状态，体察人类生命的悲欢，发掘人性的本质。写政治归根结底也是写人，民族作家在对不合理政治进行批判的时候，更应该有超越政治的品质和能力，在对美好社会的描绘与想象中营造美好的精神家园。

语言是人类最重要的交际工具，是信息交流的载体，民族语言对于民族建构有着重要的作用。当代台湾少数民族作家在以文学的方式建构民族主体时，首先涉及以何种语言建构的问题。台湾少数民族有自己的民族语言而无文字，虽然汉语和族语为他们的文学叙事提供了语言上的优势，但他们还是努力地突破单一的汉语文学创作模式，不断进行着语言实验，尝试以混语和族语的方式进行创作。这样的书写不仅是为了获取文学表达的美感，更重要的是把语言作为重构民族文化身份的一个途径。孙大川认为当代台湾少数民族文学书写有两种策略，"其一是某种悲情的控诉，旨在唤起对方的同理心或原罪感；其二是进行某种语言的颠覆，旨在运用自己本族的语言，去干扰主流族群中心语言的成规"。② 然而，无论文学悲情控诉还是语言的颠覆，同样使少数民族文学文本书写陷入了两难境地，即如果要进行控诉以唤起岛内民众关注的话，那么在语言上必须使用汉语；如果要重构自己的民族主体和文化身份的话，那么必须要弃用汉语以突出自己的民族语言。

从娃利斯·罗干首度采取泰汉语言对照的方式进行文学创作，到瓦历斯·诺干、拉黑子·达立夫等人不加任何注解地使用泰雅族语、神话传说和历史典故，台湾少数民族作家的语言表现方式越来越多样化，语言运用得也越来越自如，他们在语言中不仅表现了自己，而且还解放了自己，重建了民族自信。从加上注释引领读者感受自己的民族语言，到不加注解逼

---

① 见台湾原住民文学家与艺术家网站，http://tacp.linkchain.tw/litterateur/portrait/189。
② 孙大川：《用笔来唱歌——台湾当代原住民文学的生成背景、现况与展望》，《民族文学研究》2006 年第 4 期。

迫读者进入自己的民族语言中去,台湾少数民族作家以语言为突破口,不断去挑战和颠覆汉语的主体位置。台湾少数作家之所以运用母语创作,其缘由首先在于他们割舍不断的民族情怀,因为一个热爱自己民族的人,对本民族的语言必定有着浓厚的民族情感和坚定的语言忠诚。其次是对汉语使用正当性的质疑。因为任何一个民族的语言都是由自己民族的"经验世界"和"生活世界"作支撑的,汉语并非台湾少数民族的母语,它未必能充分地表达山海民族的"经验世界"和"生活世界"。在实际的文学创作中,台湾少数民族作家也体会到汉语使用之艰难,霍斯陆曼·伐伐在《那年我们祭拜祖灵》序文中指出:"这本文集有许多事物的描述碍于族人的思维方式和汉字本义的差异,常有'遗珠之憾'、'辞不达意'的窘境,这也是原住民文学创作者的一大辛酸,许多族群的经验及用母语方能表达的智慧,无法用汉文字真实的呈现。因此,这本文集实际上是无法涵盖布农族古老深沉的人文特质,只能呈现布农族人在这块土地上生活的花絮,让读者看到另一种'台湾生活'。"① 与此同时我们还注意到,虽然台湾少数民族有着悠久诗歌的传统,但诗歌创作量明显落后于散文和小说,显得最为薄弱,其中原因正如孙大川所言:"本为口传的原住民文学,诗乐舞应是主流,无论祭典、巫术或日常生活,皆以诗入歌,随时吟咏抒情,但创作的质量却远逊于散文和小说,这可能是语言转换的问题,诗是一种语言密度很高的文学类型,原住民作者对汉语的操作和汉语的转换,显然还需要更多的摸索与尝试。"再次是少数民族作家对民族语言日益消亡的担忧,瓦历斯·诺干指出:"语言,一则是族群间最基本的沟通工具;一则乃族群认同的象征符号。因之,试图消灭某一族群的文化最简单的方法之一便是逐步消灭该族群的母语。"② 当汉语言文字成为少数民族主要的书写工具时,少数民族作家担心其民族母语的生存空间受到挤压,加速母语流失与毁灭。最后是在民族抗争的历史脉络下,语言已成为民族建构的符号,少数民族作家企图运用自己的民族语言,去干扰主流族群中心语言的成规,以进一步打破原汉之间不平等的关系。正如前文所指,瓦历斯·诺干认

---

① 霍斯陆曼·伐伐:《那年我们祭拜祖灵》,晨星出版社1997年版,第6—7页。
② 瓦历斯·诺干:《番刀出鞘》,稻乡出版社1992年版,第133页。

第五章 当代台湾少数民族文学的书写困境

为:"原住民文学的起点就在于使用原住民族群文字,舍弃这个跑点,所谓的原住民文学将永远只是台湾文学的一个支派。"① 因此,台湾少数民族作家刻意地以自我民族的思维去创作,以族群的语言为工具,以族群的传说、历史或图腾为题材,从而呈现出鲜明的族群文化特征。

但台湾少数民族作家运用族语去颠覆汉语有着现实的困难。一方面,台湾当局并不重视对少数民族语言的保护,甚至有意进行弱化和消除,加之现代化和文化全球化的冲击,台湾少数民族语言生态业已遭受破坏。在当代台湾少数民族作家中,"现实的状况是,年轻的一代早已丧失族语日常使用的能力,更遑论要拿它来进行文学语言的操作"②。另一方面,少数民族作家的"语言抗争",无疑形成了族语与汉语之间一种不对等的紧张关系。尽管所有的民族都有充分发展民族语言的使命,但"在中国这样一个多语杂呈的言说世界,汉语无疑是一种历史最悠久、影响最广泛的语言。至少从先秦开始,从汉字书写的传统中形成的书面语,就已经不再是简单记事占卜的符号,而是成为了可以言说古今的一种成熟语言,从而使书写者在下笔时就已经获得了表情达意的语感。伴随秦代'书同文'政策的实施,汉语文言文日渐成为通行天下的'雅言'"。③ 同时这也就意味着在中国这个多民族国家内,汉语言已经不仅是汉族作家使用,还是其他多民族作家共同使用的通用书面语。以弱势的族语去抗衡相对强大、成熟的汉语,台湾少数民族作家能否会取得预期的效果呢?另外,从文学传播的角度而言,我们也能看到族语书写之困。一个民族的文学只有通过传播才会产生共鸣,文学的创造意义、审美功能和生命力才能得以最大化的实现。汉语是岛内使用最为广泛的语言,也是台湾少数民族与主流社会进行对话与抗争,传递民族心声,传播民族文化最便捷的语言方式。在岛内汉人少有掌握少数民族语言的情况下,舍弃汉语或者改造汉语都可能会影响少数民族文学的传播,消解文学政治抗争和重构身份认同的功能。所以孙

---

① 瓦历斯·诺干:《番刀出鞘》,稻乡出版社1992年版,第133页。
② 孙大川:《用笔来唱歌——台湾当代原住民文学的生成背景、现况与展望》,《民族文学研究》2006年第4期。
③ 王勇:《另一类身份的汉语文学写作》,《民族文学研究》2008年第3期。

大川很早就提醒少数民族文学创作切勿陷入"母语主义"的陷阱中去，"拼音文字之文学创作及欣赏，显然，仅能在一个非常狭窄的空间内进行，不但汉族朋友无法参与、分享，即各族群间也难借此以传递彼此之内在经验，激发呈现整体原住民共同灵魂之文学想象"①。同时，台湾少数民族十六个族群之间语言文化差异较大，各族群之间并未形成一种统一的语言文字，如果使用族语创作，那么民族文学只能在内部流传，文学的生命力和影响力也不会久远。

少数民族文学是在其特有的情节构思、故事情境中表现其特殊的社会生活、文化意识和审美追求的一种文学。语言工具给台湾少数民族作家的文本书写带来困境。向族语回归，坚持族语文学创作，可能因民族语言自身传播范围有限，流传空间狭小而限制了其文学的辐射力。借用汉语，考虑汉人的思维习惯，则可能会不自觉地偏离民族文学的本意，丧失文学的民族性，不利于民族文化身份的建构。诗人萧萧曾指出："任何时代都该是母语的时代，只是时代的变迁，科学的飞跃进步，母语不是通用语时，文化的落差与适应往往又形成内心情感的纠葛，进而形成政治族群的纠葛。因此，任何人都该学会尊重母语。"②但在文化全球化的进程中，台湾少数民族作家执拗而悲壮地使用族语进行创作，其象征意义可能更大于它的实际意义。"从这十几年来的实践经验来看，汉语的使用固然减损了族语表达的某些特殊美感，但它却创造了原住民各族间乃至于和汉族之间对话、沟通的共同语言。不仅让主体说话，而且让主体说的话成为一种公共的、客观的存在和对象，主体性因而不再是意识形态上的口号，它成了具体的力量，不断强化、形塑原住民的主体世界。"③族语书写的虚妄性，汉语书写的艰难性，导致了当代台湾少数民族作家文本书写的艰难。但他们在面对两难境地的同时，的确又获得了跨文化创作的优势。

---

① 孙大川编：《台湾原住民族汉语文学选集》（评论卷上），INK 印刻出版有限公司 2003 年版，第 23 页。
② 萧萧主编：《八十九年诗选》，台湾诗学季刊杂志社 2001 年版，第 185 页。
③ 孙大川编：《台湾原住民族汉语文学选集》（评论卷上），INK 印刻出版有限公司 2003 年版，第 10 页。

第五章　当代台湾少数民族文学的书写困境

第三节　文化价值取向的困境

　　裕固族作家铁穆尔说:"我的研究和创作首先源于自己在草原上度过的孤独童年和北方草原游牧文化的熏陶。我所知道的就是茫茫的草原、群山和畜群,所熟悉的就是草原上的童话、传说、创世诗史和英雄史诗片段。"① 任何作家的文学创作都根源于其独特的生活体验和文化认知,任何民族文学的创作与发展都坚实地植根于其民族文化沃土之中。对民族文化的热爱和守望,既是少数民族作家内在情感的自然流露,同时也是建构民族文化认同的重要基点。同主流文化相比较,少数民族文化有其强大自足的传统,也有其"天然"的弱势与不足。"正因如此,少数民族作家在面对这样的文化时,既有热爱自豪感,又有弱势地位下极容易产生的文化自卑心理,和由此心理反弹导致的文化炫耀、守卫的立场。这样的多重态度,使得作家在创作中表现出来的民族意识和认同感是复杂、多重、暧昧的,既有坚持开掘、弘扬本民族文化传统的自觉和理性精神,也有混合着简单盲目的民族情绪的文化怀旧和守卫立场。"② 当代台湾少数民族作家对民族文化也有着复杂的感情,他们一方面深刻地意识到民族文化面临日渐消亡的命运,并企图借助现代性转型以实现民族文化的"开新",重焕民族文化生机与活力;但另一方面他们却又不断地返回民族"原初"的文化,借以凝聚民族认同,凸显自我的民族性,进而进行民族抗争和建构民族主体。"与部落的老人比较,年轻人可以说是很失败的一群,我们被陷在新旧两难的夹缝里,部落落在我们手上,恐怕就从此没落了。我们没有老一辈那种顽强的奋战精神,也跟不上大环境诡谲多变的脉流,在进退维谷之际不知所措。"③ 面对现代化、文化全球化以及岛内汉族文化的强势冲击,当代台湾少数民族作家艰难地行走于"新""旧"之间,在民族文化

---

① 第一届两岸民族文学交流暨学术研讨会上的发言。
② 严英秀:《论当下少数民族文学的民族性和现代性》,《民族文学研究》2010 年第 1 期。
③ 乜寇·索克鲁曼:《父亲与土地》,见孙大川编《台湾原住民族汉语文学选集》(散文卷下),INK 印刻出版有限公司 2003 年版,第 181—182 页。

的"返本"与"开新"、"毁灭"与"生存"的矛盾抉择中彷徨、迷惘、焦虑和不安。

面对现代文明对民族传统的冲击，台湾少数民族作家的文学创作也与20世纪80年代台湾新世代作家文学创作相接近，开始"更多地描写'现代'和'传统'两种价值的摩擦、碰撞以及后者的无可挽回的式微，体现社会的变迁，并表达面对这种变迁的迷惑和两难"①。瓦历斯·诺干在《南澳到玛仑》中讲述了一个泰雅人的故事。

> 你知道吗？以前太平山的火车通车的时候一趟到三星只要五分钱，我们泰雅人就是不坐宁愿走路，走到三星已经晚上了，买完东西睡个觉第二天凌晨就开始走，太平山发的火车是清晨六点钟，有一次族人在牛斗的山洞与迎面而来的火车相遇，有个人买了一支水缸背着进山洞，火车呜呜呜的声音传来，躲也躲不掉，只好背对着火车，火车一过水缸也破了，我们后来称那个人叫"买破缸的人"。
>
> 日后我每过宜兰支线经牛斗桥时，总不忘对那已然废弃的火车山洞投以深情的注目，我仿佛看到隐在洞内不知所措的族人，洞里似乎就蕴藏着族人对新文明爱恨交织的情愫，我于是知悉玛仑的历史气息除了迷惑与诡谲以外还多了一层黑色的喜剧，它源自于废墟的山洞，源自于族人惊慌的眼神。②

"火车"是现代文明的象征，它不断地由"中心"向"边缘"驶进。面对现代文明，无论族人选择以传统的步行方式躲避火车，还是视而不见地背对火车，都不能逃避火车对族人的冲击。瓦历斯·诺干在故事讲述的背后，寓意着族人面对现代化强行闯入的恐慌、不适和不信任。在夏曼·蓝波安的《渔夫的诞生》中，安洛米恩有潜水射鱼的本领，是部落出色的渔人。但随着部落社会的变化，人们早已放弃了传统潜水射鱼的渔捞方式，而安洛米恩却一直坚守着。"部落里祖母辈的妇女在凉台上望海，休

---

① 朱双一：《战后台湾新世代文学论》，扬智文化事业有限公司2002年版，第51页。
② 瓦历斯·诺干：《迷雾之旅》，布拉格文化2012年版，第193—194页。

第五章　当代台湾少数民族文学的书写困境

息闲聊，经常纷纷议论的说，但愿安洛米恩是正常的男人，但愿他是四十年以前没有电灯没有快艇的男人，把女儿嫁给他是福气，有吃不完的鱼，哎！这样的男人的灵魂被偷走实在很叫人怜悯，云层因而遮住了安洛米恩走向滩头的阳光。"① 过去受族人尊重与钦羡的安洛米恩，如今却成为不懂变通、失去灵魂的"傻子"。夏曼·蓝波安借由安洛米恩人生命运的变化，呈现出在现代文明冲击下，达悟部落的传统价值观念和生产方式的转变。尽管作家们已经感受到民族文化的变迁，洞察到民族文化在现代化、全球化冲击中所表现的软弱与无奈，但他们依然对民族文化表现出深深的眷恋之情。且不论夏曼·蓝波安对达悟飞鱼文化的呼唤，拓拔斯·塔玛匹玛对传统布农狩猎文化的追忆，单是《最后的猎人》、《冷海情深》、《野百合之歌》、《云豹的传人》、《番人之眼》、《番刀出鞘》、《黥面》等这些作品的名称，就足以显示作家对民族文化的依恋。同时，我们也能感受到"望海的老人"、"织布女郎"、"猎人"、"猎物"等诸多深具民族传统文化意味的符号在文本中不停地闪烁。

台湾少数民族作家之所以向民族传统文化表现出强烈的复归倾向，个中缘由一方面是因为作家对民族文化的依恋和担忧。民族文化是作家的文学生命基因，热爱本民族文化是作家与生俱来的情感。"这是逐渐毁弃的部落／（它需要更多的爱）／这是逐渐贫瘠的部落／（它需要更多的劳动）／这是逐渐丧失文化的部落／（它需要更多的活力）／这是逐渐萎缩的部落／（它需要更多的孩子）／这是逐渐失去面目的部落／（它需要更多完整的历史）／我钟爱我的部落／仿佛垂老得失去华颜的老妇／只因为它是我的脐带／只因为它是我的血管／只因为它是我的脉动／容我用灰烬般的爱拥抱你／容我用怜蛾般的爱碰撞你／容我用螳螂般的爱承受你。"② 瓦历斯·诺干的这首《部落之爱》道出作家对民族文化不舍的情感。"部落"是民族文化的根源地，也是民族传统的象征。尽管作家已经意识到在现代化进程中，"过去的"传统在"现实"中正失去它光鲜的容颜和勃勃的生命力，族人与部落之间也越来越远，越来越陌生，但他仍然用"灰烬般"、"螳螂般"

---

① 夏曼·蓝波安：《老海人》，INK 印刻文学生活杂志出版有限公司 2009 年版，第 62 页。
② 瓦历斯·诺干：《想念族人》，晨星出版社 1994 年版，第 126 页。

的爱去拥抱与承受,只因传统是一个民族的"脐带"和"血管"。另一方面,对少数民族而言传统又是他们民族文化的生命胎记,也是确证民族文化身份的标记。对传统的坚守,对"过去"的召唤,是凝聚民族认同,建构民族历史的文化实践方式。在民族文化身份追寻的过程中,台湾少数民族各族作家在民族传统文化的丛林中相互呼应,借由民族的传统文化经验和历史记忆去召唤族人的集体记忆和民族认同,进而重建民族的主体和历史,以确认自己是"台湾这块土地原来主人"。再一方面是作家对民族传统文化负面有意无意的遮蔽。台湾少数民族作家并非未发现自己民族文化的困境,但由于对民族文化过于自恋和过分自尊,以及民族文化身份建构的需要,他们把造成民族文化今日境地的原因都归于外来文化的入侵与迫害,而很少对民族文化自身落后性的一面进行自觉地反省。在文字的世界里,作家们努力地去塑造一个景色秀美,充满温情与爱、智慧与人性的前工业文明时代的部落世界,以纾缓他们在现代社会中所面临的精神苦恼、焦虑和紧张感。而这,随时都有可能致他们陷入某种危机之中。比如,少数民族在传统狩猎实践中,形成了不竭泽而渔,不焚林而猎,不射杀健壮或幼小的野兽,人与动物之间保持相互平等,人与自然之间相互尊重等生态伦理观念,而这种观念却恰恰是陷入现代文明困境的人类所追求的。于是一些少数民族作家因此就认为民族传统文化与人类现代、先进、科学的思想是一致的,因而在创作中对其进行了讴歌。我们以为,少数民族传统文化中某些观念虽可能在无意识中契合了人类应该追寻的生存价值,但绝不能就此认为民族传统文化优于或超越了现代文明。巴苏亚·博伊哲努在《文化诠释的吊诡》一文中指出,"珍惜与尊重的行为出于对掌管土地环境及其产物的神灵崇敬,……所以这样的克制,系出于对神灵或祖灵的崇敬戒慎,是一种客观的影响结果"。他提醒我们,与现代思想遥相呼应的一些传统文化观念,可能是因为生存环境的条件限制,也可能是因为对自然神灵忌惮,但绝不是人类现代意识审视之后的思想认识。因而直接把民族传统文化观的背景抽离而直接置换于现代文化观的做法,是过度简化与僵化的思维模式,这可能导致台湾少数民族作家会将真正落后的文化思想视作优良的传统,继

第五章　当代台湾少数民族文学的书写困境

而将其视为抵制现代化和回归原生态的理由。任何民族文化都不是固定不变的,"遥远的世界"并不是现实的世界,部落古老的地理景观或人文景观毕竟不能静止不变。拓拔斯·塔玛匹玛和夏曼·蓝波安笔下的兰屿是人间天堂,充满了诗情画意,但美丽的人之岛在风起云涌的现代化浪潮面前,也是无法平静如初的。"造舟是我雅美人最重要的技艺、生存工具以及被族人肯定为真正是男人的工作。除了造船外你的工是否精细、船快不快……无一不是在证明你的能力,而这个能力的长久累积便是你的社会地位。"① 但兰屿"现在年轻人在海上捕鱼的工具是机动船,大船、小船都被取代了,大船的船组也渐渐地解体了。船组是家族在部落中的财富及荣耀,尤其大船的下水典礼是非常盛大的庆典活动,但已经不再举行了。飞鱼季传统的夜间集体渔捞,完全都消失了,现已改为机动船在日间捕飞鱼,而收获也大增。"② 在今天浩瀚的海洋上,达悟人是选择美丽的拼板船还是强大的机动船?答案是不言而喻的。历史是无法走回头路的,在现代工业文明社会,人类不可能重回原始狩猎、刀耕火种的传统部落生活。白天狩猎、夜晚围着火塘饮酒高歌,那是历史的、逝去的和作家想象的生活,而非现实的生活。即使作家们意识到族群社会所面临的困境,但在"固守文化本真的追寻"下转而把故乡建构为"理想的精神原乡"——山林和海洋的"乌托邦"。那个原本受困于"零分先生"的达卡安在夏曼·蓝波安的笔下脱变为"海洋大学生"。原来执守传统生计劳动而感到经济压力的困境,也演变为一种"传奇式的浪漫"(宋泽莱语),经济穷困的现实因被理解为"乐天知命"的生活态度。这种"精神原乡"追寻,固然在一定程度上安慰了迷失、困顿的族人,给文化返乡一种信心,但不能否认当代台湾少数民族作家有脱离或躲避民族生活现实而过度书写民族传统文化之嫌。一个新几内亚人曾慷慨高呼:"我们应该从自己的风俗中找到动力。"台湾少数民族作家也是在寻找民族风俗中复归民族传统文化的。一些少数民族作家认为对民族传统风俗的认同式书写就是对民族传统文化的尊重,以为创作中大量使用民俗事

---

① 夏曼·蓝波安:《冷海情深》,联合文学出版社有限公司 1997 年版,第 55—56 页。
② 夏本奇伯爱雅:《兰屿素人书》,远流出版事业股份有限公司 2004 年版,第 120 页。

象就是对民族性的守卫,因而在创作中大量书写民风民俗,而其中有些风俗是作家们亲身体验过,而有些风俗则是作家们田野调查甚或是杜撰出来的。出于对民族文化的迷恋和民族性的表现,作家"在所能掌握的传统习俗概念和所能观察的现象中,却未能厘清何者才是正确无误的传统文化内容"①。由于对民族文化理解的偏差和简化,作家们对民族风俗未能做出准确、深刻的文化阐释,甚至不分良莠,将民族中一些本该予以批判的落后性、劣根性的风俗赋予了神圣的光环。阿娲在《寻医之歌》中写道:"随着统治者进入部落的最大影响力,除了军队外就是教育与医疗,因此婆婆的长辈们很早便接触到所谓的现代医疗,而'黑巫术'的神秘与恐怖,让族人增加了放弃传统医疗方式的速度,我想,这可能就是为什么当在部落中听到有老人生病时,却很少有族人会求助于传统医疗的原因?"② 在现代医疗和部落传统的巫医之间,连普通民族都自觉要求变革,而我们少数民族作家却大书特书,比如部落中的贵族制度、恶灵信仰、鸟卜梦卜、出草以及那种抗击风浪能力差的拼板船、充满痛苦的黥面以及与现代医疗技术无法比拟的巫术等等,作家在讴歌、重建这些民族意涵十足的文化时,却偏偏看不到其中的血腥、迷信和落后,也看不到很多其实是民族经济、道德贫困的产物。这,不仅会制约作家对民族性的表现,也显示了当代台湾少数民族作家文化价值立场重建的艰难。

"无论从中国历史本身的脉络来看,或是从世界变迁的大框架景中来看,一个最能掌握中国近百年发展的性格的概念便是现代化。"③ 当代台湾少数民族作家以拥抱传统文化的姿态,证明了自我的存在,凸显了民族文化自觉和对民族文化身份的强烈认同。但"现代性作为一种人类社会的普通境遇,任何一个民族一个群体,都不能对此采取简单的排斥、抵触、回避的态度,那样只能使自己的族群文化走向封闭和更加边缘,甚至'窒息'而亡。作为作家,仅仅有对本民族传统文化的守卫立场是远远不够

---

① 巴苏亚·博伊哲努:《文化诠释的吊诡》,《山海文化》2000年第23、24期合订本。
② 阿娲:《穆莉淡》,女书文化事业有限公司1998年版,第83页。
③ 金耀基:《现代化、现代性与中国的发展》,见乔健等主编《社会科学的应用与中国现代化》,北京大学出版社1999年版,第20页。

第五章 当代台湾少数民族文学的书写困境

的,文化是生长着的,没有亘古不变的传奇和神秘,千年的牧歌早已换上了新词,这就意味着我们必须得冲破本民族原生态文化的禁锢,走出对民族性一劳永逸的展示和歌颂"①。任何民族文化都是发展变化的,静止的、不受外来文化影响的民族文化不可能是民族文化的最终理想状态。如果民族文化没有现代精神的烛照,那么就不能发掘出民族文化的历史进步意义,也无法真正地实现民族性和民族主体的建构。对台湾少数民族作家而言,激进地警惕现代、守卫传统并努力回归到民族"文化本真"的状态,这是重构民族主体和身份认同最有效最现实的但也是保守的方式。尊重文化传统,体认其在现代文明中的弱势地位,进而积极地发展民族文化,这是一条具有生命力但见效慢的途径。是激进地守卫传统还是发展传统,对台湾少数民族作家而言是一个二难选择。岛内学者廖咸浩说:"复古只是手段,不是目的。真正的目的在于以此('重建'的传统)作为创新的基础。"从民族文学未来发展角度看,台湾少数民族作家在文化"返本"时,更应该站在一个更高更远的角度为民族文化寻找一条理想的路径和美好未来,而不应该把民族文化视作千年不变的东西进行怀旧与守卫。台湾少数民族一些作家如孙大川、拓拔斯·塔玛匹玛、夏本奇伯爱雅等人也意识到了这一问题,他们也在文学创作中不断地调适传统与现代之间的关系。但问题是,如果台湾少数民族作家一旦放弃了对民族传统文化的表达,那么就必定和民族抗争主题相冲突,因为从20世纪80年代以来,台湾少数民族文学中一直都充溢着这样的观念:是现代文明冲击和解体了民族文化,让他们失去了田园牧歌般的生存家园,现代文明是抗争的对象。如果放弃了对民族传统文化的表达,也就意味着放弃了对现代文明的抗争,同时也意味着民族抗争路线的转向。由此可见,当代台湾少数民族在传统与现代之间所面临的困惑与艰难。

在中华民族漫长的历史发展进程中,不论民族大小,每个民族都创造出自己独特的文化,各民族之间在文化上互相渗透、互相影响,会聚形成了中华民族的灿烂文化。然而,当一个民族的文化遭遇到更为先进强大的

---

① 严英秀:《论当下少数民族文学的民族性和现代性》,《民族文学研究》2010年第1期。

文化时，在相互接触和涵化之后，其民族文化必然发生变迁，这既是强势文化影响的结果，也是弱势文化自身发展的要求。中华民族和岛内各族大聚居、小群居的居住特点，也决定了民族文化交往以后，必然要发生文化变迁。许良国以平埔人为例指出了岛内少数民族的文化变迁，他认为，平埔人在与移居台湾的汉族历经数百年的民族融合过程中，受到汉族文化的影响，逐渐失去了其原始文化的传统特点，大致在清末便已基本汉化，认同自己为汉人了。平铺人在汉化过程中尽管也有过矛盾和冲突，但这种认同总的说来，不是通过政治经济等强制手段实现的，而是通过同汉族先进文化接触，经过长期民族融合过程，逐渐向汉族先进文化靠拢，自然改变了它的传统文化内容，最后同化于汉族的。这种同化是自然同化，具有进步意义。而战后，岛内执政当局以"现代化"的名义，采取民族同化政策，加速了民族文化变迁。民族文化的变迁，自然激起了少数民族的民族意识，出于守卫民族文化，他们把汉族文化和现代化一并作为抵制对象，企图延缓民族文化的衰亡进程。达悟族素人作家夏本奇伯爱雅在《芦苇茎驱鬼》一文中说："现在我的父母都已经去世了，我也当了父亲，又升格当祖父。这些本族文化都快给淡忘了，而用其他的方式来代替。这并不代表我不再相信芦苇茎能驱除魔鬼，而是随着文化的变迁而有所改变。""魔鬼不敢接近现在雅美族的生活圈子里，它们是被物质及精神文化赶跑了。比如说鞭炮声，以前魔鬼根本没有听过，现在听到了，以为是上帝惩罚它们的警示，而逃命千里。教会的引进也使魔鬼吓破了胆，再也不敢接近雅美族部落，这都是族人们在生活上明白了解的。"① "鞭炮"是外来的文化象征，尽管岛上的老一辈族人依然相信传统的芦苇茎能够驱赶魔鬼，但在外来文化的冲击之下，人们已经接受和习惯了以鞭炮代替传统的芦苇茎的驱赶魔鬼的方式。是坚守传统的芦苇茎的方式，还是认同外来的鞭炮方式，作家在民族文化与汉族文化之间显现出深深的矛盾与困惑。汉族文化在作家们的笔下被解构为稻米、女人、读书等符号。我们仅以海洋作家夏曼·蓝波安为例，在《龙虾王子》一文中，马洛努斯年少时非常强烈地想

---

① 夏本奇伯爱雅：《兰屿素人书》，远流出版事业股份有限公司 2004 年版，第 8 页。

第五章　当代台湾少数民族文学的书写困境

去念书，接受汉族教育，然而却遭到了父亲的强烈反对。"我要滑向何处呢？我说在心里，先前那一道从部落传来的'念国中'的声音像是刺破我的耳膜，就要割裂我的心脏，我知道，我不去念国中的话，我就像这条船一样，前途茫茫，就像眼前的父亲守着传统却被未来的台湾人瞧不起。""'你去看看，我会打死你的。'先父不经思考瞬间暴怒说。刹那间，我像是被剥了壳的螃蟹，瑟缩在母亲的身边。"① 而在《飞鱼的呼唤》一文中，在学校里被称为"零分先生"的达卡安有着做渔人的天赋与梦想，达卡安对其父亲说："雅玛，我会用我结实的肌肉，很大的力气去赚钱的，这个你放心。而且将来我绝不抽烟、喝酒。到海里抓鱼、上山耕作，不也是很好吗？"达卡安的父亲却告诉他："人，总是会老的，抓鱼的体能也会衰减的。如果你不好好把书念好的话，除了你没前途外，我们将来的生活也不会有什么指望。永远贫穷，永远只能用劳力赚钱，永远被人瞧不起，永远……你为什么不想想读书将来的好处呢？"② 在是否接受现代汉式教育这一问题上，夏曼·蓝波安态度显然是矛盾的。他看到了在强势的汉族文化冲击之下，民族文化已经发生震荡，并借族中老人悲伤的歌谣唱出了族群文化的变迁：

　　稻米、面粉来自遥远的岛屿
　　遥远的岛屿的东西
　　淹没我水田里的香芋头
　　只要有一张一张的纸币
　　香芋头变成了猪的食物
　　台湾来的货轮带走我们的孩子

　　美丽的水芋梯田成了荒地
　　台湾来的货轮带来没有灵魂的外地人
　　他们踩断我的船桨

---

① 夏曼·蓝波安：《海浪的记忆》，联合文学出版社有限公司2002年版，第181—182页。
② 夏曼·蓝波安：《冷海情深》，联合文学出版社有限公司1997年版，第79—83页。

山海的缪斯

如浪涛宣泄那样地自然

稻米、面粉来自遥远的岛屿
岛上的人渐渐喜欢它
我的儿子也同样地爱上它了
我是个无能的老人无法阻止
遥远的岛屿的东西
进入我们祖先的岛屿
我是个无能的老人
任由外岛人的相机捕捉我的灵魂①

面对如此的变化,如果族人不能认识到社会和民族文化的变化,将会像文中洛马比克一样,因为错过继续接受文化教育的机会,致使三十年前的优等生而今却成为部落被嘲讽的对象。但是在其长篇小说《黑色的翅膀》中,蓝波安却通过卡斯瓦勒、贾飞亚、吉吉米特、卡洛洛四个小男孩的梦想与成长经历去表达另种思想。经过多年的漂泊,当年的四个男孩又重新齐聚部落,开始上山下海的生活。在《黑色的翅膀》中,达悟族小孩在启蒙之后便陷入了在"白色的鱼鳞"和"白色的胴体"抉择的深渊。"白色的鱼鳞"和"白色的胴体"分别隐喻了民族传统文化和现代的外来文化。蓝波安通过两种对比,书写了民族传统文化所存在的危机,但更表现出回归和复兴民族传统文化的企图。在"白色胴体"和"黑色翅膀"、在传统文化的承继和汉族文化的追求中,他们最终还是选择了认同族群文化。夏曼·蓝波安意在表明只有回归部落,心灵才能有所安顿。从夏曼·蓝波安的创作中,我们清晰地看到了当代台湾少数民族作家在面对汉族文化和民族传统文化时的艰难与困惑。

当代台湾少数民族作家之所以在汉族文化和民族文化问题上陷入矛盾境地的原因在于,一是对岛内汉族长期以来文化压迫的不满与抗争。由于

---

① 夏曼·蓝波安:《海浪的记忆》,联合文学出版社有限公司 1997 年版,第 195—196 页。

第五章　当代台湾少数民族文学的书写困境

民族的历史和生活经验不同,各个民族文化经验也不尽相同。在长期的民族交往中,岛内汉族文化常以强势面目出现在少数民族面前,并在事实上形成了对少数民族的文化压迫。而台湾地区的执政者不仅不尊重少数民族文化,重视对少数民族传统文化的教育与保护,反而以汉人沙文主义强行推进现代教育,以达到民族同化目的,这不仅导致了少数民族对民族文化历史认知的错位,民族传统文化的消亡,也导致了觉醒以后的民族知识分子的激烈反抗。在夏曼·蓝波安的童年经验中,描述他小学三年级受到汉人老师的教训,原因只是由于他在考试时把太阳"下山"的填空答案写成了"下海",老师因此对他说:"你们这些'野蛮的小孩',书里写什么你们就写什么,笨哪,你们这些蛮子。"这些汉人老师们还经常指出达悟小孩的"锅盖"头,说达悟民族是"全世界最懒的民族",说达悟小孩"又笨又脏",全身满是鱼腥味的丑小孩。同样在拓拔斯·塔玛匹玛的作品中也显示了汉人对少数民族的文化刻板与傲慢。在《马难明白了》一文中,教师公然在小学的课堂上讲有辱少数民族的"吴凤的故事",以至于汉人小孩王志豪对布农族小孩史正说:"黑肉蕃、蕃仔蕃、眼珠大、皮肤黑、黑仔蕃、杀人头、吃人肉、真残忍、是番仔。"在《忏悔之死》中,一个平地来的汉族游客,面对布农族利巴锋利的番刀,依然放不下他那傲慢的态度,把自己视作为山地人的"救世主","我常来山地收购蔬菜水果,你们山地人用的钱就是经过我的手,如果我不来你们山地,你们的青果蔬菜就换不到钱"。在《最后的猎人》中,"劫"获比雅日猎物的汉人警察对他说:"喂,你们残忍成性的山地人,本性难移,政府让你们生活无忧无虑,免于外患,你们反而好吃懒做,肮脏不守法,你不懂法律吗?应该把你们猎人都关进牢里,好好教育一番。"这些教师、警察和商人等都是汉族主流文化的代表,面对少数民族时常以文明人自居,处处流露出一种文化优越感。文化压迫无疑加深了少数民族的文化反抗,而这种反抗情绪很容易形成文化民族主义,将民族文化与汉族文化对立起来。二是误将现代化与"汉化"、汉族文化与"汉化"等同起来。一个民族的发展必须经历现代化的阵痛,生产工具的改进、生活方式的转变、医疗卫生的进步、居住环境的改善等等,都是民族发展的自觉追求,而这些出于民族现代化诉求而发生的变革,可能会和汉族文化有趋同性,因而一些作家把实质上属于现代化内容的发展视作是主流群体的"民族同化"和"汉化"而加以排斥。现代化不是汉化,更不能等同于民族同化。出于对民族文化被同化的担忧,少数民族作家坚守民族文化多样性的立场并不是没有道理,但一旦为维护民族文化而陷入文化保守主义的立场,则有可能对"他者"文化表现出全面拒斥的态度。在文学创作中,当代台湾少数民族一些作家提出对汉语言文字的完全弃用就是鲜明地例证。三是没有理解民族传统文化的真正意涵。一个民族传统文化的精髓在于它的"深义文化",而不在于它外显的生活方式、民族风俗和四时祭仪等。"'深义文化难以言明,大讲特讲出来的恐怕都不算深义。'说吃苦耐劳,穿对襟袄,唱京戏,念古文观止都算不上具备了深义文化,'深义文化是民族的核心,无形胜有形',深义文化充分彻底地表现了民族性,任凭近代化、现代化和外来文化怎么冲击、洗刷,都奈何不得。"① 一个民族的原生文化在历史的长河中慢慢地会沉淀下来,演化为一种隐形而不自知的存在,而那些优秀的传统文化逐渐成为一个民族文化的魂,流淌于每个民族成员的心灵深处,历久而弥新。在与外来文化的交流对话中,那些"深义文化"积极地吸收他民族有益的文化成分,不断地充实、丰富和更新自己。"新生代被大时代的环境吸引,在都会里生活是多么的困难,几十年未回到母亲的岛屿,早已被逼忘记传统生产技艺了。单说潜水,就算只有三、四公尺深的近海处有十几只的章鱼任他抓的话,恐怕就连一只脚也捉不到。"② 当代台湾少数民族作家重构民族文化身份时,急迫地要回归民族原生态的文化。当他们感受到石板屋荒废、猎场消失,传统技艺遗忘和民族风俗祭仪的不复存在时,他们认为民族传统文化到了生死一线的境地,并把导致民族原初文化消亡之罪归咎于汉族文化霸权,岂不知他们的民族文化依然存在着、发展着。四是重构民族文化的需要。萨义德认为:"所有文化都能延伸出关于自己和他人的辩证关系,主语'我'是本土的,真实的,熟悉的,而宾语'它'或'你'

---

① 韦建国、吴孝成:《多元文化语境中的西北多民族文学》,中国社会科学出版社 2007 年版,第 28 页。

② 夏曼·蓝波安:《冷海情深》,联合文学出版社有限公司 1997 年版,第 21 页。

第五章 当代台湾少数民族文学的书写困境

则是外来的或许危险的,不同的,陌生的。"当代台湾少数民族作家在重构民族文化身份的时候,需要凸显民族文化来进行身份识别和文化认同,这导致了他们在创作中,过分地强调山海民族与汉族文化之间的文化差异性,而忽略了岛内各民族之间融合发展的一面。忽略了汉族文化和少数民族的山海文化之间可以互相尊重、相互欣赏,从而达到"美美与共"的一面。

岛内当代台湾少数民族作家生活在汉人文化主导的社会中,却又要选择自己的民族文化认同,努力去保存一个面临"黄昏"的民族文化,这本身就是一个矛盾。只要把民族的东西融入现代社会,民族文化依然会有着很好的前景。"不能对本民族文化过分迷恋,过分的迷恋导致诗人对他文化的拒绝,并最终成为狭隘的民族性写作。"[①]当今文化现代化和全球化的时代,任何民族文化的发展,如果缺乏现代意识的烛照,如果不借鉴他民族的先进文化,那绝对不是真正的发展。当代台湾少数民族在使用汉语文学进行创作的时候,不仅仅是对汉语言文字的借鉴和运用,更要勇敢地借鉴和学习汉族文化,既要以汉族比较先进的文化为参照系,来反观本民族文化,达到取人之长补己之短,同时也要努力借鉴汉民族文学创作的表现手法、技巧,来描写本民族人民的生活,开拓文学的创作空间,提升民族文化的素质和精神品格。我们认为,当文化观念错误的时候,任何拒绝、抵制他文化,任何关于民族文化的设计都是有缺陷的。当代台湾少数作家因过分注重舒展几百年来被压抑的主体性,以致固守民族文化立场,缺乏足够的魄力去汲取汉族优秀的文化,也没有为民族文化打通一条更为广阔通畅的路途。少数民族作家对自己的民族有着血脉相连的亲情,在现代化、汉文化和全球化的冲击下,民族文化日趋变化,民族作家对即将逝去的民族文化应该以挚爱、包容和辩证的目光去看待。文学的价值立场不是一味地对过去的维护,而是应该挖掘民族文化中富有生命力的因素,应该着眼于民族的未来。文学的民族性和现代性并不是相悖的,而是相辅相成的。我们不能为宣扬自己的民族文化,而停留于对民族原生态文化的追求

[①] 马绍玺:《在他者的视域中:全球化时代的少数民族诗歌》,社会科学文献出版社 2007 年版,第 209 页。

上，更不能因为认同自己的民族文化，重建自己文化的主体性而对他民族文化进行批判。我们欣喜地看到近来台湾少数民族一些年轻的作家已经注意到如此问题，他们力求在更高、更广阔的文学格局中去谋求民族文学的发展，乜寇·索克鲁曼在接受陈芷凡访谈时说："我们看到原住民文化社会的趋势是，无可避免地，它会朝向现代化、全球化发展，被笼罩在全球经贸关系里。我们也看到我们现在所谓自然的文化，那种很自然的属于你的文化，像 bunun，在现代化的过程中也面临非常式微的问题。所以我觉得原住民文学在面对这部分时要去接受，坦然面对这些趋势与变化，转而寻求更高的文学格局。"当代台湾少数民族作家应该立足本民族基础之上，以开放的姿态、开阔的视野和人类的情怀，去表现对人类共同生存的思考，去执着于形而上意蕴的追求。在中华民族的格局中去寻求山海文学的"民族性"，实现民族文学渐进发展。夏曼·蓝波安曾说："弱势文化要能在经济、政治强大的中华民族里生存是件不太容易的事，加上执政者有意无意的在削弱少数民族之文化发展。尤其是生存在兰屿岛上的雅美族，其危机的迹象，正如外来文化日日的抢滩而日日的走向穷途末路，我除了呼吁雅美青年'自重'外，希冀执政者能予以扶持、辅导相当重和；使雅美飞鱼文化精髓能在日渐焕发光明的华夏文化里头能绽放出其微弱的光。"[①]任何民族都不能轻易放弃自己独特的民族文化，因为那是民族未来发展前行的一盏灯，但要在中华文化甚或世界文化中绽放光芒，每个族群都必须要以积极的心态去点亮民族文化之灯。

[①] 夏曼·蓝波安：《八代湾神话》，晨星出版社1992年版，第128页。

第六章

当代台湾少数民族文学的文学史意义

台湾少数民族以其文学书写的方式证明了自我的存在,他们不再是台湾历史的缺席者。台湾少数民族的文学创作不仅丰富了岛内汉语文学创作,推动了台湾乡土文学的发展,促进了台湾文学多元化格局的形成,而且也对台湾文学史的书写产生深刻影响。同时,台湾少数民族文学的发展壮大对于丰富中国少数民族文学生命形态,推动中国少数民族文学发展,都有着重要而深远意义。

第一节 当代台湾少数民族文学与台湾文学格局

历史上台湾少数民族没有自己的文字,一直是被"观看"与被"书写"的对象,民族所受到的赞美、曲解、惋惜、悲怜等都是外族强加的。而在漫长的历史进程中,"台湾原住民族习惯以'被支配者'的角色苟延残喘,从'被压迫者'的立场来观照世界"[①]。然而,随着民族意识的觉醒,台湾少数民族已走出了民族失声与无声的状态,获得了自我书写的能力与自主言说的空间。台湾少数民族作家积极地借着书写的方式和力量,

---

① 台湾原住民权利促进会:《原住民——被压迫者的呐喊》,台湾原住民权利促进会1987年版,第172页。

去找回民族失落的记忆,重温民族古老的文化,建构山海民族的身份认同,并与他族进行文化的交流与对话。布农族作家霍斯陆曼·伐伐认为:"原住民文学就具有吼声和枪声的实质力量。借此力量使雾外的人能够轻易的找到猎人迷失的位置,让猎人迅速的回到属于自己的家园。"[①] 不断发展壮大的台湾少数民族文学不仅展示了台湾少数民族的心灵世界,见证了民族的历史命运,而且还改变了民族文学传统的传播模式,实现了民族文学从"异己"到"主体"的历史转换。孙大川认为,"没有文字的原住民,借用汉语,首度以第一人称主体的身份向主流社会宣泄禁锢在其灵魂深处的话语,这是台湾原住民文学的创世纪,是另一种民族存在的形式。经过十几年来的实践,我们似乎可以较肯定的说:台湾原住民不再是历史的缺席者"[②]。台湾少数民族文学的边缘崛起,打破了长期以来汉族文学一统岛内的局面,对"主流"汉语文坛发出了挑战与冲击。那深富森林与浪涛气息的文学创作,卓然独立当代台湾文学版图之中,俨然成为乡土文学之后最为活跃的文学思潮,当代台湾文学也因之格外丰富与炫目。

迈克·克朗说:"人们总是通过一种地区的意识来定义自己,这是问题的关键……地方不仅仅是地球上的一些地点,每一个地方代表的是一整套的文化。它不仅表明你住在哪儿,你来自何方,而且说明你是谁。"[③] 当代台湾少数民族作家以"山的逻辑"和"海的思维"进行思考,依持壮阔的山林海洋和深厚的民俗文化,跨越族语与汉语间的樊篱,在山海文化与汉族文化、中华文化和世界文化交汇碰撞中,展示了其独特的民族风采和地域文化韵味,再现了山海大地美丽地景与各族群的智慧情怀,塑造了民族文学的审美气质。他们的"跨语"书写丰富了当代台湾汉语文学的表现形式,他们的"跨文化"表达更促进了当代台湾文学多元化格局走向。当然,少数民族文学的价值不仅仅因为它的"文学样式"和"文学意义",更在于其对人类文明的意义。"面对全球化冲击下地方性知识与族群历史

---

① 霍斯陆曼·伐伐:《那年我们祭拜祖灵》,晨星出版社1997年版,第6页。
② 孙大川:《台湾原住民族汉语言文学选集》(小说卷上),INK印刻出版有限公司2003年版,第5页。
③ [英]迈克·克朗:《文化地理学》,杨淑华等译,南京大学出版2003年版,第131页。

第六章 当代台湾少数民族文学的文学史意义

记忆的快速消失,保护和拯救文化多样性的重任从来不是,也不应当只是人类学家的独白,而需要包括文学在内的众多人文学科的共同参与。传统人类学民族志的单一表述范式也是远远不够的,应该由多样化的文学创作实践和文本样态来加以补充。民族文学作为文化书写的价值与功能理应加以重新审视和深入开掘。"① 当代台湾少数民族作家以高度的使命感传承与再现了民族古老的文化,精心守护着山海大地这朵人类文化史上的奇葩。在以汉族文化为主体的台湾地区中华文化共同体中,台湾少数民族以其鲜明的地域文化形态,丰富了台湾地区文化。正如岛内作家叶石涛论及台湾少数民族文化时指出:"从原住民的口传文学到现时原住民文学,原住民的音乐、建筑模式、风俗习惯以至于服饰、饮食琐事,只要我们仔细分辨不难发现原住民文化对台湾文化的莫大贡献,它已经成为台湾文化最富于异色的一部分。"② 在现代化和文化全球化时代,许多本体文化正在面临着消亡,而对人类独一无二的"文明形态"的守卫与传承,正是当代台湾少数民族文学对中华文化和世界文明的价值和意义之所在。

施战军在论述当代大陆文学时指出:"这些近年来最受关注的标志性的文学作品,都是以少数民族文学视界的打开为特色。而少数民族题材中短篇小说也是前所未有地涌现。新世纪中国小说出现的两大创作与研究的热点,一是'农民工进城'的故事,指向现代性的状况与后果;二是对边地生态与少数民族生活的审美观照,都指向对现代性的反思和对人的精神理想的建构。"而"农民工进城"与边地生态写作恰恰也是岛内少数民族文学重要的表现对象,质言之,早在 19 世纪 70 年代以后台湾少数民族作家就开始了这些题材的书写。台湾少数民族写"猎人进城"和"边地生态"的作品也同样给岛内文坛带来极大的审美冲击。随着工业化、现代化、商业化和城市化的发展,台湾已"全面都市化,文化进入多元化阶段"。而岛内文坛在此影响之下,出现了众声喧哗的局面,作家们不乏"先锋意识",文体实验、文学思潮也不断推陈出新,但传统意识上的"经

---

① 李菲:《民族文学与民族志——文学人类学批评视域下的少数民族文学》,《民族文学研究》2009 年第 3 期。
② 叶石涛:《展望台湾文学》,九歌出版社有限公司 1994 年版,第 155 页。

典意识"却日趋淡化和萎缩。已故的台湾文学评论家唐文标曾在其主编的《一九八四台湾小说选》序言中指出："文学上台湾的一九八四年是异常寂寞的……今年一九八四年的台湾小说给我们什么呢？我们的阅读仅是一点小娱乐，一些激情，一些虚无的放弃，甚至一些荒谬、讽刺、现代人的无聊等等。"① 文坛如此状况无疑为边缘、弱势的少数民族文学的"出场"让渡了空间。叶石涛认为："八十年代以后的作家超越了乡土文学观点，较能迎合资讯媒体，渐趋于世界性的、巨视性的观点。"而台湾少数民族文学却以对台湾文学抗争精神和乡土文学精神加以继承的方式，接续了台湾文学传统。但它同时也以对主流文化的反抗，边缘位置的发声，独特的文学表现和文化特质而直抵当代台湾文学的前沿。因而其"现身"备受岛内文坛瞩目。1984 年《春风》诗丛刊在其编后记中指出："山地人的诗篇不仅需要丰富的诗史，且更要见证百年来山地人的坎坷命运。这是台湾文学的新声音，是一九八四开春的惊雷。"② 可以说，当代台湾少数民族文学不仅证实了一个古老民族的存在，而且这朵迟放的文学之花也为寂寞的岛内文学花园增添了几许灿烂。

叶舒宪在《文学与人类学》一书中指出："只是到了 20 世纪的末期，借助于解构主义和后现代主义消解中心的重大功绩，各种边缘的声音和非主流话语才第一次受到学界的重视。而后殖民主义的批判潮流正以空前的广度和号召力在世界范围内唤起'弱势话语'、'少数文学'、'第三世界文学'的众生喧哗新局面。"③ 当代台湾少数民族文学的边缘崛起，对当代台湾文坛产生了深刻的影响，岛内的汉族作家、学者面对这一新生的文学创作潮流，既有掌声与批评，也有反省和期待。首先，台湾少数民族文学所表现的民族悲苦命运，刺痛了岛内一些汉族作家的内心，他们开始对过往历史进行检讨，并流露出深深的"原罪"之感。钟肇政很早就指出："抱持救赎之情的汉人作家们，以人类之爱的友谊和敬重为基础，努力从高山

---

① 唐文标主编：《一九八四台湾小说选》，前卫出版社 1985 年版，第 9 页。
② 转引自魏贻君《战后台湾原住民族的文学形成的探索》，INK 印刻文学生活杂志出版有限公司 2013 年版，第 32 页。
③ 叶舒宪：《文学与人类学：知识全球化时代的文学研究》，社会科学文献出版社 2003 年版，第 182 页。

第六章　当代台湾少数民族文学的文学史意义

族的立场去关照人性,借用汉文去写出他们的事、他们的歌、他们的颠沛流离、他们的呐喊呜咽,以及他们饱含血泪沧桑的悲运,庶几能偿付汉人曾犯的无心之过,并稍稍赎取山地人民共同的谅解与同胞爱。"① 黄春明在《战士,干杯!》一文中写出了自己面对少数民族历史与现实的心情,"灯芯在摇,我的手在发抖,小火心不安地跳着,眼前的人像累了,晃了晃身子,但那逼视我的眼神,一直没变。我的心变得好脆弱,好像不能再装载一点什么。……我突然觉得我是在受审判。天哪!天哪!我为这个家庭,为这个少数民族,还为我的祖先来开拓台湾,所构成的结构暴力等等杂乱的情绪,在心里喃喃叫天"②。1987 年吴锦发在其编选《悲情的山林》时,他"痛心感受到身为横霸的汉民族一员是如何的羞耻,对于台湾的原住民同胞,我们亏欠他们的是那么多……我们应该诚心诚意的重新检讨以往我们对待原住民的种种态度,甚至,我认为我们必须、加倍关心我们的原住民同胞。应为我们祖先在历史上的行为向他们'赎罪'!"③ 陈昭瑛也曾表示,"在阅读了台湾史与原住民作家的作品之后,油然生出一种汉族的'原罪'感"。其次,岛内作家深刻体认到台湾少数民族文学的美感与价值,积极予以认同与纳编。他们将台湾少数民族文学视为台湾文学未来的希望之一。认为台湾文学只有加入台湾少数民族文学,才能算是具备完整的面貌。"在台湾五个种族所创造的文学中,刚萌芽的原住民文学,应该会成为台湾文学领域中的一朵奇葩。""今后台湾文学应该走向各种族的文学平衡发展的路径上去,特别注重南岛语族的原住民文学的继续茁壮,俾能缔造呈现多种族风貌的文学。"④ 岛内汉族作家听到了这首来自山海部落素朴的歌声,也把这歌声积极引进至当代台湾文学"混声"合唱中去。再次,促使当代台湾汉族作家少数民族题材创作的转变。台湾少数民族的现实劣势处境引起了台湾一些作家的文学思考,他们认为少数民族作为台湾这片土地上生活最早的族群,之所以招致如此处境与先后来台汉人的政治

---

① 钟肇政:《钟肇政全集》(9 卷),桃园县立文化中心 2000 年版,第 16 页。
② 黄春明:《黄春明作品集 6》,联合文学出版社有限公司 2009 年版,第 106 页。
③ 吴锦发编:《悲情的山林》,晨星出版社 1987 年版,序。
④ 叶石涛:《展望台湾文学》,九歌出版社有限公司 1994 年版,第 20—25 页。

压迫、空间排挤和推行汉文化霸权不无关系。一些汉族作家开始离弃自我族群的本位观念，他们或打破吴凤神话，或还原少数民族的"撤退"史，或直面少数民族卑微地生存现实，在创作中力图表现出原罪意识和忏悔情结。在当代汉族作家的少数民族题材书写中，少数民族荒芜的大地变成了心灵寄托的乌托邦，汉人移民的艰辛开拓史被还原为少数民族的"撤退史"与流亡史，野蛮无教的土著人被赋予了美丽、善良的大地之母的形象等。1978年李乔在《寒夜》中写了彭阿强一家去蕃仔林垦殖过程中的惊恐与胆怯，而最让他们生畏的是"凶悍嗜杀"的土著。1980年钟肇政在《台湾人三部曲》开篇的楔子中，也将少数民族视为以馘首为能事的野蛮民族，并将其与荷兰、日本殖民者一道视为汉人拓殖的潜在对手。而1992年王幼华在《土地与灵魂》中，给我们展示的却是一群弱势的群体形象，"我们是不抵抗的，我们只会走开，只会走开"。"那是一群人正朝这边走过，从这群人的装扮和模样看来，是当地的葛玛兰番，人数很多有好几百人的样子。他们原来住在街的南方，拥有相当多的土地。现在这些人的手上、背上、肩上，吱呀吱呀发响的牛车上都提满载满了东西，面容愁苦，孩子们跟在后头，几位腰间悬刀的兵爷，正吆喝他们前进，不少当地招募的隘勇，背着枪，手里握了长矛、棍棒，也在前前后后喊叫，不断的挥赶这群人。"① 而令人闻风丧胆、獠牙文面的"番"却成为当代汉族作家自觉追慕的对象，"这些披头散发，眼如铜铃，终日与山为伍，在壮阔的大地上奔驰苗壮的男子，便是我要找寻自己的一种典范。"② 在2000年叶石涛的《西拉雅末裔潘银花》中，平埔族少女潘银花被塑造为"大地之母"的形象，"她是传统母系社会的象征，也是台湾丰饶大地的象征，她是大地之母。她丰腴的身材就像台湾这块肥沃的土地。男人对她而言只不过是散播种子让她孕育下一代。她容纳各个时代来台的新移民，跟他们结合，繁衍出无数台湾人的子孙"③。与此同时，少数民族世居的蛮荒之地也转变为世外桃源，"苏澳外海，在晴日之时，海面上偶尔会浮起一大片美丽的影

---

① 王幼华：《土地与灵魂》，九歌出版社有限公司1992年版，第83—84页。
② 王家祥：《四季的声音》，晨星出版社1997年版，第188页。
③ 蔡芬芳：《叶石涛小说人物研究》，高雄师范大学硕士学位论文，2002年，第309页。

第六章　当代台湾少数民族文学的文学史意义

子,那是如幻似真的绿野、谷地、山峦的倒影,它们似有若无的出现在湛蓝的平坦的海上。……每当它在晴空烈阳下以俨然之姿出现,必然引起人们围观、惊叹……"①。

台湾少数民族文学何以能让岛内汉族作家、学者产生"原罪感"并欣然接纳的呢?我们认为其中有文学创作实绩使然,同时也与不同意识形态在文学场域的交锋有关。孙大川提醒我们:"近几十年来,原住民问题之受人关注,主要并不是来自族群力量之增强,而是在台湾社会本土化的现实要求下相应形成的。因此,在朝野激烈的政治抗争中,其'聊备一格'或被引为筹码的基本性格,始终没有根本的改变。"② 在 80 年代的岛内文化论述中,台湾少数民族因其鲜明的地域性而成为台湾"本土化"的标志象征,因而不同政治立场的文人集团都注意到台湾少数民族在这座岛屿的存在,并从自己的政治立场出发对其文化进行阐释与操弄。同样是对历史的"赎罪",同样是对台湾少数民族文学意义的阐释,吴锦发和陈昭瑛两人背后的动机、目的和指向是不一样的。"后解严时期的'主流文化'与'本土文化',都想要收编'原住民'的'文化与族裔的特殊性'。前者醉心于打造自由主义下,多元文化台湾的想象,后者积极拥抱'原住民',来强化自身的台湾独立象征,以寻求与中国血缘的切割。"③ 李乔认为,"拓拔斯的作品被肯定而且是被内行人肯定,说明了一件事:文学艺术必须有本土性格才能有至高无上的成就"。吴锦发说道:"原住民文学作为台湾文学的一支,其重要性是毋庸置疑的,我甚至殷切的期待,台湾文学再加入原住民文学之后,久而久之,能产生'质变',使它能从中国文学庞大的阴影中,彻底脱身而出,剪断脐带,称为道道地地的'中心文学'。"④ 当李乔、吴锦发等人道出此番话时,我们清晰地看到他们对少数民族文学的拥抱,其实最终的指向都是在强调台湾文学的"本土化"和"去中国化"。但"剪断脐带"至少又说明了其承认中国文学是台湾文学的母体。

---

① 王幼华:《土地与灵魂》,九歌出版社有限公司 1992 年版,第 70 页。
② 孙大川:《久久酒一次》,张老师出版社 1991 年版,第 159 页。
③ 徐国明:《原住民性、文化性与文学性的辩证——〈山海文化〉双月刊与台湾原住民文学脉络》,成功大学硕士学位论文,2009 年,第 12 页。
④ 吴锦发:《论台湾原住民现代文学》,《民众日报》1989 年第 10 版。

"台湾文学再加入原住民文学之后,久而久之,能产生'质变'",则又表明台湾文学一直未容纳少数民族文学,台湾文学和少数民族文学是不同"质"的。仔细考察,我们认为上述表述无疑是对台湾文化多元化论述的呼应。早在1983年台湾少数民族刊物《高山青》创刊时,党外杂志《暖流》就发文指出:"高山族是我们的兄弟,他们和我们一样都是优秀的人种,我们要世世代代和他们和谐、平等的在台湾岛上共建一个属于台湾人的家园";"他们(高山族新生代)是促进国家走向合理化、人道化、及民主化的另一股新生力量,值得钦佩,值得提携。"[①] 岛内学者吴密察曾言:"我觉得我们便有一个很重要的养分,那就是原住民的养分。充分地把原住民的要素拿进来成为台湾的一部分,才可以很明显地显示出:'台湾就是跟中国不一样。'不然讲什么歌仔戏、布袋戏、搞了老半天,到闽南做研究才发现我们有的人家也有,只是程度上不同而已。"[②] 大陆学者陈建樾一针见血地指出:"在人类学和民族学的学术认知看来,'高山族不是炎黄子孙'并无学术上的不当;但当党外势力之所以刻意将这一认知引入'原住民'运动的论述当中并作为论述的逻辑起点,则意在为'台湾人不是中国人'增加来自'原住民'的注脚,并进而为'在台湾岛上共建一个属于台湾人的家园'提供理据。"[③] 台湾少数民族文化与汉族文化之间存有差异,台湾少数民族文学有其鲜明的地域性和民族性特征,而岛内一些学者却以"关心"、"同情"的面目去绑架台湾少数民族,利用其文化的特殊性去推动"去中国化"的险恶目的,殊不知这恰恰证明了中华民族文化的丰富性与多样性。

台湾少数民族文学所表现出民族主体意识的觉醒,以及对强权政治和主流文化的抗争,也给当代汉族作家文学创作以很大的启发。他们反转到少数民族的立场,以汉族和少数民族之间的历史互动为主线,重构台湾历史,建构族群认同,并对构建岛内族群关系进行省思。从80年代开始,汉族作家就在丰富绵长的创作中不停地反思汉族移民与少数民族的历史纠

---

① 转引自谢世忠《认同的污名:台湾原住民的族群变迁》,自立晚报文化出版社1987年版,第88页。
② 施正锋编:《台湾民族主义》,前卫出版社1994年版,第119页。
③ 陈建樾:《台湾原住民历史与政策研究》,社会科学文献出版社2009年版,第136页。

第六章　当代台湾少数民族文学的文学史意义

葛,此类作品有:官宏志的《一座神像的崩解——民众史的吴凤论》、刘还月的《嚎海的子民》、王碧云的《失狩的猎人》、关晓荣的《汉化主义下的兰屿教育》、廖嘉展的《次高山下,一个民族的衰亡》、吴锦发的《燕鸣的街道》、王幼华的《土地与灵魂》、王家祥的《倒风内海》、林燿德的《高砂百合》、舞鹤的《余生》等。吴锦发先后创作了《有月光的河》(1981)、《燕鸣的街道》(1983)、《暗夜的雾》(1984)等作品,这三部小说均是以"山地少女"在都市尊严与命运的沦落为切入点,揭示了猎人后代在都市丛林中的迷惘与无奈。在《燕鸣的街道》中,幼玛是美丽、热情、开放的赛夏少女,也是一家餐厅的电子琴师,文中的男主人公"吴"与幼玛是在公司借用临时演员时相识的,并不伶俐的幼玛因为一个镜头要重复多次时,遭到了摄影师小刘的咒骂,"笨死了,笨山地仔!"对此幼玛做出了强烈的反应,"'你说什么?'听到这句话的她,却把琴猛地一弹,霍地站起来,插着腰对小刘吼道。""'妈的,什么玩意,叫他来道歉!'她却猛地抽着烟,气得回身发抖,不停地喃喃地说。"但"几天后的傍晚,我下工回家,路过西门町的一家旅馆,却看到小刘带着幼玛,正要走进旅馆去"。面对小刘的诅咒她敢于反抗,但却自愿成为诅咒她的人手中的玩物。幼玛就这样给"吴"留下了奇怪的印象。在咖啡厅幼玛拒绝了男人的骚扰,但却和一家有妇之夫的公司经理同居,并遭到经理太太的追砍。在山地祭典的活动中她可以疯狂地舞动着,但却又时时刻刻地流露出一种寂寞的情绪。在城市幼玛是寂寞的、无助的,也是被诅咒、被侮辱和被伤害的对象,而"吴"在与幼玛的接触过程中,情感也发生了很大变化,从最初"我一瞬也不瞬好奇地打量着她",到"听到她被小刘抛弃的消息之后,我倒莫名其妙地同情她来"。从咖啡厅"我为她散发出来的那莫名的气氛,感到说不上来的哀伤与寂寞",到最后为了维护幼玛的尊严,而不惜和同事小刘打架。吴锦发这篇小说显然是有其寓意的,幼玛是整个少数民族的象征,而花花公子小刘是占优势的地位都市汉人(意指外省人或闽南人),而"吴"是"半个山地人"(客家人),面对强势的汉人,少数民族想反抗但却又不得不屈服。若要掌控自己的命运,那么弱势群体必须联合起来才能取得抗争的胜利。在文章的结尾他写道:

"燕子!"她撇一撇头说。

我顺着他所示的方向看去。蓦然发现,前方街道的上空,不知什么时候,倏地窜飞过来成千的燕子;黑色的剪影像箭一般地穿梭飞舞在街河上空,忽高忽低地,并且迅即漫至街的上段来。

飞舞的燕群不停地发出唧唧吱吱的悲鸣,那种凄清的声音一波一波敲击在我的心板上,随即盈满耳际。

……

我悄悄地伸出右手,把她的肩慢慢拥过来,愈拥愈紧,像紧紧地拥着整个她的……,不,整个赛夏的孤独一般。①

日本学者下村作次郎认为:"吴锦发的《燕鸣的街道》……开启了台湾文学的新领域。本篇所构筑的世界,是台湾作家首度踏入的领域。而且,在小说标题和结尾处所出现的'燕好'(夫妇和睦)和'燕贺'(新居落成的祝贺)意味的词汇,具有象征汉系台湾人和代表原住民的赛夏族之间得以'共生'的意思。"② 吴锦发显然有着为少数民族寻找族群联盟,以使弱势的群体在岛内更有尊严地生存下去之意。

1992年王幼华根据历史史实创作了《土地与灵魂》,小说讲述的是英国人荷恩(James Horn)因船只意外搁浅在台湾外海后,他带领船员辗转来到台湾东北部地区,并由此在异国他乡拓殖发展。荷恩在与平埔族人不断接触后,逐渐赢得了平埔族人的好感,还娶了平埔族女人高春风为妻。此后荷恩和平埔族人深入南澳生番之地进行开垦。在苏澳街占有优势的泉州人为了劫掠他们的垦殖成果,利用清政府官方力量和暴力手段,逼走这群以荷恩为首的新开垦地居民。王幼华以土地为线索,再现了早期汉人移民(陈溪水)、新移民(荷恩)、少数民族(高春风)之间的关系。在作者笔下平埔族是"善良的受害者","番人们的态度很是悠闲,面孔很是亲切,大部分都很朴拙,没有当初感觉到的那般凶恶。事实上,他还看到不少长得很是俊美的男女番人夹杂在其中"。面对外族的步步侵逼,他们

---

① 吴锦发编:《悲情的山林》,晨星出版社1987年版,第292页。
② [日]下村作次郎:《从文学读台湾》,前卫出版社1997年版,第265页。

第六章　当代台湾少数民族文学的文学史意义

"不会反抗",只会默默承受着所有强加于己的苦难。来台垦殖的外国人被赋予了悲剧英雄的形象。荷恩在故国没有得到荣誉与照顾,他选择做船长而漂泊海上。然而,命运让他在台湾这片土地找到了生命的方向、爱与温暖,"他感觉背脊的土地是暖和的,好似温柔的接纳他的身体,让他享受到这泥土的亲切和接纳。"面对弱势的平埔族,荷恩发誓:"我保证你们不必再走开,不必再逃走。我用我的鲜血保证,你们和我永远可以在自己的土地上生活、成长,没有人可以再威胁你们。"冒险、勇敢而又有保护能力的荷恩得到了平埔族人的认同与信赖,他们一道去寻找和建设自己的生存乐园。而汉人形象在王幼华的笔下显然是极为负面的。他们不仅内部械斗,而且屠杀奸淫"番人"和驱赶洋人。为了侵占平埔族人的土地,"汉人和官员用欺骗和暴力的手段赶走了他们(葛玛兰番),他们的目的是希望他们全部死去,然后土地就的是他们的。"为了驱逐洋人,以"人们传说疫病是洋人传教士所施放"为借口,"上百名愤怒的汉人冲进教会,吵嚷要他们交出释放毒菌的洋人。桑德士、乔治等人无法阻挡,带着女眷慌忙地逃离。住民们抢掠一番后,再度纵火烧掉了教堂。"对持有枪炮的荷恩等人,却以"有占垦大清国肥沃广野之心"为辞,倚重官方力量进行驱赶。小说最后的结局是,荷恩的开垦计划失败并招致驱逐,而失去西方人庇护的平埔族人又遭受汉人新一轮的暴力摧残。从这篇小说中,我们很容易解读出:早期来台的汉人移民是罪恶的,他们不仅欺压"番人",而且也排挤新移民。新移民和弱势的"番人"要想在这片土地上有尊严地生存,必须联合起来,共同抵制早期汉人移民。在1992年一场名为"原住民的悲歌——王幼华小说《土地与灵魂》讨论会"中,王幼华明确表示:"80年代中期以后,我给他命名,称他为'新解说时代的来临'好像台湾人已经出头天了,事实上所谓台湾人,也就是说本省籍的闽南人或客家人,当然以闽南人为主,他们所发表的一些言论充满排他性和斗争性,这些言论造成很多焦虑,很多人的不安,尤其是客家人和外省籍的焦虑感,我后来一直在思考这个问题,这本小说我写作的动机有很多是从这些焦虑而来的。"[①] 从王幼华的创作动

---

① 转引自吴信宏《再现·认同·族群关系——以〈土地与灵魂〉、〈倒风内海〉、〈余生〉为研究对象》,成功大学硕士学位论文,2007年,第26页。

机中，我们不难理解其对历史的重新阐释，意在借助少数民族被汉人欺压的叙事策略，去批判岛内的福佬沙文主义，建构自己的"外省人"族群认同。

1997年，王家祥根据郭怀一事件创作了《倒风内海》，故事以西拉雅青年沙喃为主角，透过沙喃之眼再现了荷兰人入侵、汉人大量涌入、红毛人征服麻豆社、西拉雅族被招降、族人迁至白水溪上游等一系列历史事件。荷兰殖民者据台后大肆掠夺平埔族人的鹿皮以贩售海外谋利，同时招募大量汉人来台开垦土地以收取租税。为了推翻荷兰人统治，郭怀一领导汉人进行了英勇斗争。而平埔族为了对抗汉人而选择与荷兰人合作，共同击退了汉人的抗争。虽然平埔族在这次战争中获胜，但随着郑成功军队赶走荷兰人，沙喃只好带领族人离开原居地。王家祥以平埔族为视角，展现了荷兰人、汉人与平埔族人在台湾这片土地上的合作与斗争。在人物塑造上，王家祥明显地不同于王幼华。外来的荷兰人、红毛人不再是平埔族眼中的冒险家、庇护者、英雄和文明人的形象，而是疯狂的财富掠夺者，他们是平埔族和汉人的压迫者，"红毛人对汉人课税太重，无论捕鱼、狩猎、伐木、载运货物，一律抽税，连小孩满七岁后皆要按人按月课人头税，稍有不从，便逮捕下狱，施以鞭笞、火刑、枪毙、甚至五马分尸，非要把他们认为下贱的汉人折磨至死不可"。"更令人气不过的，红毛人强逼汉人信仰基督教，不从者不能娶西拉雅的摆摆为妻，已婚者还要逼他离婚！"而汉人也不再是平埔族人的欺压者，他们善良、卑微、勤劳。"那些一心一意想拥有土地的农夫，从早到晚，比蚂蚁还辛勤，常常累倒在毒辣的太阳下，恨不得把眼里所及的鹿埔立刻变成田。如今鹿群越来越少，只好勉强地垦地种植小米，善于逐鹿的猎人耕田比不过勤劳的汉人。"美丽的阿兰纳是西拉雅族少女，同时成为平埔族大罗皆、猎鹿英雄沙喃以及汉人郭怀一的追求对象，但最终阿兰纳选择了汉人郭怀一。无论是女人还是土地，在同平埔族竞争中，汉人都取得了优势。而王家祥认为这种"胜利"并非是汉人的欺压，而是缘于汉人与平埔族有本质的差异，"汉人是现实的，西拉雅人却浪漫的有些愚痴；愚痴的大罗皆怎敌得过坚韧求生，形体卑微的汉人；大罗皆一直都只是一条忠心的猎狗，被主人照顾得很好，不懂得汉人之强大力量便是来自吃苦耐劳，形体卑微；汉人如鼠般忍辱偷生，伺

第六章　当代台湾少数民族文学的文学史意义

机而动,他们对土地的一心一意,前赴后继令沙喃深以为惧,可是红毛人瞧不起他们,不把汉人放在心上,而西拉雅人依旧深深沉睡于依靠主人的宿醉中,无力反扑。"在王家祥的笔下平埔族人的困境很大程度上是因为荷兰人的贸易以及自己族群天性使然。"到处皆是醉酒不醒的族人,连长老会议也沉浸于出草的狂欢而无法召开;原来是打喇酥害了麻豆社呐!短短数年间,鹿皮的收获让猎人们转而日日买酒烂醉,再也无人相信阿力祖的戒律与警语,平日不得贪酒!"王家祥的《倒风内海》意在表明,在这块土地上汉人和平埔族之间为了生存,有时有冲突,但他们都是外来政权的压迫对象。"据报去年春天从海上来的汉人大海盗,已经攻下热兰遮城,改名王城。强大的荷兰人竟然已经投降,被驱赶出大员!麻豆堡的教堂与营舍皆已人去楼空!这群更强大的海盗开始沿着海岸进入内陆攻占村舍,宣称所有的土地皆属海盗王所有,必须立即缴税纳贡服劳役,不服从者一律格杀,无论何人,就连同他们同族的汉人也杀!"如果"汉人想要在这处新美之地存活",平埔族"要守住祖先的土地",就必须团结合作,共同抗击外来政权。王家祥曾说:"我想起叶石涛老师在第四期《文学台湾》卷头论坛里的一段话:'台湾在三百多年来的历史遭遇上曾被接纳了来自不同族群的多元文化。由于异民族统治的强势和压力,台湾文化人为生存的现实必须在不同时期扮演反叛社会的角色,除去文化人尚未确立的明郑时期之外,台湾的知识分子一直反清、反日及反国民党的一路上反叛下来,无暇顾及文化整合以达成建立土著精致文化的鹄的。文化认同的困难,使得历代统治者有机可乘,用独裁或威权统治的方式去压迫台湾人接受不同于台湾本土文化的异质文化。'""建立土著精致文化,这段文字深深打动了我的心。"[①]王家祥这篇文章就是实践起其"建立土著精致文化"的例证。他试图消弭汉人移民与少数民族之间的冲突,强化以福佬人为主体的台湾本土共同体的建构,把外来政权作为共同的敌人而加以反抗。

1990 年,林燿德推出了史诗般的长篇小说《一九四七高砂百合》,小说以第十二章为分界线,前面小说以魔幻现实的手法讲述泰雅族文化的兴

---

① 吴锦发:《原舞者》,晨星出版社 1993 年版,第 226—227 页。

衰历史；后面则是以新历史主义的手法对"二二八"事件进行质疑。泰雅族文化的衰落与传承的困境，作者是通过泰雅族瓦涛·拜扬家族、西班牙神父安德勒、战败躲在山中的日本军人中野英经以及其汉人吴有、廖清水等人交错复杂的故事得以表现的。祖父拿布·瓦涛是泰雅族最后一位伟大的猎人、猎首者及祭司，是泰雅族原生态文化的忠实维护者与传承者。拿布·瓦涛在三十四岁那年英勇地猎杀黑熊，但之后却因身披熊皮而不幸被日本警察中野满之助当作黑熊误杀。拿布的儿子瓦涛·拜扬继承继司之后，日本殖民者开始推行理蕃政策，从此"瓦涛·拜扬的族人就不再种粟米"而改种稻米了，因而他再也不能为粟米田主持祭祀了。随后，红头发的西班牙神父来到他的村落，并在一场瘟疫中他用药粉救活了族人，自此拜扬的祭司地位一落千丈。瓦涛·拜扬的儿子拜扬·古威竟也成为神父安德肋的助手，安德肋选择拜扬·古威作助手，不仅破坏了部落的祭司传承，而且通过拜扬·古威把天主教信仰推展出去，以使上帝取代部落祖灵。尽管拜扬·古威在皈依神父的同时，内心还保留着对"鲁突克斯"的尊敬，他也时时会回到祖灵的世界，但天主教文化毕竟借助他这个族群文化的承继者进入了部落。拿布家族的第四代拜扬·古威的儿子落罗根像许多泰雅族青年一样，进入汉人主宰的都市谋求生存，他在一家汉人中医师廖清水的药店工作，那林林总总的中药材对他来说犹如山林的再现，落罗根在中医方面表现出其过人的才华。林燿德以家族书写去隐喻泰雅族的历史命运，指出了造成泰雅族文化濒于消失的原因在于外来殖民者和汉人移民的入侵。

  从绿色的平原往天空的方向拔升，一直通达到雪线的边缘，野猪们突入我们精细耕作的田畴，将肥沃的土壤掘开，咀嚼着我们的根、我们的茎、我们的菜，以及那些悲戚的蚯蚓和昆虫，玉米秆在他们身躯的撞击下颓然倾倒，在风中沙沙哭泣，甘薯茎在他们硬吻的挖掘下暴露出破损的裸体。

  是的，他们的五趾在我族的土地上留下深陷的足印，留下潮湿却易干的粪便，他们不再受山神管束，他们逐渐占满大地，用我族冰冷

第六章　当代台湾少数民族文学的文学史意义

的骨骸营建他们温暖的窝巢。

出生三天就能生猛跑跳的兽类，他们仍然继承着敌灵的仇恨，带着暴风雨也洗不去的腥味，在一座又一座死寂的山岭间繁殖、繁殖，一种令人恐惧的生命黑暗，洪水般浸溢在我的额际。

丧失了神话，我族的少女将永远沉沦在异族的奸淫下，我族的男性将永远委靡在畏却的耻辱中……。①

中野用枪炮射杀泰雅族人的生命，安德勒用上帝取代族人心目中的祖灵，廖清水的中医店成为族人最后的归宿，显然外来者的武力威胁、经济榨取和文化同化，导致了古老的泰雅文化陷入濒临凋萎流失的绝境。然而，这些外来文明又是怎样的呢？安德勒身为一位"光荣天主、拯救人灵"的神职人员，理应在真诚、道德和信仰等层面，比平常人有高超的执守表现，但在林燿德笔下，"神父"安德勒与一般人并无二致，富有心计与欲望，并经常怀疑自己的信仰。汉人传统文化则集中体现在旧诗人吴有和中医师廖清水身上。吴有是一个整日与古籍为伍、自我封闭的传统读书人。而廖清水虽号称一代名医，显然名不符实，"就实力而言也算得上是半个，……事实上，那些书写在昏黄指标上的药名，和抽屉中收藏的药材全部核对不起来"。他只凭借两种才能来抓取他廖家的独传配方，那就是记忆和嗅觉。他可以闭目在一堆焦烂的药渣中，即刻嗅出里头的成分，而且屡试不爽。"廖大医师心中早已背诵起一串串诊断用语和治疗的套术，什么'利水通淋'什么'舒筋活络'，什么'益气解脾'，只要喃喃念诵一串，病患都会以恍然大悟的表情，还报以诚恳而感激的表情。"②林燿德一方面指出了外来文化的入侵导致了少数民族文化的困境；另一方面却又解构和嘲讽了外来文化的虚伪与虚弱，对台湾少数民族复归民族传统文化充满了期待。在《高砂百合》中，林燿德站在少数民族角度写道："看啊，瓦涛·拜扬，你眼前的平地人世界就要涌现恐怖中的恐怖啊，人和人互相屠杀，不为了勇气，也不为了祭典，而是为了财富和语言，血的浪峰将要

---

① 林燿德：《一九四七高砂百合》，联合文学出版社有限公司1990年版，第178页。
② 同上书，第206页。

自北向南洪洪挪动。"林燿德正是以"为了财富和语言"而相互屠杀的观点,进而去诠释汉人与汉人之间的关系和质疑"二二八"历史的。引起全岛动乱的"二二八"事件的原因,林燿德解释为:"叶得根左手袖口的阴丹士林布料发出哔剥的撕裂声,他已忍无可忍,拔出手枪,群众泛起一片低沉的议论,叶得根看到那些畏缩的眼神,心中一怔,但是右手已经将枪柄敲击在林江迈的头顶,一种碎裂的感觉自枪柄传递到手掌,叶得根心中闪电般告诉自己:'代志坏了。'""林江迈抓紧他袖口的枯瘦十指放松开来,叶得根想要抓住林江迈软软垂挂的手臂,她的躯体已经瘫倒下来,花白的发丝流渗出汩汩的血液。……沉默维系了漫长无已的几秒钟,群众眼睁睁看着中年女烟贩的头颅磕碰在地上,谁都没有吭气。……群众沸腾起来,喊打声此起彼落,他们瞬间得到某种莫名的鼓舞,一半来自对中年妇女遗孤的悲悯,另一半来自对中国公务员的长期怨恨。"① 被后来族群斗争时常操弄的"二二八"事件,被林燿德解释为一场闽南警员叶得根的"无心之过"和"本省人"积怨的爆发。吴昆展指出,林燿德如此的书写策略,"不仅为当代读者建构出另一种与其他小说不同的'二二七图像',且在叙述中进行其特定历史诠释的同时,也不自觉地暴露了他所偏属的'战后移民裔'(外省第二代)此一族群的政治意识"。当这种书写策略和少数民族的命运连接起来的时候,林燿德显然欲借助弱势的少数民族被殖民、被压迫的经历,来消解外省人与本省人之间的紧张关系,并进一步强化自己的"外省第二代"的身份认同。"《高砂百合》分段连载的1990年之时,正是各种'原住民运动'不断开展,且其书面文学亦逐渐发展成一个独特文类的阶段。林燿德此际挑选泰雅族人的兴衰作为描绘对象,便具有应和此一'弱势族群'追求自我文化恢复的意义,以其'外省裔新移民后代'的身份,投入书写和发扬部族传统生活习俗的创作潮流当中。"②

从吴锦发到林燿德,从对少数民族历史的反省,到少数民族文学形象塑造的转变,汉族作家少数民族题材创作一定程度上是对台湾少数民族文

---

① 林燿德:《一九四七高砂百合》,联合文学出版社有限公司1990年版,第195—196页。
② 吴昆展:《论外省第二代作家的(台湾)历史书写与后现代技法》,台湾中兴大学硕士学位论文,2008年,第65页。

第六章　当代台湾少数民族文学的文学史意义

学创作的呼应。他们以少数民族的立场或观点，重构岛内过往的历史，建构各自的族群认同。这，不仅推动了岛内族群文学的书写，丰富了岛内汉族作家的少数民族题材的文学创作，同时也对岛内族群关系产生了较大影响。

第二节　当代台湾少数民族文学与台湾文学史书写

早在 1958 年，郑振铎就说："少数民族文学的影响也给汉文学的发展以很大的推动力。同时，他们自己也产生了不少的好作品，成为中国文学史上的光芒四射的明星。"[①] 同样，当代台湾少数民族文学崛起与发展，不仅丰富了台湾汉语文学的内容，构建了台湾文学的多元化格局，而且也对当代台湾文学史的书写产生了深刻影响。浦忠成指出，自 20 世纪 80 年代开始出现的台湾原住民族作家文学，相对于整个民族历史发展过程，仅仅是瞬间；但是其数量与质量均已达到客观的地步；何况，这段时期出现的作品适巧与反同化、反灭绝、反掠夺以及还我土地、还我名字、民族自治为号召的民族运动结合，凸显其特殊的意义与价值。[②] 台湾少数民族文学的创作实绩和特殊价值已被岛内学者所认识，他们从台湾少数民族文学的创作题材、创作精神、创作语言以及创作主体等不同方面，积极地将这股文学创作思潮和主流文学相整合，并进而纳入台湾文学史的论述中去。譬如，把夏曼·蓝波安达悟海洋经验的书写，与廖鸿基、吕则之、东年等汉人作家的海洋书写相并置，以建构台湾的海洋文学。把拓拔斯·塔玛匹玛、亚荣隆·撒可努等人的山林写作，与刘克襄、洪素丽、陈煌、陈玉峰、王家祥等人自然写作联系在一起，透视当代台湾的生态文学。把瓦历斯·诺干、利革拉乐·阿𡠄、启明·拉瓦的部落报道，与马以工、韩寒、陈铭磻等人相链接，形构当代台湾报道文学。此外，当代台湾乡土文学、

---

① 郑振铎：《中国文学史的分期问题》，见中国作家协会编《新中国成立 60 周年少数民族文学作品选》（理论评论卷 1），作家出版社 2009 年版，第 26 页。
② 浦忠成在 2007 年 6 月台北政治大学民族学系、原住民研究中心、台湾文学研究所举办的"文学的民族学思考与文学史建构研讨会"上的发言。

弱势文学、台语文学、族群文学、悲情文学等论述中都出现了少数民族文学的身影，尽管这样的身影尚且单薄，但台湾少数民族文学显然已不再是台湾文学史的缺席者。

从 1977 年岛内学者陈少廷编撰的《台湾新文学运动简史》，到其后叶石涛的《台湾文学史纲》、彭瑞金的《台湾新文学运动 40 年》、孟樊的《台湾新文学史论》、林瑞明的《台湾文学的本土观察》、林央敏的《台语文学运动史论》、陈芳明的《台湾新文学史》以及陈建忠等人撰写的《台湾小说史论》等，台湾文学史作不断地推陈出新。个中缘由既与文学史自身特性有关，也与岛内学者争夺文学史书写权有关。文学史是常写常新的，"不但不同世代的人有书（重）写文学史的动机和行为，即便是同一时代的人也可能因立场、角度的歧异，而写出不同的文学史，甚至同一时代、文学史观近似的人，也可能因焦点、对象的不同，主事者及生产模式的不同，而有书（重）写文学史的必要"。因为"文学史是人'写'出来的。它是活物，有生命，必须在不断地被'重写'中获得发展。事实上不存在那种不变的文学史著作。文学史只能、而且必须在不同的观念和不同视点的交叉、冲撞和融汇中延展它的生命。这就是说，理想的文学史生态不是个别权威一言定鼎的产物，而流动、杂呈、不稳定应是它的常态"[①]。对理想文学史的追求，以及新内容、新材料和新观点的出现，都促使了文学史不断地被"重写"。与此同时，20 世纪 80 年代以来，大陆学者对岛内文学展开研究并积极撰写台湾文学史，出现了如刘登翰等人的《台湾文学史》、古继堂的《简明台湾文学史》等多部文学史著。大陆学者的台湾文学史书写，对岛内学者尤其是"台湾意识"强烈的学者造成了很大的冲击，陈芳明就说："我们感到焦虑的是，台湾这方面并没有急起。如果我们不开始考虑动手，那么有一天台湾文学的发言权，就要拱手让给大陆了。这种事情，并不是不可能发生。"[②] 欲与大陆学者争夺台湾文学史的书写权，致使岛内学者掀起了文学史书写的热潮。毋庸置疑，在岛内特殊的社会政治环

[①] 谢冕等：《理想的文学史框架》，《上海文学》1993 年第 8 期。
[②] 陈嘉农（陈芳明）：《是撰写台湾文学史的时候了》，转引自张羽、张彩霞《台湾文学史的撰述与文化认同研究》，《台湾研究集刊》2008 年第 3 期。

第六章 当代台湾少数民族文学的文学史意义

境中,台湾文学史书写场域始终充满了混杂、喧哗、对话和论辩的景观,不同文学史观、不同意识形态的文学史家也在争夺台湾文学史的诠释权。这,都成为台湾文学史不断"重写"的动力。自19世纪70年代以后,岛内学者或以"乡土文学"或以"族群文学"或以"本土文学"或以"后殖民"等文学史观建构台湾的文学历史,文学史不仅成为学术争鸣的场域,也成为立场不一的学者们意识形态交锋的场域,有些学者甚或已把文学史书写视为实现其"去中国化"和"文学建国"的一项重要策略。由于撰写者的意识形态不同,文学史观不同,写作目的不同,导致他们在文学史的书写中,一方面将不符合撰写意图的作家作品清理出去,另一方面又把能代表建构理念的作家作品纳入进来。但,纵观当代台湾文学史的书写,无论是持"乡土文学"史观或是"本土文学"史观抑或是"后殖民文学"史观的论者,都关注到了台湾少数民族文学。在文学史论述中,他们都为台湾少数民族文学留置了一定的空间。杨宗翰曾指出当代台湾文学史的撰写是"一项何等迷人却又何等危险的任务",之所以"危险",是因为"台湾文学史的撰写也成为连接台湾人历史记忆的重要场域,成为追求'转型正义'的一部分,连接着台湾人的主体认同"[①]。从某种角度而言,台湾文学史已经成为岛内学者表达政治立场的注脚。叶石涛在《开拓多种族风貌的台湾文学》一文中指出:"迈入有文字的历史时代也就是十七世纪的荷据时代开始,台湾逐渐变成'汉番杂居'的移民社会。历史的变迁过程中,外来统治者常被驱逐。台湾的移民逐渐土著化(nativize),而固定下来。在一九四〇年代后期从中国又来了一批新移民以后,台湾目前的种族应为五个种族;分别是同属于古代南岛语族的山地原住民九族、平埔九族、闽南人、客家人以及外省人。这五个种族共同生活在这狭窄而丰饶的空间。台湾文学应该由这五个种族共同创造,共同建构。"[②] 这是对岛内学者多元文化观的附和。在如此观念下,台湾少数民族文学似乎被提到了前所未有的高度,也有逐渐向中心发生位移的迹象。但不可否认的是,同样是"五个种族"的文学,但之间的比例、厚重是不一样的。纵观彭瑞金的《台湾新文学

---

① 张羽、张彩霞:《台湾文学史的撰述与文化认同研究》,《台湾研究集刊》2008年第3期。
② 叶石涛:《展望台湾文学》,九歌出版社有限公司1994年版,第20页。

运动 40 年》、陈芳明的《台湾新文学史》等文学史著,对台湾少数民族文学采取化繁为简或轻取一瓢或轻描淡写,并未改变其"聊备一格"式的地位。我们可以坦言,在岛内汉人学者的文学史书写中,台湾少数民族文学并未受到足够的重视,其符号象征意义要远远大于它文学史学意义。

"我们的祖先,既然是'活'出来的,我们便不必担心我们没有一部'写'出来的历史,我们要借现有的结构,现有的环境,现有的语言(汉语),表达我们体会到的经验。文学、音乐、体育、艺术……都可以是我们创作的空间。我相信,原住民也将在未来台湾文化新的组合中,创造出自己的历史空间,成为不可分割的要素。也许我们不只可以点亮一盏油灯,可能我们可以成为一颗闪亮的星辰,在亘古的长夜中,标示出原住民的历史坐标。"① 尽管台湾少数民族书面文学创作的历史并不久长,但台湾少数民族作家与学者却强烈地表现出让民族文学参与到台湾文学史中去的态度。他们一方面控诉汉人文学长久以来对少数民族文学的漠视,瓦历斯·诺干曾感叹说:"谈到台湾史,论者常以四百年的纵面来解剖,常无视于台湾原住民族二千年存在事实,甚至可追溯到五千年以上的存活事实,谈台湾人民的历史,台湾原住民族人民的苦难也有意地归纳到历史的必然,而成为台湾人民苦难史的花瓶、泡沫。"② 少数民族在"移民社会与殖民社会的改造冲突环境中,一直未获得发言的权利。历史撰写权与诠释权也未尝落在他们手上"③。汉人的话语霸权淹没了少数民族的声音。另一方面他们积极在台湾文学史中争取自己的文学地位,努力发出自己的声音,表达出民族文学进入台湾文学的必须性和紧迫性。在他们看来如果没有台湾少数民族文学加入的台湾文学史,将是不完整的文学史,孙大川认为:"思考台湾后殖民时期或所谓'本土化'的种种问题时,必须将原住民考虑进去,若不将原住民考虑进去,不但会造成严重的盲点,而且也将使我们的反省停留在意识形态、历史解释权之争夺,以及政治斗争的层次上。"④ 在对汉人

---

① 孙大川:《久久酒一次》,张老师出版社 1991 年版,第 126 页。
② 瓦历斯·诺干:《番刀出鞘》,稻乡出版社 1992 年版,第 153 页。
③ 陈芳明:《后殖民台湾》,麦田出版社城邦文化事业股份有限公司 2006 年版,第 121 页。
④ 孙大川编:《台湾少数民族汉语言文学选集》(评论卷上),INK 印刻出版有限公司 2003 年版,第 17 页。

第六章　当代台湾少数民族文学的文学史意义

史观的文学史进行控诉与争取权益的同时，台湾少数民族作家、学者也在努力建构自己的民族文学史。应该说，当代少数民族文学质与量的提升，不仅让民族作家们获得了文学自信，而且也拥有了广阔的文学视野。他们的目光穿越了汉人四百年的文学历史，追溯至民族两千年前的口传文学，他们把民族古老的口传文学和现代书面文学结合起来考量，要建构独立的民族文学史。为此，他们一方面确认自己的民族有着悠久的文学传统，而且这种文学传统是台湾地区文学的源头所在。拓拔斯·塔玛匹玛认为"即使是文字文学（书面文学），它的基本元素还是语言，所以口传文学可称是原住民文学早期的主流文学，并强烈主张，'台湾文学'不能再只局限于二〇年以后的台湾乡土文学，也不能只界定在三百年间，汉人来台之前，'台湾文学'就存在了，只是形式不同，它是以口传文学为主流"[①]。娃利斯·罗干甚至认为，探究台湾文学渊源，必须要从原住民族的口传文学开始。对台湾口传文学定位的认定，不仅关系到台湾地域文学的起始问题是四百年的文字文学史，还是从远古至今的几千年的文学史，而且也关系到对台湾地域文学传统的理解。台湾少数民族作家把非文字形态的口传文学视为台湾主流文学的一部分，不仅承认了少数民族口传文学的"文学"身份，而且还指认其对台湾文学发展的本源意义，由此而拓展台湾少数民族文学在台湾文学中的空间位置。另一方面他们积极把自我民族文学从汉人史观和台湾文学史观中解放出来，把山海民族视作为世界原住民的一员，并从自我民族出发建构"第四世界文学"。瓦历斯·诺干强调，"'原住民文学'一词从八〇年代至一九九三年，从来就不是主体决定、主体叙述的结果"。因此，对"经历了百年'殖民经验'族群，其书写状态的考察假设若不从'被压迫'与'族群自觉'的主体，不从殖民权力关系来检查，恐怕原住民文学将再次被'普同化'、'自然化'乃至于'国族化'"[②]。在《关于台湾原住民族现代文学的几点思考》一文中，他又指出："若将原住民文学纳编到台湾文学体系之下，将会掉入'融合'的陷阱，

[①]　见周英雄、刘纪蕙《书写台湾》，麦田出版行政院建设委员会2000年版，第103页。
[②]　瓦历斯·诺干：《台湾原住民文学的去殖民》，见孙大川编《台湾少数民族汉语言文学选集》（评论卷上），INK印刻出版有限公司2003年版，第131—134页。

唯有强调原住民文学'自治区'的概念,藉此建立原住民视域的基础,在拥有自决权的条件之下,原住民文学叙述主体的发言策略才得以实现。"在《原住民文学的创作起点》一文他指出:"在'原住民文学'的方向及定位上,绝不能自满于成为'台湾文学的一个支流',要深知原住民文学的主要对象是台湾三十几万原住民同胞,舍弃与此命运相同的文学观众,则原住民文学的'实质意义'便荡然无存,徒然成为没落的、自恋的'凭吊文学',这样的发展相信也不会是台湾文学所乐见的结果。"① 建构山海民族的文学史,得到邹族学者浦忠成等人的响应,他们从文学传统、文学史的主体意识以及书写语言等方面进行考察,不仅明确了台湾少数民族文学可以写史,而且还推出了皇皇巨著《台湾原住民族文学史纲》。台湾少数民族作家、学者为何要急于让民族文学成史呢?董恕明认为:"虽说从文学史的角度,检视现今原住民文学发展的成就,不免有一种近似'保育濒临绝种野生动物'的心情,然而我们一旦视台湾原住民族主体的复振,即是台湾社会内部从事文化反思与创造的一股力量,原住民作家的书写立时便显出它独特的时代意义。"② 无论是在台湾文学史中争取空间,抑或是建构民族独立的文学史,都表明台湾少数民族意欲在文字世界中掌控族群历史阐释权和重塑民族文学地位。

当代台湾少数民族作家不仅挖掘、整理了民族口传文学,在创作中大量使用民族口传文学,借以显示民族悠久的文学创作传统,他们不仅召唤人们的历史记忆,而且还以文写史。巴代在谈及《马铁路》创作目的时指出,"一方面就当是一个族群后代的道歉,想为内本鹿人说句公道话……二方面也希望为部落建立一个通俗的历史演义文学作品,待着老凋零殆尽,我们的后代子孙还有可翻阅的文本,因而自豪与唤起或坚守大巴六九的部落意识;在未来更严峻的生存环境中,骄傲地坚持继续当一个大巴六九人;三方面也要告示世人,原住民即便没有文字记载的'历史',其生

---

① 瓦历斯·诺干:《番刀出鞘》,稻乡出版社1994年版,第132页。
② 董恕明:《我辈寻常——东台湾原住民作家汉语书写初探》,《台湾文学研究学报》2008年第6期。

第六章　当代台湾少数民族文学的文学史意义

活轨迹所形成的历史痕络,丝毫不容蓄意漠视甚至曲解"①。这些既为建构民族文学史作了充分准备,也对岛内汉人文学史观进行了挑战,使他们反省到台湾文学是岛内各族人民共同创造的,台湾文学的历史也绝不只是汉人的四百年文学史。但目前而言,台湾文学"大致上说来仍笼罩在汉族中心主义的自恋泥沼中……他们所谓的本土仍然是汉族本位的本土"。(孙大川语)虽然他们在文学史中发出了邀请,但那不过是强化自己的文学立场而已,这在吴锦发、陈芳明等人的论述中尤为明显。陈芳明说:"在高压的中国体制下,似乎是福佬族群垄断了'台湾'、'台湾人'、'台湾话'这些名词的全部意义。从阶段性的抗争立场来看,这种垄断显然可以理解。然而,随着戒严令的解除,盘踞岛上的中国体制也发生了动摇,'台湾人'、'台湾话'的政治意涵也得到扩充的空间。台湾文学一词之普遍使用,大约也可从这个角度来理解。凡是客家人、外省人、原住民都可划入台湾人的范畴,因为台湾人不再只是具备了政治意义,而是填加了另一层文化上的意义。"② 把具有山海文化特质的少数民族文学纳入文学史,其目的无非是透过文化的路径联结少数民族,建构岛内多族群文化联盟,并以此掩盖福佬沙文主义,并同"中国意识"相区隔与对抗。面对新的世纪,"台湾地区文学要能走出过去 20 世纪后半段对立而纷扰的局面,所有的文学工作者不论是创作者、评论者与文学理论的开拓者,都需要真诚地面对台湾整体不同的历史文化多元并存的事实,将文学所具备的赋性归结于其最素朴的本质,并且涤尽任何强要文学为其既定目的服务的意念和企图,此即所谓'请循其本',当思考的焦点能回归到所有争论与辩难开始进行前的澄明状态,则先前自以为是的见解都会得到澄清"。③ 我们认为,只有撇开族群纷争,消弭意识形态的差异,台湾少数民族文学才能客观、公正地被文学史认识和接纳。

---

① 巴代:《马铁路——大巴六九部落之大正年间》(下),耶鲁国际文化事业有限公司 2010 年版,第 5—6 页。
② 陈芳明:《后殖民台湾:文学史论及其周边》,麦田出版城邦文化事业股份有限公司 2002 年版,第 125 页。
③ 黄铃华编:《21 世纪台湾原住民文学》,财团法人台湾原住民文教基金会 1999 年版,第 6 页。

结　语

　　从文学自觉到文化自觉的精神苦旅，从剑拔弩张的对抗到纯美艺术追求的审美历程，经过半个世纪的发展，台湾少数民族开创了自己的文学园地。在这并不丰腴的园地里，台湾少数民族作家以其素朴的文字书写了自己的民族情怀，再现了民族久远而悲惨的历史和现实"进退不已"的生存困境，展示了山海文化的迷人品质以及族人与天地万物相往来的精神。其鲜明的地域文化色彩，独特的美学品质，强劲的发展态势，开拓了民族文学的境界，丰富了台湾文学的内容，奠定了其在台湾文学的地位。台湾少数民族文学是在战后台湾本土化进程中兴起的，它是民族"运动"的产物，也是民族争取权益的工具和重构民族主体意识的手段。在其发展进程中，民族文学承担了启蒙民众、文化救亡和建构民族文化认同的历史使命，但也正因为如此，它的兴起、发展又与当代台湾族群政治畸形地扭结在一起，成为政治之树上附生的文学之果。尤其在抗争强权政治和复兴民族文化上，作家们敏感、自尊的心态和文化民族主义的情绪，使民族文学创作过度地聚焦于政治议题，而消解了文学的美学意义。同时，台湾少数民族作家在和岛内各种力量接触中，有时难以分清政治反对力量和"台独"分子的本质区别，以至于他们文学创作中所表达的民族情绪和"本土性"特征被"台独"分子不时利用。这些，都有损台湾少数民族文学创作的高度和深度，阻碍了台湾少数民族文学的发展进步。

　　"真正能发挥民族文学最超卓价值的作品，应该是能摆脱狭隘的族群、

结　语

地域意识，植根于民族文化深层，而复能凸显其有益于整体人类的特殊文学情感与思想。"[①] 文学要表现政治，但更应该超越政治，要以艺术地方式关注人的生存状态，发掘人性的本质，体察人类生命的悲欢，进而为人类营造美好的精神家园。文学对于一个民族的意义，不仅在于对逝去历史经验的记忆和古老传统文化的眷恋，更在于守望一个民族的精神，为民族创造崭新而美好的未来。"在很大程度上，民族是由它们的诗人和小说家们创造的。"（赫胥黎语）经过不懈的努力，台湾少数民族已经在岛内建构了一个政治的"原住民族"，而在世界文学版图上创造一个"文学的原住民族"则是山海民族的期待。在未来发展行程中，台湾少数民族文学要想屹立于世界民族文学之林，我们认为民族作家至少要处理好以下几个方面的问题：

一是要正确对待岛内民族关系。中国是个多民族国家，中华民族是由汉族和少数民族共构而成。在漫长的历史进程中，民族之间有过矛盾冲突也有融合发展，但相较而言，多民族融合发展是民族交往的主流。而正是因为民族间相互依存与融合发展，才形成了今天中华民族"多元一体"的格局。"在我们这个东方古国历史上，各个不同民族走过的历史路径是有着显见区别的，各个不同民族在历史的某些时刻做出相悖选择的情形是时有发生的，民族彼此之间的不愉快也并不罕见。其实这是再自然不过的事情。由于政治、经济、文化的种种差异，来自于不同方向、有着不同欲求、处在不同发展层面的古代民族，源于不可超越的历史局限性，势必会出现一系列强凌弱、大欺小、野蛮冲击文明的现象。"[②] 汉族移民去台，对岛内的先住民族造成了冲击，改变了岛内的政治、经济和文化格局，但各族人民携手并进，共同耕耘了这片美丽的岛屿是民族交往的主流。台湾少数民族的困境是由多种因素造成的，既有历史的，也现实的。建构民族文化认同不是以排斥和敌视汉民族文化为前提的，文学创作的目的也不是制造新的矛盾与冲突，而是消弭隔阂，为民族和谐交往找寻一条通道。因而，台湾少数民族文学创作不能"误用"后殖民理论，将来台垦殖的汉人

---

① 黄铃华编：《21世纪台湾原住民文学》，财团法人台湾原住民文教基金会1999年版，第15页。
② 关纪新：《创建并确立中华多民族文学史观》，《民族文学研究》2007年第2期。

视为"殖民者";也不能持"以今推古"的观点,去溯求汉人移民及其后人的"历史罪行"。民族文学创作在各美其美的时候,还要美人之美,如此才能"美美与共、天下大同"。

二是要正确认识民族身份认同。民族身份认同不是固定不变的,它具有流动性和多重性的特点。台湾少数民族自古就是中华民族一员,在汉族文化为主导背景下的台湾少数民族身份认同,是中华民族内部的认同。在全球化的语境中,台湾少数民族的身份认同则是中华民族意义上的民族认同,这两者是有机统一的。但是台湾少数民族作家在过去建构民族身份认同时,刻意地凸显出"本土性"、边缘性和弱势性的特征,把自我与境遇相似的世界各地原住民等同起来,视为世界原住民的一员,进而以"第四世界"的观点来阐释民族历史与民族命运。台湾少数民族文学并不是孤立的,也不是与中华多民族文学格局相分裂的状态下形成和发展的。因此,台湾少数民族文学创作不能站在"世界原住民"的立场去否定中华民族认同,而是要秉持中华民族"多元一体"的创作观念,和各族作家一道为祖国文学的繁荣而努力创作。

三是要主动适应现代化和全球化的语境。在今天这样的时代,任何民族都无可避免地要经受现代化、全球化浪潮的冲击。少数民族虽然地处偏远,但文化全球化已经打破了传统的文化地理疆界,汹涌而至的文化全球化激流冲蚀着他们古老的文化屏障,他们正赤裸裸地以弱者的姿态被抛进世界文化版图之中。面对文化全球化的进逼,少数民族作家一方面显示了焦虑、恐惧、忧伤、无奈和疼痛的心态,另一方面又由此而产生强烈的文化自觉意识。但文化全球化绝不是一种强势文化对弱势文化的同化,而是不同文化之间的交流与对话。少数民族作家不能因文化全球化所带来的文化同质化而片面理解了文化全球化以及狭隘地执守民族文化。而应该看到文化全球化所带来的文化多样性的一面,进而充分地去共享这种多样性文化。因此,今后台湾少数民族的文学创作既要考虑到山海的在场、中国的在场以及世界的在场,更要充分挖掘、利用本民族文化、中华传统文化和世界文化,以为民族文学创作提供无限丰富的资源。同时,现代化是每个民族自觉地追求,随着生产生活方式的转变,人的现代性发展,以及异质

结　语

文化扑面而来，台湾少数民族作家的文学创作不能再单调地重复民族古旧的故事和山野风味，而是放眼世界格局，站在人类意识的高度去开拓民族文学的书写，在创作实践中要勇敢地借鉴世界优秀作家的创作经验，去书写民族的历史、情感和信仰追求，表达人类生存命运的终极关怀。

　　四是要正确对待民族文化传统。我们很难想象一个作家离开自己民族的文化背景而能够取得较高成就，因为他已经成为一种无"根"的存在。民族文化传统是民族文学之根，也是文学民族性的重要体现。在文学创作中既不能轻易放弃民族文化传统而一味地迎合他民族文化，也不能因守卫民族文化传统而拒绝接受他民族文化。放弃民族文化传统则可能导致作家在多元文化格局中迷失自我，失去民族独特的声音。拒绝接受他族文化则意味着作家固步不前，民族文化失去了交流的机会和创新的活力。同时，任何民族文化传统都不是静止的而是发展的，只有不断创新的民族文化才能适应民族的发展需求。因而，任何文学作品对民族文化的表现，都不能固守民族"本真"、"原初"的文化，也不能浅层次地捕捉表面的民族风俗和民族服饰等，而应该展现民族文化生生不息的精神。台湾少数民族文学创作不能局限于民族狭小的乡土、"本真"的文化传统和纯粹的族群历史之中，而是要依托中华民族这个多民族文化交融共存发展的大舞台和世界多极文明交流发展的大背景，发展民族文化，实现文学的民族性，从而使民族文学在世界范围内获得影响。

　　五是要坚守"边缘"性。从山海部落到高度发达的城市，再由绝望的城市返回温暖的部落，台湾少数民族作家在离去又归来的路上，找寻着文学战斗最适切的位置，并最终在"边缘"处找到了发声的位置。台湾少数民族"边缘"处的文学创作和岛内"中心"文学相互沟通，形成了一种丰富的、深具活力的文学生态。"边缘"既有地理空间意义上的边缘，也有文学意义上的边缘。地理的"边缘"富有迷人的边地风景和深厚的民间文化，而文学的"边缘"意味着对"中心"从容、冷静地观察，它能使作家获取激情、想象和批判的力量，也能使文学自身获得解放，回到了其审美艺术的本质上。台湾少数民族的文学创作应该坚守"边缘"的位置，以高品质的民族文学去反转"中心"，而不要为了迎合主流的认同而匆忙向

"中心"靠拢。

台湾少数民族作家坚守部落大地、坚守母族，用悲怆的笔调展示了这片土地上的生存与悲喜，用优美的文字展示了山林海洋之美，其民族文学以鲜明的底层性、边缘性、地域性、民族性和抗争性赢得了世人的关注。在未来的发展进程中，只要秉持中华民族"多元一体"的文学观念，充分利用民族和世界的文化资源，坚持和发展民族文学的现代性、文学性、民族性和边缘性，在各族群作家的共同努力下，台湾少数民族文学这朵奇葩必将更加娇艳地绽放于山海大地。

附录一

当代台湾少数民族作家主要文学作品一览表

序号	著者	族别	著作名称	出版者	出版时间	备注
1	夏曼·蓝波安	达悟族	《大海浮梦》	联经出版事业股份有限公司	2014	
2	Nakao Eki Pacidal	阿美族	《绝岛之咒》	前卫出版社	2014	
3	瓦历斯·诺干	泰雅族	《荒野发声》	稻乡出版社	2014	
4	瓦历斯·诺干	泰雅族	《瓦历斯微小说》	二鱼文化事业有限公司	2014	
5	巴代	卑南族	《巫旅》	INK印刻文学生活杂志出版有限公司	2014	
6	伍圣馨	布农族	《单·白》	山海文化杂志社	2013	
7	沙力浪·达岌斯菲芝莱蓝	布农族	《部落的灯火》	山海文化杂志社	2013	
8	乜寇·索克鲁曼	布农族	《Ina Bunun！布农青春》	巴巴文化	2013	
9	瓦历斯·诺干	泰雅族	《城市残酷》	南方家园文化事业有限公司	2013	
10	瓦历斯·诺干	泰雅族	《瓦历斯·诺干2012：自由写作的年代》	原民会台湾原住民族图资中心	2012	

续表

序号	著者	族别	著作名称	出版者	出版时间	备注
11	巴代	卑南族	《走过：一个台籍原住民老兵的故事》	INK印刻文学生活杂志出版社	2012	
12	巴代	卑南族	《白鹿之爱》	INK印刻文学生活杂志出版社	2012	
13	夏曼·蓝波安	达悟族	《天空的眼睛》	联经出版事业股份有限公司	2012	
14	瓦历斯·诺干	泰雅族	《当世界留下两行诗》	布拉格文化	2011	
15	亚荣隆·撒可努	排湾族	《外公的海》	耶鲁国际文化事业有限公司	2011	
16	孙大川	卑南族	《我在图书馆找一本酒》	山海文化杂志社	2011	
17	沙力浪·达岌斯菲芝莱蓝（赵聪义）	布农族	《笛娜的话》	花莲县文化局	2010	
18	让阿渌·达入拉雅之（李国光）	排湾族	《北大武山之巅》	晨星出版有限公司	2010	
19	孙大川	卑南族	《搭芦湾手记》	联合文学出版社股份有限公司	2010	
20	里慕伊·阿纪	泰雅族	《山樱花的故事》	麦田出版城邦文化事业股份有限公司	2010	
21	莫那能	排湾族	《一个台湾原住民的经历》	人间出版社	2010	
22	陈英雄	排湾族	《太阳神的子民》	晨星出版有限公司	2010	
23	谢永泉	达悟族	《追浪的老人》	山海文化杂志社	2010	
24	巴代	卑南族	《马铁路：大巴六九部落之大正年间（下）》	耶鲁国际文化事业有限公司	2010	
25	巴代	卑南族	《姜路》	山海文化杂志社	2009	
26	卜衮·伊斯玛哈单·伊斯立端	布农族	《太阳回旋的地方》	晨星出版有限公司	2009	
27	夏曼·蓝波安	达悟族	《黑色的翅膀》	联经出版事业股份有限公司	2009	

附录一　当代台湾少数民族作家主要文学作品一览表

续表

序号	著者	族别	著作名称	出版者	出版时间	备注
28	夏曼·蓝波安	达悟族	《老海人》	INK印刻文学生活杂志出版有限公司	2009	
29	巴代	卑南族	《斯卡罗人》	耶鲁国际文化事业有限公司	2009	
30	伊替达欧索（根阿盛）	赛夏族	《巴卡山传说与故事》	麦田出版城邦文化事业股份有限公司	2008	
31	启明·拉瓦	泰雅族	《移动的旅程》	稻乡出版社	2008	
32	乜寇·索克鲁曼（全振荣）	布农族	《东谷沙飞传奇》	INK印刻出版有限公司	2007	
33	夏曼·蓝波安	达悟族	《航海家的脸》	INK印刻出版有限公司	2007	
34	巴代（林二郎）	卑南族	《笛鹳：大巴六九部落之大正年间》	麦田出版城邦文化事业股份有限公司	2007	
35	董恕明	卑南族	《纪念品》	秀葳资讯科技股份有限公司	2007	
36	霍斯陆曼·伐伐	布农族	《玉山魂》	INK印刻出版有限公司	2006	
37	拉黑子·达立夫	阿美族	《混浊》	麦田出版城邦文化事业股份有限公司	2006	
38	得木·阿漾（李永松）	泰雅族	《雪国再见》	台湾文学馆筹备处	2006	
39	奥威尼·卡露斯盎	鲁凯族	《神秘的消失：诗与散文的鲁凯》	麦田出版城邦文化事业股份有限公司	2006	
40	启明·拉瓦	泰雅族	《我在部落的族人们》	晨星出版社	2005	
41	夏本奇伯爱雅	达悟族	《三条飞鱼》	远流出版事业股份有限公司	2004	
42	夏本奇伯爱雅	达悟族	《兰屿素人书》	远流出版事业股份有限公司	2004	
43	达德拉凡·伊苞（涂玉凤）	排湾族	《老鹰，再见》	大块文化出版股份有限公司	2004	

续表

序号	著者	族别	著作名称	出版者	出版时间	备注
44	白兹·牟固那那（刘武香梅）	邹族	《亲爱的Aki，请您不要生气》	女书文化事业股份有限公司	2003	
45	孙大川	卑南族	《姨公公》	远流出版事业股份有限公司	2003	
46	孙大川	卑南族	《台湾原住民族汉语文学选集》	INK印刻出版有限公司	2003	七卷本主编
47	瓦历斯·诺干	泰雅族	《迷雾之旅》	晨星出版有限公司	2003	
48	亚荣隆·撒可努	排湾族	《走风的人：我的猎人父亲》	思想生活屋	2002	
49	达利·卡给	泰雅族	《高砂王国：北势八社轶事》	晨星出版有限公司	2002	游霸士·挠给赫翻译
50	夏曼·蓝波安	达悟族	《海浪的记忆》	联合文学出版社有限公司	2002	
51	阿绮骨（Ah Chi Gu）	阿美族	《安娜·禁忌·门》	小知堂文化事业有限公司	2002	
52	启明·拉瓦（赵启明）	泰雅族	《重返旧部落》	稻乡出版社	2002	
53	霍斯陆曼·伐伐	布农族	《黥面》	晨星出版有限公司	2001	
54	奥威尼·卡露斯盎	鲁凯族	《野百合之歌》	晨星出版有限公司	2001	
55	里慕伊·阿纪（曾修媚）	泰雅族	《山野笛声：泰雅人的山居故事与城市随笔》	晨星出版有限公司	2001	
56	孙大川	卑南族	《山海世界：台湾原住民心灵世界的摹写》	联合文学出版社有限公司	2000	
57	黄贵潮	阿美族	《伊那我的太阳：妈妈Dongi传记》	台湾原住民族文化发展协会	2000	
58	绿斧固·悟登（黄贵潮）	阿美族	《迟我十年：Lifok生活日记》	台湾原住民族文化发展协会	2000	
59	瓦历斯·诺干	泰雅族	《伊能再踏查》	晨星出版社	1999	
60	瓦历斯·诺干	泰雅族	《番人之眼》	晨星出版社	1999	

附录一　当代台湾少数民族作家主要文学作品一览表

续表

序号	著者	族别	著作名称	出版者	出版时间	备注
61	霍斯陆曼·伐伐	布农族	《生之祭》	晨星出版社	1999	
62	夏曼·蓝波安	达悟族	《黑色的翅膀》	晨星出版社	1999	
63	游霸士·挠给赫	泰雅族	《赤裸山脉》	晨星出版社	1999	
64	马绍·阿纪（曾一佳）	泰雅族	《泰雅人的七家湾溪：泰雅部落的纪实与记忆》	晨星出版社	1999	
65	伊斯玛哈单·卜衮（林圣贤）	布农族	《山棕月影：布农族的诗歌与谚语》	晨星出版社	1999	
66	拓拔斯·塔玛匹玛	布农族	《兰屿行医记》	晨星出版社	1998	
67	亚荣隆·撒可努（戴志强）	排湾族	山猪·飞鼠·撒可努	耶鲁国际文化事业有限公司	1998	
68	利格拉乐·阿𡠗	排湾族	《穆莉淡——部落手札》	女书文化事业有限公司	1998	
69	利格拉乐·阿𡠗	排湾族	《红嘴巴的VuVu》	晨星出版社	1997	
70	霍斯陆曼·伐伐	布农族	《那年我们祭拜祖灵》	晨星出版社	1997	
71	霍斯陆曼·伐伐（王新民）	布农族	《玉山的生命精灵》	晨星出版社	1997	
72	瓦历斯·诺干	泰雅族	《戴墨镜的飞鼠》	晨星出版社	1997	
73	夏曼·蓝波安（施努来）	达悟族	《冷海情深》	联合文学出版社有限公司	1997	
74	利格拉乐·阿𡠗（高振惠）	排湾族	《谁来穿我织的美丽衣裳》	晨星出版社	1996	
75	奥威尼·卡露斯盎（邱金士）	鲁凯族	《云豹的传人》	晨星出版社	1996	
76	丽依京·尤玛（李璧玲）	泰雅族	《传承：走出控诉》	原住民族史料研究社	1996	
77	游霸士·挠给赫（田敏忠）	泰雅族	《天狗部落之歌》	晨星出版社	1995	
78	瓦历斯·诺干	泰雅族	《山是一座学校》	晨星出版社	1994	

续表

序号	著者	族别	著作名称	出版者	出版时间	备注
79	瓦历斯·诺干	泰雅族	《泰雅孩子·台湾心》	台湾原住民人文研究中心	1994	
80	瓦历斯·诺干	泰雅族	《想念族人》	晨星出版社	1994	
81	瓦历斯·诺干	泰雅族	《番刀出鞘》	稻乡出版社	1992	
82	拓拔斯·塔玛匹玛	布农族	《情人与妓女》	晨星出版社	1992	
83	夏本奇伯爱雅（周宗经）	达悟族	《钓到雨鞋的雅美人》	晨星出版社	1992	
84	夏曼·蓝波安（施努来）	达悟族	《八代湾的神话》	晨星出版社	1992	
85	瓦历斯·诺干	泰雅族	《荒野的呼唤》	晨星出版社	1992	
86	孙大川	卑南族	《久久酒一次》	张老师出版社	1991	
87	娃利斯·罗干（王捷茹）	泰雅族	《泰雅脚踪》	晨星出版社	1991	
88	瓦历斯·尤（诺）干（柳翱）	泰雅族	《永远的部落》	晨星出版社	1990	
89	莫那能（曾舜旺）	排湾族	《美丽的稻穗》	晨星出版社	1989	
90	拓拔斯·塔玛匹玛（田雅各）	布农族	《最后的猎人》	晨星出版社	1987	
91	陈英雄	排湾族	《域外梦痕》	台湾商务印书馆	1971	

附录二

当代台湾少数民族文学大事记

1962年4月15日,陈英雄在《联合报》副刊上发表《山村》一文,成为战后首位以汉语发表作品的台湾少数民族作家。

1971年7月,陈英雄将小说结集为《域外梦痕》出版,为台湾少数民族第一本小说集。

1978年,阿美族曾月娥的《阿美族的生活习俗》获第一届时报文学奖报道文学奖首奖,为首位获得文学奖项的台湾少数民族女性作家。

1983年5月1日,台湾大学少数民族学生伊凡·尤干和夷将·拔路儿等人创办民族刊物《高山青》,并以此揭开民族运动的序幕。

1984年4月,莫那能在杨渡主编的《春风诗刊》中发表《山地诗抄》,引起岛内民众对少数民族的关注。

1984年4月,台湾"党外编辑作家联谊会"成立"少数民族委员会"。

1984年12月29日,"台湾原住民权利促进会"于台北马偕医院成立,胡德夫任会长,作家田雅各任促进委员。

1985年7月1日,"原住民权利促进会"主办的刊物《山外山》创刊发行。

1987年1月,吴锦发主编的《悲情的山林——台湾山地小说选》出版。

1989年,莫那能的《美丽的稻穗》出版,该书为台湾少数民族第一本汉语诗集。

1989年5月，台邦·撒沙勒创办《原报》出刊发行，该报为第一份台湾少数民族报纸。

1990年，泰雅族作家瓦历斯·诺干与利革拉乐·阿𡠃创办刊物《猎人文化》，之后改组为"台湾原住民人文研究中心"。

1991年11月17日，《文学台湾》杂志社举办"倾听原声：台湾原住民文学讨论会"。台湾少数民族文学开始被台湾学术界所关注。

1992年，夏曼·蓝波安的《八代湾的神话》出版，该书开启了台湾少数民族海洋文学书写。

1993年2月，布农族文化发展总社主办的《山棕月语》创刊。

1993年6月，在孙大川的倡导下，山海文化杂志社成立。

1993年11月，《山海文化》创刊。

1994年6月6日，"第一届原住民文化工作者培训营"活动召开。

1995年5月，山海文化杂志社举办"第一届山海文学奖"，该奖项是岛内首次专为台湾少数民族作家设立的文学奖项。

1995年7月1日，林明德创办的《南岛时报》出刊发行。

1996年，孙大川出任"行政院原住民族委员会"首任政务副主委，为首位进入政坛的台湾少数民族作家。

1998年8月，台湾原住民文教基金会举办"台湾原住民文学研讨会"。

2000年3月，由山海文化杂志社、中华汽车原住民文化基金会、中国时报共同主办了"第一届中华汽车原住民文学奖"。

2000年6月6日，台北市政府举办"semenaya ta 台湾原住民诗歌之夜"活动。

2000年10月25日，《原声报》创刊。

2001年8月，山海文化杂志社举办"原住民文学的对话研讨会"活动，夏曼·蓝波安、奥威尼·卡露斯盎、霍斯陆曼·伐伐、莫那能、亚荣隆·撒可努、浦忠成、孙大川、林志兴等作家参加。

2001年2月，山海文化杂志社、中华汽车、中国时报共同举办"第二届中华汽车原住民文学奖"，本次增设报道文学奖、文艺贡献奖两项奖项。

附录二 当代台湾少数民族文学大事记

2001年8月，台湾少数民族作家赴内蒙古进行文学交流，后出版《野马滩——蒙古语汉译文学选集》以及《走风的人——台湾地区少数民族作家作品蒙古文翻译选集》。

2002年9月，山海文化杂志社举办"原住民报导文学奖"征文活动。

2002年，日本学者下村作次郎策划出版日译本《台湾原住民文学选》（九卷）。

2003年4月，孙大川主编的《台湾原住民族汉语文学选集》（七卷）出版。

2003年6月，山海文化杂志社举办"2003台湾原住民族短篇小说奖"征文活动。

2003年11月，瓦历斯·诺干及夏曼·蓝波安受邀前往日本参加台湾文学研讨会。

2003年3月，由台湾原住民族文化发展协会和山海文化杂志共同创办的《Ho Hai Yan台湾原young：原住民青少年杂志（双月刊）》创刊发行，该刊为台湾第一本台湾少数民族青少年的杂志。

2004年10月，山海文化杂志社举办"2004台湾原住民族散文奖"征选活动。

2004年11月，在台湾文学馆举办的"台湾新文学发展重大事件研讨会"中，"山海文化杂志社创立与原住民文学运动"高票当选为台湾新文学发展的首要重大事件。

2005年3月，台湾少数民族作家孙大川受邀参加台湾文学馆举办的"周末文学对谈"活动。

2005年9月2日，台湾原住民族文化发展协会和山海文化杂志社共同主办了"山海的文学世界：台湾原住民族文学国际研讨会"。

2005年12月，"原住民族族语文学创作奖"征文活动举办，为岛内首次设立的少数民族族语文学奖。

2006年7月，台湾原住民族图书资讯中心成立。

2007年7月，山海文化杂志社举办"原住民文学奖"征文活动。

2007年8月，卑南族作家林二郎（巴代）出版了《笛鹳——大巴六九部落之大正年间》一书，该书开启台湾少数民族大河小说书写。

2008年7月1日，"行政院"原住民族委员会与新西兰商工办事处共同主办"文学、影像与原住民——台湾原住民作家与毛利族作家Witi Ihimaera文学座谈会，台湾少数民族作家孙大川、瓦历斯·诺干、林二郎、亚荣隆·撒可努、伊苞等人参加座谈。

2009年4月，巴苏亚·博伊哲努（浦忠成）的《台湾原住民族文学史纲》出版，该书为台湾少数民族第一部文学史。

2009年7月25日，"台湾原住民族文学作家笔会"大会成立，孙大川推选为首任会长，巴代为副会长。

2011年5月，台湾原住民族文化发展协会与山海文化杂志社共同举办了"第二届台湾原住民族文学奖暨文学营与文学论坛"活动。

2011年12月4日，台湾艺文作家协会和新地文学季刊社共同主办了"第一届海峡两岸少数民族文学交流暨学术研讨会"活动。

2012年5月，台湾原住民族文化发展协会与山海文化杂志社承办"第三届台湾原住民族文学奖暨文学营与文学论坛"活动。

2012年7月，山海文化杂志社举办"第3届台湾原住民族文学奖暨文学营与文学论坛"活动。

2013年1月，出版日译本《台湾原住民文学选》的内川喜美子与下村作次郎获"一等原住民族专业奖章"。

主要参考文献

［美］本尼迪克特·安德森：《想象的共同体》，吴叡人译，上海人民出版社 2003 年版。

［英］汤林森：《文化帝国主义》，冯建三译，上海人民出版社 1999 年版。

［美］理查德·沃林：《文化批评的观念》，张国清译，商务印书馆 2002 年版。

［荷兰］佛克马·蚁布思：《文学研究与文化参与》，俞国强译，北京大学出版社 1996 年版。

［美］克利福德·格尔茨：《文化的解释》，韩莉译，译林出版社 1999 年版。

［德］马勒茨克：《跨文化交流》，潘亚玲译，北京大学出版社 2001 年版。

［美］Y. 拉彼德、［德］F. 克拉托赫维尔主编：《文化与认同：国际关系回归理论》，金烨译，浙江人民出版社 2003 年版。

［英］诺曼·丹尼尔：《文化屏障》，王奋宇、冯钢等译，浙江人民出版社 1992 年版。

［澳］比尔·阿希克洛夫特（Bill Ashcroft）等：《逆写帝国：后殖民文学的理论与实践》，刘自诠译，骆驼出版社 1998 年版。

［美］爱德华·W. 萨义德（Edward W. Said）：《文化与帝国主义》，李琨译，生活·读书·新知三联书店 2003 年版。

［美］爱德华·W. 萨义德（Edward W. Said）：《东方学》，王宇根译，生活·读书·新知三联书店 1999 年版。

［日］下村作次郎：《从文学读台湾》，邱振瑞译，前卫出版社 1997 年版。

［日］宫本延人：《台湾的原住民族》，魏桂邦译，晨星出版社1992年版。

［日］鸟居龙藏：《探险台湾》，杨南郡译注，远流出版事业股份有限公司2007年版。

方忠：《20世纪台湾文学史论》，百花洲文艺出版社2004年版。

叶舒宪：《文学与人类学——知识全球化时代的文学研究》，社会科学文献出版社2003年版。

王宁编：《全球化与文化：西方与中国》，北京大学出版社2002年版。

李晓东：《全球化与文化整合》，湖南人民出版社2002年版。

王宁、薛晓源主编：《全球化与后殖民批评》，中央编译出版社1998年版。

王岳川：《后现代主义文化研究》，北京大学出版社1992年版。

孙晶：《文化霸权理论研究》，社会科学文献出版社2004年版。

司马云杰：《文化社会学》，华夏出版社2001年版。

赵稀方：《后殖民理论》，北京大学出版社2009年版。

罗钢、刘象愚主编：《后殖民主义文化理论》，中国社会科学出版社1999年版。

张京媛主编：《后殖民理论与文化批评》，北京大学出版社1999年版。

刘登翰、庄明萱等：《台湾文学史》，海峡文艺出版社1991年版。

吴重阳：《中国现代少数民族文学概论》，中央民族学院出版社1992年版。

关纪新主编：《20世纪中华各民族文学关系研究》，民族出版社2006年版。

关纪新、朝戈金：《多重选择的世界》，中央民族大学出版社1995年版。

张直心：《边地梦寻：一种边缘文学经验与文化记忆的探勘》，人民文学出版社2006年版。

朱双一：《战后台湾新世代文学论》，扬智文化事业股份有限公司2002年版。

马绍玺：《在他者的视域中：全球化时代的少数民族诗歌》，社会科学文献出版社2007年版。

吴道毅：《南方民族作家文学创作论》，民族出版社2006年版。

曾思奇、许良国等：《台湾少数民族研究论丛》（第Ⅰ—Ⅶ卷），民族出版社2006年版。

杨梅、周翔等：《台湾少数民族文学概况》，民族出版社2009年版。

丹珍草：《藏族当代作家汉语创作论》，民族出版社2008年版。

主要参考文献

周宪主编:《中国文学与文化的认同》,北京大学出版社2008年版。

连横:《台湾通史》,商务印书馆出版1983年版。

叶石涛:《台湾文学史纲》,春晖出版社1987年版。

王甫昌:《当代台湾社会的族群想象》,群学出版社2003年版。

邱贵芬:《后殖民及其外》,麦田出版2003年版。

陈芳明:《后殖民台湾:文学史论及其周边》,麦田出版城邦文化事业股份有限公司2002年版。

陈昭瑛:《台湾文学与本土化运动》,正中书局1998年版。

叶石涛:《展望台湾文学》,九歌出版社有限公司1994年版。

刘亮雅:《后现代与后殖民——解严以来台湾小说专论》,麦田出版城邦文化事业股份有限公司2006年版。

谢世忠:《认同的污名》,自立晚报文化出版社1987年版。

巴苏亚·博伊哲努:《台湾邹族的风土神话》,台原艺术文化基金会1993年版。

巴苏亚·博伊哲努:《台湾原住民的口传文学》,常民文化事业股份有限公司出版社1996年版。

巴苏亚·博伊哲努:《原住民的神话与文学》,台原出版社、台原艺术文化基金会1999年版。

巴苏亚·博伊哲努:《叙事性口头文学的表述》,里仁书局2000年版。

巴苏亚·博伊哲努:《台湾原住民族文学史纲》(上、下册),里仁书局2009年版。

孙大川:《山海世界:台湾原住民心灵世界的摹写》,联合文学出版社有限公司2000年版。

孙大川:《夹缝中的族群建构》,联合文学出版社有限公司2002年版。

吕慧珍:《书写部落记忆——九〇年代台湾原住民小说研究》,骆驼出版社2003年版。

魏贻君:《战后台湾原住民族文学形成的探索》,INK印刻文学生活杂志出版有限公司2013年版。

刘秀美、蔡可欣编:《山海的召唤:台湾原住民口传文学》,台湾文学馆2011年版。

尤稀·达衮（孔文吉）:《让我们的同胞知道》,晨星出版社1993年版。

张锦忠、黄锦树编:《重写台湾文学史》,麦田出版城邦文化事业股份有限公司2007年版。

王幼华:《族群论述与历史反思》,苗栗县文化局2005年版。

李亦园:《台湾土著民族的社会与文化》,联经出版事业公司1982年版。

李福清:《从神话到鬼话:台湾原住民神话故事比较研究》,晨星出版社1998年版。

后 记

在丹桂飘香的季节，我终止了书稿的书写。终止不是完美的完成，是一种无奈的结束。我知道，但凡我能再勤奋些或者更有耐心，也许这部书稿就会多一丝厚重。尽管如此轻薄，但书中的每个字都见证了我从泰山到扬子江的求学旅程，见证了我十年苦累而幸福的人生行程。读书于人是一种美好的感受，感恩山东师范大学和南京师范大学给我重返校园读书的机会，钟灵毓秀、踯躅花开、盈园书香，让我重温了青春的激情，品味了学术的至上尊严，收获了难得的淡定心境。

人是需要运气的。在我追求学术的道路上，我很幸运地遇到了导师朱晓进、房福贤和方忠三位教授。朱晓进教授是我的博士后联系导师，他睿智、严谨、激情，在"东方最美丽的校园"聆听先生的论学之道，于我是人生的福气。房福贤教授是我的博导，尽管他现居美丽的海南岛，但先生的那份气度、纯粹和仁慈，那种温言关爱和诲语激励，让我内心时时滋生一种感动和温暖。方忠教授既是我的硕导也是我的博导，一直以来先生不弃我的愚拙，对我扶掖有加，领我前行，多年的关爱之情是任何语言无力表达与承载的。恩师们无微不至的关怀和悉心指导，拓展了我的学术视野，增强了我从事学术研究的勇气与信心。水积无深，难以负舟。本书的写作是掩藏不住他们的学术思想和文风字韵的。

本书是我博士论文的延续。在博士论文的写作与答辩过程中，我有幸得到了尊敬的朱德发、孔范今、王保生、刘中树、张福贵、吴义勤、魏建等专家和学者们的指导，他们的批评与指导催生了这部书稿。

选择台湾少数民族文学研究是需要勇气的，因为跨越的不只是一湾浅浅的海峡，还有文化的屏障。在本书孕育待生的过程中，我有幸得到了苏州大学范伯群教授，台湾政治大学孙大川教授，中国社科院关纪新教授、黎湘萍教授和周翔博士等专家学者的帮助，感谢他们的鼓励、指导以及无私地提供研究资料，他们的扶助激发了我研究台湾少数民族文学的热情，坚定了写作的信心。同时，也感谢台湾大学台湾文学研究所提供研修访学的机会，让我触摸了山海大地，让书中的文字多了几许真实。捐赠江苏师范大学文学院学术著作出版基金的校友刘先生等人，他们的资助促使本书早日面世，在此特别感谢。

这部书稿的成型，我还要感谢我的爱人李蕴。相遇相识以来，我们相依相偎地一起走过所有艰难与幸福的日子。多年来，她在承担繁重的教学任务外，主动承担了全部的家务工作。这不仅是让我拥有更多的学习时间，更是她对生活对家庭的一种态度。她的宽容与付出，总让我心生愧疚，也激励我奋进前行。每次翻阅书稿我都能看到她忙碌的身影。

时间总在花开叶落、夏雨冬雪间悄无声息地滑过。无数孤独的夜，我数次苦恼辍笔，但每当我看到巴苏亚·博伊哲努在赠我的《台湾原住民族文学史纲》上题写的"志彬贤棣，多谢你为原住民族文学地位仗义执言。感恩！"的语句时，我不敢有任何放弃的勇气，那是鞭策，也是力量，让我知道书稿终止后，应该重新再出发。

王志彬
2014 年 9 月 26 日于江苏师范大学